希腊神话:
神奇故事集

[美] 纳撒尼尔·霍桑 —— 著

吴术驰 —— 译

武汉大学出版社
WUHAN UNIVERSITY PRESS

图书在版编目(CIP)数据

希腊神话：神奇故事集／（美）纳撒尼尔·霍桑著；吴术驰译.
武汉：武汉大学出版社,2025.6. -- ISBN 978-7-307-25009-3
　　Ⅰ. I545.73
中国国家版本馆 CIP 数据核字第 2025L2P793 号

责任编辑：吴月婵　　　责任校对：杨　欢　　　版式设计：马　佳

出版发行：武汉大学出版社　（430072　武昌　珞珈山）
（电子邮箱：cbs22@whu.edu.cn　网址：www.wdp.com.cn）
印刷：武汉邮科印务有限公司
开本：720×1000　1/16　印张：20　字数：292 千字　插页：2
版次：2025 年 6 月第 1 版　　2025 年 6 月第 1 次印刷
ISBN 978-7-307-25009-3　　定价：89.00 元

版权所有，不得翻印；凡购我社的图书，如有质量问题，请与当地图书销售部门联系调换。

目录

001/ 上编：
一本神奇故事书（1852）

003/ 前言
005/ 唐格尔伍德山庄的门廊下：讲《蛇发女妖的头》之前的开场白
009/ 蛇发女妖的头
032/ 唐格尔伍德山庄的门廊下：讲完故事之后的结束语

034/ 荫翳小溪边：讲《点金术》之前的开场白
037/ 点金术
054/ 荫翳小溪边：讲完故事之后的结束语

057/ 唐格尔伍德山庄的游乐室里：讲《儿童乐园》之前的开场白
060/ 儿童乐园
077/ 唐格尔伍德山庄的游乐室里：讲完故事之后的结束语

079/ 唐格尔伍德山庄的壁炉边：讲《三个金苹果》之前的开场白
083/ 三个金苹果
102/ 唐格尔伍德山庄的壁炉边：讲完故事之后的结束语

104/ 半山腰间：讲《神奇的奶罐》之前的开场白
106/ 神奇的奶罐
124/ 半山腰间：讲完故事之后的结束语

125/ 秃顶山上：讲《喀迈拉》之前的开场白
128/ 喀迈拉
147/ 秃顶山上：讲完故事之后的结束语

151/ **下编：**
唐格尔伍德山庄故事集：又一本神奇故事书（1853）
153/ 在威赛德：前言
159/ 米诺陶诺斯
184/ 侏儒族
202/ 龙牙
228/ 喀耳刻的宫殿
254/ 石榴籽
283/ 金羊毛

315/ **译后絮语**

―― 上编 ――

一本神奇故事书（1852）

插画：沃尔特·克莱恩

A Wonder Book (1852)

Illustrated by Walter Crane

骑在帕加索斯上的柏勒洛丰

前言

　　作者一贯认为，许多古典神话都能被改写成最好的儿童读物。为此，他整理编写了六则故事，集结成册，以飨读者。他需要充分的自由来整理编撰故事梗概，但凡有人想把这些传说在自己的智慧熔炉中锻造加工，便会发现它们巧妙地独立于当前的形势与环境。哪怕历经时代变迁，其他事物的特征都已发生变化，神话在本质上仍会保持不变。

　　因此，虽然这些古老传说历经了两三千年，早已被神圣化，但作者仍跟随自己的想象，不时地对神话故事的形式与结构加以重新整编，却无冒渎之感。没有哪个时代的人能申索这些不朽神话的著作权。它们似乎从来不是由谁创作的。只要人类存在，它们必然不会消失。但是，正因为它们自身的永存性，无论在哪个时代，只要用那个时代的情感态度加以修饰，用那个时代的道德品行加以装点，它们便会成为一个个合理恰当的主题。在该书中，这些传说也许在很大程度上并未呈现古典一面（或者说，无论如何，作者就没想过要小心地保留其古典一面），而是披上了哥特式或浪漫主义的外衣。

　　在大热天里创作这样一本文学集再合适不过了。作者从未有过如此愉快的创作经历。在此过程中，作者认为没有必要总是为了迁就孩子的理解能力而降低写作标准。只要故事发展需要，在他思绪如潮、文如泉涌之时，便总会恣情纵笔，洒洒自快。不要低估孩子的想象力或领悟力，文字无论是深妙的，还是浅俗的，他们都能理解。只有矫揉造作、艰深晦涩的故事，才会让他们感到迷茫。

于雷诺克斯

1851 年 7 月 15 日

唐格尔伍德山庄的门廊下:
讲《蛇发女妖的头》之前的开场白

  一个秋天的早晨,天气舒爽。在唐格尔伍德山庄的门廊下,一群孩子聚在一起尽情玩耍,在孩子中间,还有一位身材挺拔的年轻人。他们计划了一场采集坚果的远足,正急不可耐地等待朝霭从山坡消散,等待秋阳把温暖洒向旷野和牧场,洒向多彩森林的每个角落。往常,只要天气晴好,总能瞧见一片美丽、舒适、令人愉快的景象。然而,这天早晨,云雾始终笼罩着整个山谷。唐格尔伍德山庄就矗立在山谷上方一处微微倾斜的山坡上。

  白色的云雾一直延伸到离山庄不到一百码①的地方,把百码开外的一切都藏了起来。一些红灿灿、黄澄澄的树梢零星地透过云雾,连同整片雾幕,在朝阳的照耀下熠熠生辉。南边四五英里②远的地方,矗立着纪念碑山的最高峰,山峰看起来就像飘在云端一样。大概再往南十五英里,便能望见塔科尼克山区高耸的圆形平顶。但平顶几乎被云雾笼罩,看上去灰暗缥缈,难见真容。近处,山谷两边的丘陵有半身都笼罩在雾幕之下。云雾环绕着山顶,就像一顶顶花冠。放眼望去,眼前雾蒙蒙一片,几乎看不到大地。

  故事一开头提到的那群孩子个个活蹦乱跳,生龙活虎。他们一个接一个地冲出唐格尔伍德山庄的门廊,有的在门廊前的沙砾小路上蹦蹦跳跳,有的在屋前晨露未干的草坪上嬉戏追逐。我很难准确告诉你到底有多少个孩子,大概有

---

① 码为英美制长度单位,1 码约等于 0.9 米。
② 英里为英美制长度单位,1 英里约等于 1.61 千米。

九到十个，不超过十二个的样子。他们性格不同、高矮不齐、年龄不均、性别不一。他们是兄弟，是姐妹，是堂亲表亲，还有几个是相识的小伙伴。这些孩子都是受普林格尔夫妇之邀来到唐格尔伍德山庄，和夫妇俩的孩子一道，享受这爽朗的秋日。我不敢告诉大家他们的名字，甚至不敢给他们起一些其他孩子用过的名字。因为，据我所知，作者若给他们书中的角色随意取一些现实生活中的名字，有时会招来大麻烦。于是，我打算叫他们报春花、玉黍螺、香蕨木、蒲公英、庭菖蒲、三叶草、黑果木、风铃草、南瓜花、乳草、车前草还有金凤花，虽然这些名字肯定更适合一群小精灵，而非这帮凡间的孩童。

若是没有相当成熟稳重的人照看，谨慎小心的爸爸妈妈、叔叔阿姨和爷爷奶奶是不会允许孩子们跑到野外的丛林和旷野中去的。哦，绝不！大家一定还记得，在这本书开头的第一句话里，我提到过一个站在孩子中间、身材挺拔的年轻人。他的名字——我要告诉你他的真名，因为很荣幸，这里所写的故事就是由他讲述的——他的名字叫尤斯塔斯·布莱特。尤斯塔斯是威廉姆斯学院的学生。我想，那时候他已经年满十八，是个成年人了。因此，对报春花、蒲公英、黑果木、南瓜花、乳草和其他小朋友来说，他就像爷爷一样。因为，这些孩子的年龄只有他的一半，甚至三分之一。他的视力有问题（现在好多学生都认为，视力不好才是正常的，才能证明自己读书勤奋），所以开学后，他没去学校，而是待在家里，打算继续休养一两周。不过，我倒觉得很少能见到像他那样的眼睛，好像没有谁的眼睛能像尤斯塔斯的那般，看得深远，看得透彻。

和所有美国学生一样，这名博学多才的学生身子修长，面色苍白。不过他看上去还算健康，脚步轻盈有活力，就像鞋子上长了翅膀。话说，尤斯塔斯非常喜欢在河谷和草场间徒步，因此早早儿地就换上了远足时会穿的牛皮靴。他身着束腰亚麻衫，头戴帆布鸭舌帽，鼻梁上还架着一副绿框眼镜。也许，他戴眼镜多半不是为了保护眼睛，而是用来装饰面容，以显尊贵。但不管是为了什么，他倒不如不戴。有一次，趁尤斯塔斯坐在门廊前的石阶上，小淘气鬼黑果木蹑手蹑脚地走到他身后，突然一把抢走他鼻子上的眼镜，然

唐格尔伍德山庄的门廊下：讲《蛇发女妖的头》之前的开场白

后给自己戴上。事后尤斯塔斯忘记把眼镜要回来，结果眼镜掉进了草丛里，一直躺到第二年春天。

现在，你们应该明白，会讲许多神奇故事的尤斯塔斯很讨孩子们喜欢。虽然那群孩子一次又一次地捉弄他，他偶尔也会佯装恼怒，但我真怀疑还有什么事比给孩子们讲故事更让他欢喜。你们会发现，他讲起故事来，眼中泛光。因此，在等待雾霭消散的这段时间里，三叶草、香蕨木、风铃草、金凤花和其他小伙伴都来恳求他讲故事。

报春花十二岁，是个聪慧的小女孩，她有一双会笑的眼睛和一副翘鼻子。她说："尤斯塔斯哥哥，我想早晨一定是最适合讲你的那些神奇故事的时候，虽然那些故事总是耗尽我们的耐心，令人昏昏欲睡。不过，此刻大家都刚刚起床，一定不会在故事进入高潮的时候睡着，一定不会像小风铃草和我昨晚那样，令你伤心。"

六岁大的小风铃草听后，不满地嚷道："报春花，你这个讨厌鬼，我才没有睡着，我只是闭上眼睛，想象尤斯塔斯哥哥所讲的情景。晚上听他讲故事可真不错，因为我们睡觉的时候可以梦见那些故事场景。不过，早晨听他讲故事也不错，因为待会儿我们清醒的时候，也可以幻想那些故事场景。所以我希望他能马上给我们讲一个。"

尤斯塔斯说："谢谢你，小风铃草。就冲你如此维护我，反驳调皮的报春花对我的嘲笑，我也一定会搜肠刮肚，给你们讲一个最好听的故事。可是孩子们，我已经给你们讲过很多神话故事了，我实在怀疑，还有哪个故事是你们没有听过至少两遍的。如果我再重复讲同样的故事，恐怕你们真的会打瞌睡。"

庭菖蒲、玉黍螺、车前草和其他五六个孩子一同叫道："不会的，不会的！听过的故事我们更加爱听。"

此话不假。对孩子们来说，两遍、三遍，乃至无数遍地重复听一则故事，似乎会加深他们对那则故事的喜爱。然而，会讲很多故事的尤斯塔斯并不屑于像一些常讲故事的老手那样，利用孩子的这点心理来应付他们。

他说："像我这样有学问的人——且不说我的创造力吧——若是一年到头

不能每天都给你们这帮小家伙讲个新故事，那也太有失我的水准了。我要给你们讲一则神话故事，这则故事的年代可久远了。那时，我们伟大的、年迈的大地祖母还是个穿着罩衣、系着围兜的孩子。这则故事被编出来是为了哄她开心的。像这样的故事有上百个，但奇怪的是，很早以前，竟没有人把这些故事编成图书给孩子看。反倒是一些留着灰白胡子的老人家在积满灰尘的希腊语书卷中精研求索。他们疑惑不解，一心想知道这些故事是何时、如何又为何被编写的。"

听到这里，所有的孩子都不耐烦地嚷道："哎呀，哎呀，尤斯塔斯哥哥！别再说这些了，赶紧开始讲故事吧。"

尤斯塔斯说："那好吧，都坐下吧。大家要保持安静，要安静得像一群小老鼠。无论是淘气的报春花、小蒲公英，还是其他任何人，只要谁打断我，哪怕一次，我都会立刻停下。但在故事开始之前，你们有谁知道蛇发女妖是什么吗？"

报春花说："我知道！"

尤斯塔斯说："那就别作声！"他宁愿报春花什么也不知道。他接着说："大家都别说话，我要给你们讲一则生动好听的故事，故事的名字叫《蛇发女妖的头》。"

于是他开始讲故事，就是你们在下一页即将读到的故事。他充分调动他那自命不凡的学识和随机应变的能力，又从安东教授那里借用了大量素材。不过，他那天马行空、胆大无束的想象力，又驱使他无视所有古典文学专家的观点。

蛇发女妖的头

　　珀耳修斯是阿耳戈斯公主达娜厄的儿子。珀耳修斯尚在襁褓中时，几个坏蛋便把他的母亲和他一起放进了一只木箱中，丢进海里，任凭他们自生自灭。强劲的海风把木箱吹离海岸，箱子在翻滚的海浪中沉浮不定。达娜厄把孩子紧紧地搂在怀里，生怕一个大浪打来，水沫飞溅的浪头会打在他身上。木箱在海上漂了很久，但既没有沉没，也没有被海浪打翻。直到夜幕降临，箱子漂到了一座岛屿附近，被一位渔夫用渔网网住，拖到了高处干燥的沙地上。这座岛名为塞里福斯岛，由国王波吕得克忒斯统治，而国王恰好是渔夫的兄长。

　　值得庆幸的是，渔夫心地善良，为人正直。他待达娜厄和小珀耳修斯都非常友善，在后来的日子里一直帮助他们，直到珀耳修斯长成一位青年俊杰。长大后的珀耳修斯身强力壮，精力旺盛，善用兵刃。而在很早以前，国王波吕得克忒斯就见过这对外乡人——就是乘着木箱漂到他领地的母子俩。但他不像他的兄弟那般和善友好，反而十分邪恶。他一心想派珀耳修斯去做一件危险的事，一件能让珀耳修斯丧命的事，然后好趁机霸占他的母亲达娜厄。因此，这位黑心国王花了很长时间琢磨，有什么是年轻人可能同意去做，但做起来又极度危险的事情。终于，他想到了一件事，这件事一定能达到他置人于死地的目的，于是他马上派人去召唤年轻的珀耳修斯。

　　波吕得克忒斯国王带着一脸狡黠的笑容说："珀耳修斯，你已经长大，长成了一个健硕的小伙。你和你的那位好母亲得到了我莫大的恩惠，当然，还有我那可敬的兄弟，那位渔夫的。我想，如果让你去做点什么作为回报，你不会拒绝吧！"

珀耳修斯诚恳地答道："陛下请讲，我愿意搭上性命来报答您的恩情。"

国王仍旧一脸坏笑地继续说道："那太好了！我想派你去办一件事，这件事有些小小的风险。你是个有胆识、肯进取的年轻人。毫无疑问，你应该把这场冒险视为一件莫大的幸事，这是一次展现你过人之处的难得良机。你知道的，我的好珀耳修斯，我想要迎娶美丽的希波达米亚公主。到时候，按照习俗，我要送给新娘一件稀世珍宝当作礼物。这件事让我有些困扰，我必须坦言，我不知该上哪儿去寻找那样一件东西，才能满足公主的高雅品位。但今天一早，我满心欢喜，因为我终于想到了一件东西。"

珀耳修斯热心地大声问道："那我可以替陛下去取得这样东西吗？"

波吕得克忒斯国王用和蔼到极点的语气答道："当然可以，只要你够勇敢就可以，我坚信你很勇敢。我真心想把这样东西当作赠予新娘的礼物，送给美丽的希波达米亚公主。这东西便是蛇发女妖美杜莎的头。全靠你啦，亲爱的珀耳修斯，把它带给我吧。我想尽快和公主定下婚事，所以，你越早出发，我就越欢心。"

珀耳修斯应允道："那我明天一早就出发。"

国王说："那就有劳了，年轻的勇士！对了，珀耳修斯，你下手一定要干净利索，不要划伤女妖的脸，要把头完好无损地带回来，那样才配得上美丽的希波达米亚公主那高雅的品位。"

说罢，珀耳修斯离开了宫殿。波吕得克忒斯估摸着他已走远，听不到大殿的动静，便忍不住大笑起来。邪恶的国王发现这个年轻人如此轻易就掉进了陷阱，觉得极其好笑。消息很快便传开了，珀耳修斯要去砍下蛇发女妖美杜莎的头。人人都幸灾乐祸。这座岛上的大多数居民都和国王一样邪恶，看到达娜厄和她的儿子大祸临头，他们都兴奋不已。在这座邪恶的塞里福斯岛上，好人似乎就只剩那位渔夫。因而，只要珀耳修斯走在路上，就有路人在背后指指点点，扮相装怪，相互挤眉弄眼，对他肆意讥讽，大声嘲笑。

众人幸灾乐祸地叫道："嚯，嚯！美杜莎头上的毒蛇会咬死他的。"

话说，那时候有三只蛇发女妖。无论是在创世之时，还是在创世之后，它们都是大家见过的最奇异、最可怕的怪物，将来也很可能一直都是。我简直不知道它们是哪种生物，又是何方妖怪。它们是三姊妹，看上去长得和女性略微相似，但实际上却是一种十分凶狠可怕的恶龙。很难想象，这三姊妹是怎样一种可怕的存在。哎，你们相信吗？它们头上长的都不是毛发，而是上百条凶猛的毒蛇，全是活的。百余条毒蛇相互缠绕，扭动卷曲，吐着有毒的信子，信子尖上还有叉状的毒刺。蛇发女妖个个长着又尖又长的獠牙；生得一双黄铜铸成的利爪；全身布满了鳞片，这鳞片即便不是钢铁，也如钢铁一般坚硬，无法刺穿。它们还有翅膀，我向你们保证，那翅膀十分靓丽，每根羽毛都是用纯净、闪耀、锃亮、光洁的金子构成的。若蛇发女妖在阳光下飞翔，毫无疑问，它们看上去一定会耀眼夺目。

可是，若是有人碰巧瞥见天空中光彩耀目的蛇发女妖，他不但不会驻足凝望，反而会赶忙跑开，把自己藏好。也许你们会以为，他们是害怕被蛇发女妖满头的毒蛇咬死，或是被可怕的獠牙咬掉脑袋，抑或是被坚硬的爪子撕成碎片。是的，的确，这些都很可怕，但都不是最可怕的，也不是最难逃脱的。这些令人畏惧的蛇发女妖最可怕的地方在于，一旦哪个倒霉鬼正面看到了蛇发女妖的整张脸，他必然会马上从一副温暖鲜活的血肉之躯，变成一尊冰冷死寂的石刻雕像。

所以，你们现在一定能明白，邪恶的波吕得克忒斯国王设法令无辜的珀耳修斯去执行的任务，是一场多么艰难的冒险。珀耳修斯经过一番仔细思索，幡然发觉他几乎不可能活着完成这场冒险。他很有可能不但带不回美杜莎那长满蛇发的头，还会被那妖怪变成一尊石像。且不说还有什么其他困难，光一个问题就令珀耳修斯感到棘手，就连那些比他老练得多的勇士也感到棘手。他不仅要和长着黄金翅膀、铁甲鳞片、锋利长牙、黄铜利爪、满头蛇发的怪物战斗，并斩掉其头颅，还必须闭上眼睛，最多只能在一瞬间匆匆一瞥眼前的敌人。否则，他在刚准备抬手搏斗之际，就会变成僵硬的石头。他会抬着手臂立在那里几个世纪，经受风吹霜冻，日晒雨淋，直到被侵蚀干净。若是这种事情落在珀耳修斯头上，那可真叫人悲痛惋惜。他还想完成许多英雄壮举，想在这个光明美丽的世界中享受无尽欢乐呢。

这些心事搞得珀耳修斯郁郁寡欢。他不愿把他应承下来的这番冒险告诉母亲，生怕母亲忧心。于是，他拿起盾牌，佩上战刀，一人悄悄离开了岛屿，前往大陆，坐在一片了无人烟的荒地上，忍不住流下了眼泪。

可是，正当他心情低落之时，一个声音在他耳边响起。

这个声音唤道："珀耳修斯，你为何悲伤？"

他抬起藏在双手间的头，循声望去。珀耳修斯本以为在这荒无人烟的地方，只有他一个人，而现在却多出了一位陌生人。这是个活泼伶俐的年轻人，看上去十分机灵。他肩上披着一件斗篷，头上戴着一顶样式古怪的帽子，手中握着一根弯曲、奇异的权杖，腰间挂了一把短柄弯刀。他体态轻盈，活力四射，能跑能跳，像是一个长期坚持体操训练的人。最重要的是，这位陌生人生得一副喜眉笑眼、善解人意、助人为乐的模样（不过，此外，他看上去也有一股调皮劲儿）。珀耳修斯一盯上他，精神便不觉为之一振。再说，身为一名堂堂正正的年轻勇士，不管是谁看到他泪眼婆娑、一副胆怯局促的学童模样，都会令他感到非常羞愧。毕竟，在接下来的冒险中，他也不一定会身处绝境。于是，珀耳修斯睁大眼睛，用一种相当轻快的语气给陌生人回话，尽可能让自己看起来英勇无畏。

他说："我没有悲伤呀，我只是接下了一场冒险，正在考虑该如何去完成。"

陌生人应道："哦，原来是这样！那就跟我讲讲吧，兴许我帮得上忙。我曾经帮助过许多年轻人完成冒险，刚开始，那些冒险都看起来困难重重。或许你听说过我。我有好几个名字，但'快银'这名字比其他名字要更适合我。跟我说说你遇到了什么麻烦吧，我们可以商量商量，看看有没有解决办法。"

陌生人的话语和态度让珀耳修斯一扫刚才的阴霾，心情转好。他决定告诉快银他面临的所有困难。事已至此，告诉快银也没什么损失。万一这位新朋友真能给他一些建议，帮他渡过难关呢。所以他简明扼要地把自己的处境告诉了这位陌生人——国王波吕得克忒斯想把美杜莎那长满蛇发的头颅当作礼物，送给美丽的希波达米亚公主；他答应为国王取回头颅，却又害怕被变成石头。

快银带着一脸调皮的笑容说："要是变成石头就太可怜了。不过，你会是一尊非常英俊的大理石像，这一点是肯定的。石像要经过好几百年才会被侵蚀干净。但一般而言，大家更愿意度过短暂的青春，而不愿当几百年雕像。"

珀耳修斯听罢，忍不住满眼泪水，他大声疾呼："哦，绝对不愿意！并且我亲爱的妈妈该怎么办，如果她心爱的儿子变成石头！"

快银用一种鼓舞的口吻答道："好啦，好啦！我们要相信，事情没那么糟糕。如果说有谁能帮到你，那一定是我。在这段冒险中，我的姐姐和我都将竭尽所能护你周全，尽管这场冒险现在看上去凶险难料。"

珀耳修斯疑惑地问："你姐姐？"

快银说："是呀，我姐姐。她非常聪明，我向你保证。至于我嘛，我也浑身透着聪明劲儿，只是没法和她比。如果你能够表现得胆大而又心细，能照我们说的去做，便不用害怕会被变成一尊石像。但首先，你必须抛光你的盾牌，直到你能像照镜子那样，在盾牌中清晰地看到你的脸。"

对珀耳修斯来说，以这样的行动开始他的冒险显得相当古怪。在他看来，盾牌光不光亮、能不能照出他的脸来并不重要，重要的是有多坚硬，能不能扛住蛇发女妖的黄铜利爪。不过，想到快银比他要懂得多，他便立刻动手，打磨盾牌。他满怀希望地反复用力打磨，很快，盾牌就被磨得光亮照人，犹如中秋前后的满月。快银看着盾牌，面露笑容，点头赞许。接着，他取下珀耳修斯别在腰间的战刀，又卸下自己身上的短柄弯刀给珀耳修斯系上。

快银说："只有我的弯刀能帮你完成任务。这把刀经过最精良的锻造，砍铜剁铁就像劈断细枝一样容易。我们现在就出发。下一步，就是要去寻找白发三姊妹，她们会告诉你，在哪里能找到那些能帮到你的小仙女。"

珀耳修斯问道："白发三姊妹！请问，谁是白发三姊妹？我以前从来没听说过。"对他来讲，这是冒险旅程中的又一道新难题。

上编：一本神奇故事书（1852）

快银大笑一声，说："她们是三位非常奇特的老妇人，共用一只眼睛、一颗牙齿！而且，你只能借着点点星光，或是昏暗的暮光才能找到她们，因为她们从不在日光和月光下现身。"

珀耳修斯问："可是，为什么我们要浪费时间去找白发三姊妹呢？立刻出发去找可怕的蛇发女妖不是更好吗？"

快银答道："不行，不行。找到蛇发女妖之前，我们还有其他事情要办。不找到这几位老妇人，就什么也做不了。等我们找到她们，你一定就离找到蛇发女妖不远了。快，我们立刻出发！"

此时，珀耳修斯对他这位新同伴的远见充满信心，他不再提任何异议，而是表示，自己已经为这场即将开始的冒险作好了准备。于是，他们出发了，步履相当轻快。珀耳修斯发现快银的脚步实在太轻盈了，自己很难跟上这位手脚敏捷的朋友。说真的，他有个神奇的想法，觉得快银穿着一双带翅膀的鞋子，正是这双鞋子让他一路都轻盈得令人惊讶。不仅如此，每当珀耳修斯用眼角的余光从侧面看向快银时，似乎还看到，快银的头两侧也有一对翅膀。可是，当珀耳修斯转过头来想看个明白时，除了一顶奇怪的帽子，什么也没看到。不过，无论怎样，快银手中那根弯来扭去的手杖显然为他提供了助力，使他能快速前行。珀耳修斯虽然是个精力充沛的年轻人，但也逐渐变得上气不接下气。

终于，快银叫住珀耳修斯，说："给你！"——其实，他很清楚珀耳修斯很难跟上自己的脚步，他只不过想捉弄捉弄珀耳修斯罢了——"把手杖拿去，你比我更需要它。难道塞里福斯岛上就没有比你走得更快的人了吗？"

珀耳修斯悄悄瞥了一眼快银的双脚，说："我也能走得相当快，如果我也有一双带翅膀的鞋子。"

快银答道："可以考虑给你弄一双。"

话说，一路上，快银的手杖对珀耳修斯着实有很大帮助，他再也没感觉到疲倦。确切地说，这根杖子拿在手上就好像是活的，能把自己的部分生命之力分给珀耳修斯。就这样，他和快银快步向前进发。休息之余，他们还亲切交谈。快银讲了许多他以前经历的冒险故事，讲他如何智慧巧妙地解决各种麻烦。珀耳修斯越听越觉得他是个相当了不起的人。快银的确经验丰富，他知识渊博，在珀耳修斯的一众朋友中，没人比他更有魅力。珀耳修斯更加热切地听他讲故事，希望通过他的故事来点亮自己的智慧。

聊到后来，珀耳修斯突然想起快银提过的姐姐，那位说是也会为他们接下来的冒险提供帮助的姐姐。

珀耳修斯问："她身在何处？我们一会儿不和她见个面吗？"

快银说："会有机会的。但你要知道，我这个姐姐和我的性格不大一样。她谨慎果敢，庄严肃穆，从不大笑。她时常一言不发，除非有什么意义深远的事情要说；她也不听别人的交谈，除非交谈中充满智慧。"

珀耳修斯惊讶地大喊道："我的老天！那我半个字都不敢说了。"

快银接着说："她是个非常有学问的人，我向你保证。她懂得一切艺术，掌握所有科学。简而言之，她聪明绝顶。所以，很多人视她为智慧的化身。可是，实话跟你说，对我而言，她实在无趣。我想你会发现，她不像我，她不是一个令人愉快的旅伴。不过，她有许多好主意，在面对蛇发女妖时，你会发现这些主意的妙用。"

闲聊间，夜幕降临。此时，他们来到一片广漠的荒原，荒原上长满了杂乱的灌木丛。周围十分安静，与世隔绝，似乎没有人在此居住，也没有游客到此旅行。荒凉的四周一片死寂，在灰蒙蒙的暮光中逐渐昏暗下来。珀耳修斯看向快银，显得非常担忧，他问快银，他们是否还要赶很远的路。

快银悄声道："嘘！嘘！别出声！此时此地你就能遇见白发三姐妹。小心，你能发现她们，她们也能发现你。虽然她们三人有且只有一只眼睛，但这只眼睛非常敏锐，一只顶得上三双！"

珀耳修斯问道："那要是遇上她们，我们该怎么办？"

于是，快银向珀耳修斯解释白发三姐妹如何使用她们唯一的一只眼睛。基本上，她们总会轮流使用那只眼睛，那只眼睛就好像一副眼镜，或者说——这个比方也许更贴切——一只单片眼镜。当三姐妹中的一位使用了一段时间之后，就会把眼睛从眼眶中取出来，交给下一位。下一位轮到谁，谁就会立刻把

上编：一本神奇故事书（1852）

眼睛装进眼眶中，尽情地窥探可见的世界。因此，很明显，白发三姊妹中只有一位能看得见，而另外两位完全处于黑暗当中。而且，当眼睛在她们手中传递的瞬间，这几位可怜的老妇人什么也看不见。我小时候也听说过很多神奇的事情，也曾经目睹过其中一些。但对我而言，没有一件事情能和白发三姊妹共用一只眼睛窥探世界这件事相提并论。

快银边解释，珀耳修斯边想象。他非常吃惊，甚至认为快银在跟他开玩笑。世界上不可能有这样的老妇人。

快银说："你一会儿就能知道我说的是真是假。听！安静！嘘！嘘！她们来了！"

珀耳修斯热切地向幽暗的夜幕中望去，就在那儿，非常肯定，就在不远处，他看到了白发三姊妹。由于光线非常昏暗，他没法清楚地辨别她们的样貌，只能隐约看见她们留着长长的白发。待她们走近，珀耳修斯发现，其中两位老妇人前额中间的眼眶里空空如也。但第三位老妇人的前额中间，有一只硕大的、明亮的、敏锐的眼睛。那眼睛闪闪发光，犹如一枚戒指上的大钻石，似乎能看穿一切。这让珀耳修斯不禁猜测，这只眼睛哪怕在最黑暗的午夜也有看清事物的本事，清晰程度与在光天化日之下无异。三姊妹各自的视力都汇聚到了那一只眼睛上。

总之，三位老妇人集体行动，走起路来还算轻松自如，就好像她们同时都能看见似的。那个正好把眼睛装在前额的老妇人牵着另外两位姊妹的手前行，她始终犀利地四下窥探，这让珀耳修斯十分担心，唯恐她们能看穿自己和快银藏身的那片茂密灌木丛。哎！这只眼睛实在太过犀利，暴露在它的视野范围内确实令人感到害怕。

可是，还没等她们走进灌木丛，白发三姊妹中的一位说话了。

她叫道："姐姐！稻草人姐姐！你都用那么长时间的眼睛了。该换我了！"

稻草人答道："让我再用一会儿，噩梦妹妹，在那边茂密的灌木丛后面，我好像看到了什么东西。"

噩梦暴躁地反驳道："咳，那又怎样？我不跟你一样，也能看穿茂密的灌木丛吗？这只眼睛既是你的，也是我的。我也和你一样知道如何使用它，甚至比你还用得更好呢。我现在就要看！"

此时，第三位叫哆嗦的妹妹也开始抱怨，说应该轮到她来使用眼睛，而稻草人和噩梦两人却想长期霸占。为了结束争吵，稻草人姐姐把眼睛从前额摘下，握在手心递了出去。

她嚷道："你们俩，任谁拿去，只要能赶快停止这场愚蠢的争吵就好。我觉得，幽暗漆黑也挺好的。不过，还是快拿去，否则我就立马把眼睛重新拍进我的脑袋！"

于是，噩梦和哆嗦同时伸手，急切地向前探去，想要从稻草人手中夺过眼睛。可是，由于两个人同样都看不见，所以要摸到稻草人的手在哪里并不容易。而稻草人此时也与哆嗦和噩梦一样，什么都看不见，她也没法轻易摸到两姊妹中任何一人的手，不能把眼睛塞到对方手里。就这样（各位聪明的小听众，你们想都不用想就能明白这是怎么一回事儿），那三位老妇人陷入一种怪异的混乱。虽然这只眼睛犹如一颗闪闪发亮的星星，可白发三姊妹此刻一点都看不到眼睛发出的光亮，她们全都陷入了彻底的黑暗，越是着急想看到，反而越是看不到。眼见哆嗦和噩梦同时伸手摸索眼睛，两人一会儿埋怨稻草人，一会儿又相互埋怨，那场景让快银觉得十分好笑，差点儿没笑出声来。

快银悄悄对珀耳修斯说："该你上场了！快，快！抢在她们其中一个人把眼睛拍进脑袋之前！冲到三位老妇人面前，把眼睛从稻草人手上夺过来！"

一瞬间，就在白发三姊妹还在相互抱怨之时，珀耳修斯从灌木丛后面跳出来，一把抢过了稻草人手中的眼睛。这只奇特的眼睛躺在珀耳修斯手中闪闪发光，就好像正在用狡黠的眼神盯着他的脸一般。若是特意给它安上眼皮，那样子看上去就似乎是在眨眼睛。可是，白发三姊妹全然不知发生了什么，每个人都以为其他两人中的一位拿到了眼睛，于是又开始争吵。珀耳修斯见状，不想给几位老妇人造成更多麻烦，于是决定发声，把事情解释清楚。

他说："各位婆婆好，请你们不要相互生气！谁都没错，错全在我，是我拿了你们那闪耀非凡的眼睛，此刻正有幸把它握在手里！"

上编：一本神奇故事书（1852）

听到这个陌生的声音，又得知自己的眼睛握在一个不明身份之人手中，她们自然吓坏了。白发三姊妹异口同声地尖叫道："你！你抢了我们的眼睛！你是谁？哦，姐妹们，我们该怎么办，我们该怎么办！我们全都看不见了！把眼睛还给我们！把我们宝贵的、唯一的眼睛还给我们！你自己有一双眼睛吧！把我们唯一的一只眼睛还给我们！"

快银悄悄对珀耳修斯说："跟她们说，只要她们肯告诉你去哪儿才能找到拥有飞鞋、魔法袋和隐身头盔的仙女，就把眼睛还给她们。"

珀耳修斯亲切地对白发三姊妹说："亲爱的、尊敬的好婆婆，你们不必害怕。我绝不是个坏小子。你们可以拿回眼睛，我保证眼睛完好无损、光彩如初，只要你们肯告诉我，上哪儿能找到那些仙女！"

稻草人尖叫道："仙女！我的老天，姐妹们，他讲的是什么仙女？据说，有很多不一样的仙女呀——有些在森林中打猎，有些住在树洞里，还有些在泉水边有舒适的房子。我们对她们一无所知。我们只是三位可怜巴巴地在昏暗中游荡的老太婆，我们一共只有一只眼睛，现在还被你偷了去。啊，把眼睛还给我们吧，善良的陌生人！不管你是谁，快把眼睛还回来！"

白发三姊妹一边说，一边伸手向前，一通乱抓，极力想要抓住珀耳修斯。但珀耳修斯很小心地和她们保持距离。

珀耳修斯的母亲教过他，始终要以最礼貌的方式与人讲话，所以他礼貌地说："尊敬的老婆婆，我会把你们的眼睛牢牢地握在手中，帮你们好生看管，直到你们告诉我该上哪儿去找那些仙女。我指的是那些有魔法袋、飞鞋，还有什么来着？还有隐身头盔的仙女！"

稻草人惊叫道："可怜可怜我们吧，姐妹们，这个年轻人在说什么？"噩梦和哆嗦也都是一脸震惊。稻草人继续说道："他说，一双会飞的鞋！如果他傻乎乎地穿上那种鞋，他的脚跟准会飞得比脑袋还高！他还说有一顶隐身头盔！一顶头盔怎么可能让他隐身呢？还是说那顶头盔很大，能把他藏在里面？还有一个魔法袋！我很想知道，那是什么新奇玩意儿？不，不，善良的年轻人！我们不知道上哪儿去找那些不可思议的东西。你自己有一双眼睛，而我们

珀耳修斯与白发三姊妹

上编：一本神奇故事书（1852）

三个加起来只有一只眼睛。和我们三个老婆子相比，你去找那些神奇的东西可比我们方便多了！"

听了她们这番话，珀耳修斯开始相信，白发三姊妹真不知道那些东西在哪儿。给她们添了这么多麻烦，珀耳修斯感到十分过意不去。他打算把眼睛还给她们，并为他抢夺眼睛的无礼行为道歉。快银却抓住了他的手。

快银说："不要被她们骗了！白发三姊妹是世界上唯一能告诉你上哪儿去找那些仙女的人；除非你问出仙女的住所，否则你永远不可能成功砍下美杜莎那长满蛇发的头。抓牢那只眼睛，一切都会事遂人愿的！"

后来的事实证明，快银是对的。世上几乎没有什么东西比眼睛更令大家珍视。白发三姊妹本该有三双眼睛，她们对这一只眼睛就像对三双眼睛那般珍视。最终，她们发现没有其他办法能要回眼睛，便只能告诉珀耳修斯仙女的住所。白发三姊妹一告诉珀耳修斯，珀耳修斯便立马心怀最诚挚的敬意，把眼睛拍进其中一位老妇人前额上空空的眼眶里，感谢她们的好意，并向她们告别。可是，珀耳修斯还没走远，便又听见她们陷入了新的争吵，因为珀耳修斯恰巧把眼睛还给了稻草人，而在珀耳修斯夺走她们的眼睛之前，稻草人已经用过那只眼睛了。

令人担心的是，白发三姊妹总是为这种事情吵架，搞得彼此之间很不和睦。更可怜的是，如果她们互相少了对方，便会行动不便，照这个情况来看，她们又只能做形影不离的同伴。在此，我有一条基本原则想要分享给大家，无论是姐妹还是兄弟、老人还是青年，若恰好几个人要共用唯一的一样东西，就要学会忍让，不要所有人一起争抢，不要总想着及时行乐，要学会延迟享受。

与此同时，快银和珀耳修斯开始全力找寻那些仙女。三位老妇人已经给珀耳修斯指明了具体路线，他们没过多久便找到了那些仙女。仙女们看上去和噩梦、哆嗦与稻草人很不一样。比如，白发三姊妹很老，而这些仙女则既年轻又漂亮；又比如，她们不像白发三姊妹只有一只眼睛，每位仙女各自都有一双非常明亮的眼睛，个个和善地盯着珀耳修斯。她们好像都认识快银。快银把珀耳修斯应承下来的冒险告诉了这群仙女后，她们爽快地答应会把自己所保管的那些贵重物品交给珀耳修斯。仙女们从一处地方取来一样东西，看上去像是只小手袋。手袋由鹿皮制成，上面有奇特的刺绣，她们要珀耳修斯务必保管好这只手袋。这就是那只魔法袋。仙女们接着给了珀耳修斯一双鞋子，这双鞋既有点像拖鞋，又有点像凉鞋，每只鞋子的后跟处分别有一对漂亮的小翅膀。

快银催促道："快穿上，珀耳修斯。你会发现，有了这双鞋，我们接下来的旅途会无比轻松。"

于是珀耳修斯拿起一只鞋子套在脚上，把另一只放在身旁的地上。可是，突然间，另一只鞋子展开了它的小翅膀，轻拍着腾空而起，若不是快银一跃而起，在半空将它一把抓住，那只鞋子恐怕就飞走了。

快银把鞋子还给珀耳修斯，并对他说："多加小心。让天上的小鸟瞧见一只会飞的鞋子，它们会被吓坏的！"

等珀耳修斯穿好两只神奇的鞋子，他感觉实在太轻盈了，脚都不用完全着地。你瞧！他走了两步，一飞冲天，飞到快银和仙女们的头顶上空，却发现很难重新落回地面。所有的飞行装置，包括这双飞鞋，都不是能轻易驾驭的，使用者需要一点时间来适应。快银眼见珀耳修斯身不由己的样子，不禁哈哈大笑，他告诉珀耳修斯一定不要太过着急，他们还要等着取隐身头盔呢。

和善的仙女拿来头盔，给头盔装扮上一簇黑色的鹅毛，一切准备就绪，只等珀耳修斯戴上头盔。这时，奇迹发生了，就像许多我还没来得及跟你们讲的奇迹一样。就在珀耳修斯准备戴上头盔的前一秒，这位金色卷发、面色红润的俊美少年还站在半空，腰间挂着一柄弯刀，肩上背着一面磨得锃亮的盾牌，整个人看上去无所畏惧、生气蓬勃、容光焕发。可是，当头盔刚盖过他的眉毛，珀耳修斯就凭空消失了！除了空气，什么也没有！就连那顶戴在他头上有隐形功能的头盔，也一起消失了。

快银问："你在哪儿，珀耳修斯？"

珀耳修斯非常平和地答道："怎么了，这儿，我就在这里呀！我就没动过。你看不到我吗？"那声音就好像从空气中传出来一样。

上编：一本神奇故事书（1852）

快银说："确实看不到！头盔把你给藏起来了。不过，我看不到你，那蛇发女妖也看不到你。一会儿你跟着我，让我们来试试，看你穿上飞鞋之后有多灵敏。"

话音刚落，快银的帽子便张开翅膀，他的头就好像要从肩膀上飞走似的。不过，他整个人都轻巧地飞到空中，珀耳修斯紧随其后。等他们飞到几百英尺①高的空中后，珀耳修斯感觉到，把幽暗的山川密林远远地抛在脚下，像鸟儿一样轻快地飞来飞去，真是件畅快淋漓的事。

此时正值午夜。珀耳修斯举头仰望，空中一轮银色月亮又圆又亮。他边看边想，没有什么比飞上月亮，在那里度过余生更令人心驰神往了。一会儿，他又鸟瞰大地，望见了一片片汪洋和湖泊、一条条泛着银光的河流、一座座冰雪覆盖的山头、一片片广袤的田野和暗黑树林，还有一座座用白色大理石修建的城池。月光笼罩整片大地，把大地也照得如同天上的星星和月亮般美丽。在另一片区域中，珀耳修斯看到了塞里福斯岛，他亲爱的母亲就在那里。珀耳修斯和快银不时会靠近云层，从远处看，那些云朵就好像是用羊毛般的银子做成的。然而，他们一钻入云层，便会感到一阵冷飕飕的寒意，全身都被灰白的云雾打湿。可是，他们飞得极快，一瞬间就冲出云层，重新出现在月光之下，与一只翱翔的雄鹰迎面擦肩而过。最壮观的场景莫过于流星。流星突然迸发出凌厉的光芒，如同一团在空中燃烧的火球，在它们周围百英里范围内，月光也显得黯然失色。

他们两人继续往前飞，珀耳修斯似乎听到在快银身旁有衣襟摩擦发出的沙沙声。他盯着旁边的快银，声音是从快银那边传来的。可是，他只能看到快银。

珀耳修斯问："是谁的衣服一直在微风中沙沙作响？声音似乎就在我身边。"

快银答道："哦，是我姐姐的！她来随我们一起去，我跟你说过，她会来的。没有我姐姐的帮助，我们什么也干不了。你根本不知道她有多聪明。她还

---

① 英尺为英美制长度单位，1 英尺约等于 30 厘米。

众仙女向珀耳修斯献宝

有一双智慧的眼睛！这也是为何她现在能清楚地看到你，和你没有隐身时看得一样清楚。我敢打赌，她一定会第一个发现蛇发女妖。"

就在此刻，在他们迅速翱翔之际，眼前出现了一片汪洋大海。不一会儿，他们便飞到了大海上空。海浪远远地在他们脚下汹涌翻滚，卷起一道道白色激浪拍向长长的海滩，化作飞溅的浪花打在岩石峭壁之上，伴着雷鸣般的咆哮声从下方传来，尽管这声音传到珀耳修斯耳中时，已经大大减弱，只犹如平缓溪流的潺潺之音，犹如半睡婴儿的轻声呓呀。这时，一个声音在空中响起，就在珀耳修斯耳边，听起来是来自一位女性，非常悦耳，虽然也许算不上甜美，但庄严又不失温和。

那个声音说："珀耳修斯，蛇发女妖就在那里。"

珀耳修斯问："在哪儿？我没看见她们呀！"

那个声音答道："就在那座岛的岸边，在你脚下。若让一块石头从你手中自由落下，正好能砸在她们中间。"

快银对珀耳修斯说："我跟你说过的，她肯定会第一个发现蛇发女妖。瞧，她们就在那里！"

在他正下方两三千英尺的地方，珀耳修斯发现了一座小岛。这座岛的三面都是岩质海岸，只有一面是白色沙滩，海水打在三面的岩石上溅起雪白的浪花。珀耳修斯朝下方的海岛缓缓降落，小心地注视着周围。只见岸边一处黑乎乎的悬崖底部发出点点亮光，看！蛇发女妖就在那里。她们躺在地上，睡得很沉，海上的隆隆雷声是她们的安眠曲。非得这种普通人觉得震耳欲聋的喧嚣声，才能把这几只可怕的妖怪哄睡。月光映照在她们钢铁般坚硬的鳞片和金翅之上，翅膀慵懒地垂下，落在沙地之中。每当熟睡的蛇发女妖梦到把可怜的凡人撕成碎片时，她们那看上去极为可怕的黄铜利爪便会向外伸出，扒在被海浪侵蚀的碎裂岩石上。那些长在头上，被她们当作头发的毒蛇也都睡去。尽管，时不时有一两条蛇会蠕动身体，抬头吐出叉子般的蛇信子，发出令人昏昏欲睡的咝咝声，但不久便会缩回蛇群中去，与其他蛇姐妹一道继续熟睡。

蛇发女妖三姊妹长得像某种可怕的、不可思议的昆虫——类似于巨大的金翅甲壳虫或者蜻蜓之类的东西——既丑陋，又漂亮，只不过要比这些昆虫大上千上万倍。另外，她们身上还有某些人类的特征。珀耳修斯非常幸运，三只女妖卧躺的姿势恰好背对珀耳修斯，他完全看不到女妖的脸。否则，哪怕珀耳修斯只看一眼，都会从空中重重跌落，变成一尊毫无生气的石像。

快银盘旋在珀耳修斯身边，悄声对珀耳修斯说："就趁现在，是时候行动了！快！万一其中一只醒来，你就没机会了！"

珀耳修斯拔出配刀，飞得更低。他问："我应该砍哪一只的头？她们三个长得都一样！都是满头蛇发！哪一只才是美杜莎？"

要知道，在这三只龙形怪物中，只有美杜莎的头是珀耳修斯可能砍下来的。至于另外两只，哪怕就是给他世间锻造的最锋利的宝刀，让他随意砍上一个小时，也不能伤她们分毫。

这时，之前跟珀耳修斯说过话的那个声音又在耳边响起，音调温和："小心！其中一只蛇发女妖将从睡梦中苏醒，她会翻个身。那就是美杜莎。一定不要看她！与她的目光接触的话，你就会变成石头！你那面光亮如镜的盾牌能照出她的脸和身形，你就盯着盾牌里的镜像行动。"

此刻，珀耳修斯终于明白快银为什么热心地劝他把盾牌擦亮了。透过盾牌表面，珀耳修斯能够放心地去看蛇发女妖映在盾牌之上的脸。这张脸——这张可怕的面容——映在被月光照得明晃晃的盾牌上，恐怖的样子展露无遗。那满头的毒蛇本性邪恶，没法全然入睡，在美杜莎的前额上不停地相互缠绕。从未有人见过这般狰狞恐怖的面孔，就连想都想象不出来，但其中又透着某种异样、可怖、野性的美感。美杜莎仍在闭目熟睡，突然，一阵扭曲的表情打破了她原本平和的面容，她好像是做了一场噩梦。她咬紧白色的獠牙，一对黄铜利爪深深地戳进沙子里。

那满头的毒蛇也好像受到了美杜莎噩梦的影响，变得更加焦躁不安。它们相互缠绕，扭成一团乱麻，疯狂地蠕动。上百条毒蛇一齐抬头，双目紧闭，发出咝咝的蛇鸣。

快银已经渐渐失去耐心，轻声催道："现在，就趁现在！朝那只妖怪冲过去！"

上编：一本神奇故事书（1852）

同时，那个庄严而悠扬的声音在珀耳修斯身边提醒道："保持冷静！飞下去的时候，盯紧你的盾牌，注意，一定要一击必中！"

珀耳修斯小心翼翼地向下飞去，眼睛始终盯着盾牌中美杜莎的脸。他靠得越近，这只怪物蛇一般的面容和金属般坚硬的身体就显得越可怕。最后，待珀耳修斯飞到离美杜莎只有一臂之遥时，他举起了弯刀，准备动手。然而，就在同时，美杜莎头上的每条毒蛇都凶猛地朝珀耳修斯扑来，美杜莎也睁开了眼睛。可是她醒得太晚了。珀耳修斯的弯刀非常锋利，一刀下去，就如同闪电一般，邪恶的美杜莎就此身首异处！

快银欣喜地叫道："干得漂亮！快，赶快把美杜莎的头用魔法袋套起来！"

令珀耳修斯吃惊的是，他挂在脖子上的那个小巧的绣花魔法袋顶多不过一个钱袋大小，可突然间就变大了，大到足以装下美杜莎的头。珀耳修斯迅速抓起美杜莎的头，一把塞进魔法袋中，满头的毒蛇仍在不停蠕动。

那个声音平和地说："你的任务完成了。趁现在，赶快飞走吧。另外两只蛇发女妖会竭尽全力为美杜莎报仇的。"

珀耳修斯的确应该立刻飞走，因为这一切发生得并非完全悄无声息，其间有挥刀斩杀美杜莎的哐啷声，有美杜莎满头毒蛇发出的咝鸣声，还有头颅滚落在海浪冲击的沙滩上的撞击声。这些声音惊醒了其他两只女妖。不到片刻，她们便坐起身来，用黄铜利爪揉了揉惺忪的睡眼。她们头上的毒蛇都接连惊讶地竖起身子，怀着凶恶的怨念面对它们未知的一切。可当两只蛇发女妖看到美杜莎满覆鳞片的无头尸身，看到沙地上羽翼杂乱、半伸开来的黄金翅膀后，立刻发出可怕的惊叫声。还有她们满头的毒蛇，也一起发出百倍的咝鸣声！美杜莎头上的毒蛇也闻声钻出魔法袋，回应同伴。

两只蛇发女妖完全清醒过来，立马猛地冲向天空，挥舞着黄铜利爪，咬紧恐怖的獠牙，狂暴地拍打着巨大的翅膀，几根黄金羽毛都从翅膀上被抖落下来，飘回海滩。那些掉落的羽毛也许今天还散落在岸边。我刚才讲到，两只蛇发女妖飞到空中，恶狠狠地盯着四周，希望能把什么人变成石头。倘若

珀耳修斯与三只蛇发女妖

珀耳修斯看了她们的脸,或是被她们抓住,他那可怜的母亲就再也亲吻不到儿子了!但珀耳修斯非常小心地把目光看向别处。他还戴着隐身头盔,所以蛇发女妖不知道该往哪个方向去追。他还能娴熟地驾驭飞鞋,垂直向上飞出大约一英里。身处高空,下方两只可怕的怪物发出的嘶吼声已经变得十分微弱,于是珀耳修斯径直朝塞里福斯岛飞去,好尽快把美杜莎的头交给波吕得克忒斯国王。

我没有时间再跟你们细说珀耳修斯回程路上发生的事情,那都是几件不可思议的事情。比如,他杀死了可怕的海怪,当时那只海怪正准备吃掉一位美丽少女;又比如,他仅仅靠美杜莎的头,就把一只体型庞大的巨怪变成了一座石山。如果你们有谁不相信后面这个传说,哪天可以去非洲旅行,去看看那座大山,那座大山至今还在沿用那个远古巨人的名字。

最终,我们勇敢的珀耳修斯回到了塞里福斯岛,他想赶快去见亲爱的母亲。可是,在他离开的这段时间,邪恶的国王对达娜厄百般刁难,迫使达娜厄逃到一座神殿避难。那里所有的老祭司都对她特别好。这些可敬的祭司以及善良的渔夫——就是那位一开始在漂流箱中发现达娜厄和小珀耳修斯,待他们殷勤友善的渔夫——似乎是这座岛上为数不多的几个品行中正的人。可岛上其他人,包括波吕得克忒斯国王本人,都劣行斑斑。而接下来即将发生的事,对他们而言是罪有应得。

珀耳修斯在家中没见到母亲,便直接来到皇宫,并立刻被人带到了国王面前。波吕得克忒斯万万没有想到还会见到珀耳修斯。在他邪恶的念想中,这个可怜的年轻人肯定会被蛇发女妖撕成一片一片,吃得干干净净,从此消失。可是,看到珀耳修斯安全归来,他又堆起满脸笑容,询问珀耳修斯是如何做到的。

国王问道:"你履行了承诺吗?有没有带回美杜莎长满蛇发的头?如果没有,年轻人,你就要付出代价。我必须为美丽的希波达米亚公主准备新婚礼物,而她最中意的就是蛇发女妖的头。"

珀耳修斯回答说:"是的,国王陛下,我给您带回来了一颗蛇发女妖的头，的确满头蛇发！"他回答得十分平静，就好像完成这件事对他这样的年轻人来说没有什么大不了的。

波吕得克忒斯国王惊讶地说："当真？那就给我看看吧！如果那些游历四方的人所言属实，蛇发女妖的头一定是一件世所罕见的奇物！"

珀耳修斯答道："陛下圣明，所有看过这东西的人，都一定挪不开他们的眼睛。另外，如果陛下觉得合适的话，我建议办一场公众展示会，召集陛下所有的臣民前来一睹这件奇物。我想，此前没有谁见过蛇发女妖的头，此后他们或许也再没机会见到了！"

国王深知他的臣民都是一帮闲散堕落的人，非常喜欢看热闹，就和所有好吃懒做的人一样。所以，他恩准了珀耳修斯的建议，差遣传令官和信使奔向四面八方，在街角、集市和每个路口奔走相告，召集所有人到皇宫集合。于是，皇宫前聚集了一大帮一无是处的无赖，他们很喜欢幸灾乐祸，巴不得珀耳修斯在对战蛇发女妖的过程中遭遇不测。如果这座岛上还有一些人有事可干（虽然这篇故事没有讲到，但我真心希望有这样一批人），他们就会安静地待在家里，忙些自己的事情，照顾家中的孩子。总之，岛上绝大部分的居民以最快的速度奔向皇宫，他们肘贴着肘，相互推搡，都想离皇宫的露天阳台靠得更近些。这时，珀耳修斯出现在阳台上，手中提着那只绣着花纹的魔法袋。

露天阳台下人山人海，强势的波吕得克忒斯国王坐在阳台正中间的观礼台上，阴险的长老相伴左右，阿谀奉承的朝臣围在他周边排出一个半弧形。君王、长老、朝臣和民众全都热切地盯着珀耳修斯。

人群中传出阵阵叫喊："拿出头来！拿出头来！把美杜莎长满蛇发的头拿出来给我们看看！"这叫声狂妄猖獗，就好像在威胁珀耳修斯，若不满足他们的要求，不让他们见识蛇发女妖的头，他们就会把珀耳修斯撕成碎片。

年轻的珀耳修斯顿感悲痛，又觉同情。

他大声喊道："哦，波吕得克忒斯陛下，还有大家，我非常不愿意给你们看蛇发女妖的头！"

珀耳修斯拿出美杜莎的头

众人听罢,顿时炸开了锅,比之前喊得更加狂热:"哈,你这个骗子,懦夫!他欺骗了我们!他根本没有拿到蛇发女妖的头!如果真有,你就拿出来给我们看看,否则我们就要拿你的头当球来踢!"

几位阴险的长老在国王耳边悄声怂恿,群臣之间也相互低语,他们一致认为,珀耳修斯对陛下,对他们的主人大为不敬。强势的波吕得克忒斯国王摆了摆手,用严厉、阴沉、威严的语气,以珀耳修斯的性命相要挟,命令珀耳修斯展示蛇发女妖的头。

"拿出蛇发女妖的头给我看,否则我就砍了你的头!"

珀耳修斯叹了口气。

波吕得克忒斯又一次重复道:"马上!否则我就处死你!"

珀耳修斯声如洪钟地叫道:"好吧,那就看好了!"

珀耳修斯猛地从魔法袋中拽出蛇发女妖的头,高高举起。一眨眼的工夫,邪恶的国王、阴险的长老以及所有暴民,全都变成了一尊尊石像。他们被石化了,永远保持着看到美杜莎的头那一刹那的姿势。他们一瞥见美杜莎那恐怖的头颅,就被变成了白色的大理石像!

珀耳修斯把美杜莎的头塞回魔法袋中,然后回去告诉他亲爱的母亲,今后再也不用害怕邪恶的波吕得克忒斯国王了。

唐格尔伍德山庄的门廊下：
讲完故事之后的结束语

尤斯塔斯问："这故事好听吗？"

三叶草拍手叫道："哦，好听，好听！那三位老妇人真有意思，她们一共只有一只眼睛！我可从来没听说过这种怪事。"

报春花说："还有，她们只有一颗牙齿，要轮流着用。没有什么比这个更有意思的了。我猜这是一颗假牙！可是想想看，你把赫尔墨斯唤作快银，还说他有个姐姐！这简直太荒谬了！"

尤斯塔斯问："她难道不是快银的姐姐吗？如果我能早点儿构思一下，我会把她讲成是一位手抱猫头鹰的少女！"

报春花说："嗯，不管怎么说，你的故事似乎已经驱散了晨雾。"

是呀，的确，故事讲着讲着，雾气基本从眼前消散。上一眼还云雾迷蒙的前方，此刻呈现出一片湖光山色，让人感觉这场景就好像是突然出现的一样。在大约半英里远的一处峡谷中，一片平如明镜的湖泊出现在众人眼前，湖水清晰地倒映出岸边的树林和远处的山峰。清风徐来，水波不兴。湖泊对岸的远处矗立着纪念碑山，山脉绵延横陈，穿过几乎整个峡谷。尤斯塔斯·布莱特把山脉比喻为一只巨大的、包裹在波斯羊绒披肩里的无头狮身人面像。的确，林间的秋叶绚丽多彩，将之比喻为羊绒披肩绝不夸张。在唐格尔伍德山庄和湖泊之间有一片洼地，洼地的树林里和林地边布满了金色与深褐色的叶子，这里的叶子比山坡上的经受了更多风霜。

和煦的阳光透过最后一缕薄雾，照耀着眼前的一切，给人一种说不出的舒适和惬意。哦，不过待会儿天气就会变得如印度之夏般炎热！孩子们提起篮子，起身出发，他们蹦蹦跳跳，嬉戏打闹。尤斯塔斯哥哥很适合做这帮孩子的领头人，他做出各种各样的动作，比孩子们做的动作还要滑稽古怪，他甚至想出一些新动作，没有一个孩子能模仿得来。他们身后跟着一条老狗，名叫本。本相当忠诚可靠。它或许觉得，尤斯塔斯·布莱特既愚蠢又轻浮，如果非要尤斯塔斯来担当孩子们的领头人，它便要承担起保护孩子安全的责任，如此，家长才能放心让孩子们离开。

荫翳小溪边：讲《点金术》之前的开场白

在一片山谷深处，流淌着一条小溪。正午，孩子们聚在溪边玩耍。山谷幽深狭长，两旁青峰耸立。溪水两岸连着整片山壁长满了胡桃树和栗子树，还有一些橡树和枫树掺杂其间。夏天里，小溪两旁团团如盖的枝叶跨过溪水相交重叠，就算在正午时分，也能提供一片庇荫之所。荫翳小溪由此得名。可如今，自从秋天潜入这片隐秘之地，眼前的一切就从墨绿变成了金黄。漫山的秋叶非但没有荫蔽整片山谷，反而将之完全点亮。即便在阴天，黄灿灿的树叶中也仿佛积蓄着阳光。小溪边上铺满落叶，看上去也好像洒满阳光。于是，当夏日褪去，这片荫翳的隐匿之处，如今便成了世间难寻的阳光之所。

溪水沿着金色的河道流淌，流经于此，稍作停歇，形成一片浅滩，一群鲦鱼在浅滩里来回穿梭。然后，溪水踏着更加敏捷的步伐，急匆匆地向前奔流，就好像急于要汇入远处的湖泊。结果它忘记看路，撞在前方一条横穿河道的树根上打了个滚。如果你们能听到它在这场事故中喋喋不休地大声抱怨，一定会忍不住嘲笑它一番。即便已经跑远，它仍然在不断自说自话，好像有些局促狼狈。我想，对于小溪来说，发现荫蔽的山谷变得如此明亮，听到许多孩子的欢歌笑语是一种惊吓。所以，它便以最快的速度溜进湖中藏了起来。

在荫翳小溪流经的山谷中，尤斯塔斯·布莱特和孩子们刚吃过午餐。他们的篮子里装满了从唐格尔伍德山庄带来的美味。他们把食物摊在树桩上，挂在长满青苔的树枝上，吃得既开心又丰盛。午餐过后，便没人想动了。

荫翳小溪边：讲《点金术》之前的开场白

几个孩子嚷嚷道："我们要在这里歇一歇，顺便叫尤斯塔斯哥哥再给我们讲一则精彩的故事。"

和孩子们一样，尤斯塔斯哥哥当然也累了，尤其是在这美好的正午饱餐之后。蒲公英、三叶草、风铃草还有金凤花几乎都相信尤斯塔斯有一双会飞的鞋，就像仙女们给珀耳修斯的那双一样，因为他总是前一刻还在地上，下一刻就爬上了结满坚果的树顶，摇动树梢，在孩子们头上降下胡桃雨，孩子们则赶忙把满地的胡桃捡进篮子里！他整个上午都像松鼠和猴子一样上蹿下跳，直到此刻，才有机会躺在金黄的落叶上休息，似乎真的累了。

可孩子们却不管你累不累。只要你还有一口气在，他们也会要你把这口气花在给他们讲故事上。

风铃草说："尤斯塔斯哥哥，《蛇发女妖的头》可真是个好故事。你能给我们再讲一个那样好听的故事吗？"

尤斯塔斯说："当然，只要我愿意，我可以给你们讲十几个同样精彩，甚至更精彩的故事。"他边说边把帽檐拉低，遮住眼睛，装出一副准备小睡的样子。

风铃草手舞足蹈地兴奋叫道："哇，报春花、玉黍螺，你们听到了吗？尤斯塔斯哥哥准备给我们讲十几个比《蛇发女妖的头》还要好听的故事！"

尤斯塔斯假装生气地说："风铃草，你这个小调皮鬼，我可一个都没有许诺过！不过，我想我还是得讲一个。谁叫我名声在外呢！我真希望自己能生得笨些，或者只展现一半与生俱来的聪慧。那样的话，我就能安静舒服地打个盹了。"

可是，我想就像我之前暗示过的那样，就如同孩子们喜欢听故事，尤斯塔斯也喜欢讲故事。他讲起故事来显得轻松愉悦，乐在其中，根本无需外力驱使。尽管此时，他已经失去了讲故事的热情，可这种自然展现的聪慧，与那种通过后天努力，驾轻就熟、以勤补拙的睿智可真不一样！但是，这些话不能讲给孩子们听。

用不着孩子们再三请求，尤斯塔斯便讲起了下面这个极为精彩的故事。他躺下身子，凝望头顶的枝叶，思考秋天是如何把树上的每片绿叶都变成金子般的颜色时，一则故事便浮现在他的脑海中。秋叶变黄这种人人可见的改变，和尤斯塔斯在弥达斯的故事中讲到的所有情节都一样奇妙。

点 金 术

  从前,有一位富甲一方的国王,名叫弥达斯。他有个小女儿,除了我之外没人知晓。可是我也不知道这个女孩的名字,兴许是忘了。但由于我喜欢一些稀奇古怪的名字,因此决定叫她喜金。

  在这个世界上,国王弥达斯最喜欢金子。他尤其珍爱他的皇冠,因为这顶皇冠是用纯金打造的。如果有什么东西比黄金更令他珍爱,哪怕赶得上黄金在他心中一半的价值,那一定是那个围在他的脚凳边快乐玩耍的小女儿了。可是,弥达斯越爱他的女儿,就越渴望追求财富。他愚蠢地认为,心疼这个宝贝女儿的最好方式就是给她留下堆积如山的金币,他要这些黄灿灿、亮闪闪的金币堆成有史以来最高最大的金山。因此,为达目的,他发挥了所有想象力,耗费了全部时间。比如,有时候,如果他碰巧看到被落日映成金色的云朵,就希望那些云朵真的由金子铸成,还能完好地塞进他的金库。每次小喜金手里拿着一束黄色的毛茛花和蒲公英花来见他,他总会说:"孩子,可惜,真可惜!如果这些颜色如金子般的花朵真的是黄金,那才值得摘取呢!"

  然而,早年间,在他彻底迷失在对财富的疯狂追逐以前,弥达斯国王非常喜欢赏花。他开辟过一片花园,园子里种满了玫瑰。那么大、那么漂亮、那么芬芳的玫瑰花是一般人从未见过、从未闻过的。弥达斯经常会花上好几个小时来赏花闻香。如今,玫瑰花仍旧长在花园中,仍旧那么大、那么漂亮、那么芬芳。可现在,无论何时瞧见这些玫瑰,他都只会盘算,若这数不清的花瓣是一

上编：一本神奇故事书（1852）

片片金叶，那这座花园该值多少钱呀！虽然他曾经还喜欢音乐（尽管有些毫无根据的谣传，说他长了一对驴耳朵），可如今，可怜的弥达斯唯一爱听的乐章，只剩下金币碰撞发出的叮当声。

要我说，一般人总是越长越笨，除非他们关心如何才能让自己越变越聪明。最终，弥达斯变得完全不可理喻，但凡看到或摸到任何不是金子做成的东西，他都无法忍受。因此，他每天都要花很大一部分时间待在城堡的地下室中一间又黑又单调的房间里。他的财富全都藏在这里。这间像洞穴一样阴暗的房间比地牢好不到哪儿去，但只要弥达斯想获得别样的快感，他便会来到这里。每次走进房间，他都会小心谨慎地锁上房门，然后拎起一袋金币，或是端出一个与洗手盆一样大的金杯，或是拿起一块沉甸甸的金条，或是舀起八九升金沙，把它们从阴暗的角落搬到一束狭长明亮的阳光下，阳光从地牢般的房间的窗户外照射进来。他喜欢阳光，这只是因为他的财富只有在阳光的照耀下才能闪闪发亮。然后，他会反复掂量袋子里的金币，会抛起金条然后接住，会端详从指缝间流过的金沙，会凝视自己在光亮的杯壁上映出的滑稽表情，然后喃喃自语："啊，弥达斯，富有的弥达斯王，你真是一个幸福的人呀！"可是，如果你们看到弥达斯如何对着光亮的杯壁上映出的自己傻笑时，一定会感到荒唐可笑。杯壁上的镜像似乎察觉到了弥达斯愚蠢的行为，也想要调皮地嘲笑他一番。

弥达斯自称是个幸福的人，他也应该算是个幸福的人，可实际上，他并不那么幸福。他永远都不可能达到幸福的顶点，除非全世界都变成他的藏宝库，宝库中堆满了金子，所有金子都为他所有。

你们都是聪明的孩子，不用我多说也知道，在过去，就是在弥达斯王还活着的时代，发生了许多事情。那些事情若是放在我们的时代和国家，一定会令人感到不可思议。不过许多发生在今天、在我们看来稀松平常的事情，若放到过去，也一定会让过去的人目瞪口呆。总体来讲，我觉得我们的时代是两个时代中最奇特的一个。不过，且不说这个时代有多奇特，我还是继续讲故事吧。

一天，弥达斯像往常一样，来到地下宝库把玩金器。突然，他察觉到一个身影落在了堆积如山的金子上。他猛地抬头，发现一位陌生人站在那束明亮狭长的阳光下！这是个年轻人，脸色红润，满面春风。也不知是因为弥达斯王总习惯把所有东西都想象成金色，还是别的什么原因，他不禁感到，眼前的陌生人正盯着他笑，笑容里散发着金光。这可真是，尽管陌生人的身影挡住了从地下室的窗外射进的阳光，但此刻，一道比之前更明亮的光束照在了堆积如山的财宝上。陌生人笑起来如同火焰上跳动的火苗和飞舞的火星，就连最边上的角落也都沾了光，全都被照亮了。

弥达斯敢肯定，他进来以后，小心翼翼地锁好了大门，普通人不可能闯进他的宝库。于是他断定眼前绝非常人。这人是谁并不重要。那时候，世界初创不久，许多有法力的神人都常常现身于世。他们半戏谑半认真地关心地面上男女老少的喜悦和哀思。此前，弥达斯见过这样的神人，再见一个，便不觉害怕。何况，眼前这位陌生人看起来亲切温和，脾气不坏，即便不是来施恩的，也没有理由怀疑他会作恶。他很有可能是来帮助弥达斯的。不过，要是不能帮助弥达斯成倍地获得比现在更多的财富，这种帮助又有什么意义呢？

陌生人仔细环视了整间屋子，他光辉的笑容在屋子里所有的金器上闪烁，而后他重新看向弥达斯。

他说："你可真是富有呀，弥达斯！我真怀疑，世界上没有一间屋子里积攒的黄金有你的这般多。"

弥达斯不知足地答道："我的确积攒了不少——不少。可是，也就这些，你要知道，我毕竟花了一辈子来积攒。若有人能活个上千年，他就有时间变得富有！"

陌生人惊声道："什么！你还不满足吗？"

弥达斯摇摇头。

陌生人问："那还有什么能满足你呢？我只是对这个问题感到好奇，所以想知道。"

陌生人与弥达斯

弥达斯踌躇不语，默默思考。他有种预感，这位笑容里蕴含金光的陌生人，是带着满足他最大愿望的能力和目的而来的。所以，现在正是幸运一刻，只要他说出心中所求，无论那些脑子里可能还是不可能的事，都能如愿以偿。因此他想呀，想呀，想呀，想象一座金山连着一座金山的样子，可还是觉得不够大。最后，弥达斯王想到了一个金点子。这点子和他钟爱的金子一样闪耀。

弥达斯抬起头，看向陌生人光鲜的脸庞。

陌生人说："嗯，弥达斯，我猜你终于找到能让你满足的东西了。告诉我你的愿望！"

弥达斯说："我就只有一个愿望！我已经竭尽所能，厌倦了费时费力地搜集财宝，厌倦了整天盯着这点积蓄。我希望今后我触碰过的所有东西都变成金子！"

陌生人笑得更加灿烂了，笑容似乎充满了整个房间，就如同太阳爆发出明亮的阳光，照亮了整片隐蔽的山谷，山谷中金色的秋叶——看起来就像这些金砖和碎金——散落在灿烂的阳光中。

陌生人大声叫道："点金术！你真值得称赞，弥达斯，你这想法棒极了。可是你真的确信点金术能让你感到满足吗？"

弥达斯反问道："怎么可能不满足？"

陌生人再次确认："你永远都不后悔拥有点金术吗？"

弥达斯恳切地答道："我有什么值得后悔呢？我别无他求，只有点金术才能让我获得真正的快乐！"

陌生人说："那就如你所愿吧！明天，太阳升起时，你就会发现你能施展点金术了！"说罢，便挥手告别。

只见陌生人身上发出极其耀眼的光亮，弥达斯不由得闭上了眼睛。等他重新睁开双眼，只看到屋内一束昏黄的阳光，还有周围耗尽他毕生心血积攒起来的金子。

故事里并没有讲，那晚弥达斯是否和往常一样，安然入眠。可是，睡了也

上编：一本神奇故事书（1852）

好，醒着也罢，他的心情很可能就像一个得到许诺的孩子一样，许诺第二天一早就会收到一件极好的玩具。无论如何，山际的天色刚刚破晓，弥达斯王就已经完全清醒，迫不及待地伸手去触碰床边能碰到的东西。他忐忑地想要证实，看是否真像陌生人许诺的那样，天一亮就能施展点金术。所以，他迫不及待地用手指碰了碰床边的椅子和其他东西。可令他痛苦失望的是，这些东西依然还是原来的材质，并没有变成金子。老实说，他害怕那只是一场梦，梦见了一位发光的陌生人，抑或者，那个陌生人最后只是跟他开了个玩笑。若是在满心期待之后，弥达斯不能施展点金术，而必须像过去那样，用平常的法子积攒黄金来满足自己的话，那可真是令他痛心疾首！

此时，天蒙蒙亮，一道晨光划过地平线，只是弥达斯还没法瞧见。他躺在床上，郁郁寡欢，为破灭的希望感到惋惜。他越想越难过，直到第一缕晨光照进窗户，把头顶的天花板照得熠熠生辉。弥达斯发现，这道明黄的阳光只向一处折射，射向铺着洁白被褥的床。他仔细瞧去，一脸惊喜地发现整床亚麻被褥都变成了用最纯、最亮的金子编成的织物。随着第一缕晨光照向弥达斯，他便真的能施展点金术了！

弥达斯猛地起身下床。他欣喜若狂，在房间里四处走动，顺手抓起眼前的每一件东西。他抓住一根床柱，床柱就立马变成了一根带凹槽的金柱。为了把自己的神奇杰作看得更加真切，他一把拉开窗帘，手中的流苏随即变重，变成了一大串金子。他又从桌上拿起一本书，刚触碰到书封，一本装帧华贵，镶着金边的书卷便呈现在眼前，就像我们今天常见的烫金书一样。而后，随着他的手指从书本一侧划过每张书页，瞧！原本普通的书籍就变成了一本由一页页金片装订而成金书。书上所有的字迹都变得难以辨认。他又赶忙穿起衣服，随后欣喜若狂地发现，自己穿着一套华贵的金衣，这身金衣虽然穿起来有点重，但柔软贴身。他取出小喜金绣给他的手帕，手帕也变成了金子，连帕子四周整齐严密的针脚线，都变成了金线。

可莫名地，金手帕并不称弥达斯王的心意。他宁愿小女儿亲手绣的手帕保持原有的模样，就是女儿爬上他的膝盖，把帕子放在他手中之时的模样。

可这桩小事还不值得他烦恼。为了更清楚地欣赏他刚才所做的一切，弥达斯从口袋里掏出眼镜，戴在鼻梁上。那时候，给普通人戴的眼镜还未发明，但专供国王戴的眼镜却是有的，否则，弥达斯怎么会有眼镜呢？可是，让他困扰的是，他虽然戴着最好的眼镜，但透过眼镜什么都看不见。不过，这是明摆着的事，因为当他拿出眼镜的时候，两片透明的镜片就变成了一对金块。的确，现在的眼镜贵如黄金，但却失去了眼镜该有的作用。这让弥达斯感到十分不便，即使他再富有，搭上他所有的财富也换不回一副可以正常使用的眼镜了！

他乐观地自语道："不过，这算不得什么。再好的东西，我们都不能指望它完美无缺。为了点金术而失去一副眼镜是值得的。起码，只要失去的不是自己的视力就好。我自己的视力能够满足我的日常需要。再说，小喜金马上也长大了，她能为我阅读。"

有了魔法的弥达斯王为能获得如此机缘而欣喜若狂，仿佛偌大的寝宫都容不下他的欢喜。于是，他走下楼去，边走边笑，因为他发现，只要用手划过楼梯的栏杆，栏杆就会变成一排闪闪的金条。他抬起门闩（这门闩前一刻还是铜的，可弥达斯一放手，立马就变成了金的），走进花园。和往常一样，在花园里，他望见一大片拔蕊怒放的玫瑰。还有一些玫瑰花期未至，有的还是花骨朵，有的含苞欲放。清晨，微风中的玫瑰园香气袭人！娇艳羞红的花瓣是世间少有的动人美景。这些玫瑰看上去那样柔和、那样羞怯、那样淡然恬静。

可是，照弥达斯的想法，他知道该如何让满园子玫瑰变得比过去更加珍贵。所以，他煞费力气地穿过一团团花丛，不知疲倦地施展魔法。直到每一朵鲜花和花苞，甚至一些花心里的蠕虫都变成金子，他才停手。弥达斯王刚完成他的杰作，便有仆人前来，请他去用早膳。清早的空气让他胃口大开，于是他急忙回宫去了。

我不知道在弥达斯那个时代，国王的早膳通常都吃些什么，现在也没空去调查。但我猜，那天的早膳肯定有热煎饼，有几条美味的红点鲑鱼，有烤土豆和现煮的鸡蛋，还有为弥达斯王准备的咖啡和为女儿喜金准备的牛奶泡面包屑。无论如何，这样的早膳才配得上国王。无论那天早上他吃没吃，吃得都不会更好。

此刻，小喜金还没过来，弥达斯便派人去唤。他在桌边坐下，等女儿来一起用膳。平心而论，弥达斯真的十分疼爱这个女儿。今早，加之他鸿运当头，于是疼爱之心更甚。没过多久，弥达斯就听到女儿从门外一路哭着走来，哭得很是伤心。他感到很吃惊，因为你们要知道，在一群活泼开朗的孩子中间，喜金总是最欢乐的一个，她一年到头几乎不流一滴眼泪。弥达斯听到小喜金的抽泣，便决定要给她一个意外惊喜，好哄她开心。他抵着餐桌向前探起身子，伸手碰了碰女儿的碗（这本是一只瓷碗，碗壁四周印有漂亮的人物形象），就把它变成了闪闪发光的金碗。

这时，喜金伤心地缓缓推开门，用裙角擦着眼泪，仍在不住地抽泣，好像心都碎了。

弥达斯关心地问："这是怎么了，我的小公主！这样明媚的早晨，到底出了什么事？"

喜金仍用一只手拽着裙角擦拭眼泪，而另一只手则伸向弥达斯，手中有一朵刚刚被弥达斯变成了金子的玫瑰花。

弥达斯感叹道："这朵金玫瑰可真漂亮！真是美丽动人！有什么地方不对吗？你为什么要哭呢？"

喜金抽泣着答道："啊，亲爱的父亲，这玫瑰花不但不漂亮，反而从来没有这样难看过！一大早，我刚换好衣服，就跑到玫瑰园，想采些玫瑰送来给您。我知道您喜欢玫瑰，尤其喜欢我亲自给您采的玫瑰，可是，哎，哎呀！您知道这是发生了什么吗？这可太不幸了！满园的漂亮玫瑰，本来香气袭人，还有那么多可爱的花骨朵儿，全都被糟蹋坏了！它们都变成了金黄色，就和您看到的这朵一样，也没有任何香气！这些玫瑰花到底怎么了？"

弥达斯羞于承认这一切都是拜他所赐。看到女儿如此伤心，他心虚地说："噢，我的乖女儿，求求你别再哭啦！过来坐，吃点牛奶泡面包屑。你以后会发现，用你手中的金玫瑰（这朵玫瑰千百年也不会凋谢）去换一朵一天就会枯萎的普通玫瑰，简直轻而易举。"

喜金不屑地把金玫瑰扔到一边，哭闹着说："我才不稀罕这样的金玫瑰呢！它不但没有芬芳，坚硬的花瓣还戳伤了我的鼻子！"

说罢，喜金坐到桌边，但仍在为满园的玫瑰被糟蹋殆尽而伤心不已，她甚至都没注意到她的瓷碗也发生了惊人的变化。不过也许这样更好，因为喜金总习惯在吃饭时，盯着碗壁上画的一圈古怪人物、异国树木和房子取乐。而现在，变成了黄灿灿的金碗后，碗壁上的纹饰全都消失了。

这时，弥达斯倒了一杯咖啡。无论那咖啡壶之前是用什么金属制成的，等弥达斯拿起它，再放回去之后，它就理所当然地变成了一盏金壶。弥达斯暗自思忖，对他这位厉行节俭的国王而言，吃早膳是不会用金器的，拿一盏金壶倒咖啡显得过于奢华，他甚至开始发愁，该如何确保他的财产安全。把金碗、金咖啡壶这类黄金餐具继续存放在碗柜和厨房里可不再安全。

弥达斯边想边舀起一勺咖啡送到嘴边啜了一口。可他惊讶地发现，嘴唇接触咖啡的一瞬间，咖啡就变成了熔化的金子，之后，就凝成了一枚坚硬的金块！

弥达斯吃惊地大叫一声："啊！"

依旧眼中噙泪的小喜金看向弥达斯，问道："怎么了，父亲？"

弥达斯赶忙说："没事儿，女儿，没事儿！快趁热把牛奶喝了。"

弥达斯又取了一条小鲑鱼放进盘子，然后试探性地用手指碰了碰鱼尾巴。他惊恐地发现，盘子里的鱼立刻从一条诱人的香煎红点鲑变成了一条金鱼，可是，并非那种被人们常常养在玻璃鱼缸中、摆在客厅作装饰的金鱼。它不是金鱼，而真的是黄金做成的鱼，看上去，就像是由世界上工艺最精湛的金匠精心打造的一般。细小的鱼刺变成了金丝线，鱼鳍和鱼尾薄如金箔，鱼身上还有叉子叉过的痕迹，这份美味的每个细节，连煎得恰到好处、金黄酥脆的表皮，都在这条金鱼身上表现得惟妙惟肖，你们想它有多精美，它就有多精美。可在那一瞬间，弥达斯更希望盘子里盛的是一条普通的鲑鱼，而不是一条雕琢精美、价值不菲的黄金鱼。

上编：一本神奇故事书（1852）

他暗自盘算："我不太明白，我该如何吃东西呢！"

他又取了一块冒着热气的烤饼。可让弥达斯大为窘迫的是，还没等他把煎饼掰开，前一刻还是用小麦做成的白面烤饼，下一刻就变成了玉米饼般的金黄色。老实说，若这真是一张烤玉米饼，弥达斯定会大加赞扬，可它的硬度和多出的重量都让弥达斯悻悻地意识到，它变成了金子。在几乎绝望中，他又取了一颗煮鸡蛋，可煮鸡蛋和煎鱼、烤饼一样，也立刻变成了金子。这颗金蛋很可能被误以为，是传说中那只因常下金蛋而闻名的鹅所生；而弥达斯王就是那只会生金蛋的鹅。

弥达斯心想："哎，这可如何是好！眼前的早餐这么奢华，我却什么都不能吃！"他边想边靠向椅背，眼见小喜金满足地吃着牛奶泡面包屑，无比羡慕。

弥达斯王想通过加快进食速度的方式，来解决眼前的大麻烦，于是他一把抓了一块发烫的烤土豆，想要急忙塞进嘴里一口吞下。但是点金术比他的速度更快。他发现嘴里塞满的不是粉嫩的土豆，而是坚硬的金块，他的舌头被金块狠狠地烫了一下，疼得他大叫起来。他惊痛交加，猛地从桌边跳开，在房间里捶胸顿足。

小喜金是个贴心的女儿，她惊呼道："父亲，亲爱的父亲！这是怎么了？您烫到嘴巴了吗？"

弥达斯伤心地呻吟道："哎，乖女儿，真不知道你可怜的父亲我接下来如何是好！"

的确，亲爱的孩子们，你们可曾听说过这样可怜的事情吗？毫不夸张地说，弥达斯眼前摆着国王专享的奢华早膳。可早膳的极致奢华却反衬出它的百无一用。虽然弥达斯眼前的可口美食真就与同等质量的黄金一样贵重，但是哪怕最贫穷的劳工也比弥达斯的现状强得多，劳工起码能坐下来吃块面包喝口水。这可怎么办呢？早膳之前，弥达斯就已经饥肠辘辘了。等到午膳时间，难道他会反而不饿了不成？再到用晚膳时，肯定又是一堆根本无法消化的食物，就像现在眼前这些一样，弥达斯又会饿成什么样子呢？大家想想，一直面对一堆奢华却吃不到嘴里的东西，弥达斯能维持几天呢？

点 金 术

一系列后果深深困扰着会点金术的弥达斯王。他开始怀疑，财富到底是不是世间一种值得、甚至是最值得追求的东西。可是这只不过是他一个转瞬即逝的念头。弥达斯对闪亮的黄金太过迷恋，还不肯为一顿早膳这样微不足道的原因放弃点金术。想想看，这顿早膳该值多少钱呀！这就相当于要花成百上千万（光把这成百上千万数清楚就得花很长时间）去吃一块煎鲑鱼、一颗鸡蛋、一块土豆、一块烤饼和一杯咖啡。

弥达斯心想："这也太奢侈了！"

然而，他实在饥饿难忍，却又处境尴尬，于是又大声地呻吟起来，哀哀不已。善良体贴的喜金实在看不下去了。她坐在椅子上凝视了父亲片刻，绞尽脑汁，想知道父亲到底为何如此痛苦。终于，在心疼之情的强烈驱使下，为了安慰父亲，她从椅子上起身跑向弥达斯，双手温柔地抱住弥达斯的膝盖。弥达斯则弯腰亲了亲喜金。弥达斯觉得，小女儿的爱比点金术带给他的财富要珍贵上千倍。

他温柔地唤道："我的小宝贝，我的喜金宝贝。"

可喜金没有回应。

老天，看看弥达斯做了什么！陌生人赋予他的能力简直就是灾难！弥达斯的嘴唇接触到喜金额头的一瞬间，喜金就变了。她原本甜美、红润、充满温情的面庞被蒙上了闪亮的金子，脸颊上还挂着黄金泪珠。她美丽卷曲的褐色长发也变成了金丝。她柔软娇嫩的小身躯在父亲的臂膀中变得坚硬僵直。哦，悲惨的厄运！小喜金成为了弥达斯贪得无厌、渴求财富的牺牲品，她再也不是一个鲜活的小女孩了，她竟变成了一尊黄金雕像。

是的，她就立在那里，疑惑的眼神中充满了关爱、悲伤和同情，这一切全都凝固在她的脸上。这是人们见过的最唯美而又最不幸的眼神。喜金所有的面容和特征都清晰可见，甚至那迷人的小酒窝也留在了她的黄金下巴上。可这尊雕像越是栩栩如生，父亲看着就越是痛苦，雕像成了女儿留给他的一切。以前，弥达斯每每忍不住对女儿一番宠溺之时，总是爱说，女儿有多重就值多少黄金。可如今，一语成谶。直到如今，直到最后，直到一切都为时

弥达斯的女儿变成了黄金雕像

已晚，他才感觉到，被一颗温情而柔软的心所爱，比天地间所有的财富加起来都要珍贵得多！

如果我跟你们说，在弥达斯自己的欲望得以完全满足之后，他是如何悲痛地绞扭双手，自怨自艾；面对喜金，他又是如何既不忍直视，又不愿侧目——那这故事也未免太过悲惨。除非他双眼盯着这尊雕像，否则他无论如何也不相信喜金变成了金子。可是，再偷瞄一眼那张可爱的小脸蛋，金黄的泪珠挂在金黄的脸颊上，一眼看上去是那么哀怨——那么娇柔。那表情仿佛会软化金子，让她重新变回血肉之躯。然而，这是不切实际的。所以，弥达斯只能悲痛地绞扭双手。如果倾尽他所有的财富，能换回宝贝女儿脸上哪怕一点点红润之色的话，他宁愿自己成为这世上一贫如洗的穷光蛋！

正当他身处绝望之时，突然瞥见门边站着一位陌生人。弥达斯低下头，一言不发。他一眼就认出此人，就在昨天，在地下宝库中，就是这个人赋予了他点金术这种灾难性的能力。陌生人的脸上依旧挂着一抹笑容，这笑容仿佛散发着黄灿灿的金光，照亮了屋子的每个角落，照在小喜金变成的黄金雕像上，照在其他每件被弥达斯触碰过后变成金子的物件上。

陌生人问："那么，弥达斯，点金术达成了你的心愿吗？"

弥达斯摇摇头。

他说："我很痛苦！"

陌生人惊讶地问："很痛苦，真的吗？怎么会这样？我难道没有信守对你的承诺？难道你没有得到心中渴望的一切？"

弥达斯答道："金子不是一切，我反而失去了我内心真正在乎的一切！"

陌生人说："啊！这样说来，相比昨天，你有了新的发现！那就让我们瞧瞧！下面这两样东西中，你认为哪一样才真正最有价值——是点金术的能力，还是一杯干净的凉水呢？"

弥达斯不假思索地叫道："哦，当然是水！有了水，我的嗓子再也不会干渴了！"

陌生人又问："是点金术，还是一片面包呢？"

上编：一本神奇故事书（1852）

弥达斯坚定地答道："当然是一片面包，它抵得上世间所有的金子！"

陌生人继续问："是点金术，还是你的小喜金？那个一小时前还温暖、柔软、充满爱心的喜金？"

可怜的弥达斯绞扭双手，悲痛地喊道："哦，我的女儿，当然是我亲爱的女儿！我宁愿不要这法力，哪怕它能把整片大地都变成一块巨大的金子，我也不愿拿我的女儿来交换，哪怕拿女儿下巴上的一个小酒窝来换，我也不愿意！"

陌生人盯着弥达斯认真地说道："你比过去明智多了，弥达斯王！我发现，你的心还没有完全从血肉变成金子。若你的心都完全变成了金疙瘩，那就真的无可救药了。你似乎仍然能够意识到，那些普通的东西，那些人人都唾手可得的东西，其实比世人不懈追求、为之奋斗的财富更有价值。现在，告诉我！你真的想要消除点金术吗？"

弥达斯坚定地回答："我讨厌点金术！"

说着，一只苍蝇撞上他的鼻子，立刻就掉到地板上，变成了一只黄金苍蝇。见此，弥达斯感到不寒而栗。

陌生人缓缓说道："那就去吧，跳进流经花园的那条河里，再打一瓶河水，然后把水洒到所有你想要从金子变回原样的东西上。如果你能真心诚意地照做，或许就能够修正你的贪婪导致的错误。"

弥达斯王向陌生人深深鞠了一躬，等他抬起头来，那位发光的陌生人已经消失不见了。

你们多半能猜到，弥达斯赶忙抓起一只陶制的大水罐（可是，哎呀！他一碰到大水罐，水罐便再也不是陶器了），然后立马跑到河边。由于他一路奔跑，从灌木丛中披荆而过，你们会不可思议地发现，沿着他前进的方向，身后的植物全都变成了金色，就仿佛秋天降临一般，但只降临在他走过的地方。他一跑到河边，连鞋都顾不上脱掉，就一头扎进水里。

弥达斯钻出水面，"噗！噗！噗！"地喘着粗气。他心想："噢，这澡洗得真叫人神清气爽，我猜河水一定会完全洗去点金术。现在赶紧把水罐打满水吧！"

点 金 术

弥达斯王一将黄金水罐浸入水中,就满心欢喜地看到水罐变回了原样,变回了他触碰之前的那个普普通通的陶罐。同时,他也发现了自己身上的变化。他胸口冰冷、坚硬、沉重的感觉似乎也都消失了。显然,在这之前,他的心已经渐渐丧失了人性的本质,一点点变成冰冷无感的金疙瘩。而现在,又重新变回了一颗柔软的人心。弥达斯看到一株长在河边的紫罗兰,便伸手碰了碰,令他兴奋不已的是,他发现这朵娇艳的鲜花没有变成枯萎的金色,依旧保持着鲜艳的紫色。这就表明,点金术的诅咒真的已经从他身上解除了。

弥达斯王急忙赶回宫殿。嗯,我猜,仆人们不知道发生了什么,他们不解,为何国王要小心翼翼地端回一大罐河水。可对弥达斯来说,这罐河水可比一汪金子熔化成的金水还要珍贵,弥达斯要用这罐水来解除所有因他的愚蠢而酿成的灾祸。自不必说,弥达斯所做的头一件事便是一捧一捧地把水洒向小喜金变成的黄金雕像。

水一落到金像上,你们就会欣喜地发现,小女孩的脸颊重新泛起了红润!同时,她开始打喷嚏,溅出飞沫!她惊讶地发现自己身上湿淋淋的,而父亲还在往她身上不停洒水。

她赶忙叫道:"别洒了,亲爱的父亲!您看,您把我漂亮的连衣裙都弄湿了,这是我今天早上刚换的裙子!"

喜金不知道自己刚刚变成了一尊黄金小雕像,她也不记得她伸开手臂,上前安慰可怜的弥达斯王之后发生的任何事。

弥达斯觉得没必要告诉他的宝贝女儿自己过去有多愚蠢。同时,他对自己现在变得更加睿智而感到高兴。为此,他把小喜金带进花园,把剩余的水全洒向了玫瑰花丛。此举立竿见影,五千多枝美丽的玫瑰花又重新绽放。不过,在弥达斯王的有生之年里,有两样东西总会让他想起点金术。一样是那条河里的沙子,沙子总像金子般闪闪发光;另一样是小喜金的头发,自那以后,她的头发总蒙着一层淡淡的金光,这是弥达斯亲吻女儿,把女儿变成黄金雕像之前从未见过的。不过,发色的改变让喜金的头发看起来比她小时候更加艳丽了。

河中汲水的弥达斯

晚年时，弥达斯总喜欢把喜金的孩子抱到他腿上，他喜欢给孩子们讲这个神奇的故事，就像我刚刚给你们讲的一样。之后，他总是抚摸孩子们充满光泽的卷发，说他们的头发也泛着一层黄金的色泽，遗传了他们的母亲。

弥达斯王总是不知疲惫地把孩子们抱在腿上，信誓旦旦地说："老实跟你们讲，我的小宝贝们，自从那个早晨之后，我一见到金色就讨厌！当然，你们的头发除外！"

荫翳小溪边：讲完故事之后的结束语

尤斯塔斯问道："所以，孩子们，你们在生活中，可曾听过比《点金术》更好听的故事？"他特别喜欢让听众明确表达自己听完故事后的感受。

调皮的报春花说："呵呵，关于弥达斯王的故事，这故事挺有名的，早在尤斯塔斯·布莱特先生出生之前的上千年中，就一直广为流传。有朝一日，等布莱特先生与世长辞，这故事依旧会长久地流传下去。可是有些人拥有一种能力，我们应该把它叫作'点铅术'，只要他们染指的事情，都会变得既单调又沉重！"

尤斯塔斯对报春花辛辣的批评相当惊讶，他说："你真聪明，报春花，虽然你还不过十几岁，可是你那顽皮的小脑瓜应该很清楚，我把弥达斯陈年的金子整个翻新打磨了一番，让这古老的故事散发出从未有过的光芒。还有喜金这个人物形象！你难道没体会到我在故事中的匠心独运？我挖掘并强化的故事寓意是多么深刻呀！你们说呢，香蕨木、蒲公英、三叶草，还有玉黍螺？听完故事以后，你们中不会有人愚蠢到渴望拥有把东西变成金子的能力吧？"

玉黍螺这个十岁的女孩说："我倒是想拥有这样的能力，只用右手食指点一下，就能把每件东西变成金子。但如果变成金子的东西不合我心意，我还想拥有另一种能力，就是能用左手食指点一下，把东西再变回去。而且我很清楚，今天下午我想用这份能力干什么！"

尤斯塔斯好奇地问："说来听听？"

荫翳小溪边：讲完故事之后的结束语

  玉黍螺答道："嗯，我想用我左手的食指触碰森林里的每一片树叶，让它们重新变绿。也许这样，我们就能让夏天立刻回来，同时再也没有讨厌的冬天了。"

  尤斯塔斯·布莱特叫道："呀，玉黍螺，你错了，那样会招来许多麻烦的。如果我是弥达斯，我什么也不会去改变，只会在一年之中，一遍一遍地把每个季节都变成现在这样的金秋。我最巧妙的构思总是来得有些晚。为何我不早些告诉你们，弥达斯王来过美国呢？这里的秋天原本和其他国家一样灰暗，是他把这一切变成了现在你们眼前这幅绚烂的美景。他给大自然中无数的叶子都镀了一层金。"

  香蕨木是位乖巧的小男孩，他总是要详细地追问巨人到底有多高，仙女到底有多小之类的问题，他问："尤斯塔斯哥哥，喜金的个头有多大，她变成金雕像后有多重？"

  尤斯塔斯思索片刻后答道："她和你差不多高，嗯，由于金子很重，她变成金子以后，至少有两千磅①重，大概能铸成三万到四万个金币。但愿报春花有这一半值钱。来，小家伙们，我们一起越过山谷，去看看四周的美景吧。"

  他们瞧见了美景。太阳在天空偏西一两点钟的位置，灿烂的斜阳照进山谷中的一处大谷洞。谷洞看上去就好像充满了柔和的圣灵之光。光亮从洞口的边缘散射而出，映照在周围的山坡上，就像从碗中溢出的金色佳酿。此情此景让人情不自禁感叹——"从没见过这么好的天气！"——虽然昨天的天气和今天一样好，明天又会是个好天气。哈，可这么好的天气在一年十二个月的循环中也不常见。十月的天气特点显著，虽然在一年的这个季节中，太阳升起得会稍稍晚些，落得也会稍稍早些。晚上六点，在孩子们该上床睡觉的时候，甚至更早些时候，天就会昏暗下来，但白天里，晴朗的天气几乎占据整片天空。所以，白天虽然不长，可不知怎的，这万里晴空似乎弥补了白昼的短暂。当凉爽的夜晚降临，我们总会觉得，从早到晚，我们度过了美好的一整天。

---

  ① 磅为英美制质量或重量单位，1磅约等于0.45千克。

尤斯塔斯·布莱特吆喝道:"快来,孩子们,快来!再多采些坚果,再多些,再多些!把你们所有的篮子都装满。等到圣诞节,我会给你们敲坚果,给你们讲动听的故事!"

于是他们分头行动,所有人都干得热火朝天,除了小蒲公英。我要遗憾地告诉大家,他刚才一屁股坐到了一颗毛栗子上,就像被插满针的针垫给扎了一样。我的老天,他该有多难受呀!

唐格尔伍德山庄的游乐室里：
讲《儿童乐园》之前的开场白

月复一月，年复一年，与往年一样，今年的金秋十月转眼就过去了，接着，阴沉沉的十一月又过去了，就连寒冷的十二月也过去了大半。终于迎来愉快的圣诞节，随之而来的还有尤斯塔斯·布莱特。他的归来为节日增添了更多欢乐气氛。从学校回来第二天，他就赶上了一场猛烈的暴风雪。此前，冬季虽至，却不觉寒冷，大家度过了一段温暖舒适的日子，那段日子就像冬婆婆布满皱纹的脸上露出的阵阵微笑。那些生在阳面山坡坡角旁，长在围墙墙脚下，躲在各个隐蔽之处的小草原本还披着绿装。一两周前，也就是这个月初，孩子们还在荫翳小溪快流出山谷的边缘处，发现过盛开的蒲公英。

可现在，绿草和蒲公英都消失了！这场暴风雪可真大呀！唐格伍德山庄距塔科尼克山区大约有二十英里，原本从窗边一眼就能望见的平顶山头，在饕风虐雪中形影缥缈，放眼望去，整个世界都是白皑皑的一片。一座座山体看上去就像一位位巨人，它们似乎正在举办一场大型运动会，将一把一把的雪使劲儿地撒向对方。暴风雪持续了很长一段时间，大部分时间里，漫天飞舞的雪片如鹅毛般大小，把眼前山谷间的树林都给挡住了。被困在唐格伍德山庄的小家伙们偶尔才能窥见整座纪念碑山模糊的轮廓，瞥见山脚下光滑洁白的冰湖，瞧见近处黑灰驳杂的林地。但这一切都只能透过狂风暴雪若隐若现。

可是，孩子们在暴风雪中却玩得不亦乐乎。他们在堆得最高的积雪上翻跟头，相互撒雪，就像刚刚我们想象在伯克希尔山丘互相撒雪的样子，他们在玩耍中与这场暴风雪成了朋友。此刻,他们回到了宽敞的游乐室。游乐室有一间会客厅那么大,七零八落地堆满了各式各样、大大小小的玩具。其中最大的玩具是一架木马,它看上去就像一匹真正的矮种马。除了布娃娃,屋子里还有一整房用木头、石蜡、石膏和瓷器做成的娃娃,还有一堆足够搭一座邦克山纪念碑的积木,还有九柱戏、球类、响簧陀螺、板羽球拍、叉圆环的棍子、跳绳等各种各样的传统玩具,我就是列满一页纸也列不完。可比起这些玩具,孩子们更喜欢这场暴风雪。因为暴风雪为他们明天,乃至接下来整个冬天的娱乐活动提供了很多选择!孩子们可以乘雪橇、玩山谷滑雪、堆雪人、垒雪堡,还有滚雪球!

所以孩子们赞美这场暴风雪,乐见雨雪霏霏,眼盼着由大风吹积而成的雪铺满街道,已经堆得比他们的个头还高。

孩子们满怀兴奋地嚷嚷道:"哎呀,我们全都会被困在这里,直到春天到来!真可惜,我们的房子太高了,积雪没法把它完全掩埋!那间红房子,就是远处的那间,积雪会一直没过它的屋檐。"

尤斯塔斯读小说读得有些疲倦了,他漫步走进了游乐室,听到孩子们的讨论,于是问道:"你们这群小傻瓜,你们想要下那么多雪干什么?这场雪已经够讨厌的了,我唯一期待的滑冰也泡汤了。我估计,直到四月我们都见不到湖面,而今天,我本该在湖上滑第一场冰!你们不该同情我吗?报春花,你说呢?"

报春花边笑边答:"哦,当然同情!不过,为了安慰你,我们就再听你讲一个古老的故事吧,就像你在门廊前、在荫翳小溪边的山谷中给我们讲的故事。我想,此刻,或许我会更加愿意听你讲的故事,因为现在无所事事,不像那时候,还可以采摘坚果,可以享受爽朗的天气。"

随即,玉黍螺、三叶草、香蕨木以及其他几个还留在唐格伍德山庄的孩子都朝尤斯塔斯围坐过来,急切地恳求尤斯塔斯讲故事。尤斯塔斯打了个哈欠,伸了伸懒腰,面对这群小家伙崇拜的眼神,他从凳子上方来回跳了三次。照他给大家的解释,这是为了调动他的智慧。

准备就绪以后,他说:"好吧,好吧,孩子们,既然你们坚持,连报春花都决心要听故事,那就让我想想,我能给你们讲些什么吧。嗯,也许你们知道,在暴风雪横行于世之前,地上的人类曾有过一段欢愉的日子。我准备给你们讲一个最最古老的故事,那时的世界还跟香蕨木手里崭新的响簧陀螺一样新。在那个世界中,全年有且只有一个季节,就是令人愉快的夏季。但同时,人类也都只有一岁——那是个儿童的世界。"

报春花插嘴道:"我之前从来没听说过这种事。"

尤斯塔斯答道:"当然,你当然从来没听说过。除我之外,从来没人想到过这个故事——故事讲的是一座儿童乐园——讲述了这座乐园是如何因为一个像报春花这样的小淘气而消失不见的。"

就这样,尤斯塔斯·布莱特坐在刚才他跳上跳下的凳子上,把风铃草抱在膝盖上,叫听众全都保持安静,然后开始讲故事。这个故事里有两个小主角,一个是可悲的小淘气鬼潘多拉,另一个是潘多拉的玩伴厄庇墨透斯。你将会在下一页一字一句地读到这个神奇的故事。

儿童乐园

很久很久以前,在这个古老的世界刚刚形成不久,世间便诞生了一个名叫厄庇墨透斯的男孩。他自打诞生便无父无母。可他并不孤独,因为还有一个女孩,和他一样无父无母,被人从一个遥远的国度送来,与他一同生活,做他的玩伴和助手。女孩的名字叫潘多拉。

潘多拉走进厄庇墨透斯居住的小屋,第一眼就看到了一只大箱子。她一跨进门槛,问厄庇墨透斯的第一个问题便是:

"厄庇墨透斯,那个箱子里装的是什么东西?"

厄庇墨透斯答道:"亲爱的潘多拉,那是个秘密。求你别问任何有关这只箱子的问题。有人把箱子留在这里,是为了保护它的安全,我自己也不知道里面装着什么。"

潘多拉问:"那是谁给你的箱子呢?它是从哪儿来的?"

厄庇墨透斯回答道:"这也是个秘密。"

潘多拉噘着嘴嚷嚷道:"真讨厌!我倒希望这只难看的大箱子没被放在这里!"

厄庇墨透斯叹道:"哦,拜托,别再想这箱子了!我们赶紧出门,和其他小朋友一起愉快地玩耍吧!"

厄庇墨透斯和潘多拉的时代距今已经有几千年。如今的世界和他们当时的世界迥然不同。那时,人人都是孩子。他们不需要父母照顾。因为,那里没有危险，没有任何麻烦，没有需要缝补的衣服，有的是吃不完的食物和饮不尽的水酒。若是饿了，孩子们就摘下长在树上的食物，想吃多少就吃多少。清晨来临，望向树枝，孩子们能看到当日的晚饭正在树上缓缓绽放花朵；黄昏时分，望向树枝，孩子们能看到明日早餐的嫩芽。这种生活的确十分惬意。大家每一天都谈笑风生，欢歌笑语，甜美的声音犹如鸟儿般婉转清脆。

最棒的是，这群孩子之间从来不吵架，从来没有人哭过，也从来没有哪一个孩子独自一人躲在墙角生气。哦，那可真是一段美好的时光呀！实际上，那些长着翅膀、在今天多如蚊虫、被叫作烦恼的丑陋小怪物，那时候还没有出现在孩子们生活的这片大地上哩。大家生活得无忧无虑。若非说有什么焦虑的话，或许，最大的焦虑莫过于潘多拉的苦恼，她苦恼无法知晓那只神秘箱子里面装着的秘密。

一开始，这份苦恼只形成了一只烦恼的模糊身影。可是，日复一日，没过多久，这只小怪物越来越具象。厄庇墨透斯和潘多拉的小木屋里也不再像其他孩子的那般充满欢乐。

潘多拉不断地对自己和厄庇墨透斯念叨："这箱子到底是从哪儿来的？"厄庇墨透斯则回应道："亲爱的潘多拉，我希望你能够说点别的。走，我们一起去采些成熟的无花果，坐在树下吃，就当今天的晚餐！我还知道一处葡萄藤，藤上的葡萄比你吃过的所有葡萄都更甜、更多汁！"

潘多拉不耐烦地嚷嚷道："整天就只知道葡萄和无花果！"

那时，厄庇墨透斯和其他所有孩子一样，脾气很好。他答道："好吧，那我们出去和伙伴们一起享受欢乐时光吧！"

潘多拉耍着性子说："我厌倦了这种欢乐时光，这样的日子不过也罢。话说回来，我从来没有真正享受过一丁点儿欢乐！这只丑箱子！我时时刻刻都惦记着它！我一定要让你告诉我这里头装了些什么。"

厄庇墨透斯开始有些恼怒，他不耐烦地答道："我已经告诉过你了，都说过不下五十次了，我不知道！你让我如何告诉你里面装了什么呢？"

潘多拉侧过脸来看着厄庇墨透斯，她说："或许，你可以把它打开。这样我们不就都知道了吗？"

厄庇墨透斯惊呼道："潘多拉，你在想什么？"

厄庇墨透斯对于潘多拉想要窥探箱子的想法显示出一脸震惊。当初那人把箱子托付给他，条件就是他决不能打开箱子。厄庇墨透斯的表情让潘多拉觉得最好不要再提箱子的事。可是，她仍然忍不住去想，忍不住去提。

她说："至少，你可以告诉我它是怎么来的吧。"

厄庇墨透斯答道："它是被人留在门口的。就在你到来之前，有一个看上去很和善、很聪明的人留下的，他把箱子放下后，不禁大笑。他披着一件奇怪的斗篷，戴了一顶帽子，帽子上有一部分是用羽毛制成的，看上去像是长了翅膀。"

潘多拉追问："他手上拿着怎样的手杖？"

厄庇墨透斯大声说道："哦，你肯定没见过那么古怪的手杖！手杖就像一根缠着两条蛇的棍子，那两条蛇被雕刻得栩栩如生，我一开始还以为是活的呢。"

潘多拉若有所思地说："我知道这个人，只有他有这样一根手杖。他叫快银，那个信使。就是他把我带到了这里，还有这箱子。毫无疑问，他肯定是想把箱子给我。里面极有可能装着一些为我准备的漂亮衣裙，或是一些赠给你我的玩具，又或者是一些送给你我的美食！"

厄庇墨透斯应声道："也许吧，但是，在快银回来告诉我们里面装着什么之前，我们谁也没有权利掀开箱盖！"说罢，便转身离开了。

眼看厄庇墨透斯离开小屋，潘多拉碎碎念道："他真是个小呆瓜！我真希望他能多一点冒险精神！"

自从潘多拉来到厄庇墨透斯身边以后，他们始终形影不离。可这次，厄庇墨透斯第一次只身出门，没有叫上潘多拉。他独自去采摘无花果和葡萄，独自去找其他孩子玩耍，而把自己的玩伴兼助手抛在一边。他听到箱子就觉得心烦意乱，他打心眼里希望，那个叫快银的信使，管他叫什么，当初能把箱子留在

潘多拉对箱子充满好奇

其他孩子的家门口，留在一个潘多拉永远看不到的地方。因为潘多拉每天都要对箱子刨根问底，相当执着！箱子，箱子，除了箱子还是箱子！箱子就像被施了魔法，就像这小屋不够大，放不下它似的，常常不是把潘多拉绊倒，就是把厄庇墨透斯绊倒，摔得他们四腿瘀青。

唉，从早到晚，厄庇墨透斯的耳边全是关于箱子，这对他来说可真是一种折磨。尤其在当时，在那段欢乐的时光里，这片土地上的孩子们都还不习惯烦恼，自然也就不知道该如何排解烦恼。因此，一个小小的烦恼放在过去，要比放在今天所引起的困扰大得多。

厄庇墨透斯走后，潘多拉就盯着箱子出神。她不下百次说它难看。尽管潘多拉对它百般嫌弃，可实际上它是一件非常美观的家具，无论把它放在哪个屋子里，都是件相当不错的家私。箱子是由一种漂亮的木材制成的，木材上有华贵的深色木纹，高抛光的表面可以映照出小潘多拉的脸。那时候，孩子们还没有镜子可照，因此仅从这个方面来看，潘多拉若是不喜爱这只箱子，那才奇怪呢。

箱子的边角都被精心雕琢过，精湛的技艺登峰造极。箱子周身刻着男男女女的人物形象，个个身姿优雅，还有在繁花茂叶间的孩童，或斜躺，或玩耍，简直可爱至极。花草、树叶、人物，每一处细节都栩栩如生。整个雕刻和谐流畅，浑然一体，就如一圈编织起来的花环，彰显杂糅之美。可是，偶尔有那么一两次，从箱子背面瞥向雕刻的叶子时，潘多拉貌似看到了一张不怀好意的脸，或是其他什么令人讨厌的东西，这东西似乎正在从雕刻的叶子背后向外窥探，那模样抢走了其他所有东西的美感。有些脸蛋的确很漂亮，可若从侧面瞥去，就会相当难看。

在所有雕刻的人脸中，最漂亮的是用高浮雕技艺刻在盖子中央的一张脸。除了平整、华贵、高抛光的黑色木制面材，以及那张刻在正中央、额头上戴着花环的人脸外，盖子上什么也没有。潘多拉盯着这张脸很多很多次，每次她都臆想，这张嘴巴会如一张活人的一样，想笑就笑，想严肃就严肃。确实，这张脸的容貌带有一种十分活泼、甚至调皮的表情，那表情看上去简直像是要挣脱那副雕刻的嘴唇，自己说出话来。

若这张嘴能说话，它很可能会这样说：

"别害怕，潘多拉！打开一只箱子能招来什么祸事呢？别去管可怜愚蠢的厄庇墨透斯！你可比他要聪明、要活泼十倍。打开箱子吧，看看能不能发现什么精巧漂亮的东西！"

我差点忘记告诉你们，这只箱子是被锁住的，但用的不是一般的锁，也不是其他什么器具，而是用一条金丝线打了一个非常复杂的结。这结看不出从何处起头，也看不出在何处收尾。从没有哪个结打得如此巧妙，丝线进进出出，如此繁复，仿佛在顽皮地昭示，任凭再灵巧的手也休想把它解开。可是，这个结越是难解，就越吸引潘多拉的注意力，她想弄明白这结到底是怎么打的。有那么两三次，她都已经伏在箱子上，用大拇指和食指捏着那个结，只差真的尝试去把它解开。

她自言自语道："我真敢确定，我有点明白这结是怎么打的了。而且，把结解开之后，我或许还能再重新系上。这样肯定就没什么问题啦！就算厄庇墨透斯也不会为了这个责怪我。我不必打开箱子，况且，即便这结被解开了，没有那个傻小子的同意，我也不能打开箱子！"

对潘多拉来说，多给她找点活儿干，让她有事可忙，或许才是好事。她也不至于一直老想着箱子。可那时候，孩子们的日子过得实在太轻松了，在那些叫作烦恼的小怪物来到世间之前，他们实在有太多大把的闲暇时光。在大地母亲都还是个小婴儿的时代，他们不可能总是在花丛中玩躲猫猫，也不可能一直拿花环蒙上眼睛玩盲人摸鱼，无论那时有多少游戏，玩久了也会腻。无聊的小潘多拉每天只需打扫打扫房子，采些鲜花（鲜花漫山遍野，随处可见），然后把花插进花瓶，就完成了一天的工作！之后，她所有的时间都花在了那只箱子上！

从某些方面来看，我始终不大确定，箱子的存在对她来说是否是一件幸事。只要有人听她讲话，箱子都能为她提供丰富的联想和谈资。她心情愉快之时，便欣赏光亮的箱体，以及箱子四周用一张张漂亮脸蛋和树叶连成的富丽边带。若是哪天潘多拉心情不好，她会连推带踢，拿箱子出气。箱子不知挨了她多少脚——但就像你马上要看到的，这是一只带来灾难的箱子，它活该被踢！可是，若不是有这个箱子，我们头脑活跃的小潘多拉就不会像现在这般，知道该如何去打发时间，它恐怕会度日如年。

箱子里头到底装了些什么？这可真是令人充满无尽遐想。想想吧，孩子们，如果这间屋子里有只大箱子，而且你们断定，里面很有可能装着崭新精美的礼物，也许是为你们准备的圣诞节或新年礼物，那样的话，你们的小脑瓜子肯定也会转个不停吧！你们觉得自己的好奇心会比潘多拉的弱吗？如果你们和箱子单独在一起，可能会有想翻开盖子的冲动吗？可是你们又不能这么做！哦，喊！不，不！如果你真认为箱子里有玩具，你就很难放过一个偷瞄一眼的机会。我不知道潘多拉是否在期待什么玩具，或许，那个时代还没有什么人造的东西，世界本身对居于其中的孩子们来说就是一座巨大的乐园。可潘多拉确信，箱子里有非常漂亮珍贵的东西。所以，她十分渴望偷瞄一眼，每个女孩子都会一样，包括围坐在我身边的你们也一样，都渴望偷瞄一眼。这有可能，很有可能，但我也不敢完全确定。

然而，就在那一天，就是我们长久以来经常说起的那一天，她的好奇心膨胀到了极点。最终，她打算打开箱子。她几乎下定决心去打开箱子，只要她能打得开的话。啊，潘多拉可真不乖呀！

首先，她尝试着去搬动箱子。她把箱子的一边抬起几英寸①高，可是箱子很重，对于像潘多拉这样身单力薄的孩子来说实在太重了。于是她松了手，箱子"砰"的一声落回地上。与此同时，她几乎敢肯定，自己听到有东西在箱子里晃动。于是她把耳朵紧紧贴到箱子上去听。箱子里好像确实有一阵沉闷的咕哝声！这仅仅是由于潘多拉耳鸣吗？还是她自己的心跳声？潘多拉也不敢确定自己是否真的听到了什么声音。可无论如何，她的好奇心比任何时候都强烈。

---

① 英寸为英美制长度单位，1英寸约等于2.54厘米。

潘多拉想要打开箱子

她把耳朵从箱子上挪开,眼睛落到了金丝线打成的结上。

潘多拉自言自语道:"打这个结的人一定心灵手巧。不过,我想我应该能解开!至少,我一定要找到这根金丝线的两端。"

于是潘多拉用手托起错综复杂的金丝结端详起来。不知不觉之间,她也没多想,便埋头尝试解开金丝结。此时,明亮的阳光从打开的窗户照进屋来,窗外不远处,一群孩子正在玩耍。大家发出阵阵欢笑,其中或许还夹杂着厄庇墨透斯的笑声。潘多拉停下来倾听。真是美好的一天呀!如果她能放下手中恼人的金丝结,不再想箱子的事儿,转身跑去加入小伙伴的队伍,同他们一起玩耍,岂不更加明智?

然而,箱子太令她着迷了。她的手一直在有意无意地摆弄着金丝结,眼睛不经意间扫过箱盖,瞥见一张戴着花冠的脸,好似在对她露出狡黠的微笑。

潘多拉心想:"这张脸看起来真诡异。莫不是我不应打开这箱子,所以它才发笑?此刻马上离开或许才是最明智的!"

可是,就在这时,她不知怎地把丝线一拽,奇迹发生了。金丝线像被施了魔法一般,自己解开了,留下一只没上锁的箱子。

潘多拉惊讶地暗自说道:"这真是前所未闻的怪事!厄庇墨透斯会怎么说?我怎么才能把这结给重新系上?"

她试了一两次,想把锁结重新系上,但很快发现根本系不上。金丝线自己突然就解开了,她一点儿也不记得这条丝线是如何打成结的。尽管她努力回忆金丝结原来的模样,但脑子里空空如也。因此,她什么也做不了,只能把箱子摆在那儿不动,等厄庇墨透斯回来。

潘多拉转念又想:"可是,若等他回来发现这个结被解开了,他就一定会知道是我干的。我怎么才能让他相信我没有偷看箱子里的东西呢?"

然而,一个想法马上钻进了她叛逆的心里——反正厄庇墨透斯都会怀疑她偷看过箱子里的东西,她不如一不做,二不休,窥探一眼。哎,真是个既淘气又愚蠢的潘多拉!此时,她唯一要想的问题应该是如何才能避免继续犯错,而不是去想她的玩伴厄庇墨透斯会说什么,会相信什么。若不是箱盖上那张迷人的脸用魅惑的神情看着她，若不是她听到箱子里似乎有低沉的咕噜声，而且那声音比刚才还要清楚，她或许会那样想。她分不清这些所见所闻是否是幻觉，但她的耳朵里的确有一串争执不休的低语——或许就是她内心的好奇在低语：

"放我们出去吧，亲爱的潘多拉，求你，放我们出去！我们会做你友善可爱的玩伴！只要你放我们出去！"

潘多拉心想："箱子里头到底装着什么呢？是什么活的东西吗？就这样！——是的！——我决定了，我要看一眼，就看一眼！然后马上把箱子盖上，就当什么都没发生！就偷看一眼，也不会怎么样吧！"

但让我们先来瞧瞧，厄庇墨透斯此刻在做些什么。

自从他的玩伴潘多拉搬来与他同住以来，这是厄庇墨透斯第一次独自出门寻乐，没有潘多拉的陪伴。可他感觉一切都不太对劲儿，也不像往常那样开心。他连一粒香甜的葡萄、一颗成熟的无花果都没找到（若说厄庇墨透斯有什么嗜好，那就是他太爱吃无花果了），即便有成熟的，也由于熟得太透而甜得发腻。他心中高兴不起来，不像平时那样会迸出发自内心的欢笑，分享同伴的欢乐。简而言之，他变得十分心神不宁，心烦意乱。其他孩子不知道厄庇墨透斯到底怎么了，连他自己也不知道是什么让他烦闷不安。你们一定要明白，在故事发生的那个时代，无忧无虑是每个人的本质和长久习性。整个世界都还不知道何为烦忧。自从这群孩子被送到这片美丽的地方以来，他们享受着无尽欢乐，没有一个人生过病、忧过心。

过了好久，也不知怎的，厄庇墨透斯终于意识到了哪里不对劲儿。他立刻停止玩耍，回去找潘多拉。只有潘多拉才与他更加兴趣相投。为了哄潘多拉开心，厄庇墨透斯摘了许多鲜花，编成花环，打算把花环戴在潘多拉头上。鲜花娇艳动人，有玫瑰、百合、橘子花等各色各样的品种。厄庇墨透斯带着鲜花一路走过，身后留下一阵芳香。对于一个男孩子而言，这个花环的编织手法已然精巧。我见过很多女孩子的手，用她们的手去编织花环才最合适。但那个时代的男孩子也能编花环，比今天的男孩子编得要好得多。

上编：一本神奇故事书（1852）

此刻，我必须要说，就在我们讲厄庇墨透斯的这段时间里，一大团黑云逐渐在空中聚集，虽然它还没有遮住太阳。可是，就在厄庇墨透斯回到小木屋门口的那一刻，黑云开始遮蔽阳光，太阳突然变得阴暗朦胧。

厄庇墨透斯轻轻地走进小木屋。如果可以，他想悄悄走到潘多拉身后，在潘多拉还没发现他靠近之前，就一把把花环戴到她头上。但其实，厄庇墨透斯根本不需要如此蹑手蹑脚。他的脚步完全可以想走多重就走多重，可以重得像个成年人，我甚至想说，可以重得像一头大象，完全不用担心潘多拉会听到他的脚步声。潘多拉太过于专注眼前的东西。厄庇墨透斯走进小木屋的那一刻，淘气的潘多拉已经把手放在了箱盖上，正要打开这只神秘的箱子。厄庇墨透斯一把抓住她的手。若厄庇墨透斯提前大吼一声，潘多拉或许就会把手缩回去，箱子里毁灭性的秘密或许就永远都不会被发现。

虽然厄庇墨透斯几乎从来不提箱子的事，但他自己也对箱子充满好奇，想知道里面有些什么。现在发现潘多拉决心揭开这个秘密，他坚定地认为，他的玩伴不该成为这间小木屋里唯一知晓秘密的人。若箱子里有什么精巧别致的东西，他也想分一半。因此，在讲完一通大道理，叫潘多拉控制住她自己的好奇心以后，厄庇墨透斯也变得和潘多拉一样愚蠢，罪孽也几乎一样深重。所以，每当我们为即将发生之事责备潘多拉时，也不能忘记要对厄庇墨透斯追究罪责。

潘多拉掀开箱盖的那一刻，小木屋变得非常黑暗压抑。黑云现在已经完全遮蔽了太阳，就好像把太阳给活埋了似的。过了一小会儿，耳边传来一阵低沉的咆哮与咕哝声，然后突然打下一道惊雷。可是潘多拉一点儿也没注意到这些异象，她几乎把箱盖完全掀开，朝里头看去。她感到好像突然有一大群带翅膀的生物从她的身旁一扫而过，从箱子里飞了出来。与此同时，她听到了厄庇墨透斯的喊声，好像有什么东西弄疼他了。

厄庇墨透斯惊叫道："哦，我被蜇了！我被蜇了！淘气的潘多拉！你干吗要打开这只讨厌的箱子？"

潘多拉关上箱盖，朝四周张望了一下，然后起身，想看看厄庇墨透斯怎么样了。黑云笼罩下的小木屋十分昏暗,潘多拉没看清箱子里有什么东西。可她听到了一种令人不舒服的嗡嗡声。就好像有很多巨大的苍蝇、蚊子,或是一些类似金龟子、刺蛾的昆虫在四处乱撞。等她的眼睛逐渐适应了昏暗的房间后,她看到了一大群丑陋的小怪物。它们有和蝙蝠一样的翅膀,看上去凶神恶煞,还长着细长可怕的尾刺。刚才就是其中一只小怪物蜇到了厄庇墨透斯。没过一会儿,潘多拉也开始尖叫,她和厄庇墨透斯一样感到疼痛害怕,场景变得更加骚乱。一只讨厌的小怪物停在潘多拉的额头上,若不是厄庇墨透斯跑上前赶走了它,它一定会狠狠地蜇潘多拉一下,严重程度会超乎想象。

现在,如果你们想知道这些从箱子里逃出来的丑陋东西到底是什么,我会告诉你们,它们就是一群统称为"烦恼"的小怪物。它们中有卑劣的"欲望",有许多"忧虑",还有一百五十多只"悲伤";它们中有大量的"疾病",个个充满了可怜痛苦的表情;更多的是那些说了也白说的各种"淘气"。简而言之,为了让世界上欢乐的孩子免受这些小怪物的骚扰,这些令人灵魂和肉体感到痛苦的东西曾经全都被锁在这只神秘的箱子里,并交由厄庇墨透斯和潘多拉妥善保管。如果他们忠于所托,一切都会相安无事。从始至今,或许成年人也就不会悲伤,小孩子也就不会为任何事情流一丁点儿泪了。

可是,通过这件事,你们或许会发现,任何一个普通的错误行为,对整个世界都可能是个灾难:由于潘多拉掀开了那只神秘箱子的箱盖,由于厄庇墨透斯没有阻止她——这也是厄庇墨透斯的过错,这些烦恼才会出现在我们身边,而且似乎很难立马被消除。你们很容易就能想到,他俩没办法把这群丑陋的怪物锁在他们的小木屋里。非但如此,他们做的第一件事反而是跑去打开门窗,想要摆脱这些小怪物。毫无疑问,这些长了翅膀的小怪物全都通过门窗飞了出去。小怪物把所有地方的孩子都弄得痛苦烦恼,自此之后,一连好几天都没有人能笑得出来。奇怪的是,一两天后,就连大地上那些叶带凝露、从不凋谢的鲜花也开始落叶凋散。更奇怪的是,那些过去容颜不老的孩子从未料想,他们从此开始一天天长大,长成少男,长成少女,长成男人,长成女人,最后一点点变老。

潘多拉打开了箱子

此刻，调皮的潘多拉和从不调皮的厄庇墨透斯都待在小木屋里。他们俩都被蜇得很惨，也十分痛苦，他们的痛苦似乎更加难耐。毕竟，在这些痛苦传遍世界前，他们是首先感受痛苦的人。显然，他们完全不适应这份痛苦，也完全不知道这是什么。除此之外，他们对自己和对方都感到极其愤怒。厄庇墨透斯生气地坐在墙角，表情愠怒，背对着潘多拉。而潘多拉猛地瘫坐在地上，头抵在那可恶的、带来毁灭性灾难的箱子上。她悲痛地哭泣，就好像心都碎了一样。

突然，有什么东西从箱子里头轻轻地敲了敲箱盖。

潘多拉抬起头，带着哭腔问："那会是什么？"

可是，厄庇墨透斯要么是没听见敲击声，要么是太生气了，没注意到敲击声。总之，他没吱声。

潘多拉埋怨道："你可真不友善，都不跟我说话！"说着，她便又抽泣起来。

这时，敲击声再次响起！声音听起来就像是一个小仙女，在用纤细的指关节嬉戏般地从里面轻敲着箱子。

潘多拉之前的那点好奇心又回来了，她问："是谁在里面？是谁在这只讨厌的箱子里面？"

里面传来了一个稚嫩而甜美的声音：

"只要打开箱盖，你就知道了呀！"

潘多拉一边抽泣，一边拒绝道："不，不！我受够了，绝不再打开箱盖了！你这邪恶的东西，既然你在箱子里头，那就待在里头吧！外面有很多讨厌的家伙，都是你的兄弟姐妹，它们已经飞到世界各地了。你休想我会再犯傻，把你放出来！"

她边说边看向厄庇墨透斯，像是在等待厄庇墨透斯夸奖她的聪明。可是，这个愠怒的男孩只是"哼"了一声——她聪明得太晚了。

稚嫩甜美的声音再次从箱子里传来："哈，你最好放我出来！我可不像那些尾巴带刺的讨厌家伙。他们不是我的兄弟姐妹，只要你看我一眼，立马就能明白。来吧,来吧,漂亮的潘多拉!我肯定你会放我出来!"

这声音有一种令人愉快的魔力,它的任何要求都实在让人难以拒绝。箱子里传来的话让潘多拉的内心不知不觉中软了下来。厄庇墨透斯也是。虽然他仍然坐在墙角,但半个身子转了过来,精神看上去也比刚才好多了。

潘多拉叫道:"亲爱的厄庇墨透斯,听到这稚嫩的声音了吗?"

厄庇墨透斯回答道:"当然,我听到了!那又怎么样?"话语中仍然带着恼怒。

潘多拉问:"我应该把盖子再打开吗?"

厄庇墨透斯回答说:"随便你!反正你都已经犯了这么大的错,再多错一点也就那样了。你刚才已经放出来一大群烦恼,跑到满世界都是,现在再多放出来一只,也没有多大不同!"

潘多拉擦了擦眼睛,喃喃道:"你说话或许可以稍微温和点!"

箱子里稚嫩的声音用一种淘气的、戏耍的口吻喊道:"呵呵,真是个调皮的小男生!他心里清楚,他很想看看我!来吧,亲爱的潘多拉,掀开箱盖!我迫不及待地想安抚你。只要你让我呼吸到新鲜空气,你很快就会发现,事情并不像你想得那么糟糕!"

潘多拉大声说:"厄庇墨透斯,不管会发生什么,我都决定打开箱子!"

厄庇墨透斯从墙角走过来,说:"这箱盖看上去很沉,我来帮你吧!"

于是,两个孩子达成一致,他们一起再次掀开了箱盖。一个阳光的小人儿面带笑容地从箱子里飞出,在屋子里前后高低、上下左右地飞来飞去,所经之处都留下一束光影。你们一定玩过反光镜吧?就是用一面镜子把阳光折射进角落里,让阳光随着镜子的转动,在黑暗的角落里跳舞。同样的,在阴暗的小木屋内,这个长着翅膀、阳光快乐、小仙女般的不速之客,就像黑暗角落里跳动的光影。她飞向厄庇墨透斯,把手指轻轻放在刚才被小怪物烦恼蜇伤的肿胀之处,随即,厄庇墨透斯的伤口立马就不疼了。然后,她又吻了吻潘多拉的额头,潘多拉的伤痛也治愈了。

待她安抚好两个孩子以后,这位阳光的不速之客在他们头顶欢快地飞来飞去，笑眯眯地盯着他们，这让他俩都觉得打开这只箱子并不是什么多大的过错。不然，他们这位活泼的贵客肯定还被当作犯人，和那些讨厌的、尾巴上长刺的小怪物关在一起呢。

潘多拉询问道："请问，漂亮的小家伙，你是谁？"

阳光的小家伙说："我叫作希望！因为我快乐活泼，所以才会被打包装进这个箱子。箱子里那些讨厌的烦恼注定是会被放出来的，而我的目的就是要修正那一大群讨厌的烦恼给人类带来的痛苦。千万不要害怕！无论有多少烦恼，我们都会漂亮地把它们解决掉。"

潘多拉惊叹道："你翅膀的颜色就像彩虹！真美呀！"

希望说："是的，它们就像彩虹，因为我一半是眼泪做的，一半是笑容做的，我生性乐观。"

厄庇墨透斯问："你会和我们在一起吗，会永远和我们在一起吗？"

希望带着和蔼可亲的笑容说："只要你们需要，我就会和你们在一起——陪你们一生一世——我保证与你们不离不弃！也许，在某些时刻、某些时期，你们偶尔会觉得我完全消失了。可是，只要你们还抱有一点点希望，一次，一次，又一次，你们就会在小木屋的天花板上看到我翅膀上的微光。是的，亲爱的孩子们。我还知道，以后，会有一些美好的事情将降临在你们身上！"

厄庇墨透斯和潘多拉惊叹道："哦，快告诉我们，快告诉我们是什么事！"

希望竖起食指，贴在嘴唇上，对他们说："不要问。即便在你们的生命中，美好的事情一直没有发生，也不要放弃希望。相信我的承诺，句句属实！"

厄庇墨透斯和潘多拉异口同声地大声说："我们相信你！"

他们的确相信希望。不仅仅是他们，之后这个世界里的每个人都相信希望。实话告诉你们吧，我打心里高兴！虽然，潘多拉的确做了一件极其愚蠢的事，但我不禁为潘多拉的愚蠢行为感到高兴。毫无疑问，烦恼仍然还在满世界飞，不但没有减少，反而越来越多，是一群十分讨厌的小怪物，尾巴上还长着最毒的尖刺。我已经感受过它们的叮咬，随着我慢慢长大，我还会感受更多。但我也感受过希望那可爱轻盈的身姿！如果世间没有希望，我们还能做什么

上编：一本神奇故事书（1852）

呢？希望能净化我们的世界，希望能让世界永葆朝气。而即便身处最理想、最耀眼的尘世中，希望也只会表明，那不过是未来极乐之境的一个缩影。

唐格尔伍德山庄的游乐室里：
讲完故事之后的结束语

尤斯塔斯捏了捏报春花的耳朵问："报春花，你喜欢故事里的小潘多拉吗？你不觉得她就是你的写照吗？你或许会毫不迟疑地打开箱子吧。"

报春花机智地反驳道："如果这样的话，我肯定会因为自己的淘气付出代价。因为，箱盖打开之后，第一个跳出来的，一定会是烦恼模样的尤斯塔斯·布莱特先生！"

香蕨木说："尤斯塔斯哥哥，世界上所有的烦恼原来都被关在那只箱子里吗？"

尤斯塔斯答道："所有！像这场暴风雪，它害得我没法去滑雪，以前也被锁在那只箱子里。"

香蕨木追问："那只箱子有多大呢？"

尤斯塔斯答道："嗯，大概三英尺长，两英尺宽，两英尺半高。"

香蕨木说："哈，你是在跟我开玩笑吧，尤斯塔斯哥哥！据我所知，世界上没有那么多烦恼能填满这么大一只箱子。至于这场暴风雪，它可不是什么烦恼，反而是一件令人欢喜的事，所以，它以前不可能在那只箱子里。"

报春花带着一种过来人的口吻说："大家听听！他才体验过这世间的多少烦恼呀！可怜的孩子！等他长到我这么大时，他会变得更聪明些。"

说完，报春花跳起绳子来。

此时，天色渐晚。门外的景象看上去无疑十分阴沉。透过渐浓的夜色望去，到处都是被大风吹积而成的灰白雪堆。天地茫茫一片，看不清道路。门廊楼梯上的积雪表明，过去好长一段时间里，都不曾有人进出。倘若只有一个孩子站在窗边，凝望窗外寒冷的风雪，那孩子或许会感到悲伤。可六七个孩子聚在一起，虽然他们不能完全把整个世界变成天堂，但也不会被冬爷爷和他的暴风雪弄得无精打采。更何况，尤斯塔斯·布莱特还即兴发挥，发明了几种新游戏，孩子们玩得不亦乐乎，一直玩到睡觉。而明天，暴风雪还将继续，他们还会接着玩儿。

唐格尔伍德山庄的壁炉边：
讲《三个金苹果》之前的开场白

  暴风雪又持续了一个白天。可是，之后的天气是我始料未及的。总之，到了夜晚，天空中风轻云淡。第二天早晨，太阳升起，明亮的阳光照耀着整个伯克郡。伯克郡地处丘陵地带，和世界上其他丘陵地带一样，这里的冬天阴冷潮湿。霜花盖满了所有窗格上的玻璃，很难透过玻璃瞥见窗外的景色。可是，趁着等早餐的时间，唐格尔伍德山庄的孩子们用指甲刮去了玻璃上的几处霜花，透过几块窥视孔大小的玻璃表面，兴奋地向窗外看去。只见，除了险峻的峭壁上有一两处地方没有被雪覆盖，除了黑松上的积雪呈现灰白之色以外，眼前天地间的一切都白得像一张床单。这可真是令人激动难耐！虽然天气已经转晴，但冷得能把人的鼻子给冻掉！而对于血气方刚、耐寒抗冻的人来说，没有什么比敞亮而严酷的冰雪世界更令人精神振奋的了。体内的热血就像山坡上急流直下的溪水，翻涌奔腾。

  一吃完早餐，孩子们便穿上皮毛大衣，系上羊毛围巾，把自己裹得严严实实的，卖力地踩着厚重的积雪，奔向户外的冰雪世界尽情玩耍。嗯，这天气可真适合开展冰雪运动！他们坐上雪橇车，沿着山坡向不远的山谷滑去，没人知道这一路到底有多远。他们加起来滑了上百次，时常一不小心就翻车，一头栽进雪地里，气氛欢乐无比。翻车的次数和顺利滑到山谷的次数几乎一样多。有一次，为了顺利完整地滑一回，尤斯塔斯·布莱特带着玉黍螺、香蕨木和南瓜花一起坐上雪橇。他们全速从山坡上滑下。可是，哎呀！滑到一半，雪橇撞到

上编：一本神奇故事书（1852）

了一根被积雪盖住的树桩上，把四位乘客甩进了一片雪堆里。他们从雪堆里爬起来，却没看到南瓜花。这是怎么回事？孩子去哪儿了呢？正当他们四处找寻时，南瓜花突然从旁边一处雪堆里站了起来，小脸通红，看上去就像一朵大大的红花突然在隆冬里绽放。孩子们全都哈哈大笑起来。

等大家都滑累了，尤斯塔斯便和孩子们在周围找了一处最大的雪堆，挖了个雪洞。可惜的是，雪洞挖好后，所有人刚挤进洞里，洞顶就塌了，把他们全给埋在了雪里。下一刻，所有的小脑袋都从坍塌的雪洞中冒了出来，尤斯塔斯也在其中。他褐色的卷发上全是雪片，看上去头发花白，就像一位令人尊敬的老爷爷。雪洞是尤斯塔斯哥哥提议并负责挖建的，现在雪洞却塌了。为了惩罚他，大家都一起使劲儿地用雪球砸他。他只好左躲右闪，急忙脱身。

于是，尤斯塔斯跑进了一片树林，跑到了荫翳小溪附近。他听到，在厚重冰雪的覆盖下，溪水潺潺，一路流淌。他看到，在几处溪涧的落差处，结满了坚硬的冰柱，晶莹剔透。他又在湖边漫步，凝望前方，只见一大片无人踏足的雪白原野从他的脚下一直延伸到纪念碑山的山脚。此时，正好临近日落，尤斯塔斯不禁感叹，自己从未见过这般场景，如此洁净，如此美丽。他庆幸孩子们没有追来。因为他们活泼好动，喜欢打闹，很可能会破坏他更加高远肃穆的心境。如果他们跟来，那么他只能享受欢乐（他已经享受了一整天欢乐），而无法感受冬日里山间日落的魅力。

太阳完全下山后，我们的朋友尤斯塔斯便回家吃晚饭了。吃过晚饭，他便开始专心读书。我猜，他读书的目的是想写一首赞美诗，或是两三首十四行诗，或是某些其他诗体的诗歌，想要赞美落日周围那一团团被映照成紫色和金色的云彩。可是，还没等他憋出一句诗行，门就被推开了，报春花和玉黍螺出现在门口。

尤斯塔斯扭头向门口看去，手里还握着笔。他大声叫道："到别处去玩，孩子们！你们现在不要打扰我！你们来我这里干什么？我以为你们都睡了！"

报春花说："你听听，玉黍螺，他说话的腔调像个大人似的！他还似乎忘了，我已经十三岁了，想多晚睡就多晚睡。可是，尤斯塔斯哥哥，你现在必须

唐格尔伍德山庄的壁炉边：讲《三个金苹果》之前的开场白

收起你那副腔调，和我们一起去客厅。孩子们在激烈地谈论你讲的故事，我爸爸也想听你讲一个，看看你有没有胡编乱造。"

尤斯塔斯懊恼地叫道："哎呀，哎呀，报春花！我不能当着大人的面讲故事。更何况，你爸爸是一位古典文学家。我并不是因为害怕他的学问，我甚至怀疑，他的知识如今就像一把旧得生锈的带鞘小刀，而是因为他一定会为故事中一些奇趣横生的荒唐情节与我争论。那些情节都是我自己想出来加进去的，为的是让你们和其他孩子听起来更加津津有味。一个年过五十、年轻时读过古典神话故事的成年人，是不会懂得我故事的价值的，也不会认同我对这些古典神话故事的改编与再造。"

报春花说："或许你说得都对，但你必须跟我们过去！若你不去给我们大家讲讲你那些荒唐的故事，这是你自己说的，爸爸就不给大家讲睡前故事，妈妈也不弹睡前音乐了。所以，你还是做个乖孩子，跟我们一起去吧。"

无论这位大学生表面装作多么不情愿，但转念一想，他很高兴能抓住这个机会，向普林格尔先生展现自己的才华，让他瞧瞧自己在把古老的神话改编成现代故事方面是多么有天赋。二十岁之前，一个年轻人或许的确羞于让别人看到自己创作的诗词、散文。可是，尽管如此，他会相当敏锐地意识到，他的那些作品一旦被世人所知，就能让自己立于文学之巅。因此，尤斯塔斯也不再推辞，任由报春花和玉黍螺把自己拽向客厅。

客厅又大又气派。客厅的一端有一扇半圆顶的落地大窗户，窗前摆着一尊雕像，仿的是美国第一位雕塑家格里诺的作品《天使与孩童》。在壁炉的一边，一排排书架上摆满了装帧厚重但精美的书籍。无影灯的白光和熊熊炉火的红光，把整个客厅映照得温暖明亮、温馨愉快。普林格尔先生坐在炉火前一张深凹的扶椅上。他坐在这张椅子上非常合适。普林格尔先生是一位身材高大、面容英俊的绅士。他的发际线很高，总是穿得整整齐齐。即便尤斯塔斯·布莱特是突然造访，也完全不用在门外等他整理衣领。可现在，报春花拉着尤斯塔斯的一只手，玉黍螺拉着他的另一只手，他被迫出现在普林格尔先生面前，看起来一副不知所措的样子，就好像在雪地里打了一整天的滚一样。他的确在雪

上编：一本神奇故事书（1852）

地里打了一整天的滚。

普林格尔先生扭头看向这位大学生，眼神十分亲切，可这架势令尤斯塔斯感觉自己实在不修边幅，连同自己的头脑和思想都显得凌乱潦草。

普林格尔先生笑着说："尤斯塔斯，我听说，你在讲故事方面很有天赋，你讲的故事在唐格尔伍德山庄的小听众中引起了极大反响。报春花——孩子们都这么叫他——和其他孩子对你的故事都赞不绝口，普林格尔夫人和我本人都十分好奇，也想听一听。让我尤为感兴趣的是，你似乎在尝试把古老传统的神话故事按照现代人的喜好和感情来演绎，至少，我是根据孩子们间接的转述而这么判断的。"

尤斯塔斯说："先生，如果有选择，我或许不会挑选您来做我的听众，因为这些故事里充满了幻想。"

普林格尔先生答道："或许吧。但我想，对于一位年轻的作者而言，最有益的批评，往往都是由他最不愿选作听众之人给出的。所以，请满足我的好奇吧！"

尤斯塔斯喃喃道："在我看来，批评家和作者之间应该具备一点点共鸣。可是，先生，如果您有耐心听我讲，我就给您讲一个吧。不过想请您包涵的是，我讲故事是为了满足孩子们的幻想与感受，而不是您的。"

此时，他恰好看到壁炉的台面上放着一盘苹果，于是灵光闪现，想到了一个关于苹果的故事。

三个金苹果

你们听说过长在赫斯珀里得斯姊妹果园里的金苹果吗?如果现今有人能在果园里找到这种苹果,一袋五十来斤的苹果就能卖出极高的价格。可是我想,现在全世界没有任何一棵树上长着这种神奇的苹果。甚至连一颗金苹果的种子都再也找不到了。

即便在很久很久以前,在那个几乎被人遗忘的年代,在赫斯珀里得斯姊妹的花园还没长满野草之前,许多人都怀疑,是否真有哪棵树的枝干上能结出纯金的苹果。大家都听说过金苹果,但没人表示亲眼见过。可是孩子们常常张大嘴巴,满脸吃惊地听着关于金苹果树的传说,还决心等自己长大,一定要去找到它。总有一些爱冒险的小伙子想干些惊天动地的大事,来证明自己比其他伙伴更加勇敢,于是便出发寻找金苹果。他们中有许多人再也没有回来,回来的人里头也没有一个人带回过金苹果。难怪他们觉得不可能摘到金苹果!据说,金苹果树下有一条恶龙,长着一百颗可怕的脑袋。其中五十颗脑袋睡觉时,总有另外五十颗睁着眼睛盯梢。

在我看来,为一颗纯金的苹果而去冒那么大风险是不值得的,除非那苹果格外香甜可口、肉嫩多汁。若果真如此,哪怕有百首恶龙的看守,众人却依旧以身犯险的行径才算有几分道理。

可是,就像我刚才讲的,对于年轻人来说,当他们厌倦了过分的平静与悠闲后,很自然地就想去寻找赫斯珀里得斯姊妹的果园。但有一次,一位英雄踏上了冒险之旅。他自打出生，就几乎没有享受过任何平静与悠闲。在我即将讲到的这场冒险中，他手里拿着一根结实的棒子，肩上挎着一张大弓，背后背着一个箭袋，游荡到令人愉悦的意大利。他身上裹着一张狮皮。这狮皮来自一只他见过的最强壮、最凶猛的狮子。他独自一人猎狮剥皮。虽然总的来说，他是一个和善、慷慨、高尚的人，可在他的心中却有一大股巨狮般的凶猛劲儿。在旅途中，他不断地向路人询问，眼前的道路是否是通往那座著名果园的正确道路。可沿路的村庄里没有一个人知道赫斯珀里得斯姊妹的果园在哪里。要不是这位陌生人手里拿着一根巨大的棒子，大家甚至会笑话他问的问题。

于是他往前走呀，走呀，只要遇到人，仍旧会问同样的问题。直到他走到一条河边，看到几个年轻貌美的仙女坐在河边编织花环。

这位陌生人问道："美丽的姑娘们，请问你们能告诉我，这条路是通往赫斯珀里得斯姊妹果园的正确道路吗？"

众仙女正玩得起劲，她们把鲜花编在花环上，相互戴在对方头上。她们的指尖上似乎有某种魔力，经她们双手编织过的鲜花，比原先长在枝头时显得更加清新水嫩，更加娇艳芬芳。可是，一听到陌生人的问题，她们手上所有的鲜花都掉到了草地上，一脸惊讶地盯着眼前这位陌生人。

一位仙女惊讶地叫道："赫斯珀里得斯姊妹的果园！我以为世人在经历过无数次失望后，已经懒得再找它了。请问这位爱冒险的年轻人，你去那里做什么？"

陌生人答道："一位国王，也就是我的表兄，命令我为他取回三个金苹果。"

另一位仙女说："绝大多数寻找金苹果的年轻人都是自己想要得到金苹果，或是把金苹果送给他们的爱人。你那么爱你的这位表兄国王吗？"

陌生人叹了口气答道："那倒没有。他对我既冷酷又无情。可是服从他是我的使命！"

第一位说话的仙女问："那你知道，有一条长了一百颗脑袋的恶龙在树下看护金苹果吗？"

陌生人平静地回答:"我很清楚。从出生到现在,在过往的经历中,我就一直在干这种事,与巨蛇和恶龙搏斗。"

众仙女看了看他那根巨大的棒子,身上毛茸茸的狮皮,以及英雄般强壮的臂膀和身姿,于是私下小声议论了一番。她们觉得和其他人相比,眼前这位陌生人或许真有可能干出一番大事。不过,那可是一条长着一百颗脑袋的恶龙!一个凡人,哪怕有一百条命,又如何能避得过巨兽的獠牙呢?正因如此,善良的仙女不忍眼睁睁看着这位勇敢俊俏的年轻人去冒如此大的风险,一不小心,他就可能把自己变成恶龙上百张血盆大口中的美餐。

仙女们纷纷劝道:"回去,回家去!看到你平安归去,你的母亲一定会高兴得热泪盈眶。哪怕你赢得了这场伟大的胜利,你的母亲也不过如此吧?不管你是为了金苹果,还是为了那位无情的王兄,我们都不希望那条百首恶龙把你吃掉!"

陌生人对这些告诫开始显得有些不耐烦。他满不在乎地举起巨棒,随手一挥,把棒子砸在身边一块半身埋在地里的岩石上。他就这么随意一砸,那块巨石立刻四分五裂。陌生人几乎没使劲,对他而言,那力道只相当于一位少女用鲜花碰了碰妹妹的脸蛋,可实际效果却是一个大力巨人才能做到的。

他看向仙女,面带微笑地说:"你们信不信,刚才这一击就能打爆那条百首恶龙的一颗脑袋。"

说罢,他便在草地上坐下,从一出生就把战士的黄铜盾牌当作婴儿摇篮开始,给大家讲述他的过往经历,讲述一些印象之中的事情。有一次,他躺在盾牌里,两条大蛇滑过地板,张开血盆大嘴,想要把他吞掉。可是,那时候的他虽然还只是一个几个月大的婴儿,却一把抓住凶猛的大蛇,一手一条,把它们活活勒死。年少时,他就杀过一头巨狮。后来,他又打死了一头同样大小的长毛巨狮,剥下狮皮,穿在身上。之后,他又去和一条叫九头蛇的丑陋怪物搏斗。那怪物有九颗脑袋,每颗脑袋的嘴里都有异常锋利的牙齿。

一位仙女说:"可是,你要知道,赫斯珀里得斯姊妹果园里的龙有一百颗头!"

赫耳枯勒斯与仙女

陌生人答道:"但我宁愿跟两条百首恶龙战斗,也不愿与一条九头蛇战斗。因为,我每次砍下一颗蛇头,被砍的地方就会长出两颗来。不仅如此,它还有一颗根本砍不死的头,即便被砍下来很久,依然还能凶狠地咬人。我只好把那颗头埋在一块巨石下面。毫无疑问,它至今都还是活的。不过九头蛇的身体和其他八颗头都不会再作恶了。"

几位仙女估计他还要讲上好一阵,便准备了一些面包、葡萄之类的茶点,方便陌生人趁讲述的间隙吃上两口。她们很乐意为他提供一些茶点和水果。一两位仙女也偶尔朝自己红润的嘴唇里喂一颗香甜的葡萄,免得他一个人吃起来尴尬。

陌生人接着跟几位仙女讲起他抓住一头牡鹿的经历。那头牡鹿非常机敏,他一口气追了牡鹿十二个月,最终抓住了它的鹿角,才把它活捉回家。他还与一支古怪的种群搏斗过。那支种群全是半人半马。出于责任,为了确保其他人不会被它们丑陋的样子吓到,便把他们全都杀了。除此之外,他打扫过一间马厩。

一位仙女笑道:"你把打扫马厩也当作壮举?每个生活在乡村里的人都会干这个。"

陌生人答道:"如果只是间普通马厩,我肯定不会提。可我说的是间巨大的马厩。要不是我想到改变河道,引导河水冲进马厩,我恐怕得干一辈子。借着河水的冲刷,我很快就完成了任务!"

看到美丽的仙女听得如此专注,他接着跟众人讲起他如何射中了一只巨鸟;如何活捉了一头野牛,然后又将它放生;如何驯服了一群野性十足的骏马;又是如何征服了亚马逊的战争女王希波吕忒。同时,他还提到,他解下了希波吕忒的魔法腰带,并把腰带送给了王兄的女儿。

最漂亮的一位仙女问:"是维纳斯的那根腰带吗?据说系上那根腰带会让人变美。"

陌生人答道:"不,它原来是战神马尔斯的箭袋,只能让系上它的人勇敢无畏。"

仙女摇了摇头，失望地道："只是个旧箭袋呀！那我就不稀罕了！"

陌生人附和道："是的。"

他继续讲着自己奇妙的经历。他告诉几位仙女，最神奇的一次冒险是和六条腿的革律翁搏斗。它有奇怪可怕的外形，你们可以大胆想象。一个人只要在沙地或者雪地里看到它的踪迹，就会误以为，有三人与它同行。一个人只要在不远处听到它的脚步声，就会误以为是几个人一起走来。但其实，那是长着六条腿的怪物革律翁，独自在"咔嗒咔嗒"地前行。

革律翁有六条腿和一副壮硕的身体！从外表看上去显然是只怪物。关键在于，长六条腿可真浪费鞋子呀！

等陌生人讲完了他的冒险经历之后，他环视了一圈听得入迷的一众仙女。

他谦逊地说："或许你们以前听说过我的名字。我叫赫耳枯勒斯！"

仙女们说："我们早就猜到了。你的英勇壮举闻名遐迩。现在，我们也不奇怪你为何要出发寻找赫斯珀里得斯姊妹果园里的金苹果了。来吧，姐妹们，让我们为英雄戴上花环！"

于是，她们把花环戴在了赫耳枯勒斯高贵的头上和宽阔的肩膀上。他身上的狮皮几乎完全被玫瑰花盖住。她们接过他手里沉重的棒子，用最鲜艳、最娇嫩、最芳香的花朵缠绕起来，把棒子缠得严严实实，连一根指缝宽的橡木都看不见，就像一捧巨大的花束。最后，他们手拉手，围着他载歌载舞，主动把赞美之词编成诗篇、汇成赞歌，向英勇的赫耳枯勒斯致敬。

赫耳枯勒斯花了极大的气力、冒了极大的危险才完成那些壮举。得知这群美丽的仙女都听说过他的英雄事迹，和其他所有英雄的反应一样，他感到十分高兴。可是，他仍不满足。他认为，只要还有没有完成的艰难冒险，仅凭过去的功绩，还配不上这样的礼遇。

趁仙女们稍事休息的工夫，赫耳枯勒斯说："亲爱的姑娘们，既然大家都认识我，你们仍不愿告诉我如何才能到达赫斯珀里得斯姊妹的果园吗？"

众仙女激动地问道："啊，你非得立即动身吗？你已经创造了那么多丰功伟绩，生活如此辛苦，你就不能在这宁静的河边，舒舒服服地休息一时半刻？"

赫耳枯勒斯摇摇头。

他说："我现在就必须出发。"

仙女们说："好吧，那我们就告诉你我们所知道的最直接的线路吧。你必须先到海边，找到一位叫老者的人，然后逼他告诉你上哪儿能找到金苹果。"

赫耳枯勒斯重复着这个奇怪的名字，略带嘲笑地说："老者！那请告诉我，这位叫老者的人是谁？"

一位仙女说："哎呀，肯定是那个海中的老者呀！他有五十个女儿。有人说她们很漂亮。但我们觉得，如果亲眼见过她们的话，就会发现这种评价并不客观，因为她们长着海绿色的头发，身形像鱼一样从上到下逐渐变窄。你必须和这位海中的老者交谈。他常年混迹海上，很了解赫斯珀里得斯姊妹的果园。因为果园就在海中的一座岛屿上，而他常常造访那座岛屿。"

赫耳枯勒斯随后询问老者的行踪，想知道在哪里最可能找到他。等仙女告诉他老者的行踪后，赫耳枯勒斯对她们表示感谢，感谢她们用面包和葡萄招待自己，感谢她们为自己戴上了美丽的花冠，感谢她们对自己表达敬意的歌唱和舞蹈，尤其感谢她们告诉了自己正确的道路。然后，他便立即出发了。

不过，赫耳枯勒斯还没走出多远，身后一位仙女便叫住了他。

她举起一根手指，面带微笑地强调："如果你抓住了老者，一定要抓紧他！不要对任何眼前发生的事情感到震惊。只要牢牢地抓住他，他就会向你坦白你想知道的事情。"

赫耳枯勒斯再次谢过仙女，便上路了。仙女们则重新愉快地编起花环。等赫耳枯勒斯走了许久，她们依旧在谈论这位英雄。

她们说："等他杀死那条百首恶龙，把金苹果带回这里的时候，我们将会给他戴上最艳丽的花环。"

另一边，赫耳枯勒斯日夜兼程地向前赶路，他越过高山峡谷，穿过寂静森林。有时，他会高高抡起大棒，把一棵巨大的橡树砸得稀烂。他脑子里全是巨人和怪兽。他人生的价值就是与之搏斗。他或许是把大树当成了巨人或怪兽。他太渴望去完成这场冒险了，甚至十分后悔和仙女们在一起浪费了太多时间，花费了太多口舌去讲他的冒险故事。不过,那些注定要干大事的人都是如此。他们已经干成的大事仿佛微不足道,而正在展开的冒险似乎值得历经千辛万苦、千难万险,甚至为此付出生命。

若是有人刚好路过这片森林,他们一定会被赫耳枯勒斯用大棒重击树木的场景吓到。仅仅需要一击,树干就像被一道闪电劈开一样,只听见一阵沙沙声,粗壮的树枝就猛地砸到地上。

赫耳枯勒斯一刻不歇,头也不回地匆忙赶路,不多日,便听到了远处大海的咆哮声。他加紧脚步,很快便来到一片海滩。巨大的海浪拍打在坚硬的沙滩上,沿着海岸线掀起一长条雪白的水沫浪花。而在海滩一头,有一处宜人之地,绿植灌木沿着悬崖向上攀爬,铺满岩石表面,看起来十分秀美。山崖的崖角和大海之间有一条铺满青草的狭长地带。茸茸的青草间长满了芬芳的苜蓿。赫耳枯勒斯发现,那里躺着一位酣睡的老者!

可这真的是一位老者吗?的确,第一眼看上去,他确实像一位老者。可是凑近细看,更像某种生活在海里的生物。他的腿和手臂上就像鱼一样盖满鳞片;手脚上长着像鸭子那样的蹼趾;长长的胡子呈淡绿色,看上去就像一簇海藻,而非正常人类的胡须。你们是否见过这样一根原木,长期在海中被海浪拍打,身上爬满了藤壶,最终漂到岸边,就像从最深的海底被抛到岸上一样?不错,这位老者给人的印象就像一根被海浪甩出的原木。可是,第一眼见到这奇怪的身形,赫耳枯勒斯便认定,他就是那位能为自己指路的老者。

是的。此人正是好客的仙女们告诉他的那位海中的老者。赫耳枯勒斯庆幸自己巧遇了正在熟睡的老者,他蹑手蹑脚地靠近老者,一把用胳膊和腿把他按住。

还没等海中的老者完全清醒过来,他便大声质问:"告诉我,去赫斯珀里得斯姐妹的果园该往哪里走?"

不难想象,海中的老者猛地从睡梦中惊醒过来。可下一刻,赫耳枯勒斯比老者还要惊愕。因为,突然间,老者似乎在他的控制下凭空消失了。他发现自己抓的是一头牡鹿的前腿和后腿!但他仍然紧紧地抓住不放。之后,牡鹿也消

赫耳枯勒斯与海中老者

失了，变成了一只扑腾着翅膀尖叫的海鸟，但赫耳枯勒斯依然紧紧地抓住海鸟的翅膀和爪子，防止它逃脱。然后，海鸟又立刻变成了一只丑陋的三头犬，三头犬朝赫耳枯勒斯嘶吼吠叫，凶狠地咬向赫耳枯勒斯的双手。可是，赫耳枯勒斯依然不放手。又过了一会儿，三头犬变成了革律翁，就是那只六条腿的人形怪物。为了挣脱出那条被抓住的腿，革律翁用另外五条腿狠狠地踢向赫耳枯勒斯！可赫耳枯勒斯依然抓住不放。再后来，革律翁变成了巨蛇，就像赫耳枯勒斯小时候勒死的巨蛇，只是比那条还要大上百来倍。大蛇缠上英雄的脖子和身体，尾巴高高地甩向天空，张开致命的双颌，就像要把他一口吞掉，那样子看起来可怕极了。可是，赫耳枯勒斯一点儿也不胆怯，依旧紧紧地勒住大蛇，勒得大蛇疼痛不已，发出咝咝蛇鸣。

你们要知道，虽然海中的老者大体看上去很像舰首上被海浪侵蚀的雕像，但他有按自己愿意变换成任何形态的能力。当他发现自己被赫耳枯勒斯粗暴地抓住时，他便希望通过神奇的变形术来吓唬赫耳枯勒斯，好让这位英雄放手。一旦赫耳枯勒斯松手，老者就一定会一头扎进深深的海底，很久都不再上岸，免得给自己找麻烦，回答任何无礼的问题。我想，一百个人里头，九十九个人见到他一开始的丑陋外表，都会被吓得丧失理智，立马掉头就跑。因为，世上最困难的事情之一，就是分辨真正的危险和表面的危险。

可是，赫耳枯勒斯不但坚定地抓着老者不放，老者越是变幻，他反而抓得越紧。这对老者来说无异于巨大的折磨。最后，老者只得显现真身。于是他又变回了那个鱼一般身形，全身布满鳞片，长有脚蹼，下巴上长着海草般胡须的老人。

变出那么多假象可是件相当累人的事情。老者刚喘了口气便大声叫道："拜托，你找我有什么事？你为何要抓住我不放？现在，立刻松手，否则你就是个蛮不讲理的家伙。"

强壮的陌生人吼道："我叫赫耳枯勒斯！我永远都不会松手，除非你告诉我怎样直达赫斯珀里得斯姊妹的果园！"

老者一听眼前抓住他的人是赫耳枯勒斯，便立刻明白，必须把所有他想知道的事情全都告诉他。你们一定还记得，老者常年在海上生活，就像其他的海员一样，四处漂泊。他肯定听说过赫耳枯勒斯的威名，知晓他在许多地方屡屡成就的英勇事迹，还有他干起事来总是不达目的誓不罢休的决心。因此，老者不再企图逃跑，他老老实实把如何寻找赫斯珀里得斯姊妹的果园告诉了赫耳枯勒斯，同时还警告他到达花园前，他必须要克服哪些困难。

海中的老者用罗盘定了定方位后说："你要朝这个方向一直向前，直到你见到一个非常高大、用肩膀扛着天的巨人。若他恰好心情不错，便会告诉你赫斯珀里得斯姊妹的花园在哪里。"

赫耳枯勒斯用指尖掂了掂他的棒子说："倘若，万一那个巨人心情不好，我或许会略施伎俩强迫他开口。"

赫耳枯勒斯谢过海中老者，并对他的粗鲁行为表示了歉意后，便再次上路了。他一路上遇到了许多奇特的冒险者，如果有时间的话，他们许多人的故事都值得细说，都值得一听。

如果我没有记错，在这趟旅程中，赫耳枯勒斯遇到了一位庞大的巨人。那位巨人是天造的杰作。他每次倒地，就会比从前强壮十倍。他的名字叫安泰俄斯。大家都看得出，很明显，和这家伙搏斗非常困难。每次只要他被打倒在地，等他重新爬起来，都会比受到敌人攻击之前变得更加强壮、更加暴躁、更加善于使用武器。因此，赫耳枯勒斯越是用棒子猛击巨人，他似乎就离胜利越远。我有时会和这种人发生争执，但从没和他们打过架。赫耳枯勒斯想到的唯一办法是把安泰俄斯高高举起，然后一直勒紧他，勒紧他，勒紧他，直到最终把所有的力气都从他巨大的身躯里挤出去。

解决了巨人后，赫耳枯勒斯继续前行，到了埃及地界。在埃及，赫耳枯勒斯被当作俘虏抓了起来。要不是他杀了那个国家的国王并逃了出来，早就被判了死刑。他穿过非洲沙漠，以最快的速度一刻不停地赶路，最终来到了大洋之畔。眼下，除非他能踏着巨浪的浪尖前行，否则他的旅程似乎只能到此结束。

他的眼前除了浪涛打起的白沫和汹涌无边的大洋之外，什么也没有。可突然间，极目远眺，他在海天相交的地平线上看到了一点东西，就在前一刻，那

上编：一本神奇故事书（1852）

里还什么都没有。那东西十分耀眼，你们看它就像是在看一轮正在从天边升起或落下的金色太阳。它明显是在向赫耳枯勒斯靠近，因为，这东西逐渐变得越来越大、越来越耀眼。最终，等它靠近，赫耳枯勒斯发现这是一只用金子或者抛光的黄铜做成的碗状物，像一只巨大的金杯或金碗。我也不知道它怎么会漂在海上。不管怎样，此刻它就在汹涌的海浪上旋转。它随着海浪一沉一浮，浪头溅起的水沫拍打着它的杯壁，却没有一滴溅到杯沿。

赫耳枯勒斯心想："我一生中见过许多巨人，但没有一个巨人需要用这么大的杯子来饮酒！"

这杯子实在是太大了！它大得就像——就像——总之，我没办法比画它到底有多大。保守地说，它比那种大水车还要大上十倍。而且，别看它全部是用金属打造的，却能轻盈地在汹涌的波涛中漂浮，比小溪中顺流而下的橡子壳还轻盈。海浪拍打着它前进，直到把它拍上岸去，在离赫耳枯勒斯很近的地方停下。

赫耳枯勒斯一看便知该如何行事。因为，要是出现不合常理的事情，却不懂得自我决断的话，他也就不可能完成那么多非凡的冒险了。很显然，这只不可思议的杯子是被某种看不见的力量放在海中送至此处的，目的是载赫耳枯勒斯横渡大洋，去往赫斯珀里得斯姊妹的果园。于是，赫耳枯勒斯爬上杯沿，滑进杯中，没有丝毫犹豫。他铺开身上的狮皮，准备小睡一觉。自从他与河边的仙女辞行到现在，几乎没有休息一刻。浪涛拍打着空杯的杯壁，发出清脆悦耳的声响。杯子随海浪微微地前后摇晃，这晃动令人感到十分放松，很快就把赫耳枯勒斯摇进了甜美的梦乡。

他稳稳地睡了好一阵。之后，杯子突然撞上一块礁石。撞击声透过黄金或黄铜质地的杯壁产生巨大的回响，比你们听过的最嘹亮的教堂钟声还要响一百倍。声音惊醒了赫耳枯勒斯，他立马起身，看了看四周，想搞清楚自己身在何处。不久，他便发现杯子已经越过了大半边海洋，正在靠近一片海岸，看上去似乎是一座岛屿。你们猜，他在这座岛上看到了什么？

不！你们永远也猜不到，你们就算猜上五万遍也猜不到。虽然赫耳枯勒斯经历过许多奇妙的旅程和冒险，但在我看来，眼前的场景比他以往见过的任何场景都要神奇！这场景比砍掉一颗头便会马上长出两颗头的九头蛇，比有六条腿的人形怪物，比安泰俄斯，比任何人看过的任何东西都要令人惊异，简直前无古人，后无来者。这是一个巨人！

但这个巨人大得离谱！他像山一样高大，飘在腰间的云层就像一条腰带，挂在下巴上的云朵就像灰白的胡须。此时，一片云团正好从巨人那双硕大的眼睛前掠过，因此他既没有看到坐在金杯里航行的赫耳枯勒斯，也没有看到金杯。赫耳枯勒斯透过云层望去，最神奇的是，巨人把巨大的双手举过头顶，就好像在支撑压在他头顶的天空。这可真是令人难以置信。

闪闪发光的杯子继续向前漂去，最终漂到了海岸上。与此同时，一阵微风吹散了巨人眼前的云团，赫耳枯勒斯看到了巨人那张庞大的面孔——他的每一只眼睛都有远处的湖泊那么大，鼻子有一英里长，嘴巴也有一英里宽。巨大的五官让他的表情看起来有些恐怖，但也显得忧郁而疲倦。如今，你们或许也见到过许多这样的面容，这些人都被强迫承受超出他们能力的负担。天空之于巨人，就如同世间的忧愁之于那些被忧愁折磨得心烦意乱之人。人一旦去做超出自己能力限度的事，他们就一定会招致和这个倒霉的巨人一样的厄运。

可怜的家伙！他显然已经站在那里很久了。古老的森林在他的脚下生长、腐烂。一棵棵橡树从橡子中发芽，从他的脚趾缝间冒出，生长至今，已经有六七百年之久了。

就在这时，巨人的两只巨瞳从高处向下看去，发现了赫耳枯勒斯，一阵雷鸣般的咆哮声从刚在他眼前飘过的云团后面传出：

"谁，是谁在我脚下？你乘着那小杯子从哪儿来？"

我们的英雄同样以雷鸣般的声音回答："我是赫耳枯勒斯！我在寻找赫斯珀里得斯姊妹的果园！"那声音和巨人的几乎差不多响亮。

巨人大笑起来："嚯！嚯！嚯！那可真是一场英明的冒险，真的！"

面对巨人的嘲笑，赫耳枯勒斯略微生气地回应道："有何不可？你以为我会怕那条长了一百颗脑袋的恶龙？"

赫耳枯勒斯与阿特拉斯

就在他们交谈之际，大片乌云聚在了巨人的半身处，一场雷电交加的滂沱大雨陡然袭来，所以赫耳枯勒斯没听清巨人说了些什么，只看到巨人那无比巨大的双腿矗立在缥缈的疾风骤雨中。透过一大片云雾，偶尔还能瞥见他的整个身子。巨人似乎一直在说话，可那浑厚、深沉、粗糙的声音和滚滚雷声混在了一起，越过群山，传向远方。由于讲话讲得不是时候，愚蠢的巨人白白浪费了许多口舌。因为雷声和他说话的声音一样大。

暴风雨来得快，去得也快。天空再次放晴，疲倦的巨人顶着天空，和煦的阳光洒在他巨大的身躯上，在阴沉的雷云的映衬下，显得格外光亮。他的头高出云端很大一截，所以一根头发都没有被雨水淋湿。

巨人看到赫耳枯勒斯仍然站在海边，于是再次对他大吼起来：

"我是阿特拉斯，世界上最强壮的巨人！我双手举着头顶上的天。"

赫耳枯勒斯答道："嗯，我看见了！不过，你能告诉我通往赫斯珀里得斯姊妹的果园的路吗？"

巨人问："你想去那儿干什么？"

赫耳枯勒斯叫道："我想要摘三个金苹果，送给我那当国王的表兄！"

巨人说："除了我，没有人能到达赫斯珀里得斯姊妹的果园去摘金苹果。要不是被擎天这种小事拖住，我倒愿意走上几步，跨过海洋，为你把金苹果摘回来。"

赫耳枯勒斯感激地说："你真是太好了！话说，你不能把天空放在某座山上搁一会儿吗？"

阿特拉斯摇摇头说："没有那么高的呀。不过，如果你愿意站在最近那座山的山巅上，你的头就差不多和我的一样高了。你这家伙看上去力气十足。你是否愿意在我帮你办事期间，帮我承担一下这份重担？"

你们肯定还记得，赫耳枯勒斯是个大力士。虽然擎天需要极大的力量，但若说有哪个凡人能做到的话，他一定算一个。不过，这项任务看起来似乎十分艰难，他生平第一次犹豫了。

赫耳枯勒斯问："这天空很重吗？"

巨人耸了耸肩膀答道:"呃,刚开始不是特别重,可是,举了一千年之后,会觉得有点吃力!"

赫耳枯勒斯又问:"那取回金苹果需要多久呢?"

阿特拉斯信心满满地大声保证:"噢,一会儿工夫就能取回来。我一步能跨十到十五英里,还不等你肩膀开始酸疼,我就回来了。"

赫耳枯勒斯答道:"那好吧。我这就爬到你背后的山顶上去,把担子从你那儿接过来!"

实际上,赫耳枯勒斯也是个好心肠,他觉得应该帮巨人一个忙,好让他有机会活动活动。况且,他心里盘算,制服一条百首恶龙不过尔尔,如果以后能夸耀自己擎过天,那才真是无比荣耀呢。于是,赫耳枯勒斯二话没说,就从阿特拉斯的肩膀上接过天空,扛在了自己的肩膀上。

等平稳地完成交接之后,巨人立刻伸了伸懒腰。你们可以想象,那是多么惊人的场面!然后,他缓缓抬起一只上面长满森林的脚,然后是另一只。突然间,他开始为重获自由而欢呼雀跃、手舞足蹈。他纵身一跃蹦到空中,没人知道他蹦了多高。落回地面时,巨大的冲击力连大地都震颤了。接着,他放声大笑。雷鸣般的笑声在远近的群山间回荡,仿佛群山都是巨人的兄弟,祝贺他重获自由。等内心的喜悦稍稍平复,他便朝大海走去。他第一步走出十英里,海水才没过他小腿的一半;第二步他又走出十英里,海水刚刚没过膝盖;第三步他又走出十英里,海水差不多齐腰。而这已是海洋的最深处。

巨人向前迈进时,赫耳枯勒斯一直在盯着他看,因为这场景实在太壮观了。只见那巨大的身躯矗立在三十英里开外的地方,下半身没入海洋之中,而上半身就像一座远处的大山,青灰的山体高耸入云。最终,巨人的身影渐行渐远,完全消失在视野当中。这下,赫耳枯勒斯才开始担心,万一阿特拉斯淹死在海里,或是被赫斯珀里得斯姊妹果园里的百首恶龙咬死,自己应该怎么办。如果这样的不幸真的发生,他该如何摆脱举在头顶的天空呢?顺便说一句,天空的重量已经压得他的头和肩膀有些难受了。

赫耳枯勒斯心想:"这巨人真可怜,我才撑了十分钟就这般累,他撑了上千年，那该有多累呀！"

喔，亲爱的孩子们，我们头顶上的蓝天看上去又软又轻，但你们根本不知道它有多重！天空中呼啸的狂风、湿冷的云团、炽热的骄阳也轮番侵袭着赫耳枯勒斯，令他难受不已！他开始担心巨人会一去不复返。他渴望地盯着脚下的世界，承认在山脚下放羊的日子要比站在令人眩晕的山巅，使出浑身力气擎天要幸福多了。当然，这也很好理解，赫耳枯勒斯不但要顶住天空压在肩头的重量，他的心中还有一份巨大的使命感。噢，如果他没有纹丝不动地站好，稳若泰山地托住天空，太阳便可能偏离方向！夜幕降临后，许多星星就可能从原来的地方掉下来，像流星火雨一般，砸向地上的人群。若是因为自己在重压下没有站稳，导致天空崩裂，从中出现一条大裂缝的话，那我们的英雄就太丢脸了。

我也不知道过了多久，赫耳枯勒斯终于望见了那个巨大的身影，那身影就像遥远的海天相接处的一片云团，赫耳枯勒斯别提有多高兴。等阿特拉斯走近，举起一只手，赫耳枯勒斯便看到他手里拿着一根树枝，枝头挂着三个极其好看的金苹果，个个都有南瓜那么大。

等巨人一走近，近到能听到呼喊声的范围，赫耳枯勒斯便大声喊道："再次见到你真高兴！你真的把金苹果带回来了！"

阿特拉斯回应说："那是，那是。它们可真漂亮。我向你保证，我把果园里长得最好的三个金苹果摘回来了。哈，那可真是个美丽的地方，我是说赫斯珀里得斯姊妹的果园！对了，还有那条有一百颗脑袋的龙也值得大家一看。说起来，你真应该自己去摘苹果！"

赫耳枯勒斯答道："无所谓！你不但愉快地活动了一下腿脚，还把事情给办了，办得和我一样漂亮。真是由衷感谢。现在我该走了，回去的路还很长，我那当国王的表兄也急着想要这金苹果。劳驾，麻烦你把天空从我肩膀上重新接回去，好吗？"

巨人把金苹果抛到天空，抛到了差不多二十英里高，等苹果掉落之时又一把抓住，然后耍赖说："啊，这个嘛，这个嘛，朋友，我觉得你这话没道理！

上编：一本神奇故事书（1852）

我比你走得快得多，难道我就不能把苹果带给你那当国王的表兄？既然陛下这么着急拿到苹果，我保证，我一定迈开我最大的步子。再说，这会儿我还不想擎天呢！"

这下，赫耳枯勒斯可不乐意了，他狠狠地抖了抖肩。那时正值黄昏，你们也许能看到两三个星星被抖了下来。地上所有的人都惊恐地抬头看向天空，担心下一刻天就会塌下来。

巨人阿特拉斯大笑着叫道："哦，千万别动！过去五百年里，我可没让这么多星星掉下来。等你像我一样，也顶个千八百年，你就能学会耐心了！"

赫耳枯勒斯愤怒地大声吼道："什么！你想让我永远这样顶着天？"

巨人答道："以后再看吧。不管怎么说，即便让你顶上一百年、一千年，你都不应该有抱怨。我还有背痛的毛病，举的时间都比你长。呃，千年之后，看我何时心情不错的话，我可能再回来给你搭把手，换换班。看得出你很强壮，没有比这更好的机会来证明你自己了。我保证，后人都会说起你的！"

赫耳枯勒斯又抖了抖肩，灵机一动，大声请求道："哼！我才不在乎他们说什么呢！那你能帮我举一下吗，就一下，好吗？我想把我的狮皮当个垫肩，把天空垫一下。如果我要在这里站上几百年的话，天空会磨得我的肩膀很不舒服。"

巨人说："这话有理，那我就帮帮你吧！"其实巨人对赫耳枯勒斯并无恶意，他的做法只是过于自私，只顾自己舒服罢了。他接着说："就五分钟，然后，我就把天还给你。记住，就五分钟！我可不想像上次那样，再顶一千年。要我说，多姿多彩的生活才是生命的调味料！"

哈，这巨人真是个愚钝的老傻瓜！他丢下金苹果，把天从赫耳枯勒斯的头顶和肩膀上重新接了过来，扛到自己身上，就像过去那样。而赫耳枯勒斯捡起南瓜般大小、甚至比南瓜还大的金苹果，径直出发，踏上了回家之路。背后的巨人发出雷鸣般的怒吼，叫他回去，他却丝毫不理。又一片森林在巨人的脚边发芽，渐渐长成一片古老的森林。随着时间推移，又能见到一片六七百年的橡树林长在巨人那巨大的脚趾间。

直到今天，巨人依然站在那里。或者说，反正，那里矗立着一座和巨人一样高的山，山名也和巨人的名字一模一样。当山顶响起隆隆雷声，我们不妨把这雷声当作巨人阿特拉斯从赫耳枯勒斯背后呼喊他的吼声！

唐格尔伍德山庄的壁炉边：
讲完故事之后的结束语

坐在尤斯塔斯脚边的香蕨木张大嘴巴问:"尤斯塔斯哥哥,那个巨人到底有多高呀?"

尤斯塔斯哭笑不得地说:"哎呀,香蕨木呀香蕨木,你难道以为我在那里用尺子量过吗?好吧,如果你非要问个清楚,我想他大概有三到十五英里那么高吧,他或许能把塔科尼克山当凳子坐,把纪念碑山当脚凳踩。"

乖巧的香蕨木心满足地"哼"了一声,惊叹道:"我的天哪!那可真是个巨人呀!那他的小拇指到底有多长?"

尤斯塔斯说:"有从唐格尔伍德山庄到湖边那么长。"

香蕨木重复道:"那可真是个巨人呀!"他沉迷在具体的尺寸中,接着追问:"我还想知道,赫耳枯勒斯的肩膀有多宽?"

尤斯塔斯说:"那我就不知道了。可我想,他的肩膀一定比我的要宽得多,比你爸爸的也宽得多,比你至今见过的几乎任何人的肩膀都要宽得多。"

香蕨木把嘴巴贴近尤斯塔斯的耳朵,悄悄问:"我希望你能告诉我,长在巨人脚趾间的那些橡树有多大!"

尤斯塔斯说:"它们比史密斯船长家门外的那棵大栗树还要大。"

终于,经过一番思索,普林格尔先生开口道:"尤斯塔斯,我想我很难对这个故事作出某种可能的积极评价,在最低程度上来满足你作为作者的自豪感。真的建议你不要再胡乱篡改古典神话故事了。你的想象完全是哥特式的,会不可避免地把所有你谈到的东西都哥特化。这种感觉就像是用颜料把一尊大理石雕像涂得艳俗不堪。就说那个巨人吧！古希腊神话故事的倾向是，为了表现那种无处不在的优雅气息，就算是夸张的人物也会被控制在一定的范围内，而你怎么会大胆地在优雅的希腊神话故事中添加那巨大又不协调的身躯呢？"

尤斯塔斯一脸不悦地答道："我只是按照我的想象在描绘巨人而已。而且，先生，即便您非要坚持神话故事中存在的某种关系，尽管这是必要的，您也同时会发现，在改编神话故事的问题上，古希腊人并不比一个现代美国人有更多特权。这些神话故事是全世界的共同财富，一直都是。古代诗人能随意地改编神话，在他们的手中塑造神话，那我们为何不能也在自己手中塑造神话呢？"

普林格尔先生忍不住笑了。

尤斯塔斯继续说道："还有，一旦您把内心的热情、激动、情感，以及不管是世俗还是神圣的道德都投入一个传统的故事框架之中，您就会讲出和以前相当不一样的故事来。依我所见，是希腊人占有了这些传说（它们实际上是人类共有的远古遗产），也的确造就了它们坚不可摧的美，但这种美既冰冷又无情，对后世造成了不可估量的伤害。"

普林格尔先生大笑着说："而你生来大概就是为了弥补这种伤害吧。好吧，好吧，继续保持下去。不过，听我一句劝，千万不要把你歪曲篡改过的故事诉诸笔端。下一回，你挑一个有关阿波罗的传说，试着去改编一下如何？"

经过一番短暂的深思，尤斯塔斯回答说："啊，先生，您之所以提这个建议，是因为它无法实现吧？乍一想，一个哥特式的阿波罗，这想法确实令人觉得荒唐。不过我会反复思考您的建议，不会轻易放弃。"

就在尤斯塔斯和普林格尔先生争论期间，孩子们已经困得睁不开眼了，他们一个字也听不懂，于是被普林格尔夫人打发去睡觉了。楼梯上传来他们上楼时昏昏欲睡的嘟囔声，西北风在唐格尔伍德山庄的树梢间呼呼咆哮，在房子周围演奏着一首赞歌。尤斯塔斯·布莱特回到书房，想重新努力推敲几句诗行，可是还没等敲定要用两个韵脚中的哪一个，就迷迷糊糊地睡着了。

半山腰间:讲《神奇的奶罐》之前的开场白

　　接下来,大家觉得我们会在何时何地再见到那群孩子呢?不是在冬天,而是在欢乐的五月;不在唐格尔伍德山庄的游乐室里或壁炉边,而是在一座大山丘的半山腰间,或许我们更喜欢称这座山丘为高山。他们从家出发,目标明确,就是要爬上这座高山,一直爬到光秃秃的山顶。这座山肯定没有钦博拉索山和勃朗峰那么高,甚至比格雷洛克山都矮了一大截。但无论如何,它肯定比成千座蚁丘或上万座鼹鼠丘堆起来要高。可是,若以孩子们的步长来衡量,它算得上一座非常雄伟的高山。

　　尤斯塔斯哥哥和孩子们在一起吗?你们或许确定他在,否则这本书怎么继续讲下去呢?现在正值春假,假期刚过一半,尤斯塔斯看上去和四五个月前差不多,但也有了些许变化。若你凑上去仔细盯着他的上嘴唇看,会发现他的嘴唇上长了一点点小胡须,看上去十分滑稽。若不是有这点成熟男人的标志,你们或许会觉得,尤斯塔斯哥哥还是当初刚认识他时的那个大男孩。他一直都乐呵呵的,喜欢嬉戏打闹,脾气又好,而且步履轻盈,阳光开朗,孩子们也和过去一样喜欢他。登山探险也全是他的主意。一路上,只要遇到陡坡,他总是用欢乐的口吻鼓励那些稍大点的孩子努力攀爬。至于蒲公英、风铃草、南瓜花几个稍小的孩子,若是他们实在爬不动了,尤斯塔斯便轮流背着他们前行。就这样,他们穿过山麓的果园和草场,来到了半山腰的山林间,树林从这里一直延伸到光秃秃的山顶。

半山腰间：讲《神奇的奶罐》之前的开场白

今年的五月比往年更加宜人，而这一天的天气尤其温和，无论是大人还是孩子都觉得十分惬意。在爬山路途中，孩子们发现了一大片紫罗兰，有蓝色的、白色的，还有一些金色的，就好像被弥达斯触碰过，施了点金术一样。最爱抱团的小茜草花遍地可见。这一类花朵从不独生，它们喜欢同类，喜欢和一大群朋友聚在一起，围成比巴掌大一点的花簇。有时，大片大片的花簇连在一起，把整块碧绿的草场都装点成了白色，它们一个接一个地竞相开放，充满活力与生机。

在树林的边缘长着一朵朵耧斗菜，花瓣不是嫣红色的，而是浅浅的粉白色，这是因为它们实在太过害羞，总想急切地躲开阳光。那里还长着野生的天竺葵和上千朵洁白的草莓花。五月花还没有完全绽放，可它小心翼翼地把珍贵的花朵藏在去年森林里掉落的枯叶下，就像鸟妈妈小心地把雏鸟藏起来一样。我猜，它知道这些花朵有多么美丽芬芳。它们藏得如此巧妙，孩子们只能不时地闻到沁人心脾的芬芳，却不知香从何处来。

在田野和草场上生机盎然的花草间，到处可见结满灰白色种子的蒲公英，就像戴着灰白的假发，看上去既奇怪，又可怜。夏季还没有完全到来，它们却已匆匆度过。那些小绒球中结满了会飞的种子，对它们来说，此时已是入秋之际。

好啦，我们不要再浪费宝贵的纸张，继续描绘春天的光景和野花了。我想要讲点更有趣的。如果你们看看那群孩子，就会看到他们都围坐在尤斯塔斯·布莱特身边。而尤斯塔斯则坐在一根树桩上，似乎准备开始讲故事。其实，这支登山队伍中年龄较小的一些孩子已经发现，以他们的步长想要登顶，实在需要走太多步了。因此，尤斯塔斯哥哥决定让香蕨木、风铃草、南瓜花还有蒲公英留在半山腰，等其他孩子从山顶返回。可是他们满口牢骚，也不太想留下，于是尤斯塔斯从衣袋里掏出几颗苹果分给他们，还打算给他们讲一则动听的故事。他们这才高兴起来，一张张不情愿的小脸变得喜笑颜开。

我当时就躲在灌木丛的后面，也听到了那则故事。我将在接下来的书页中为你们转述那则神奇的故事。

神奇的奶罐

在很久很久以前的一天傍晚,老汉菲勒蒙和他的老伴包喀斯坐在小屋门前,欣赏着宁静迷人的日落。他们已经用过简单的晚餐,打算安静地待上一两个小时,然后去睡觉。他们一起聊家中的菜园,聊自己喂养的奶牛和蜜蜂,聊亲手栽种的葡萄藤。葡萄藤爬满了小屋的墙壁,藤上的葡萄愈渐成熟,开始由青转紫。就在这时,不远处传来一阵吵闹声,既有邻家孩子粗鲁的喊叫声,又有几条村狗凶狠的狂吠声。声音越来越大,直到后来,吵得菲勒蒙和包喀斯几乎听不清对方在说什么。

菲勒蒙提高嗓门大声说道:"啊,老婆子,我估计又是些穷困的过路人,他们正在我们的邻居那里求宿,想讨点吃的喝的。可这些邻居不但不给他们食物,不留他们歇脚,还要放狗把他们赶走,他们总是这样!"

老包喀斯答道:"哎,可不是嘛!我真心希望这些邻居能给他们的同胞多一点关爱!就想想这邻居是如何纵容自己的孩子的吧,孩子们向过路人扔石子,他们却轻轻地拍拍孩子们的头以示鼓励!"

白发苍苍的菲勒蒙摇摇头说:"这样教孩子是绝对教不好的。老实跟你说吧,老婆子,如果这帮邻居身上发生什么可怕的事,我一点儿也不会觉得奇怪,除非他们改正自己的错误。至于你我二人,哪怕天神只赐予了我们一块面包,如果有穷困窘迫、无家可归的外乡人上门来讨,我们也要分他一半!"

包喀斯说:"那是当然,老头子!我们就该那样做!"

要知道，这对老夫妇非常贫穷，为了生计，他们必须得努力干活儿。老菲勒蒙在自家的菜园里辛勤劳作，包喀斯不是忙着纺纱，就是用牛奶做些黄油和奶酪，或是在屋里屋外忙前忙后。他们家中只有些面包、牛奶、蔬菜，以及一点从蜂房采来的蜂蜜。偶尔还会有一两串从墙壁的葡萄藤上摘下的葡萄，葡萄只有在成熟时节才有得吃。除此以外，他们就没有其他食物了。可他们是世界上最善良的一对老夫妇。任何时候，只要有过路人停在他们家门口休息，他们宁愿自己乐呵呵地饿肚子，也要把仅有的一小片黑面包、一杯鲜牛奶和一勺蜂蜜给疲倦的过路人果腹。他们觉得这些客人就好像有某种神性，因此，他们对过路人比对自己还好，觉得应该更加慷慨地招待他们。

村子坐落于一条约半英里宽的空谷内，老两口的小屋就建在一片小土丘上，离村子有一小段距离。在过往的岁月里，当这个世界刚刚诞生之时，这条峡谷曾是一片湖床。鱼群在湖水深处来回游弋，藻类依水而生，平静的湖面犹如一块宽阔的明镜，倒映出周围的丛林山峦。然而，随着湖水逐渐退去，人类开始在原来的河床上耕种、建房，于是才有了现在富饶的村落。那片古老的大湖退缩成一条小溪，蜿蜒穿过小镇中央，为小镇居民提供水源，除此以外，没留下其他任何过往的痕迹。山谷由湖泊变成陆地已经过去了很长时间，一大片橡树在此发芽，长得又高又大，然后随着年岁的增加，逐渐枯败，被新生的橡树替代。新生的橡树和前一批橡树一样，也长得又高又大。山谷从未如此俊秀茂密。四周饱满的景色本应让这里的居民善良温柔，时刻准备向同胞施以援手，以此来表示他们对天神的感谢。

天神对村子一直照拂有加。可是，很遗憾，这里的村民却不配住在这样美丽的村庄。他们是一群十分自私无情的人，对穷人没有怜悯之心，对无家可归者也没有同情之感。若是有人跟他们说，每个人都相互欠对方一份关爱，因为天神的恩泽我们无以为报，他们只会哈哈大笑。也许你们很难相信我接下来要讲的故事。这群顽劣的刁民把自己的孩子也教得和他们一样顽劣，如果他们看到自己的孩子追赶并朝穷人吼叫，还用石子扔对方的话，他们总会拍手鼓励。他们豢养又大又凶的恶狗，只要有路人敢出现在村落的街道上，这群恶狗就会

菲勒蒙与包喀斯

追上去，对着路人龇牙狂吠。它们会咬住路人的腿脚或衣服，就像刚才发生的一幕那样。如果路人进村时衣衫褴褛，不等他们跑掉，就常常会成为可怜的攻击目标。想想看，对穷困窘迫的路人来说，这实在太可怕了，特别是对那些老弱病残。那些人如果早知道这里的村民如此邪恶，知道那些无情的孩子与恶狗的所作所为，他们宁愿绕很远的路，也不愿再途经这座村子。

更可恶的是，若是有富人架着四轮马车或骑着骏马，带着穿着讲究的仆人出现在村前，没有哪个村会比这个村的村民更加殷勤谄媚。他们会脱下帽子深深鞠躬，卑微程度前所未见。如果有孩子表现得粗鲁无礼，他们肯定会扇孩子耳光。至于那些恶狗，还没等哪只叫出声来，主人会便立刻拿起棒子教训，然后关起来不喂它晚饭。这也很好理解，说明这里的村民只在意路人口袋里的钱，完全不在乎人人皆有的灵魂。灵魂既存在于王子的生命中，也存在于乞丐的生命中，是不分高低贵贱的。

所以，你们现在应该能够理解，为何老菲勒蒙听到村路尽头孩子们的喊叫声和恶狗的吠叫声，会忧心地说出那样的话来。村头混乱的吵闹声持续了好一阵，然后整座山谷似乎都喧嚣起来。

善良的老汉说："我从没听过那些恶狗叫得像今天这般凶狠！"

好心的老伴儿应和道："我也没听过哪家的孩子像今天这般无礼喊叫！"

他们坐在那里互相摇头，吵闹声也越来越近，最后，在他们木屋所在的小土丘下，他们看见两位路人向他们走来。二人身后跟着几只狂吠不止的恶狗。恶狗身后不远，还跟着一群孩子。孩子们高声尖叫，使劲儿地向两人扔石头。其中一位身子单薄但精神矍铄的年轻人偶尔转身，用手杖驱赶身后的村狗。他身边的高个子同伴一路平静地向前走来，就好像很不屑去瞧那群恶狗和那些如恶狗般凶狠的顽劣孩童。

两位路人都穿得非常寒酸，一看上去就是那种身无分文、无处下榻的流浪汉。恐怕，这就是村民会纵容孩子与恶狗如此傲慢无礼的行径的原因。

菲勒蒙对包喀斯说："来，老婆子。我们去迎一迎那两个可怜的家伙吧！他们肯定心情沉重得连这土丘都爬不上来了。"

上编：一本神奇故事书（1852）

包喀斯说："你去吧。我赶紧进屋瞧瞧，看能不能给他们找点吃的。一碗舒爽可口的牛奶泡面包对帮助他们恢复精力会有奇效。"

说完，包喀斯赶紧进了小屋。菲勒蒙则迎上前去，伸出手来。友好热情的姿态不必言语，过路人也能明白他的善意，况且他还用最热诚的口吻说：

"欢迎，远道而来的客人，欢迎！"

两位过路人，一位年轻，另一位年长。那位年轻人尽管一路奔波，还遇上了些麻烦，但他依旧活泼地答道："谢谢！我在这里得到的问候和刚才在村里得到的很不一样呢。请问，你为什么和这些糟糕的邻居住在一起呢？"

老菲勒蒙带着平和亲切的微笑说："啊，天神把我安排在此的目的很多。我希望其中一个就是要让我尽力弥补我的邻居对你们的敌意。"

年轻的过路人大笑道："说得好，老人家！老实说，我的同伴和我确实需要一些施舍。那些孩子（那些小坏蛋！）用泥巴球扔得我们满身都是污泥。我的斗篷原本就破，还被一条恶狗给撕烂了。但我举起手杖向那条恶狗的嘴巴抡了过去，我想即便隔了那么远，你也应该能听到它的哀嚎！"

见到这位过客神采奕奕，菲勒蒙十分高兴。虽然他奔波了一整天，可从他的样貌和举止上，菲勒蒙完全感觉不到他的疲惫，也感受不到他被村民粗暴对待的沮丧。他的穿着十分奇特，头上戴着一顶帽子，两边耳朵上的帽檐向外突起。虽然正值夏季黄昏，他却穿着一件斗篷，全身都被裹得严严实实的。或许是因为斗篷之下衣不蔽体吧。菲勒蒙还发现，他穿着一双奇特的鞋子。可是由于鞋子上沾满尘土，老人家的眼神又有些昏花，所以他也说不清哪里奇特。当然，有一点看上去很神奇。这位年轻人异常地轻盈灵活，就好像他的双脚会主动飞离地面，或者说，必须刻意用力才能接触到地面。

菲勒蒙说："我年轻的时候也脚步轻快。但一到晚上，就总觉得双脚发沉。"

年轻的过路人答道："没有什么比一根好手杖更管用。如你所见，我刚好有一根很棒的手杖！"

实际上，在菲勒蒙见过的手杖当中，这根手杖是款式最老的一根。它由橄

村里的过路人

榄木制成，顶端有一对类似小翅膀的东西。杖身上雕着两条相互缠绕的蛇，惟妙惟肖。老菲勒蒙（你们知道，他有些老眼昏花）几乎以为那两条蛇是活的，好像还看见它们在扭动。

他说："这根手杖的做工可真精细！手杖上还有翅膀！给小男孩儿当飞天扫把骑再合适不过了！"

交谈间，菲勒蒙和两位客人走到了小屋门前。

老菲勒蒙说："朋友，请坐，坐下来歇歇脚。我有个能干的老伴儿，叫包喀斯，她正在屋里给你们弄些吃食。我们都是穷人，但只要我们的橱柜里有的东西，都会拿来招待你们。"

年轻的过路人随意地往条凳上一坐，任凭手杖从手中滑落，掉在地。然后就发生了一些虽然微不足道，但令人相当不可思议的事情。只见那根手杖自己从地上立了起来，展开小翅膀，半跳半飞地跑开，自己靠到了小屋的墙边。它静静地靠在那里，但杖身上的两条蛇依旧在扭动。可依我所见，那又是菲勒蒙的老花眼在捉弄他。

还没等他问问题，那位年长的过路人向他问话，把他的注意力从那根神奇的手杖上转移到了自己身上。

年长的过路人用十分低沉的声音问道："现在那座村庄所在的地方，在很久很久以前，是不是一片大湖？"

菲勒蒙答道："如你所见，朋友，我年纪很大了，但我从来没见过什么湖。那里一直是旷野、草场和古老的树林，就像现在一样，还有一条涓涓小溪从村子里穿流而过。据我所知，我的父亲，乃至我父亲的父亲也都没见过这里曾经有什么大湖；我敢说，等我这把老骨头入土，直到被人遗忘，这里依旧会是现在这个样子！"

年长的过路人摇了摇头，乌黑浓密的卷发跟着一起晃动。"那可说不准。"低沉的声音中透露出一股认真。他继续说："既然村子里的居民忘记了他们人性中的关爱与同情之心，还是让那片湖水再次在他们的住所之上荡漾才好！"

他的表情看上去相当认真，菲勒蒙真的几乎被吓到。他一皱眉，天边的暮色突然就变浓重了一分；他一摇头，天空中便传来滚滚雷声。这让菲勒蒙感到更加害怕。

可是，片刻之后，长者的表情变得十分亲切、十分温和，菲勒蒙也就很快忘记了刚才的恐惧。可是，他不由得觉得这位年长的过路人一定不是普通人，尽管他此时衣着褴褛，徒步前行。菲勒蒙倒不觉得他是乔装的王子之类的人物，而是一位超凡的智者。他身着破衣烂衫游历世界，不在乎世间的荣华富贵和一切凡尘俗物。他四处搜寻，只为多增加一点智慧。这个想法似乎更有道理。因为，当菲勒蒙抬眼看这位年长的路人时，他一眼从对方的脸上看到了智慧，那智慧似乎比他一辈子的思索沉淀加起来还多。

包喀斯还在小屋里准备吃食，两位过路人便与菲勒蒙闲聊起来。那位年轻人真的非常能说会道，话语精明诙谐，逗得善良的老菲勒蒙不停地大笑，直夸他的幽默是平生仅见。

等他们相互熟络之后，菲勒蒙问："请问，这位年轻的朋友，我该如何称呼你呢？"

年轻人答道："嗯，如你所见，我很敏捷，所以，你管我叫快银吧，这名字挺适合我的！"

菲勒蒙一边重复这名字，一边看向他，想知道他是不是在和自己开玩笑："快银？快银！这可真是个奇怪的名字！你的这位同伴呢？他也有个奇怪的名字吗？"

快银露出一种神秘的眼神，答道："那你得叫这个雷鸣般的大嗓门自己告诉你了！没有人讲话能比他更有分量！"

无论这话是认真的还是在开玩笑，都让菲勒蒙对这位年长的过路人产生了极大的敬畏感。菲勒蒙大胆地盯着这位长者端详一番，虽然并没有从外貌上看出他有什么大能耐，但毫无疑问，他非常庄重，是所有在小屋门前正襟危坐过的人当中最庄重的一位。这位长者的交谈中透着一股庄严，在这种氛围下，菲勒蒙忍不住想把所有的心里话都告诉他。只要遇到那种充满智慧的人，那种能理解他们内心所有的善恶，却对他们毫无鄙夷之人，大家通常都会有这种感觉。

然而，菲勒蒙实在是一位单纯仁慈的老人，他没有多少秘密要吐露。可他絮絮叨叨地谈了许多陈年旧事。话说，他一辈子从来没有离开过这个地方。他和老伴儿包喀斯从年轻时起，就一直住在这间小屋里。他们用诚实的劳动换取面包，虽然一直贫穷，但依然满足。他热情地告诉两位过路人，包喀斯做的黄油和芝士有多好吃，他自己在菜园里种的蔬菜长得有多棒。他还说，他们彼此非常相爱，所以希望到死都不要分开，他们生要在一起，死也要在一起。

年长的过路人听着听着，脸上露出了一抹微笑，庄严的神情中多了一份亲切。

他对菲勒蒙说："你是个善良的老人家，你还有一位善良的妻子相伴。你的愿望理所应当！"

就在那时，菲勒蒙仿佛看到，西边的晚霞中射出一道光亮，天空中突然激起一片橘红。

这时，包喀斯终于准备好了晚餐。她来到门口，为只能做出那点寒碜的食物向两位客人道歉。

她说："如果我们知道你们要来，我好心的丈夫和我宁愿一口不吃，也要让你们吃好。可我把一大半今日份的牛奶都做成了芝士，我们最后一块长条面包也已经吃了一半。哎，我呀！我从未因穷困而难过。但每当穷困窘迫的过路人来敲我们家的门，我们却拿不出像样的东西好好招待时，就会感到非常难过！"

年长的过路人亲切地说："一切都会好起来的！亲爱的夫人，不必自寻烦恼。一颗热忱的好客之心能创造奇迹，能把糟糠变成蜜汁和佳肴。"

包喀斯高兴地说："我们的欢迎晚餐马上开始。我们刚好还剩一点蜂蜜，还有一串紫色的葡萄！"

快银大笑着感叹道："哎呀，包喀斯大娘，这一定是一份大餐，绝对算得上是一份大餐。待会儿就看我如何大吃大喝吧！我觉得我这辈子都从来没这么饿过。"

包喀斯悄声对丈夫说:"我的老天!如果这个年轻人真的有那么大胃口,恐怕待会儿晚餐的分量都不够让他吃个半饱!"

所有人都进了小屋。

现在,我的小听众们,我是不是应该告诉你们一些事情呢?这些事情一定会让你们瞠目结舌。那可真是整个故事中最怪异的场景之一。你肯定还记得,刚才,快银的手杖自己靠在了小屋的墙角。之后,等它的主人进了家门,将它落在原处,它竟然立刻展开小翅膀,一蹦一跳地越过门槛,跟了进去!它继续啪嗒啪嗒地跳进厨房,一直不停,最终庄重端正地站在了快银所坐的椅子旁边。然而,年老的菲勒蒙和老伴儿的注意力全集中在客人身上,完全没有注意到手杖的事情。

正如包喀斯刚才所说,食物不够两位饥饿的路人享用。桌子中央只有半根吃剩下的黑面包。面包的一边放着一片芝士,另一边摆了一碟蜂蜜。两位客人还分别分到了一串葡萄。桌子的一边摆着一个中等大小的陶罐,里面有差不多一罐牛奶。包喀斯给两位客人分别盛了满满一碗牛奶后,罐子就差不多见底,里面的牛奶所剩无几。哎呀!一颗慷慨之心却受制于贫穷,这可真叫人为难。可怜的包喀斯一直在心中念叨,如果能给两位饥饿的客人提供更丰盛的晚餐,他宁愿饿上整整一星期。

可由于现在的食物少得可怜,她不禁希望客人的胃口没有那么大。咳,可两位路人刚一坐下,就把碗中的牛奶一饮而尽!

快银转向包喀斯说:"请给我们再来点牛奶,好心的包喀斯大娘!这天可真热,我渴得要紧。"

包喀斯窘迫地答道:"亲爱的朋友,对不起,实在不好意思!可实际上,罐子里几乎一滴牛奶都没有了。哎,老头子,老头子,为什么我们刚才就非要吃饭呢!"

快银起身提起罐子,大声说道:"哎呀,我真觉得没你说得那么糟糕。罐子里头肯定还有不少牛奶!"

说罢,眼前的一幕令包喀斯惊讶万分。快银从包喀斯本以为空空如也的罐

老夫妇盛情款待过路人

子里给自己倒了满满一碗牛奶，还给他的同伴也倒了一碗。这位善良的老妇人简直不敢相信自己的眼睛。她确信，刚刚自己把牛奶几乎全倒出来了，之后还往罐子里头看了看，瞧见了罐底，这才把罐子放回桌上。

包喀斯内心寻思着："或许是我老了，健忘得很。我猜我肯定是搞错了。不管怎样，奶罐连续两次倒了两大碗牛奶，现在肯定空了！"

大口地喝完第二碗后，快银又说："这牛奶真香！不好意思，好心的女主人，可是我真想请求你给我再来一点！"

现在，包喀斯清清楚楚地记得，刚才快银倒满最后一碗牛奶时，把奶罐翻了个底朝天，所有的牛奶都给倒出来了。现在罐子里肯定一点儿也不剩了。可是，为了让快银清楚地知晓这个情况，包喀斯举起奶罐，做出往快银的碗里倒牛奶的动作，但根本没指望能从罐子里倒出牛奶。可是，又一幕令她惊讶不已。充足的牛奶像小瀑布一样翻滚地倒进碗中，立刻就盛了满满一碗，还溢到了桌上！盘绕在快银手杖上的两条蛇（可包喀斯和菲勒蒙都没有看到这场景）也伸出头来，舔起洒在桌上的牛奶。

不但如此，这牛奶还鲜美无比！就好像菲勒蒙唯一的奶牛在那天吃了世界上最贵的草料。亲爱的孩子们，我真希望你们每晚睡觉前都能喝上一杯那样鲜美的牛奶！

快银说："麻烦请给我来一片黑面包，包喀斯大娘，要加点蜂蜜！"

于是，包喀斯给他切了一片面包。在此前，她和丈夫在吃这根长条面包时，面包就已经又干又硬，口感十分不好。可现在，面包松软得就像几小时前刚出炉的一样。她尝了尝掉在桌上的面包屑，发现这面包屑比以前吃过的任何面包都要好吃，简直不敢相信这是她亲手揉面烘烤出来的长条面包。可是，若这不是她做的面包，又会是别的什么面包呢？

可是，这蜂蜜！我或许不该提它，这样我就不用想方设法去细致地描述它的味道和性状了。它的色泽是那种最纯净、最透明的金色。它散发着百花之香，却是一些在人间的花园里根本没有的花香。为了采集花蜜，蜜蜂们肯定要飞过云端。神奇的是，落到了如此芬芳四溢的花圃和永不败谢的花朵之上以

上编：一本神奇故事书（1852）

后，蜜蜂竟还知足地飞回了菲勒普花园中的蜂房。老两口从未尝过这样的蜂蜜，连见都没见过。香甜的味道在厨房里弥散，令厨房充满欢愉的氛围。如果你们闭上眼睛，会立刻忘记低矮的天花板和烟熏的墙壁，感觉自己如同身处一间凉亭，凉亭上爬满了天国的金银花。

善良的包喀斯尽管是位单纯的老妇人，但也不禁觉得眼前发生的事情有点蹊跷。因此，等她给客人递上加了蜂蜜的面包，在他俩的盘子里分别放上一串葡萄之后，便坐到了菲勒蒙旁边，悄声告诉菲勒蒙她所见的一切。

包喀斯问："你以前听说过这种事吗？"

菲勒蒙笑眯眯地答道："没有，从来没有。亲爱的老伴儿，我怀疑你刚才恐怕在梦游！换作我去倒牛奶，我肯定一眼就能搞明白怎么回事。罐子里的牛奶只是刚巧比你以为的要多一点罢了——仅此而已！"

包喀斯说："哎，老头子，随你怎么说，反正他们俩不是一般人！"

菲勒蒙依然笑着答道："好啦，好啦！也许他们是不一般。他们看上去的确像是过过好日子的人。看到他们舒舒服服地饱餐一顿，我打心底里高兴。"

这时，两位客人吃起了他们各自盘里的葡萄。包喀斯为了看得更清楚些，便揉了揉眼睛。她发现那两串葡萄变得越来越大，越来越多，每一颗葡萄都大到似乎要迸出成熟的汁液。这对她而言简直太神奇了。那根爬在小屋墙壁上发育不良的老葡萄藤什么时候结出过这样的葡萄？

快银把葡萄一颗接一颗地塞进嘴里，那串葡萄却没有明显减少。他边吃边说："这些葡萄可真好吃！好心的主人，请问你们是从哪里摘来的葡萄？"

菲勒蒙答道："从我们自己栽的葡萄藤上摘的。你们可以看到一根藤条绕过窗前，就在那儿。可我和我的老伴儿万万没想到这葡萄长得如此好。"

快银接着说："我从来没有吃过比这更好吃的葡萄了。能否麻烦你再给我一杯鲜美的牛奶呢？若能再来一杯的话，我会觉得自己吃得比王子还要好！"

这一次，老菲勒蒙主动起身拿起罐子。因为他也好奇，想知道是否真如包喀斯悄声对他说的那样，会发生什么神奇的事情。他知道，他那善良的老伴儿不会说谎，只要老伴儿认定某件事情是真的，一般都不会错。可这一次的事情太过蹊跷，他想要亲眼证实一下。因此，他一拿起罐子，就悄悄地往里头瞥了一眼，十分确信罐子里头一滴牛奶也没有。然而，突然间，他看见一小股白色的液体像喷泉一样从罐底涌出。泛着泡沫、飘香四溢的牛奶瞬间就盛满了整只罐子。幸运的是，菲勒蒙没有因为惊讶而脱手摔掉这只神奇的奶罐。

他比老伴儿更加感到困惑，于是开口问道："两位贵客能创造奇迹，你们到底是谁？"

年长的过路人用他那温和深沉的声音答道："我们是你的客人，善良的菲勒蒙，也是你的朋友！给我也再来一碗牛奶吧。愿罐中的牛奶取之不尽，满足你们夫妇的需求，满足过往路人的需要！"那声音既爽朗又威严。

吃过晚餐，两位路人要求菲勒蒙夫妇给他们安排个休息的地方。老两口还想与客人再愉快地聊会儿天，想向客人讲述他们心中的疑惑与欣喜。毕竟，原本寒碜简陋的晚餐变得丰盛可口，这实在太神奇了。但年长的过路人让他们感到一种敬畏，所以他们再没敢问任何问题。后来，菲勒蒙实在忍不住好奇，把快银拉到一边，问喷涌的牛奶是如何在他们眼皮底下跑进老土罐里的。快银则指了指他的手杖。

快银说："它就是整件事情的全部秘密。如果你能搞清楚原因，还麻烦你能告诉我一声！我也不知道我的手杖是怎么做到的。它经常会耍一些像今天这样的小把戏——有时候，给我变出一份晚餐，但有时，又把晚餐偷走。要是我相信那些乱七八糟的事，我可能会说这根棍子被施了魔法！"

快银不再多说，只是顽皮地盯着老两口看，搞得老两口以为快银在嘲笑他们。快银离开屋子的时候，那根魔法手杖也一跳一跳地跟在他背后。等好心的老夫妇安顿好两位客人后，他们还私下谈论了一会儿当晚的事情，然后便躺在地板上，很快就睡着了。他们把卧室让给了客人，自己没有多余的床铺，只能睡在厚厚的地板上。我真希望地板也像他们的心一样柔软。

第二天一早，老两口就提前起来忙活。太阳刚升起来，两位客人就起床准备离开了。菲勒蒙热情地恳求他们多留一会儿，等包喀斯挤好牛奶，烤好炉子上的面包，或许还能摸两枚新下的鸡蛋，吃完早饭再走。可是，客人似乎想要趁早赶路，因为清晨的天气更加凉爽。他们坚持立刻出发，但请菲勒蒙和包喀斯送他们一程，为他们指指路，看该往哪条路走。

因此，他们四人一同从小屋出发，一起边走边聊，就像老朋友一样。尤其值得一提的是，这对老夫妇在不知不觉中和那位年长的过路人也熟络起来，两位过路人善良单纯的心灵融入了他们的内心，就像两滴露水融入了无边的大海。至于快银，他心思敏锐，爱说爱笑，能窥探他们的思想，就连老夫妇自己都没意识到的小心思，他似乎也能发现。有时候，老两口真心希望快银不要那么敏锐，还想要他扔掉那根手杖，因为那根手杖周身盘着两条蛇，看上去既神秘又危险。不过话说回来，快银性格极好，如果能把他和他的一切都永远留住，包括那根盘着两条蛇的手杖，老两口会十分开心。

从家门口出发没走多远，菲勒蒙便大声嚷道："哎呀！若是我们的邻居知道热情接待这对陌生的过路人会有多幸运，他们肯定会把全村的狗都锁起来，绝不会允许孩子们向他们扔石头吧！"

好心的老包喀斯也激动地大声说道："这是一种罪恶，真为他们的所作所为感到羞耻！就是这样！今天，我一定要去告诉他们其中一些人，他们真的是太恶劣了！"

快银狡黠地笑着说："恐怕待会儿你会发现，他们全都不在家！"

就在此刻，那位长者的眉宇间显露出了一种令人敬畏的神情，庄严而宁静。菲勒蒙和包喀斯不敢说一句话。他们恭敬地盯着他，就如同盯着苍天。

年长的过路人用十分低沉的声音说："如果人们不把那些最卑微的过路人当作自己的兄弟，他们就不配活在世上。世界创造出来，是给那些顾念手足情谊的好人居住的。"那声音就像是从风箱中发出来的一般。

接着，快银大声说："顺便说一句，两位亲爱的老人家，你说的村子在哪里呢？在我们的哪一边？我怎么没看到周围有村子？"说话间，快银的眼中充满了最生动的戏耍与顽皮之色。

菲勒蒙和老伴儿转向村子的方向。就在昨天日落时分，他们还看到过草场、房屋、菜园和一片片树林，还见到过孩子们在宽阔的林荫道上玩耍，俨然是一派繁忙、欢乐、繁荣的景象。可是，此时此刻，他俩全都惊呆了，整座村庄竟然不见了！就连村子所在的那片肥沃的谷底也消失不见了。只见，取而代之的是一片宽阔蔚蓝的湖面。湖水淹没了整个山谷的大盆地，湖心中央映衬出周围群山的倒影。整片湖泊清幽宁静，就像自创世以来一直存在，从未消失。有一瞬间，湖水平如明镜，之后一阵微风拂过，掀起层层鳞浪，在清晨的阳光下波光粼粼。碧波荡漾的湖水拍打着岸边，发出阵阵欢愉的潺潺之声。

说来也奇怪，湖水看起来似曾相识。这让老夫妇不知所措，感觉就好像原先的村子只是一场梦。可下一刻，他们记起了消失的住所，记起了村里居民的样貌特征，一切都那么清楚，不可能是一场梦。村子昨天还在那里，现在却消失不见！

好心的老两口惊呼道："天哪，我们可怜的邻居都怎么了！"

年长的过路人用庄严低沉的声音说道："他们不再为人了。"话音间，远处的一阵隆隆雷声好似在与之回应。他继续说道："他们的生命既无用处又不美丽，因为他们从来不会通过人与人之间的相互关爱来减轻或抚慰世间的苦难。他们的内心失去了美好生活的图景。因此，那片古老的湖泊再次冒了出来，映照苍天！"

快银也带着顽皮的微笑说："至于那些愚蠢的人，他们全都变成了鱼。其实这也没有多大变化。因为他们之前就已经是长满鳞片的劣等无赖了，就像冷血动物一样的存在。所以呀，好心的包喀斯大娘，只要你和你的丈夫想吃烤鲑鱼，就往湖里抛一根渔线，就能拉上来五六条你们的老邻居！"

包喀斯震惊地叫道："啊，我绝不会把他们放在烤架上烤！"

菲勒蒙也露出一副见了鬼的表情附和道："是啊，我们绝不会把他们烤来吃！"

年长的过路人没有理会他们的惊异之色，继续说道："至于你，好心的菲勒蒙，还有你，善良的包喀斯——尽管你们生活艰辛，但却能发自内心地热情待客，帮助那些无家可归的陌生人，所以牛奶才会像取之不尽的甘泉一般源源不断，黑面包和蜂蜜才会变成珍品美味。也因此，天神才会从奥林匹斯山的宴

上编：一本神奇故事书（1852）

会上离席，放弃同样美味的食物不吃，来到你们的桌前用餐。你们做得很好，亲爱的老朋友！那么，说出你们内心最大的愿望吧，什么都行，这是你们理所应得的！"

菲勒蒙和包喀斯相互对望。然后，我也不知道是谁说的，反正是他们中的一个，说出了两人共同的愿望。

"让我们同生共死吧！因为我们一直都深爱着对方！"

年长的过路人和蔼又庄严地答道："没问题！现在，朝你们小屋的方向看看！"

他们扭头望去，只见刚刚还在那里的破旧小屋不见了，取而代之的是一幢由白色大理石筑成的宅邸，宅邸高大阔气，大门宽敞。这令他们惊讶不已。

年长的过路人带着满脸慈善的笑容说："那就是你们的新家！你们可以尽情地在这座宅子里热情待客，就像昨晚在那间简陋的小茅舍里招待我们一样！"

老两口跪了下来，要向他表示感谢。可是，再一看，那人和快银都不见了。

于是，菲勒蒙和包喀斯在大理石建成的大宅子里安顿了下来，他们花了许多时间来热情招待每位途经此地的过路人，尽力让所有人都感到宾至如归，这也让老两口自己获得了巨大满足。还有一点我必须告诉你们，只要有需求，那只奶罐依然拥有取之不尽的神奇魔力。若是一个诚实、平和、内心自由的客人把从罐子里倒出来的牛奶一饮而尽，他一定会觉得这是他喝过的最香醇、最丝滑的牛奶。然而，万一是一个乖戾、暴躁、心存不良的人喝了这牛奶，他一定会把脸挤成一堆，说这是一罐发酸变质的牛奶！

就这样，这对老夫妇在他们的宅邸中住了很长很长时间，变得越来越老，越老越老，真的活了很大年纪。最终，在一个夏天的早晨，菲勒蒙和包喀斯没有像往常的早晨那样，带着满脸愉快好客的笑容出现，邀请过夜的客人吃早饭。客人们从楼上到楼下，寻遍了房子的每个角落，却一无所获。可是，正当众人疑惑之际，有人发现大门前多了两棵老树。谁也不记得头一天看到过这两棵老树。然而，它们挺立在那里，树根深深地扎进土壤，巨大的阔叶把整座宅邸的正面都遮蔽了起来。一棵是橡树，另一棵是菩提树。它们的枝杈相互拥抱，交织在一起，就好像一棵树靠在另一棵树的怀里，而不是各自生长，看起来很奇怪，但却很美丽。

树要长得这么高，这么老，至少需要百年时间，而这两棵树是怎么一夜之间就长成这样的呢？正当众人诧异不已时，一阵微风吹过，拂动相互交织的枝杈。随后，空中传来一阵深沉而宽广的交谈之声，就好像两棵神秘的大树在说话一般。

橡树喃喃地说："我是菲勒蒙！"

菩提树喃喃地说："我是包喀斯！"

可是，随着微风渐强，两棵树同时说起来——"菲勒蒙！包喀斯！包喀斯！菲勒蒙！"——这声音仿佛一分为二，又好像合二为一，在相互的心灵深处一同诉说。很显然，那对善良的老夫妇以另一种形态延续了他们的时光，菲勒蒙变成了橡树，包喀斯变成了菩提树，他们将要安静快乐地再过百年。哦，他们在身边投下了热情好客的绿荫！只要有路人在绿荫下歇脚，就会听到头顶上的树叶发出的热情低语。路人还会纳闷，那声响怎么听起来就像是在说：

"欢迎，欢迎，亲爱的过客，欢迎！"

有些善良的人知道怎样最能让包喀斯和菲勒蒙这对老两口高兴。他们围着两棵大树修了一圈座椅，即便过了很久很久，那些疲惫饥渴的人还会坐在那圈座位上休息，大口地饮用从神奇的奶罐中倒出来的牛奶。

我真希望那只神奇的奶罐此时此刻就在眼前！那样，我们大家就都能喝上一杯香甜无比的牛奶啦！

半山腰间:讲完故事之后的结束语

香蕨木问:"那只罐子能装多少牛奶?"

尤斯塔斯说:"能装不到四分之一。但只要你愿意,你可以一直从罐子里倒出牛奶,盛满一个大桶。事实上,它可以永远不停地倒,即便在仲夏也不会倒干——比那边沿着山坡潺潺流下的溪水还多。"

香蕨木追问道:"那只罐子现在怎么样了呢?"

尤斯塔斯答道:"很遗憾,两万五千年前它就被打碎了。有人拼尽全力想要修好它,可是,修好后的罐子虽然能装很多牛奶,却再也不会自己主动添满了。所以,你们瞧,它和其他被打碎的土罐已经没有两样了。"

所有孩子立刻异口同声地嚷道:"真可惜!"

那条值得信赖、名叫本的大狗一直陪在大家身边,还有一条半大的纽芬兰小狗,黑得像一头熊,名字叫布鲁恩。本是一条成年犬,而且生性谨慎,因此尤斯塔斯恳求它和四个孩子一起留在原地,以免他们遇到危险。至于黢黑的布鲁恩,它自己都还是一只幼犬,尤斯塔斯觉得最好还是带它一起走,免得它和几个孩子一起玩耍时,一不小心把孩子绊倒,滚下山去。尤斯塔斯吩咐风铃草、香蕨木、蒲公英和南瓜花好好坐在他们分开的地方别乱跑,然后带着报春花和其他孩子继续登山。不一会儿,他们的身影就消失在了树林里。

秃顶山上：讲《喀迈拉》之前的开场白

  尤斯塔斯·布莱特和孩子们一路沿着长满密林的陡峭山坡向上爬。林间的树梢上虽然还没有长满树叶，但新芽已经开始发荣滋长，在阳光的照射下葱翠欲滴，足够投下点点绿荫。长满青苔的岩石半掩在枯黄的陈年落叶之中；腐朽的树干直挺挺地横躺在多年前倒下的地方；衰败的枝杈被冬天寒冷的大风摇落，散得满地都是。尽管眼前种种看起来是一片亘古景象，但树林里仍有一股新生气息；无论你看向何方，总能见到鲜嫩翠绿的花草和枝叶蔓延生长，为迎接即将到来的夏天做好准备。

  终于，这群年轻人抵达了山林最高处的边缘，走出林子，便望见山巅近在咫尺。这座山巅既不是尖峰，也不是圆顶，而是一处开阔的高台平地，上头不远处有一座房子和一间谷仓。房子里住着一户独居的人家；那些时常给山谷降下雨水、带去风雪的云团就飘浮在这荒凉、孤独的居所脚下。

  平顶的最高处有一堆石头，石头中间插着一根旗杆，旗杆顶端飘扬着一面小旗子。尤斯塔斯领着孩子们走到旗杆下面，叫他们环望四周，看看他们一眼望去能把多大一片斑斓的世界收入眼底。于是孩子们个个都努力地极目远眺。

  南面的纪念碑山仍然矗立在眼前画面中央的位置，但从这个高度看去，山体似乎陷入了周围的巍巍群山之中，成为其中普通的一员。向更远处眺望，塔科尼克山脉比过去显得更加高大雄伟。山谷中秀美的湖泊连同湖泊周围的水湾

上编：一本神奇故事书（1852）

和港汊都一览无遗。除此以外，还有两三个未曾见过的湖泊也面向太阳睁着碧蓝的眼睛。远处散落着一些村庄，每座村庄都有自己的尖顶教堂。村子里有许多农舍，还有大片的林地、牧场、草地和农田。孩子们的脑子里很难一下子容纳所有绚丽多姿的美景。以往，他们都以为唐格尔伍德山庄位于世界上的一处中心要地。但其实，它只占了那么丁点儿地方。也难怪孩子们一眼望去找不到山庄，因为他们的视野大大超出了山庄的所在范围。那么多双眼睛四下找了好一会儿，最终找到了它的位置。

洁白蓬松的云朵挂在空中，在大地这幅自然的画卷上投下一片片深色的云影。可是不一会儿，等云朵飘过，太阳又照亮了原来被云影笼罩的地方，而云影则向别处缓缓移动。

向西眺望，远处是一片蓝色的山脉，尤斯塔斯·布莱特告诉孩子们，那是卡茨基尔山脉。他说，在那些云雾笼罩的群山间有个地方，在那里，几位年长的荷兰人正在乐此不疲地打着九柱戏，还有一位叫里普·范·温克的懒汉已经沉沉睡去，一口气睡了二十年。孩子们热切地恳求尤斯塔斯给他们仔细讲讲这个神奇的故事。可是，这位大学生回答说，这个故事已经有人讲过一遍了，比谁都讲得好，好到一个字都改不动，除非等它慢慢变老，变得像《蛇发女妖的头》《三个金苹果》以及其他一些神奇的传说故事一样古老。

玉黍螺说："至少，趁我们休息这会儿，你可以给大家另讲一个你自己编的故事吧。"

报春花附和道："是呀，尤斯塔斯哥哥，我提议你在这里给大家讲个故事。立意要高远，怎样都行，看看你有没有那样的想象力。或许，这山顶的空气能让你文思泉涌呢。不管故事有多么怪诞离奇都无所谓。反正我们现在都坐在山顶，周围云雾缭绕，你讲什么我们都信！"

尤斯塔斯问："你们敢相信吗？曾经有一匹马，长着一对翅膀。"

调皮的报春花说："当然，但恐怕你永远也抓不住它！"

尤斯塔斯反驳道："其实吧，报春花，我知道有十几个人能抓住帕加索斯，而我或许也能和他们一样，把它抓住，然后骑上马背。不管怎样，这里就有一个关于帕加索斯的故事。在山顶上讲这个故事，比在任何地方都合适！"

于是，尤斯塔斯在石堆上坐下，孩子们则绕着石堆围坐一圈。他的双眼紧紧盯着一片飘过的白云，开始讲起下面的故事。

喀 迈 拉

很久很久以前（我给你们讲过的神奇故事都发生在没有人记得的过去），在神奇的希腊大地上，一股飞泉从一道山坡上喷涌而出。或许，几千年过去了，那个地方仍有山泉涌出。不管怎样，叮咚的泉水喧腾翻滚着向前倾泻，激起层层银雾，顺着山坡奔流而下。金色的夕阳下，一位叫柏勒洛丰的英俊青年向泉边走来。他手里拿着一副镶着闪耀宝石的辔头，辔头上套着一副黄金马嚼子。在泉水边，他看到一位老者、一位中年人、一个小男孩和一位少女，少女正在用罐子汲水。于是他停下脚步，向少女讨要水喝，好让自己提提神。

他一口气喝完一整罐泉水，然后把罐子漂洗干净，帮少女把水装满，并对少女说："这泉水可真甜。劳驾，请问你能告诉我，这汪泉水有名字吗？"

少女回答道："有呀！它叫皮瑞涅泪泉。我奶奶告诉我，这股清泉是由一位美女所化。她的儿子被狩猎女神戴安娜用弓箭射杀，于是她整个人都化为泪水。所以，你觉得清洌甘甜的泉水，实际上是一位可怜的母亲心中的悲伤！"

柏勒洛丰感叹道："我做梦都没想到，这泉水如此清澈，汩汩喷涌，跳着欢快的舞蹈从山间的林荫奔向明媚的阳光，竟是由心中一滴滴的泪水汇成！那么，这就是皮瑞涅泪泉了！谢谢你，美丽的姑娘，谢谢你告诉我它的名字。我从遥远的国度不远万里来到这里，就是为了找寻这个地方。"

那位乡下的中年男人（他牵着一头奶牛前来饮水）紧紧地盯着柏勒洛丰和他手中的那副精致辔头。

他对柏勒洛丰说:"朋友,要是你不远万里来此,只是为了找寻皮瑞涅泪泉,那肯定是因为你们国家的河流在逐渐干涸。不过,请问你是丢了一匹马吗?我看你手中拿着一副辔头。这辔头看起来真精致,上面还镶着两排闪亮的宝石!如果那匹马赶得上这辔头一样好,丢了可就太可惜了。"

柏勒洛丰笑笑说:"我没有丢马,但我刚好在寻找一匹非常珍奇的马。有位智者告诉我,如果说哪里能找到它,那一定是在皮瑞涅泪泉附近。据说,有一匹长着翅膀的飞马叫帕加索斯。在你们先祖时代,它常在皮瑞涅泪泉附近出没。请问你知道它现在仍在这附近出没吗?"

听完柏勒洛丰的问题,乡下男子大笑起来。

亲爱的孩子们,你们当中或许有人听过,帕加索斯是一匹长着银色翅膀的雪白骏马,它大多数时间都待在赫利孔山的山巅。它翱翔于天际之时,就像冲上云霄的雄鹰一样,狂野、迅猛,活力非凡,在这世间独一无二。它没有伴侣,从未有人骑上过它的马背,也从没有人给它套上过缰绳。长久以来,它过着独居而快意的生活。

做一匹飞马可真不错!帕加索斯晚上在高高的山巅休憩,白天大部分时间则在空中翱翔,感觉根本不像凡间的事物。只要有人在头顶上空望见它,瞧见那双在阳光照耀之下的银色翅膀,都会以为它属于天上,只是由于飞得太低,在朦胧的烟云迷雾中迷失了方向,正在寻找重返天国的道路。只见它时而纵身跃入一片雪白蓬松、明光彻亮的云团,消失于其中,然后再从另一边破云而出。那场景十分壮观。而有时,在阴沉的暴风雨中,当灰色的雨云铺满整片天空,飞马会撞透云层,从云端俯冲直下,云层背后令人愉快的光芒透过它撞开的间隙,在它身后闪耀。而下一瞬间,帕加索斯便与那迷人的光芒一同消失。不管是谁,只要见到这般壮阔场景,都会兴奋上一整天,那种感觉比暴风雨持续的时间还要久。

夏季,在最适宜的天气里,帕加索斯时常会飞落地面,收起银色的翅膀,在山岭间像疾风般纵情驰骋。人们能在皮瑞涅泪泉附近发现它的身影,在这里见到它的机会比在其他地方更多。它时而饮两口甘泉,时而在泉边柔软的草地

上编：一本神奇故事书（1852）

上打滚。虽然帕加索斯非常挑食，但有时，它也会在苜蓿草最鲜嫩的时候吃上两口。

所以，许多人的曾祖辈常常去往皮瑞涅泪泉（只要他们还年富力强，相信有飞马的存在），希望能一睹帕加索斯的风采。但近些年来，已经很少有人看到过它。的确，附近有许多村民都住在离泉水步行半小时的范围之内，他们从未见过帕加索斯，所以不相信有这种生物存在。而这位与柏勒洛丰说话的村民刚好就是持怀疑态度的那一类人。

这也就是刚才他要发笑的原因。

他把一副塌鼻子尽可能仰得老高，嘲笑道："帕加索斯，真的是！帕加索斯，真的是！一匹有翅膀的马，说真的！咳，朋友，你脑子正常吗？马要翅膀干什么？你觉得它有翅膀能很好地犁地吗？当然，如果它会飞，就省了钉马掌的钱。不过，如果有人只想叫马去推磨，谁会喜欢看见自己的马从马厩的窗户里飞出去呢？——嗯，甚至自己都被它带上云霄呢？不，不会！我不相信有帕加索斯的存在。绝不会有那种马鸟一体的荒唐物种！"

柏勒洛丰平静地说："可我有理由相信它存在。"

说罢，他转向那位白发老者。老者拄着拐杖，伸长脖子，一只手窝在耳边，仔细地听他们说话。近二十年来，他的耳朵越来越聋。

柏勒洛丰问："您觉得呢，尊敬的老人家？我猜，您年轻的时候一定经常能看见那匹飞马吧！"

老者说："哈，年轻的外乡人，我的记性很差！如果我没记错的话，我还是个小伙子的时候，我总相信有这样一匹马，其他人也都相信。可现在，我也不知道该不该信，也根本不去想那飞马的事。即便我见过，那也是很久很久以前的事了；实话告诉你吧，我不确定自己有没有见过它。有一天，那时我还非常年轻，我的确在山泉边看到过一些马蹄印。那些马蹄印有可能是帕加索斯留下的；但也有可能是其他马留下的。"

柏勒洛丰转头，向那位把罐子顶在头上，一直听他们讲话的少女问道："那你呢，美丽的姑娘，你也从没见过它吗？若是有人见过帕加索斯，那个人

泉水边的柏勒洛丰

一定是你吧,你有一双明亮的眼睛!"

少女一阵脸红,含笑答道:"我想我见过一次。那东西在高高的天空中飞翔,如果不是帕加索斯的话,就是一只白色的巨鸟。还有一次,我带着罐子来泉边汲水,突然听到了一阵马的嘶鸣声。那声音很是轻快悦耳!听起来令人精神振奋!不过,那声音也吓了我一跳。所以我都顾不上汲水就跑回家了。"

柏勒洛丰惋惜道:"那可真是太可惜了!"

然后,他又转向我在故事开头提到的那个小男孩。小男孩就像所有的孩子一样,都喜欢盯着陌生人看。他张大玫红色的小嘴巴,紧紧地盯着柏勒洛丰。

柏勒洛丰伸手撩了撩小男孩的一缕卷发,用逗孩子的口吻问道:"那么,小家伙,我猜你经常见到那匹飞马吧!"

小男孩肯定认真地答道:"是的!我昨天就看见过它,以前也见过好几次!"

柏勒洛丰一把把孩子拉到身边,期待地说:"你真是个很棒的小家伙!来,给我好好说说!"

小男孩答道:"嗯,我经常来这里,在泉水里放小船玩儿,也会从泉底捡些漂亮的鹅卵石。有时候,当我低头朝水中看去,会看见一匹飞马在空中飞翔的倒影。我希望它能飞下来,让我骑上它的马背,载我飞到月亮上去!可是,如果我猛地抬头看向它,它便会远远飞开,消失在视野之中!"

柏勒洛丰相信那孩子的话,相信他看到过帕加索斯在水中的倒影,也相信那少女,相信她听到过帕加索斯轻快悦耳的嘶鸣,但不相信那位眼中只有拉货马匹的中年村民,也不相信那位把年轻时遇见的美好都统统遗忘的老者。

因此,在接下来的许多天里,柏勒洛丰都在皮瑞涅泪泉周围搜寻。他一刻不停地仔细观察,不是抬头仰望天空,就是低头俯看泉水,总希望他能看到飞马映在水中的倒影或它那绝妙的真身。柏勒洛丰的手中时刻都拿着那副镶着宝石、套着黄金马嚼子的辔头。每当一些住在附近的村民牵着牲畜来泉边饮水时,他们常常会笑话可怜的柏勒洛丰,有时也会相当严厉地责备他两句。他们责备说,像他这样手脚健全的年轻人应该去做点更有意义的事,而不该为这种虚无的追求浪费时间。如果他想要一匹马，他们可以卖给他一匹；他们也试着和他讲价钱，想要买他那副精致的辔头。

就连那些乡下的孩子也觉得他实在愚蠢，即便大家知道柏勒洛丰能看到他们，也能听见他们，他们还是时常去狠狠地嘲弄他，相当粗俗，毫无顾忌。譬如，有个小顽皮假扮飞翔的帕加索斯，做出一些怪异至极的搞笑动作；而他的一位同伴则手握一把芦苇跟在后面追赶，那把芦苇代表着柏勒洛丰手中精致的辔头。但那个曾在水中看到过帕加索斯倒影的温顺男孩给他的宽慰，胜过其他调皮的孩子对他的捉弄。那个亲爱的小家伙常常在玩耍时间前来，怀揣单纯的信念坐到柏勒洛丰身边，一句话也不说，只是一会儿盯着泉水，一会儿望向天空，柏勒洛丰不禁备受鼓舞。

现在，你们或许想知道为什么柏勒洛丰想要抓住那匹飞马吧。趁柏勒洛丰等待帕加索斯出现的时间里，我们就赶紧抓住时机，来讲讲其中的缘由。

要是我把柏勒洛丰之前所有的冒险经历都讲一遍，那就会变成一则很长很长的故事。在此简单交代两句就足够了。在一个亚洲国家，出现了一只叫喀迈拉的可怕怪物，这只怪物干的坏事，从现在一直讲到晚上都讲不完。依据我能查到的可靠资料，这个喀迈拉来自地底，几乎是世界上最丑陋、最恶毒、最稀奇、最古怪、最难对付、最难甩掉的怪物。它有一条蟒蛇般的尾巴，身体说不出像什么，它有三颗不同的脑袋：一颗狮子脑袋、一颗山羊脑袋，还有一颗巨蛇脑袋，每颗脑袋都能喷出炽热火焰！身为一只陆地动物，我不知道它是否有翅膀；可无论有没有，它跑起来就像一只山羊和一头狮子，蠕动起来像一条大蛇，所以，它跑起来有这三种动物加起来那么快。

喀迈拉做过太多、太多、太多的坏事。它喷出的火焰能够点燃一座森林，能够烧掉整片稻田以及整座村子的篱笆和房屋。它把村庄周围的一切都化为废墟，还常常把村庄里所有的人畜都生吞进肚子，再用胃里的大火将之烤熟。老天保佑，孩子们，但愿你们和我永远都不要遇上喀迈拉！

就在这只可恶的野兽（如果我们能管它叫野兽的话）四处作恶之时，柏勒洛丰恰好来到该地觐见国王。国王的名字叫伊俄巴忒斯，他统治的国家叫吕

上编：一本神奇故事书（1852）

喀亚。柏勒洛丰是世界上最勇敢的青年之一，他非常渴望能做出一些惩恶扬善的英勇事迹，得到大家的爱戴。那时候，唯一一种能让年轻人脱颖而出的方式便是战斗，无论是和自己国家的敌人对垒，还是与邪恶的巨人角斗，抑或是和凶残的恶龙缠斗。如果没有更加危险的对手需要对付，就去和野兽搏斗。伊俄巴忒斯国王发现，这位年轻的觐见者勇气非凡，于是提议他去降服人人恐惧的喀迈拉。如果喀迈拉不被尽早铲除，便很可能把吕喀亚变成一片沙漠。柏勒洛丰没有片刻犹豫就向国王保证，不是他杀掉可怕的喀迈拉，就是被喀迈拉杀掉。

但首先，这只怪物实在太过敏捷，因此他想，若是徒步战斗，他定难取胜。为此，最聪明的做法是先找到一匹世界上最风驰电掣、健步如飞的骏马。世上有哪一匹马的速度能比得上神奇的飞马帕加索斯的一半呢？帕加索斯既有腿又有翅膀，它在空中甚至比在地上还要灵活！虽然，有很多人不相信有长着翅膀的马存在，还说关于帕加索斯的故事纯属虚构捏造。可是，尽管这一切听起来很神奇，但柏勒洛丰仍坚信帕加索斯是一匹真实存在的骏马，并希望自己能幸运地找到它；只要他能跨上帕加索斯的马背，就能在与喀迈拉的决斗中占据优势。

这就是他手里拿着装点精致的辔头，从吕喀亚来到希腊的目的。这副辔头被施了魔法。只要柏勒洛丰能成功把金色的马嚼子套到帕加索斯嘴上，飞马就被乖乖驯服，认柏勒洛丰做它的主人，飞往柏勒洛丰的缰绳拉向的任何地方。

可是，在等待帕加索斯出现的这段时间里，柏勒洛丰着实感到既疲倦又焦虑。他希望帕加索斯能来皮瑞涅泪泉边饮水。他还唯恐伊俄巴忒斯国王会以为他不敢与喀迈拉搏斗而临阵脱逃。他一想到自己非但没去与那怪物战斗，反而干坐于此，一想到自己还在眼巴巴地盯着皮瑞涅泪泉清亮的泉水从闪闪发光的沙土里涌出，而那怪物正在四处作恶，他便感到痛苦万分。而且，帕加索斯近年来极少现身，有人一辈子也见不到它来此一次，柏勒洛丰害怕，还没等飞马出现，自己就已老去，双臂不再有力，心中也没了勇气。啊，对于一个勇于冒险、敢作敢为、急于成功的青年来说，这样的时间过得可真慢呀！学会等待，这是多么煎熬的一课呀！人生短暂，而生命中有多少时间都花费在教我们学会等待这一点上呢！

话说那个温顺的小男孩越来越喜欢柏勒洛丰，每天都陪着他，从不厌烦，这让柏勒洛丰感到宽慰。每天早晨，小男孩都会在他的心中送去一份新的希望来洗去昨日的失望。

小男孩总是充满希望地抬头看他，大声说道："亲爱的柏勒洛丰，我想，今天我们一定能见到帕加索斯！"

最后，要不是小男孩坚定不移的信念，柏勒洛丰恐怕早就放弃了所有希望，回到吕喀亚，在没有飞马的帮助下，仅凭一己之力去斩杀喀迈拉了。要是那样的话，可怜的柏勒洛丰极有可能会被杀死吞掉，最起码也会被那只怪物喷出的火焰烧成重伤。任何人都不该尝试与一只从地里生出来的喀迈拉搏斗，除非他首先能骑上一匹飞天骏马！

一天早晨，小男孩比往常更加充满希望地与柏勒洛丰说话。

他大声地说："亲爱的柏勒洛丰，我也说不清为什么，但我感觉，我们今天一定会见到帕加索斯！"

接下来一整天，他都坐在柏勒洛丰身边寸步不离。因此，他们中午一共只吃了一块面包，喝了一些泉水。到了下午，他们坐在那里，柏勒洛丰伸开手臂，搂住小男孩，小男孩也把一只小手放在柏勒洛丰手心。

柏勒洛丰迷失在自己的思绪之中，出神地望着那些为泉水投下绿荫的树干，还有在枝干上攀爬的葡萄藤。而温顺的小男孩则一直凝望水中；他为柏勒洛丰感到悲伤，因为今天的希望又将破灭，就像往常一样；于是两三滴安静的眼泪从他的眼眶中滑出，滴落到泉水之中，与传说之中皮瑞涅的伤心泪水混在了一起，那眼泪是为她被害的孩子而流的。

可就在柏勒洛丰出神放空之际，他感觉到小男孩用小手拍了拍他，听到他用柔软、近乎屏住呼吸的耳语悄声说道：

"看那儿，亲爱的柏勒洛丰！水中有个倒影！"

柏勒洛丰朝涟漪荡漾、清如明镜的泉水中望去，看到了一个倒影，但柏勒洛丰只把它当作一只鸟的影子。那只鸟在空中似乎飞得很高，有一线阳光照耀在它那或雪白或银色的翅膀上。

柏勒洛丰说："那肯定是一只非凡的大鸟！虽然它一定飞得比云层还高，但它看起来依然很大！"

小男孩悄声说："它令我不禁颤抖！我不敢往天上看！它太美了；我只敢看它在水中的倒影。亲爱的柏勒洛丰，你难道没有发现，它不是一只鸟吗？它就是飞马帕加索斯！"

柏勒洛丰的内心开始激动起来！他仔细地盯着天空，但却没望见任何会飞的生物，不管是鸟还是马；因为，就在此刻，它钻进了夏日里蓬松雪白的云层深处。然而，不一会儿工夫，那家伙再次现身，从云端缓缓降落，虽然离地面还有很长一段距离。柏勒洛丰一把抱起小男孩，迅速后退，藏进泉水边茂密的灌木中。他并不是害怕受到攻击；而是怕万一帕加索斯瞥见他们的身影就会转瞬飞走，落到他们无法靠近的山巅之上。

神奇的飞马绕着大圈盘旋，越飞越低，就像一只鸽子准备降落的样子。帕加索斯离地面越来越近，盘旋的圈子也越来越小。越是近看，帕加索斯就显得越发美丽，那对扇动着的银色翅膀也越加神奇。最终，它轻轻地落到地上，轻得连泉边的小草都没被压弯，也没在周围的沙地上留下一只踏过的脚印。它俯身饮下一口泉水，然后发出一声愉快的长叹，安静地美美回味一番，然后再饮一口，一口，又一口。因为不管是在地上，还是在天上，帕加索斯都最喜欢皮瑞涅泪泉！等它喝足之后，便会啃几口香甜的苜蓿花瓣。它细细品味，不在乎能否饱餐一顿；因为，生长在云端之下，赫利孔山之巅的牧草，要比这些普通的花草更合它的口味。

就这样，帕加索斯心满意足地开怀畅饮，然后又纤尊降贵，十分挑剔地吃了几口嫩草。之后，这匹飞马似乎感到悠游舒畅，开始来回小跑，欢腾雀跃。没有比帕加索斯更喜欢嬉戏的动物了。它一会儿一蹦一跳地轻轻扇动巨大的翅膀，就像一只朱顶雀，那样子我一想起来就觉得高兴；它一会儿又小跑几圈，马蹄一会儿着地，一会儿腾空，我都不知道该说它是在低飞还是在疾驰。如果

喀迈拉

一种动物十分擅长飞行,却有时选择奔跑,那肯定纯粹是为了消遣。帕加索斯便是如此,尽管对它来说,总要把马蹄要贴近地面会有些麻烦。柏勒洛丰这边则一直抓着小男孩的手,从灌木丛中向外窥探。他觉得从来没有见过如此美丽的情景,也从来没有见过有哪匹马的眼神能像帕加索斯的那样桀骜不驯、炯炯有神。企图给他套上辔头,骑在他背上的想法似乎是一种罪过。

有一两回,帕加索斯停下脚步,嗅了嗅空气,竖起耳朵,脑袋晃动着转向四周,好像是在怀疑哪里不对劲儿。但它什么也没有看见,什么也没有听见,于是又自顾自地嬉戏起来。

终于,帕加索斯收起翅膀,在柔软的青草地上躺了下来。但这可不是因为它倦了,只是由于闲散发懒,贪图舒适罢了。可是由于太习惯空中的生活,因此没办法长时间保持安静,没过多久,它便翻过身子,把背平躺在地上,四脚朝天。这匹孤单的飞马看上去实在太美。上天还没有创造出它的伴侣,它也不需要伴侣,千百年来,它一直活得逍遥自在。它越是做出寻常马匹常做之事,就越显得不沾凡尘,超凡脱俗。柏勒洛丰和小男孩都几乎屏住了呼吸,部分是因为他们既兴奋又敬畏,但更主要的是因为他们害怕一点点响动或细声都会把它吓跑,箭一般地飞向最遥远的蓝天深处。

终于,等帕加索斯在地上打滚打够了,便翻过身来,和其他马儿一样,懒洋洋地伸出两条前腿,准备站起身来。柏勒洛丰已经预料到了它要起身,突然一个箭步从灌木丛中冲了出去,一跃而起,跨上帕加索斯的马背。

是的,他骑到了飞马的背上!

可是,帕加索斯一感到腰上坐了一个凡人,这也是第一次,便猛地一跃而起!是的,一跃而起!柏勒洛丰还没来得及喘口气,便发现自己已经飞到离地五百英尺的空中,而且还在继续飞升。而出于恐惧和愤怒,飞马一边喘着粗气,一边发抖。它一直向上飞呀,飞呀,飞呀,直到一头扎进冰冷潮湿的云团中。柏勒洛丰紧盯着那片云团,还在猜想那里是不是什么令人激动的地方。可转瞬间,帕加索斯就冲出云层,像一道闪电急转直下,就好像是要连带自己背上的柏勒洛丰一起撞向岩石。接着,它又在半空原地跳跃了上千次,没有一只

上编：一本神奇故事书（1852）

鸟或一匹马像它那样狂野。

他们上蹿下跳、前滚后翻的场景我实在难以描述。帕加索斯时而向前疾驰，时而左右横冲，时而飞速倒退。它直立起身子，把前腿挂在环形的云圈上，任凭后腿悬在半空。它蹬出后腿，把脑袋埋进两条前腿之间，双翅直指上空。在两英里高的半空中，它突然翻了个跟头，柏勒洛丰也跟着整个人倒转过来，看上去就像在俯视星河，而不是仰望天空。帕加索斯扭过头来，盯着柏勒洛丰，眼中怒火燃烧，想要凶狠地咬他一口。它狠狠地扇动翅膀，把一根银色的羽毛都抖得掉落下来。羽毛向地面飘去，被小男孩捡到。为了纪念帕加索斯和柏勒洛丰，小男孩一辈子都珍藏着那根羽毛。

不过，柏勒洛丰（正如你们猜想的那样，他是个优秀的骑手，不亚于任何善于策马飞奔之人）一直在等待机会，终于，他找准机会迅速把施过魔法的黄金马嚼子套在帕加索斯的马嘴上。帕加索斯立马变得温顺起来，就好像它一直是被柏勒洛丰喂养长大的一样。说句老实话，看到如此桀骜的生物突然变得这般温顺，真是件很可悲的事。帕加索斯似乎也为此感到难过。它扭头望着柏勒洛丰，那双美丽的眼睛刚刚还充满怒火，现在却泪眼汪汪。可是，柏勒洛丰拍了拍它的脑袋，威严但又不失和蔼地跟它说了几句话后，帕加索斯的眼神就变了。度过了那么久的孤单岁月，能有一位同伴，有一位主人，它打心底里高兴。

所以，飞马如此，其他所有桀骜孤单的生物亦如此，如果你们能抓住它们，驯服它们，你们就一定能赢得它们的拜服。

在帕加索斯竭尽所能想把柏勒洛丰从背上摔下来期间，它已经飞出了很远的距离；等柏勒洛丰把马嚼子套到马嘴上时，他们已经飞到了一座高耸的大山前。柏勒洛丰以前见过这座大山，知道这是赫利孔山，山顶上就是飞马的居所。帕加索斯温柔地看着柏勒洛丰的面庞，就好像是在告假，之后便朝山巅飞去。它飞落山头，耐心地等柏勒洛丰从背上安然下马。于是，柏勒洛丰从马背上一跃而下，但手中仍然牢牢地抓着缰头。可是，当他与帕加索斯四目相对时，便被飞马的温柔、美丽和对自由生活的向往所打动。它之前就过着自己向往的生活。柏勒洛丰突然觉得，如果它真心渴望自由，就不应该把它抓来做奴仆。

在一股仁爱之心的冲动驱使下，柏勒洛丰把施了魔法的辔头从帕加索斯的头上卸了下来，然后摘下马嚼子。

他说："走吧，帕加索斯！要么离开我，要么臣服于我！"

瞬间，飞马从赫利孔山的山巅一路向上，直飞冲天，几乎飞出了视野之外。夕阳早已落山，此刻在山顶之上只剩下微微暮光，朦胧的夜色覆盖了周围整片山野。可是，帕加索斯飞得实在太高，它追上了离去的阳光，在深空中沐浴太阳的光辉。由于飞得越来越高，它看上去就像一颗明亮的光点，最终，消失在广袤的苍穹。柏勒洛丰担心他再也无法见到帕加索斯。可正当他悔恨自己的愚蠢时，那颗明亮的光点再次出现，而且越靠越近，最终，落回到阳光消散的夜幕之中。瞧，帕加索斯回来了！自此以后，柏勒洛丰再也不用担心飞马消失。他和帕加索斯成了朋友，彼此互爱互信。

那晚，他们一同躺下睡在一起，柏勒洛丰用胳膊搂住帕加索斯的脖子，这并非为了提防它逃跑，而是因为亲近。翌日清晨，天刚蒙蒙亮，他们便醒来，用各自的语言跟对方互问早安。

柏勒洛丰和神奇的骏马就以这种方式度过了好几天。在此期间，他们相互增进了解，也更加喜欢对方。他们踏上征程，在空中长途飞行，有时飞得很高很高，远远看去，地球变得和月球一般大小。他们造访了遥远的国度和一些神奇的居民，大家以为，那骑在飞马背上的英俊青年定是天外飞仙。一天飞上一千英里对帕加索斯来说易如反掌。柏勒洛丰喜欢这样的生活，没有什么比像现在这样，一直生活在空气清新的高空之上更令他欢喜的了，因为，哪怕脚底阴云密布，风雨侵袭，高空上总是万里晴天。可是他没有忘记可怕的喀迈拉。他向伊俄巴忒斯国王承诺过，要杀掉那只怪物。所以，当他完全掌握了空中驭马的技巧，能够娴熟地驾驭帕加索斯，并教会它听懂自己的指令后，柏勒洛丰终于下定决心出发，去展开这场生死难料的较量。

于是，第二天，天刚破晓，柏勒洛丰便睁开眼睛。他温柔地捏了捏飞马的耳朵，轻轻把它唤醒。帕加索斯立刻从地上站了起来，纵身跃出四分之一英里高，绕着山峰滑翔了一大圈，表明它已经完全清醒，准备出发踏上任何征程。帕加索斯绕山峰滑翔之时，还发出一声高亢、活泼、悦耳的嘶鸣，最终轻轻地落到柏勒洛丰身边，轻得就像一只麻雀跳上枝头。

柏勒洛丰大声称赞："干得漂亮，亲爱的帕加索斯！干得漂亮！你是空中的神行者！现在，迅捷美丽的朋友，我们必须敞开肚子，饱餐一顿。今天，我们就要去与那可怕的喀迈拉战斗！"

他们吃过早饭，又从一泓叫作希波克里尼的山泉中喝了几口清凉的泉水，帕加索斯便主动把头向前伸，好让主人套上辔头。给飞马套好辔头之后，帕加索斯欢腾雀跃了好几次，表达自己跃跃欲试、迫不及待的心情。柏勒洛丰也系好长剑，把盾牌挂在脖子上，为战斗作好准备。等一切都准备妥当，柏勒洛丰便跃上马背，垂直向上飞起五英里（只要是长途旅行，他便习惯如此），方便分辨目的地所在的方位。然后他向东调转帕加索斯的马头，往吕喀亚进发。飞行之中，他们追上了一只老鹰，不等老鹰闪避，他们便贴了上去，柏勒洛丰一把就抓住了一只鹰爪。他们以这种速度飞行赶路，当天下午早些时候便望见了吕喀亚高耸的山脉和一条条杂草丛生的深谷。如果柏勒洛丰所闻属实，那可怕的喀迈拉便栖息在其中一条荒野山谷之中。

终于要到达这场冒险的目的地了，飞马带着背上的骑手缓缓下降。他们借助一些飘浮在各座山峰之上的云朵隐藏自己。盘旋在一片云朵之上，透过云层的缝隙向下窥探，吕喀亚连绵的群山被柏勒洛丰尽收眼底，群山中的幽深峡谷也一览无遗。一开始，他们没有发现什么特别的东西。在高拔险峻的群山之中，全是一片乱石荒野。往这个国家更加平坦的地方望去，到处都能见到被烧成废墟的房屋，牧场上还散落着许多牲畜的尸体。

柏勒洛丰心想："这一定是喀迈拉干的好事。可那只怪物会在哪里呢？"

正如我刚才所说，乍眼一看，在崇山峻岭之间的山沟峡谷中，没有发现什么特别的东西。真的一点儿也没有，除了三股螺旋上升的黑烟。黑烟从一个看起来像嘴巴的山洞里冒出来，阴森森地升上天空。三股黑色的烟圈飘到山顶之前，便合成了一股。山洞就在飞马和骑手正下方大约一千英尺的地方。黑烟在缓慢上升的过程中，散发着难闻到令人窒息的硫黄味，引得帕加索斯直喷鼻息，呛得柏勒洛丰直打喷嚏。神奇的骏马觉得很不舒服（它习惯了呼吸最纯净的空气），于是它扇动翅膀，冲到离这股刺鼻的气味范围半英里之外的地方。

可是，柏勒洛丰回头一看，突然好像看见了些什么东西，于是赶紧拉住缰绳，调转马头。他做了一个飞马能理解的手势，穿过云层缓缓下降，悬停在山谷的岩石底部，帕加索斯的四蹄距离地面差不多只有一人高。前方是一个山洞入口，只有你们扔一块石头那么远的距离，三股烟圈就是从里面冒出来的。柏勒洛丰到底发现了什么呢？

山洞里似乎有一窝奇怪可怖的生物蜷在其中。它们的身子靠得非常近，柏勒洛丰难以辨认。可是，从它们的脑袋来看，其中一个是一条巨蛇，一个是一头凶猛的狮子，另一个是一头丑陋的山羊。狮子和山羊都在呼呼大睡，巨蛇则是完全清醒，正瞪着一双凶狠的大眼睛保持戒备。可是——这也是最不可思议的地方——那三股螺旋上升的黑烟明摆着是从三颗脑袋的鼻孔里冒出来的！这场景太怪异了，所以，柏勒洛丰虽然一直在找喀迈拉，可仍旧没有马上反应过来，这就是可怕的、有三颗脑袋的喀迈拉。他已经找到了喀迈拉的洞穴。正如他猜想的那样，大蛇、狮子和山羊不是分别独立存在的，而是一只组合在一起的怪物！

瞧这只邪恶可憎的东西！别看它的两颗脑袋都睡着了，它那恐怖的利爪中，仍然抓着一只吃剩的可怜羊羔——也可能（但我讨厌这么想）是一个可怜的小男孩。在这两颗脑袋睡觉之前，三颗脑袋肯定共同啃食了一番。

突然间，柏勒洛丰恍如大梦初醒，意识到眼前的怪物正是喀迈拉。与此同时，帕加索斯似乎也明白过来，发出一声嘶鸣，听起来仿佛吹响了战斗的号角。下一秒，那怪物的三颗脑袋全都竖了起来，向外喷出一道道凶猛的火焰。柏勒洛丰还没来得及考虑下一步计划，怪物就猛地冲出洞穴，伸出巨大的利爪，向他扑来，身后蛇一般的尾巴也在疯狂扭动。若不是帕加索斯敏捷得像一只鸟，它和背上的骑手就已经被迎面扑来的喀迈拉扑倒在地，战斗还未正式开

上编：一本神奇故事书（1852）

始便已经结束。可是，飞马没有就此被抓住！一眨眼工夫，帕加索斯高高飞起，停在半空，愤怒地喷着鼻息。它全身一哆嗦，倒不是因为恐惧，而是对这只长着三颗脑袋的怪物厌恶到了极点。

另一边，喀迈拉以尾巴尖为支点，撑着整个身子完全直立起来，爪子在空中疯狂地挥舞，三颗脑袋向帕加索斯和柏勒洛丰喷出愤怒的火焰。我的老天，它凶猛地咆哮着、嘶鸣着、怒吼着！与此同时，柏勒洛丰则把盾牌套在手臂上，举起长剑，准备还击。

他在飞马的耳边悄悄说道："现在，亲爱的帕加索斯，你要么就帮我一起杀掉这只令人憎恶的怪兽；要么就抛下你的朋友柏勒洛丰，然后独自飞回你独居的山巅吧！因为，不是喀迈拉死，就是它的三张大嘴把我这颗曾依偎在你脖子上沉睡的头给啃掉！"

帕加索斯发出一声嘶鸣，转过头来，用它的鼻子温柔地蹭了蹭柏勒洛丰的脸颊，以它的方式告诉柏勒洛丰，虽然它有翅膀，是一匹神马，但这一战也可能会让它陨落；不过，即便要陨落，它也不会抛下柏勒洛丰。

柏勒洛丰感激道："谢谢你，帕加索斯！那我们就立刻冲向那只怪物吧！"

他边说边抖动缰绳。随即，帕加索斯便斜着向下俯冲，快得像一支离弦的飞箭，直奔喀迈拉的三颗脑袋而去。三颗脑袋一直在使劲儿地向空中探着脖子。就在飞到与怪物仅隔一臂之遥的地方，柏勒洛丰一剑砍向怪物，可还没等他看清是否砍中了怪物，骏马便带着他从怪物身边飞闪而过。帕加索斯继续向前飞，直到像刚才一样，与喀迈拉拉开一段距离之后，便立刻调转马头。柏勒洛丰这才看清，那颗羊头已经几乎被他砍断，脖颈之上只剩一点儿皮肉连着羊头，晃悠悠地悬在半空，看上去已经死透。

可是，为了保持嚣张的气焰，虽然羊头已死，但蛇头和狮子头不甘示弱，口吐烈焰，嘶叫着、咆哮着，比刚才更加凶猛。

柏勒洛丰大声鼓励道："没关系，勇敢的帕加索斯！像刚才那样再砍一剑，我们就会再砍下它的一颗头。"

说罢，他再次拉扯缰绳。飞马像刚才一样倾斜着身子，就像另一支飞箭，

喀迈拉

向喀迈拉俯冲过去。同时,柏勒洛丰对准剩下的其中一颗头,像刚才一样狠狠地砍了下去。可是,这一次,他和帕加索斯都没有第一次躲闪得好。喀迈拉的一只爪子在柏勒洛丰的肩上抓出一道深深的爪印,另一只爪子则轻轻抓伤了飞马的右翼。而柏勒洛丰这边,给了怪物的狮子头致命一击,狮子头也像羊头一般挂在半空,口中的火焰逐渐熄灭,喘息着吐出浓重的黑烟。然而,那颗恶毒的蛇头(只剩下最后这个头了)比刚才凶狠两倍。它喷出一道道近五百米长的火焰,发出咝咝蛇鸣,声音巨大、十分尖锐、十分刺耳,就连五十英里外的伊俄巴忒斯国王都能听到。国王怕得发抖,连身下的王座都跟着抖动了起来。

可怜的国王寻思着:"老天!喀迈拉肯定是要过来吃我了!"

与此同时,帕加索斯又一次悬停在半空,发出愤怒的嘶鸣声,一股纯净、水晶般的火焰从双眼中射出。这血红的火焰与喀迈拉的截然不同!飞马和柏勒洛丰的斗志被彻底点燃。

柏勒洛丰担忧地问道:"你流血了吗,亲爱的帕加索斯?"他不关心自己的伤势,而是为这匹光辉的飞马感到愤怒,因为它本不应该感受伤痛。柏勒洛丰继续说道:"可恶的喀迈拉会为它的错误付出代价,代价就是它的最后一颗脑袋!"

于是,柏勒洛丰拉动缰绳,大声吼叫。这次,他没有像前两次那样斜着向下冲去,而是驾起帕加索斯,迎着可怕的怪物展开正面冲击。那攻击速度快到极致,在柏勒洛丰和敌人短兵相接之前,只能看见一道耀眼的闪光。

此时,被砍掉两颗脑袋的喀迈拉在疼痛与盛怒下变得极度亢奋。它暴跳如雷,一会儿蹲在地面,一会儿跃上半空,很难说它到底是在地面还是在空中。蛇头把双颚张到可怖的程度。我想说,帕加索斯差点就要连翅膀带人整个飞进它的喉咙里。蛇头朝他们飞来的方向喷出一阵炽热的火焰,把柏勒洛丰和他的骏马包裹在一片熊熊燃烧的火焰里。火焰烤焦了帕加索斯的翅膀,烧掉了柏勒洛丰半边的金色卷发。从头到脚的炙烤,让他们都感觉炽热难耐。

可是,跟接下来发生的事情相比,这点炙烤简直微不足道。

半空中,当冲锋的飞马驮着柏勒洛丰飞到怪物百码之内时,喀迈拉一跃而

柏勒洛丰斩杀喀迈拉

起，庞大、笨拙、凶恶、令人厌恶到极点的残躯猛地扑向可怜的帕加索斯，拼命将帕加索斯缠住，还把蛇尾巴打了个结。飞马奋力向上飞，越飞越高，越飞越高，飞过山巅，飞过云霄，飞到几乎看不清大地的高度。可那只从地底出生的怪物仍然紧抓着不放，与这匹生在光明与天空中的飞马一齐，飞向深空。这时，柏勒洛丰转过头来，发现自己跟喀迈拉那丑陋恐怖的蛇头面面相对。他只能立刻举起盾牌，避免被烧死，防止被咬成两半。透过盾牌上端的边缘，他坚定地盯着怪物狂怒的双眼。

可是，由于喀迈拉疼得厉害，它不像平日厮杀时那般防卫严密。或许，与喀迈拉战斗的最好方式就是贴身搏杀。为了用恐怖的铁爪戳穿敌人，怪物反而把自己的胸膛充分地暴露出来；柏勒洛丰见状便一刺到底，将整把剑都刺入了怪物恶毒的心脏。即刻，蛇尾松开了锁结。怪物放开了帕加索斯，从深空坠落，而它胸中的火焰没有熄灭，反而比以往烧得更加旺盛，很快便包裹了整个尸体。它就这样全身燃烧着火焰，从空中坠落（坠落之时，已经夜幕降临），被地上的人们误以为是流星或是彗星。可是第二天，太阳刚刚升起，正当一些村民准备出门干活，他们惊讶地发现，好几亩地的范围内都洒满了黑色灰烬。在灰烬范围中央，有一大堆白骨，垒得比干草堆还要高。除此之外，可怕的喀迈拉什么也没留下！

柏勒洛丰赢得了最终胜利。他弯腰亲了亲帕加索斯，眼中热泪盈眶。

他说："回去吧，亲爱的骏马！回到皮瑞涅泪泉！"

帕加索斯掠过天空，飞得比以往任何时候都快，不一会儿就回到泉边。在那里，它看到了挂着拐杖的老人，看到了泉边饮牛的乡下男人，还看到了拿罐子汲水的美丽少女。

老人突然说："我想起来了！我曾经见过这匹飞马，那时我还是个小伙子。不过，它那时候比现在漂亮十倍！"

乡下男人说："我有一匹拉货车用的马，一匹能顶它三匹！如果这匹马是我的，我要做的第一件事就是剪掉它的翅膀！"

可是那位可怜的少女什么也没说。因为她总是在不该害怕的时候害怕。所

上编：一本神奇故事书（1852）

以她跑开了，汲水的罐子也被打翻在地，摔碎了。

柏勒洛丰问："那个温顺的小男孩呢？那个总是陪着我，从不丧失信心，盯着泉水从不知疲倦的小男孩呢？"

小男孩轻柔地答应道："我在这儿，亲爱的柏勒洛丰！"

其实，小男孩每天都来泉水边等他的朋友归来。可当他看到柏勒洛丰骑着飞马从云端落下时，便退回灌木林藏了起来。他是一个细腻而又多愁善感的孩子，唯恐那位老人和那个乡下男人看到他那夺眶而出的泪水。

此刻，柏勒洛丰依旧坐在帕加索斯背上，小男孩跑到柏勒洛丰膝盖前，高兴地说："你终于成功了！我就知道你会成功！"

他从飞马上一跃而下，热忱地对小男孩说："是的，亲爱的孩子！可是，要不是你的信心鼓励了我，我绝不可能等到帕加索斯，也绝不会飞上云端，更不会战胜可怕的喀迈拉！现在，让我们一起还帕加索斯自由吧。"

说罢，柏勒洛丰把施了魔法的辔头从那匹神奇的骏马头上摘下。

他大声说道："你自由了，永远自由了，我的帕加索斯！自由自在地飞翔吧！"话语间带着一丝不舍的忧伤。

可是，帕加索斯把头靠在柏勒洛丰肩上，没有要飞走的意思。

柏勒洛丰抚摸着飞马说："那好吧，只要你愿意，你就跟着我吧。我们现在就一起去找伊俄巴忒斯国王，告诉他这个好消息，喀迈拉已经被我们消灭了！"

说罢，柏勒洛丰抱了抱温顺的小男孩，向他保证一定还会回来看他，然后便骑上帕加索斯离开了。不过，很多年以后，当年的小男孩也骑上了那匹飞马，飞得比柏勒洛丰还高。与柏勒洛丰战胜喀迈拉相比，他完成的英勇事迹更多。又因为他细腻而又多愁善感，最终，他成为了一位伟大的诗人！

秃顶山上：讲完故事之后的结束语

尤斯塔斯·布莱特满怀激情、活灵活现地讲完了柏勒洛丰的传说故事，就好像他自己真的骑在飞马上疾风翱翔过一般。故事结束之际，小听众们一个个都激动得满脸通红，这令他十分满足，证明刚才大家都听得十分入迷。其他孩子个个听得眉飞色舞，报春花除外。她的眼中充满泪水，因为她被传说中的某些东西所触动，而其他孩子由于年龄尚小，还无法体味。虽然这只是一个讲给孩子听的故事，但这位大学生却设法给故事赋予了激情，给予了故事无限的希望和年轻人富于创造的进取精神。

尤斯塔斯说："我现在原谅你啦，报春花，原谅你对我和我故事的嘲笑。你的一滴眼泪抵消了之前所有的嘲笑。"

报春花擦了擦眼睛，转眼对尤斯塔斯报以调皮的微笑。她说："好吧，布莱特先生。显然，坐于云端之上讲故事提升了你的构思能力。我建议你以后再也别讲其他故事了，除非像现在这样坐在山顶上讲！"

尤斯塔斯大笑着接过话茬："或者骑在帕加索斯的背上讲！你不觉得我的确成功地抓住了那匹神奇的飞马吗？"

报春花拍手叫道："这简直就像一场狂妄的恶作剧！我仿佛看到你骑在它的背上，离地两英里，脑袋向下倒着在飞！还好你只能骑一骑沉稳的戴维和老百岁，没机会在更加狂野的骏马背上秀你的骑术。"

尤斯塔斯却说："对我而言，此刻，我真希望帕加索斯就在身边。我想要

上编：一本神奇故事书（1852）

骑上它，立刻在方圆几英里的乡村上空疾风翱翔，飞去几位作家兄弟的家中，以文会友。我要去拜访塔科尼克山脚下的杜威博士。住在斯托克布里奇的詹姆斯先生凭借他堆积如山的历史著作和罗曼司小说而闻名于世。我猜，朗费罗已经不住在牛轭湖边了，不然，飞马看到他肯定会发出嘶鸣声。不过，在这里，就在雷诺克斯，可以找到我们最真诚的小说家，她把伯克郡的风光和生活都写进了她的小说里。皮茨菲尔德镇还住着赫尔曼·梅尔维尔，他正在撰写他的巨作《白鲸》，书房窗外，他抬头便能望见雄伟的格雷洛克山。飞马再次纵身一跃，便带我来到了荷马的门前，我最后才提起他，是因为帕加索斯见到他后，一定会立马把我甩下马背，请求这位诗人做它的骑手。"

报春花问："我们隔壁不就住着一位作家吗？就是那位安静的作家。他住在唐格尔伍德大街附近，我们有时能在树林和湖边碰到他，他身边带着两个孩子。我听说他好像写了一首诗，或是一部罗曼司小说，或是一本算术书，或是一本给学生读的历史书，抑或是别的什么书。"

尤斯塔斯把一只手指贴在嘴唇上，激动地悄声说："嘘，报春花，嘘！一句也别提那个人，就算在山顶上也别提！万一我们这些闲言闲语传到他的耳朵，恰好又不称他的心意，他只要把一两叠纸扔进火炉里，那你报春花，还有我，还有玉黍螺、香蕨木、南瓜花、庭菖蒲、黑果木、三叶草、风铃草、车前草、乳草、蒲公英、金凤花——是的，还有对我的神话故事持批评意见的普林格尔先生，以及可怜的普林格尔太太——我们所有人都会化为烟灰，飘出烟囱！据我所知，我们那位住在红房子里的邻居是个纯良无害之人；可某些东西悄悄告诉我，它有主宰我们的可怕力量，甚至能让我们灰飞烟灭。"

玉黍螺对这毁灭性的威胁感到惊骇不已，于是问道："那唐格尔伍德山庄也会和我们一样化为烟灰吗？那本和布鲁恩又会怎样？"

尤斯塔斯答道："唐格尔伍德山庄会没事的。它会和现在看上去一样，只不过里面会住进完全不同的另外一家人。本和布鲁恩仍然会活着，还会从餐桌边得到骨头，过得很惬意，不会记起和我们一起度过的快乐时光！"

报春花惊叫道："你都在胡说些什么呀！"

大家就这么一边瞎聊,一边往山下走去,不一会儿便走进了树林里。一路上,报春花采了些山月桂,这山月桂的叶子虽然是去年长的,但仍然青翠鲜嫩,冰雪的凝结与消融好像对叶子的质地造成不了什么影响。报春花用月桂的嫩枝编了一个花环,然后摘下尤斯塔斯的帽子,把花环戴在他的头上。

报春花调侃道:"没有人会为你的故事给你戴上桂冠的。所以,就把我编的这个拿给你吧!"

戴上月桂的尤斯塔斯看上去真像一位年轻的诗人。他满脸骄傲地说:"别那么肯定嘛。这些神奇精彩的故事或许会为我赢得其他的桂冠呢。接下来的假期,再加上在学校的整个夏季学期,我打算利用我所有的闲暇,把这些故事写下来,然后寄给出版社。J. T. 菲尔兹先生(去年夏天,我俩在伯克郡结识。他是一位诗人,也是一位出版商)一眼就能看出这些故事非同一般的价值。他还会找人给故事配上插图,我希望是由比林斯来配。他还会找来最棒的赞助商,通过著名的机构蒂克纳出版公司把故事推向世界。毫无疑问,从现在算起,大概五个月后,我就会跻身当代著名作家之列!"

报春花在一旁同情地叹道:"可怜的孩子!等待他的会是怎样的失望呀!"

又往山下走了一截,布鲁恩便叫了起来,忠诚可靠的本也用更加深沉的汪汪声予以回应。不久,他们便看到了那条老狗,它正在仔细地看守蒲公英、香蕨木、风铃草和南瓜花。这些小家伙已经完全恢复了体力,他们刚刚采集了一些野果,此时,正迎面爬上山坡与同伴会合。于是,大家又重聚在一起,沿着山路向下,穿过卢瑟·巴特勒的果园,踏上熟悉的回家之路,走向唐格尔伍德山庄。

(上编完)

―――― 下编 ――――

唐格尔伍德山庄故事集：
又一本神奇故事书（1853）

插画：弗吉尼亚·弗朗西丝·斯特雷特

Tanglewood Tales:
Being a Second Wonder Book (1853)

Illustrated by Virginia Frances Sterrett

在威赛德：前言

不久前，一位青年朋友尤斯塔斯·布莱特短暂造访了我的居所威赛德，我有幸招待了他。自从我搬离了空气清新的伯克郡山区之后，还一直未见过他。适逢大学放寒假，尤斯塔斯正在休假。他告诉我，前段时间由于学习过于刻苦，他的身体出了点状况，想趁假期好好调养调养。见他气色不错，我很为他高兴。我断定，他的调养计划已经完全达到了理想效果。他刚从波士顿坐中午的火车赶来。此番造访，一部分原因是出于对我的尊敬，而另一部分原因，我很快发现，是关于文学出版方面的问题。

我很高兴能第一次在这间屋子里接待布莱特先生。虽然这间屋子十分简陋，但它却真正为我所有。我还不忘（这可是全世界地主的习惯）带这个精瘦健康的家伙来回参观一下我那六英亩①的领地。但我又暗自庆幸，骤变的严寒天气，尤其是地上六英寸厚的积雪，遮掩了荒芜凌乱、疏于打理、已经荒废的土地和灌木丛。我们不妨大胆想象，假如一位充满活力的客人来到此地，无论他来自纪念碑山，来自秃

---

① 英亩为英美制地积单位，1英亩约等于4047平方米。

下编：唐格尔伍德山庄故事集：又一本神奇故事书（1853）

顶山峰，或者来自长满原始森林的格雷洛克山，若看到那片贫瘠的小山坡，看到山坡上发育不良、蛀虫横生的刺槐，可能找不出任何值得称赞的地方。尤斯塔斯用了一个直白的词来形容站在我的小山包上看到的景象——荒芜。毫无疑问，在他见过蜿蜒曲折、崎岖陡峭的伯克郡，尤其是伯克郡的北部山区之后，这景象确实乏善可陈。他的大学宿舍就紧邻伯克郡的北部山区，对那一片十分熟悉。可是，对我来说，宽阔的草场和平缓的山丘有一种独特而宁静的魅力。草场和山丘比山区要好，因为它们不会像山区那样，被人贴上标签，在人心中形成一种刻板印象。日复一日、一成不变的风光终究会令人乏味生厌。你可以选择夏天在山区住上几周，但一辈子大多数时候则应定居在绿色的草场和平缓的山丘上，这里的风貌四季变换，历久弥新，因为过往的场景总会逐渐在你的脑海中消逝。这就是我冷静思考过后的选择。

我猜尤斯塔斯对眼前这一切都感到兴趣索然，直到我把他带到一幢荒废的乡间别墅前。小别墅建在半山坡上，原是农场主盖来避暑的，如今却被遗弃于此，留给了我。别墅现在只剩下由几根细长、腐朽的树干搭成的框架，没有墙体，也没有屋顶，只有一块由枝干雕成的花饰窗格，等到下一股寒冷的强风袭来，窗格也很可能被风吹裂，沿着露台一片一片碎落一地。别墅看上去如梦想一般，不堪一击，实际上也确实如此。然而，站在这些用未经加工的粗糙枝干搭成的房屋框架中，不知何故，总感觉其中封存着一丝精神之美，仿佛有一种隐约、缥缈的精神融入了别墅的设计之中，让别墅成为一种实质的精神象征。一片雪堆掩埋了长满青苔的长椅，我让尤斯塔斯·布莱特坐在雪堆上，透过对面的拱窗向外望去，他承认眼前的景象立刻变得生动别致。

他说："这幢小别墅看起来虽然简陋，但就像魔法的杰作。它充满影射，从某个角度看，就和教堂一样棒。哈哈，夏季的午后坐在这里，从古典神话中挑选更多异想天开的故事讲给孩子们听，真是再合适不过了！"

我答道："那当然，避暑别墅本身就很通风，很破败，就像那些记忆残缺的古老故事一样。这棵苹果树是活的，是鲍德温本地的品种，这些枝杈粗暴地插进房子里，就像你对故事的不当篡改。不过，顺便问一句，你出版《一本神奇故事书》之后，还写过其他相关系列的神话故事吗？"

尤斯塔斯说："写了不少。报春花、玉黍螺，还有其他孩子都闹得我不得安生，除非我每一两天给他们讲个故事。我逃出家门，部分原因就是要躲避那些小鬼头的胁迫！但我也因此写出了六则新故事，带过来给你审阅。"

我问："这些新故事和第一次写得一样好吗？"

尤斯塔斯答道："选材更好，写得也更棒。只要你读了，一定也会这么认为。"

我说："那可不一定。照我自己的经验来看，我知道，若让作者去评价，他总会认为自己最新的作品是最好的，直到作品创作的热情完全消退。之后，作品会回落到它原本应处的位置。不过，让我们换个地方，去我的书房吧，去看看这些新故事。像这样坐在雪堆上品读你带给我的这些故事，很难作出公允的评价。"

于是我们下山，朝山下又老又小的木屋走去，把我们自己关在东南面的房间里。冬日下午的阳光照进房间，既温暖又明亮。尤斯塔斯把一捆手稿交到我手中，我即刻快速浏览了一遍，就像一位故事老手那样，想要一眼找到故事中的优缺点。常写故事的人都知道该如何去做。

之前，布莱特先生拉下面子，充分借用我的文学经验，请我去做《一本神奇故事书》的编辑，他对此一直难以忘却。从大众读者的反映来看，他没有理由抱怨我做的工作，那是一份需要渊博学识的工作。他很看重自己的这本新书，书名叫《唐格尔伍德山庄故事集：又一本神奇故事书》。因此，他想请我去做一些与之前类似的工作。尤斯塔斯表示，我其实没必要对该书做推介工作，因为他在文学界已经声名鹊起，从某种程度上讲，已经为人所喜爱。但他也谦逊友好地说，能由我来推介该书是一件令人十分愉快的事情。他和其他大多数人不一样，对于曾经提携过他，帮助他取得今日之成就的人，他不会把对方当作梯子，想方设法一脚踢开。总之，这位年轻的朋友愿意让他那如鲜嫩的青葱草木般日渐兴盛的名望在我那杂乱丛生、稀疏萧瑟的枝干上蔓延生长。正巧，我有时也在考虑，想培育一株葡萄藤，用藤蔓上宽阔的树叶和紫色的果实

下编：唐格尔伍德山庄故事集：又一本神奇故事书（1853）

来掩盖乡间别墅里被虫子蛀坏的橡柱。我对他的提议不无兴趣，于是欣然向他许诺，接受他的请求。

仅从这些故事的标题来看，我便立刻发现，这本故事集的题材在丰富程度上一点儿也不亚于上一本。我也一点儿都不怀疑，布莱特先生的大胆创新（在他天资所及的范围内）能让他充分挖掘题材本身的价值，将所有的潜能呈现出来。可是，尽管对他肆意纵情地处理题材的方式有所了解，但坦白讲，我也不是很明白，他是如何排除万难，以一种合适的方式把这些题材编成故事讲给孩子们听的。

在这些古老的传奇中，充满了种种对我们基督的道德观念来说最格格不入的东西——有些传奇十分可怕——另一些则十分忧郁、十分悲惨。希腊的悲剧大师在这些传奇中寻找他们的题材，然后把它们塑造成各种世所未见、悲惨严酷的不幸结局——给孩子们讲的故事竟是用这些材料加工而成的！这些故事如何才能被净化呢？灿烂的阳光又如何能照进其中呢？

但尤斯塔斯告诉我，这些神话都是世界上最非凡的东西，每当把一个神话改编成故事，他总会感到震惊，因为每个神话都作好了准备，让自己适应童真无邪的听众。那些令人反感的特征好像是一种寄生物，和神话本身并无本质联系。一旦他把富有同情的想象力置于这个纯真的小圈子，当圈子里的孩子一个个瞪大眼睛，用渴望的眼神盯着他时，那些令人反感的特征便会全部脱落，不复存在。因此，这些故事用不着叙述者牵强吃力地讲述，只需与其固有的胚芽调和一致，便会自我改变，重新拾取它们在纯真的儿童世界中原本就可能存在的形式。第一位诗人或罗曼司小说作家讲述这些不可思议的传奇之时（这是尤斯塔斯·布莱特的观点）还是在黄金时代。那时，邪恶还未降世，悲伤、灾祸、犯罪都还只是人们心里想象出来的影子，人们想象出这些影子只为抵御现实中过于灿烂的阳光——又或者，至多是些痴语梦呓，连做梦的人自己醒来后也不相信梦中之事。如今，在所有人之中，只有孩子能代表那个欢乐的时代。因此，我们必须把我们的智力和想象力提升至孩子的水平，这样才能再造原始的神话。

我认真聆听这位年轻人的滔滔不绝，我想让他讲个痛快、讲个尽兴，我乐见他凭借自信与行动开创的作家生涯。他以自信与行动创作的故事需要几年时间的检验，这些时间是必要的。同时，我们可以说，他真的似乎克服了对这些神话故事的道德非议，尽管，在没有我的任何帮助下，这种克服是以违背故事原本的结构为代价的，一定会以原本故事的自身缺陷为借口。的确如此。除此之外，违背原本故事的结构还有一个必要性——那就是，除非把那些传说故事完全变成个人的东西，否则就无法触及它们的内在生命——这里无须作任何辩解。

尤斯塔斯告诉我，他已经在不同场合给孩子们讲过这些故事：在树林中，在湖泊边，在荫翳小溪的溪谷中，在游戏室里，在唐格尔伍德山庄的炉火边，在壮丽的冰雪宫殿中——这宫殿还开了冰窗，是他帮那群小朋友建造的。相比已经出版问世的上一本故事集，他的听众对这本故事集更加喜欢。古典学识渊博的普林格尔先生也听了其中的两三则故事，对这些故事的批判比对《三个金苹果》的批判更加严厉。不过，不管是夸奖还是批评，尤斯塔斯·布莱特都觉得，这本书在大众读者那里，至少能获得像《一本神奇故事书》那样的成功，这是他的美好愿景。

我问了各种关于孩子们的问题，毫无疑问，我非常急切地想知道他们是否快乐安好。在这些乖巧的孩童中，有些给我写过信，想向我再要一本神话故事集。我要高兴地告诉大家，所有的孩子（除了三叶草外）都身体健康、精神饱满。尤斯塔斯还告诉我，报春花已经长成了大姑娘，但还是和以前一样尖酸。她总是自以为是，觉得自己已经过了对这类无聊的故事感兴趣的年龄。不过，尽管如此，只要开始讲故事，报春花一定会坐在听众之中，等故事讲完后，还要拿故事取笑一番。玉黍螺也长大了不少，估计再过一两个月，她会收起她的玩具宝贝屋，丢掉洋娃娃。香蕨木已经开始学习读写，开始穿夹克配马裤了——我不喜欢他的这身打扮。南瓜花、庭菖蒲、车前草，还有金凤花，他们染过猩红热，不过很快都痊愈了。黑果木、乳草和蒲公英还得了百日咳，但也都顽强地挺过来了。只要天气好，他们总会跑到户外晒太阳。这个秋天，三叶草患了麻疹，或是某种看上去十分像麻疹的东西，只不过她病了一天都不

下编：唐格尔伍德山庄故事集：又一本神奇故事书（1853）

到。可怜的三叶草因为换牙，吃了很大苦头，这令她身形消瘦、脾气暴躁，甚至笑起来都有些麻烦，因为她一笑，嘴唇里的门牙处就会露出一条缝隙，如同一扇宽大的谷仓门。不过，这一切都会过去的。可以想象，她会长成一位如花似玉的大姑娘。

至于布莱特先生自己，他现在是威廉姆斯学院大四的学生，在下一次的毕业典礼上，他应该能顺利毕业，获得某个荣誉学位。他告诉我，在他的学士学位毕业讲话中，他将从儿童故事的角度去谈古典神话，而且很想讨论有没有什么权宜之法，能把整个古往历史都利用起来，来实现相同的目的。我不知道他毕业后想从事什么工作，可我觉得，他这么年轻就涉足了作家这种危险而又充满诱惑的创作工作，今后或许不会想要成为一名职业作家。若果真如此，我会感到非常遗憾。因为，在鼓励尝试新的创作方式上，我能做的不多。

我希望能很快再见到报春花、玉黍螺、蒲公英、香蕨木、三叶草、车前草、黑果木、乳草、风铃草、金凤花、庭菖蒲，还有南瓜花。但因为我不知道何时才能再去拜访唐格尔伍德山庄，又因为尤斯塔斯·布莱特可能不会再邀请我去编辑第三本神奇故事书，所以各位小读者千万别期待还能从我这里再听到关于那群孩子的任何消息。上天保佑他们，也保佑所有人，不管是大人还是孩子！

马萨诸塞州康科德镇威赛德
1853 年 3 月 13 日

米诺陶诺斯

很久很久以前,古老的特洛曾城中有一座高耸的深山,山脚下住着一个叫忒修斯的小男孩。他的外祖父庇透斯是特洛曾的国王,英明睿智。忒修斯在王宫长大,他天资聪颖,在老国王的调教下受益良多,更加才智过人。忒修斯的母亲叫埃特拉,至于父亲,小男孩从未见过。不过,在小忒修斯最早的记忆中,埃特拉总是带他去到一片树林,坐在一块长满青苔的石头上,石头深深地陷入地里。在这里,埃特拉常常向儿子讲起他的父亲。埃特拉告诉儿子,他的父亲叫埃勾斯,是一位伟大的国王,掌管着整个阿提卡,父亲住在雅典,雅典是世界上最著名的城市。忒修斯很喜欢听母亲讲有关埃勾斯王的事情,他还常常问母亲埃特拉,为什么父亲不来特洛曾和他们一起生活。

埃特拉叹了口气答道:"啊,我的宝贝儿子,一位君主有他的臣民需要照顾。他率领众人,视民如子,因此很少能像其他父母那样,抽出时间去爱自己的孩子。你的父亲永远都不能为了来看自己的孩子而离开他的王国。"

小男孩追问:"好吧。不过,亲爱的母亲,我为何不能到著名的雅典城去,告诉埃勾斯王我是他的儿子呢?"

埃特拉说:"会有那一天的,那一天不会太远。耐心点儿,我们会等到那一天的。你还长得不够高大、不够强壮,还无法出征,踏上这段命运之旅。"

忒修斯揪着妈妈问:"那什么时候我才算足够强壮呢?"

母亲答道:"你还只是个小孩子呢。瞧,等有一天你能把我们现在坐下的

下编：唐格尔伍德山庄故事集：又一本神奇故事书（1853）

这块大石头搬起来，你就足够强壮了！"

小家伙对自己的力气很自信。他抓起石头上粗糙的凸起处，拼尽全力想要搬动石头，把自己累得上气不接下气，可石头却纹丝未动，就好像在地里生了根似的。也难怪他没办法搬动石头。要把石头从深陷的地里搬起来，哪怕一个非常强壮的成年人也要用上全部力气。

母亲站在旁边一直看着他，看着这个力量虽弱，但热情高涨的小男孩，嘴上和眼中露出一抹苦笑。见他这么小就急不可耐地想要去满世界冒险，埃特拉就不禁感到心疼。

他拼尽全力搬石头

她说："你现在该知道这块石头有多重了，亲爱的忒修斯。你必须要长到比现在强壮得多，我才能放心让你前往雅典，去告诉埃勾斯王你是他的儿子。只要你能举起这块石头，把压在石头底下的东西拿给我看，我保证，我就会同意你出发！"

从此以后，忒修斯就经常问母亲他什么时候才能去雅典。母亲则始终指着那块石头对他说，还要再过几年，因为他依然不够强壮，举不起那块石头。可是这个脸颊红润、头发蜷曲的小男孩偏偏要一次又一次地尝试搬起那块巨大的石头。可就算是巨人，若不双手并用，也很难把这块石头举起来，更何况是个孩子呢。与此同时，石头似乎一点点往地里越陷越深。青苔长满石头表面，越长越厚，到后来，石头的整个表面看上去就像一张绿色的软座，只露出几处灰色的石疙瘩。每当秋天来临，巨石上方的树枝也会将黄叶铺满石面。石头下的缝隙间长着一些蕨草和野花，有的还悄悄爬上石头表面。从外表上看，这块巨石就像是和大地本身牢牢地连为了一体。

虽然任务看起来非常困难，但忒修斯越长越壮实，他相信自己能搬起这块巨石，这一天很快就会到来。

有一次，他尝试之后惊喜地叫道："母亲，我确信石头动了！周围地上出现了一圈明显的缝隙！"

母亲应付道："不可能，这不可能，孩子！你不可能搬得动那块巨石，你现在还只是个孩子。"

忒修斯把母亲带到石头边，指着一朵花的茎部给母亲看，他觉得花茎被拔出了一截，是石头被搬动的缘故。可即便如此，母亲还是不相信。不过埃特拉叹了口气，看起来有些忧虑。因为，毫无疑问，她意识到忒修斯不再是一个孩子，而且过不了多久，她就必须让忒修斯去面对充满危险和麻烦的世界。

过了不到一年，他们又一次坐在长满青苔的石头上。埃特拉再次给忒修斯讲起有关他父亲的故事，故事被反复讲过很多遍，在故事中，父亲会高兴地在雄伟的宫殿里接见忒修斯，会把忒修斯介绍给自己的臣民，并向众人宣布忒修斯作为他的王位继承人。忒修斯眼神炽热，都没办法安稳地坐定下来听母亲把故事讲完。

忒修斯大声说道："亲爱的母亲，我从没有感觉自己像现在这样强壮，一半都没有！我不再是小孩子，不再是少年，也不是一个普通青年！我觉得我已

下编：唐格尔伍德山庄故事集：又一本神奇故事书（1853）

经长成了男子汉！现在是时候去努力尝试，把那块大石头给挪开了。"

母亲笑道："哈哈，我最最亲爱的忒修斯，还不是时候！——还不是时候！"

忒修斯却斩钉截铁地说："是时候了，母亲！——是时候了！"

说罢，忒修斯便面向石头，郑重地弯下腰，绷紧每一块肌肉，尽显男子汉的力量与决心。他内心坚定，全神贯注，使出全身力气去搬那块巨大笨重的石头，就好像那块石头是一个活生生的敌人。他奋力抬举，心中暗下决心，若不成功，便葬身于此，让这块巨石做他永远的墓碑！埃特拉站在一旁紧紧盯着忒修斯，为他鼓掌加油。身为母亲，她既自豪，又心疼。巨石动了！没错，忒修斯把巨石从长满青苔的地里缓缓地抬了起来，周围的一圈灌木和花草也连带被连根拔起，巨石最终被抱到了一边。忒修斯成功了！

他一边喘着粗气，一边欢喜地看向母亲，母亲则眼噙泪水，向他微笑。

埃特拉说："是的，忒修斯，是时候了。你不应再继续留在我身边！去看看你尊贵的父亲埃勾斯王在石头下为你留下的东西吧。当年，是他用强壮的手臂抱起巨石，将巨石搬到了你刚刚挪开的地方。"

忒修斯应声望去，发现原来巨石被放在一块石板上方，石板上有凹槽，有点类似一个做工粗糙的箱子或是匣子，压在上方的巨石实则被当作盖子。在凹槽之中有一把金柄宝剑和一双凉鞋。

埃特拉说："那是你父亲的剑，还有你父亲的凉鞋。在他前往雅典接任国王之际，他要求我把你当作普通的小孩来照顾，直到你能举起这块巨石，证明自己长成了一个男子汉。现在，我的任务已经完成。你将穿上你父亲的凉鞋，追逐他的脚步，佩上他的宝剑，与巨人和恶龙战斗，就像你父亲年轻时那样。"

忒修斯铿锵有力地说："今天我就出发去雅典！"

但母亲劝忒修斯再多留一两天，容她为忒修斯的旅程准备些必要物品。忒修斯的外祖父，就是睿智的庇透斯王，听说忒修斯打算前往他父亲的宫殿，便热情真诚地建议忒修斯乘船走海路，这样他就能在离雅典不到十五英里的地方登陆，既不会疲乏也没有危险。

米诺陶诺斯

可敬的庇透斯王说："陆路崎岖难行，而且路上还可能会遭遇强盗和野兽的袭扰。忒修斯还只是个小伙子，让他独自踏上这段危险的旅程实在令人放心不下。不，不要走陆路，一定要让他走海路！"

可忒修斯一听有强盗和野兽，便竖起了耳朵。他特别想走陆路，还希望能在路上遇见强盗和野兽。因此，第三天，他恭敬地与外祖父告别，感谢外祖父一直以来对他的施恩照顾；然后，他给了母亲一个深情的拥抱，便出发了。出发时，忒修斯的脸颊上挂满了母亲晶莹的泪水，若非要细究的话，有些是从他自己眼睛里流出来的，不过，太阳和清风很快抚干了他脸上的泪水。他手中反复抚握着黄金剑柄，穿上父亲的凉鞋，跨出充满男子气概的步伐，坚定地向前出发了。

我无法暂停故事，转而跟你们去讲忒修斯在去雅典的路上遭遇的种种冒险。这里就挑一两件他的英雄事迹来讲吧。外祖父庇透斯王曾告诫他，一路上千万要避开一些山野强盗，但忒修斯非但不避开，还干掉了所有遇见的强盗。其中一个强盗名叫普洛克儒斯忒斯。他真是个十分可怕的家伙，若是有可怜的路人不小心被他抓住，他会用一种邪恶残忍的方式拿人取乐。在他的洞穴里有一张床，他假装热情好客，请客人躺在床上休息。如若客人的身子比床短，这个可恶的坏蛋就会用蛮力把客人拉长；可要是客人的身子比床长，他就会把客人压短，然后面对自己的所作所为发笑，就好像这一切都是极为幽默的笑话。所以，不管一个人有多困乏，都千万不能躺在普洛克儒斯忒斯的床上。还有一个强盗叫西尼斯，同样也是个无恶不作的大坏蛋。他喜欢把受害者从高崖上扔进海里。为了让他得到应有的惩罚，忒修斯以彼之道换施彼之身，也把他从同样的地方扔了下去。可是，说起来怕你们不信，大海也怕玷污了自己，不愿让这个大坏蛋掉入自己怀中；而大地好不容易摆脱了他，也不肯让他再回到地上。于是，在山崖和大海间，西尼斯牢牢地被卡在了半空中，半空就这样被迫承担了他的罪恶。

在完成这些广为流传的壮举后，忒修斯又听说有一头体型巨大的母猪，母猪四处横行，令周围所有的农户都感到害怕。只要路见不平，忒修斯就会出手

下编：唐格尔伍德山庄故事集：又一本神奇故事书（1853）

相助，而不会只顾自己。因此，他杀死了这头庞然大物，还把尸体给穷人拿去做腌肉。大母猪在丛林山野之间横行之时，还是一头可怕的野兽，但把它剁成一块一块，在许多家庭的餐桌上冒热气时，它又成了一道美味佳肴。

就这样，等他抵达雅典时，忒修斯已经用他父亲的金柄宝剑干出了许多英雄壮举，被誉为最勇敢的年轻人之一，一时间名声大噪。他的名声传播得比他本人赶路的速度还要快，已经先于他传到了雅典。他刚进雅典城，便在街头巷尾听到当地居民的议论，他们说赫耳枯勒斯很勇敢，伊阿宋也是，还有卡斯托尔和波鲁克斯，而那个忒修斯是他们国王的儿子，也会和那些最了不起的人一样，成为大英雄。听到这些，忒修斯迈出更加豪迈的步伐，他觉得自己一定会在父亲的殿堂上受到隆重接待。因为，在他到此以前，他的赫赫威声已经为他吹响了喇叭，向埃勾斯王大声喊道："瞧，那是你儿子！"

忒修斯天真年少，完全不曾料想，在这里，就在他父亲统治的雅典城里，有一场巨大的危机正在等待他，这场危机比他一路上遭遇的所有艰险都更大。然而这却是事实。你们要知道，忒修斯的父亲虽然岁数不是很大，却因日夜操劳而未老先衰，近乎油尽灯枯。他的几位侄子觉得他命不久矣，意图把王国的一切权力都掌控在他们自己手中。可是，当他们听说忒修斯来到了雅典，还得知他是位十分英勇的青年，他们就明白，忒修斯绝对不会坐视他们偷走他父亲的王冠和王权，王冠和王权都应该由他继承，为他所有。因此，埃勾斯王的这些黑心侄子，也就是忒修斯的堂兄堂弟，立马变成了忒修斯的敌人。一个更加危险的敌人是美狄亚，一个邪恶的女巫；因为她是国王的现任妻子，想要把王权交给她的儿子墨多斯，而不是让忒修斯——埃勾斯的亲生儿子来继承，所以她对忒修斯怀恨在心。

说来也巧，忒修斯刚到王宫入口，便遇见了国王的侄子。得知忒修斯的身份，几位侄子都心怀歹意，想着如何对付忒修斯。他们假装想要做忒修斯最好的朋友，表示能认识他非常高兴。他们建议忒修斯，说他应该以陌生人的身份去晋见国王，想看看埃勾斯是否能通过相貌特征，发现忒修斯身上与国王自己或母亲埃特拉的相似之处，从而认出他这个儿子。忒修斯答应了。他认为，凭借心中的爱子之情，父亲一定会马上认出他来。可是，忒修斯在门口等候期间，几个侄子一同跑去告诉埃勾斯王，说有个青年来到了雅典，据他们所知，这个青年想要刺杀国王，夺权篡位。

他们还加上一句："此人现在正在门外，等待陛下您的召见！"

听到这话，老国王大声怒吼道："啊！这么说，此人穷凶极恶，狼子野心。看在上天的份上，你们说，我该怎么处置他？"

此时，邪恶的美狄亚立马抓住机会，蛊惑国王。正如我刚刚跟你们讲过的，她是个有名的女巫。据有些故事里说，她喜欢把老人放进一口大锅里煮，借口说这样能帮助他们返老还童。不过我猜，埃勾斯王不想用这种令人不安的方式重获青春，抑或是他甘愿变老，因而他从来没有"砰"的一声跳进大锅里。若不是要把有限的时间用来讲更加重要的情节，我会很乐意给你们讲一讲美狄亚的那架双轮烈焰车辇，车辇由几条会飞的大蛇牵引。女巫美狄亚经常驾驶车辇在云间兜风。事实上，就是这车辇第一次把她带到了雅典。而自从她来到这里，干尽坏事。不过，暂且抛开数以千计的坏事和其他传闻不说，单说其中一件便可见一斑。美狄亚懂得如何配制一种毒药，只要嘴唇沾上，无论是谁，都会立马毙命。

所以，当国王问起他应该如何处置忒修斯时，邪恶的美狄亚嘴里已经准备好了一套说辞。

她答道："请把他交给我吧，尊敬的陛下！您只要答应接见这个恶毒的年轻人，对他以礼相待，邀他饮酒一杯即可。陛下您是知道的，我不时会提炼一些强力的药剂自娱。现在，我手头就有一种药水，就在这个小药瓶里。至于这种药是如何配置的，那是个秘密。请一定要让我滴一滴药水到酒杯里，让那个青年喝下。我保证击碎他来此面驾的阴谋。"

美狄亚边说边笑。尽管她笑容满面，但心里却想要把无辜的忒修斯在他的父亲眼前毒死。而与绝大多数国王一样，埃勾斯王觉得，对一个被指控想要谋害他性命的人来说，任何处置都不算重。因此，他对美狄亚的计划没有提出任何反对，准备好毒酒后，就宣忒修斯晋见。酒杯就放在国王御座旁边的一张桌

下编：唐格尔伍德山庄故事集：又一本神奇故事书（1853）

子上。一只苍蝇从杯沿喝了一小口，便立马跌进杯中死了。见此场景，美狄亚朝几个侄子环视一眼，邪魅一笑。

忒修斯一踏入殿堂，眼睛便只盯着白胡子老国王看。只见老国王端坐于雄伟的宝座之上，头戴闪亮皇冠，手持一根权杖，看上去虽然庄重威严，但难掩岁月和疾病的严重侵袭。每一个年头都像是一根铅块，每一种疾病都犹如一块笨重的石头，这些加起来，统统压在他疲惫的肩膀上。悲喜交加的眼泪从忒修斯眼眶中涌出。看见亲爱的父亲身体如此羸弱，他觉得非常难过。但一想到自己能竭尽所能去辅佐父亲，能侍奉他左右，让父亲颐养天年，忒修斯便感到十分高兴。只要儿子把父亲拥入温暖的怀抱，便能让老人家重获青春，拥抱的效果比在美狄亚的魔法锅中蒸煮要强上许多。忒修斯决意去拥抱父亲。他甚至都等不及去看看埃勾斯王是否认出了自己，只想一头扑进他怀里。

忒修斯踏上台阶，走向国王，心里一直在琢磨，想要说点什么。可万千思绪涌上心头，千言万语塞满喉咙，一时间竟一句话都说不出来。因此，可怜的忒修斯不知该做什么，也不知该说什么，恨不得能把自己的一颗赤诚之心交到国王手中。狡猾的美狄亚洞悉了眼前年轻人的心中所想。此刻，她比以往任何时刻都要邪恶，因为（我都害怕告诉你们）她要使出最毒辣的手段，把这份难以言说的爱全都化为武器，毁灭百感交集的忒修斯自己。

美狄亚悄声在国王耳边说："陛下，您看出了他的窘困吗？他自知罪孽深重，所以才全身颤抖，话不能言。这个恶徒祸心已久！快！——赐他毒酒！"

眼见忒修斯走近王座，埃勾斯王仔细打量着这个年轻的陌生人。在他纯洁无邪的眉宇间，在他丰满润泽的唇形中，在他明亮温柔的双眸中，埃勾斯王似乎看到了什么东西，但他也说不上是什么，就好像与这少年似曾相识，仿佛在这少年还是孩童之时，就曾把他抱在膝盖上陪他玩耍，陪他茁壮成长，而自己则慢慢变老。可是美狄亚猜出了国王的心思，她不会放任老国王屈从于这些天然的感觉，哪怕这些感觉是来自心底的声音。这声音是在用最直白的方式告诉埃勾斯，眼前这位健硕的小伙子是我们亲爱的儿子，是埃勾斯的儿子，他是来寻亲认父的。女巫美狄亚又一次在国王耳边低语，施展巫术，迫使国王从错误的角度看待一切事物。

于是，国王决定让忒修斯喝下那杯毒酒。

他说："年轻人，欢迎你！能会见你这样一位英雄少年，我感到十分自豪。来，干了杯中之酒。你瞧，杯中盛满了美酒，这样的美酒，我只赐予那些应许之人！没有谁比你更有资格畅饮这样的美酒了。"

说话间，埃勾斯王从桌上拿起黄金高脚杯，准备递给忒修斯。可是，国王的手抖得厉害，毒酒被洒出许多，一方面是由于他身体虚弱，另一方面是因为他为杀掉这个年轻人感到难过，不管这位青年有多么邪恶。当然，还有一个原因是他的内心比头脑要更加聪慧，一想到他即将要做的事，心就在身体里发颤。为了帮他下定决心，也唯恐杯中的毒酒被白白浪费，一个侄子上前悄声对他说：

"陛下对这个陌生人的罪行还有什么疑惑吗？您看看他身上的那一把剑，他本打算拿那把剑来杀您。那把剑可真是锋利无比、寒光逼人呀，简直太可怕了！快！——让他喝下毒酒。不然他就要动手了！"

听了这话，埃勾斯胸中的所有思绪和情感都一扫而空，只剩下一个念头，眼前的年轻人死有余辜。他端坐于宝座之上，稳稳地握住酒杯，朝忒修斯递了过去。他眉头紧锁，一副王者威严。毕竟，他心气甚高，即便要杀死奸邪的敌人，也不会摆出一副虚伪的笑脸。

埃勾斯王严厉地说："喝了它！快喝下我赐给你的这杯酒！"他只有在宣判斩杀犯人时才会用这样的语气。

忒修斯伸手去接酒杯。可是，就在他要接过酒杯的那一刻，埃勾斯王的心再一次战栗起来。他的目光落在了年轻人腰间挂的金柄宝剑之上。于是收手撤回了酒杯。

他惊叹道："那把剑！你怎么会有那把剑！"

"这是我父亲的剑！"他的声音激动得忍不住发颤，他继续说，"还有这双鞋！我亲爱的母亲（她的名字叫埃特拉）从小就给我讲父亲的故事。可直到一个月前，我才拥有足够的力量，举起了那块沉重的石头，从石头下面取出这

下编：唐格尔伍德山庄故事集：又一本神奇故事书（1853）

把剑和这双鞋，来到雅典找我父亲！"

终于，埃勾斯王认出了忒修斯，他用力甩掉致命的酒杯，从王座上起身，跟跟跄跄地扑进忒修斯怀中，激动得大叫："是我儿子！是我儿子！这就对了。这就是埃特拉的眼睛！你真是我的儿子！"

我实在记不清国王那几个侄子当时是何反应。可邪恶的美狄亚眼见突如其来的这一幕，便即刻转身离开大殿，回到她自己的房间，立马开始施展魔法。不一会儿，窗外便传来蛇群的巨大咝鸣声。看哪！窗外是她的烈焰车辇和四条长着翅膀的大蛇。大蛇在空中盘绕扭曲，尾巴甩得比宫殿的尖顶还高，随时准备出发，驰骋苍穹。留给美狄亚的时间不多，她只够接走儿子，顺手偷走镶满珍珠的皇冠和国王最华贵的几件王袍，以及其他一些贵重物品。之后，她登上车辇，策"蛇"扬鞭，在王城上空盘旋。

听到大蛇的咝鸣声，国王赶忙跌跌撞撞地来到窗边，对着憎恶的女巫大声咆哮，叫她永远别再回来。

雅典城内所有人都纷纷跑出家门仰望这奇观，想到今后能摆脱女巫的掌控，大家都欢呼雀跃。盛怒之下，美狄亚和她的巨蛇一般，发出清晰的咝鸣声，只是这咝鸣声中的恶毒和怨念比巨蛇强上十倍。她坐在燃烧的车辇中恶狠狠地向外怒视，朝地上的民众摆动双手，好像在给他们施下千万条诅咒。可是，这么一来，她无意间掉落了五百颗最上等的钻石，还有一千颗大珍珠以及两千颗绿宝石、红宝石、蓝宝石、白宝石和黄宝石。这些钻石珠宝都是她从国王的保险柜里偷来的，现在就像一场五彩斑斓的冰雹，从大人和孩子的头顶倾泻而下。大家立刻上前把钻石珠宝一颗颗捡起来，送去王宫。可埃勾斯王却让大家自己留着，不用客气。只可惜他也没有更多，否则他愿意拿两倍多的钻石珠宝分给大家，因为他找到了儿子，赶跑了女巫，实在是太高兴了。可不是吗，如果你们刚刚看到烈焰车辇飞向天边之际，美狄亚的最后一个眼神有多愤恨，你就不会奇怪为什么国王和臣民觉得她走得好了。

忒修斯王子终于得到了父王的百般宠爱。老国王总爱把忒修斯叫到自己身边，与他同坐于宝座之上（那宝座足够宽，容得下二人同坐），他还不厌其烦

她登上车辇，策蛇扬鞭，在王城上空高高飞起

下编：唐格尔伍德山庄故事集：又一本神奇故事书（1853）

地听忒修斯讲自己的母亲，讲自己的童年，讲自己小时候为举起那块沉重的石头所付出的种种努力。不过，忒修斯是位十分勇敢、特别活跃的年轻人，他不愿成天把时间花在讲那些陈年旧事上。他胸怀大志，想去完成更多的英雄壮举，完成一些值得写成史诗、为人传唱的英勇事迹。他定居雅典没多久，就擒住了一头可怕的疯牛，把它五花大绑，带到人前示众。善良的埃勾斯王和臣民百姓无不对他啧啧称奇，心生敬佩。可是没过多久，他就接受了一项任务，和这项任务相比，他原先所有的冒险似乎只不过是孩子的小打小闹。事情是这样的。

一日清晨，忒修斯王子一觉醒来。他觉得自己肯定做了一场十分悲伤的梦，即便已经睁开双眼，那梦境依然在他脑海中萦绕。四周似乎依旧回荡着悲伤的哀号声。他倾耳细听，听到一阵阵抽泣声、哽咽声、恸哭声，夹杂着深沉的叹息声从王宫、从街道、从庙堂、从城里的各家各户中传来。这些悲痛的声音发自成千上万颗内心，汇聚成一腔哀鸣，把忒修斯从睡梦中惊醒。忒修斯赶紧穿好衣服（也不忘穿起那双凉鞋，佩上金柄宝剑），立刻面见国王，询问国王到底发生了何事。

埃勾斯王长叹一口气道："哎，我的儿呀，眼下手头有件烦心事儿，让人十分难过！又到了一年里最心痛的一天。每年的今日，我们都要抓阄，决定雅典城里哪些少男少女要被当作祭品，送给凶恶的米诺陶诺斯吃掉！"

忒修斯王子惊呼道："米诺陶诺斯！"他就像一位英勇的王子该有的样子，抬手握住剑柄。他问："那是怎样一只怪物？难道豁出性命，都不能把它干掉吗？"

然而埃勾斯王摇了摇高贵的头，为了让忒修斯明白想干掉它是不可能的，埃勾斯王给他讲述了整件事的来龙去脉。事情大概是这样的，在克里特岛上住着一只相当凶恶的怪物，名叫米诺陶诺斯。它一半长得像人，一半长得像牛，是只狰狞可怕的怪物，想起来就令人毛骨悚然。哪怕勉强允许它存活于世，它也应该栖息在荒无人烟的孤岛上，藏身于幽深漆黑的山洞中，免得被人看到它那可怕的样貌，心生害怕。可是掌管克里特岛的米诺斯王却耗费大量钱财，为米诺陶诺斯建造了一处舒适的住所，对它悉心照料。他这样做只是为了恶作剧。几年前，雅典城和克里特岛之间爆发了一场战争，雅典人战败，被迫求和。可是对方不接受求和，除非他们答应每年向残忍的米诺斯王进献七对少男少女，供他的野兽宠物吞食。从三年前开始，这场痛苦的灾祸就降临到了雅典人头上。现在城里四处回荡的抽泣声、哽咽声、恸哭声都是众人的悲痛所致，因为天降横祸的这一天又来了，大家要抓阄选出十四名牺牲者。大人唯恐自己的子女会被选中，而少男少女则害怕自己被抽中，被那可恶的半人半兽吞进饥饿的肚中。

听到这里，忒修斯挺直腰板，好让自己显得比以往更加高大。他表情复杂，英勇无畏的神色中既充满义愤和憎恶，又饱含温柔与怜悯。

忒修斯张口道："今年，叫雅典的臣民抓阄选出六位少年就好，不用七个！我自己就是那第七个。就让米诺陶诺斯把我吞了吧，只要它做得到！"

埃勾斯王惊叫道："啊，亲爱的儿子，你为何一定要把自己置于险境呢？你是高贵的王子，你有权凌驾于百姓，免遭厄运。"

忒修斯却说："正因为我是王子，您的儿子，国家的合法继承人，才有义务担负起子民的不幸！而您，我的父亲，雅典人民的王，对他们的幸福负有天责之人，必须牺牲您最珍贵的东西，而不该让穷苦百姓的儿女受到任何伤害！"

埃勾斯王老泪纵横，他央求忒修斯，不要让他在这把年纪，尤其是在刚刚才拥有一个英勇的儿子，还没享受多久天伦之乐时就离他而去，留他孤单一人。可是忒修斯觉得自己是对的，因此不愿放弃自己的决定。不过，他向父亲保证，他绝不会坐以待毙，像一只待宰的羔羊被怪物吃掉。米诺陶诺斯若想把他当作晚餐，便少不了一番打斗。最终，埃勾斯王实在拗不过忒修斯，只好同意他去。他们准备好一艘帆船，挂上黑帆。忒修斯与其他六位英俊的少年和七位柔美的少女前往港口登船。伤心的众人陪他们一起来到海边。可怜的老国王也来了，他靠在儿子的臂膀上，一颗心就好像承载了雅典城所有的悲伤。

就在忒修斯王子准备登船之际，父亲突然想起最后还有几句话要嘱咐忒修斯。

下编：唐格尔伍德山庄故事集：又一本神奇故事书（1853）

他抓住王子的手说："我的宝贝儿子，你肯定注意到了，这艘船的风帆是黑色的，也理应是黑色的，谁叫这趟旅程充满悲伤与绝望呢。现在，我已是疾病缠身，不知道能否撑到你归航的那一天。可是，只要我还有一口气，便每天都会爬到那边的崖顶上，眺望海上是否有船只经过。我最最亲爱的忒修斯，要是你能侥幸从米诺陶诺斯的血口下逃出生天，就扯下黑帆，升起其他颜色鲜艳的帆布，要鲜艳得就像太阳一样！只要在海平面上看到鲜艳的风帆，我和大家就会知道你们将凯旋，我们会用雅典历史上从未有过的庆典和欢呼迎接你们归来！"

忒修斯应承下来，表示一定照办，然后便登船而去。水手根据风向调整好黑色的风帆，轻风将船缓缓推离海岸。风力柔弱，就像是由大家在凄凉的送别中发出的叹息汇聚而成。可不一会儿，等他们驶出海港，进入大洋，一阵强风从西北方向吹来，带着他们一路向前，激起层层雪白的浪花，气氛欢快得就像是要去办一件难以想象的美差。虽然这是一趟悲伤之旅，可我很怀疑，脱离了长者的约束，十四位年轻人是否会在整场旅程中都保持一种悲伤的基调。我猜，在还没看到克里特岛的群山之前，他们会在起伏的甲板上跳几支舞，会放声大笑几次，还会嬉戏打闹，虽然对于这帮被当作祭品的人来说，有些不合时宜。可当克里特岛通体青灰的群山峻岭透过远处的云隙出现在他们眼前时，那场景无疑让气氛重新变得凝重起来。

此刻，尽管在云雾的笼罩下，海岛看得不甚真切，群山若隐若现，但忒修斯站在水手之中，眼神炽热地望着那座海岛。有那么一两次，忒修斯感觉自己看到了某种闪亮炫目的东西，在很远的地方，从海浪间一闪而过。

他问船长："你看到那道闪光了吗？"

船长回答说："没呢，王子殿下。但我之前见过。我猜，估计是塔罗斯发出的闪光。"

此时，海上吹过一阵徐徐清风，船长忙着调整风帆，顾不上回答王子的更多问题。可是，当船以越来越快的速度驶近克里特岛时，忒修斯惊讶地望见了一个巨大无比的身影，那身影正迈着均匀的步伐，沿着岛礁边缘大步行走。只见它从一座悬崖跨到另一座悬崖，有时从一处岬角跃到另一处岬角。崖下的海浪拍打在峭壁之上，激起千层浪花，发出隆隆雷响，水沫四起，飞溅到巨人的脚背上。更引人注目的是，只要阳光照到巨大的身躯上，巨人就会闪闪发光；还有那张巨大的脸盘，也散发着金属的光泽，能在空中反射出色彩斑斓的流光。巨人衣服上的褶皱并没有随风摆动，而是沉沉地贴垂在躯干上，像是用某种金属编织而成。

船越靠近克里特岛，忒修斯就越好奇，他想知道那个巨大的东西到底是什么，它到底有没有生命。因为，虽然这东西在行走，还能做出其他一些类似生命体能做出的动作，但它的步伐有些僵硬，再加上黄铜色的外表，让年轻的王子觉得那不是一个真正的巨人，而仅仅是一台神奇的机器。那身形看起来尤为可怕，因为它的肩膀上扛着一根巨大的铜棒。

忒修斯向船长问道："这个神奇的巨物是什么？"船长此刻已空闲下来，可以回答他的问题。

船长答道："这是黄铜巨人塔罗斯。"

忒修斯问："这个巨人是个活物，还是一尊会动的铜像？"

船长答道："说真的，我也对此感到困惑。确实有人说，塔罗斯是赫淮斯托斯亲手为米诺斯王锻造的，是他在金属锻造领域的巅峰之作。可有谁见过一尊拥有智慧的铜像呢？它每日都会环绕克里特岛巡逻三圈，巡逻期间，还会赶走所有靠近海岛的船只。说它有生命吧，哪个活物能像塔罗斯这样，一天二十四小时行进一千八百英里，都不坐下来休息片刻？除非它的肌腱就是用黄铜打造的。塔罗斯就是个谜，您爱怎么想都行！"

船继续向前驶去。此刻，忒修斯已能听到巨人行进时，黄铜与岩石撞击发出的铿锵声。巨人的脚重重地踩在被海水冲刷过的岩石上，重压之下，一些岩石被踩得粉碎，掉入浪花飞溅的海涛中。等他们靠近海港，只见巨人整个身体跨立在海港的入口处，双脚稳稳地踩在两边的岬角上，高高地举起大棒，大棒的顶端没入云霄。他就以这种骇人的姿势矗立于忒修斯眼前，金属般的体表在太阳的照耀下闪闪发光。此时大家唯一担心的是，下一刻，巨人会不会挥动大

下编：唐格尔伍德山庄故事集：又一本神奇故事书（1853）

棒，使劲儿砸下，"砰"的一声，把船砸个粉碎，而不在乎可能伤害多少条无辜的生命。因为在巨人的心里没有多少怜悯，你们懂的，少得就如同一口铜钟。可是，就在忒修斯和同伴都以为大棒就要砸下来时，巨人张开铜唇，说起话来。

"陌生人，你们从何而来？"

那声音震耳欲聋，等它问完，耳边还回荡着隆隆声响，就像你在教堂听到的敲钟声，钟声响起，一时间余音绕耳，连绵不绝。

船长扯着嗓门大声答道："从雅典而来！"

铜人发出雷鸣般的声音问："所来何事？"

他边问边在空中晃动大棒，那样子比刚才更显敌意，就像要对准船身，一棒砸下，给他们致命的雷霆一击。因为，就在三年前，雅典人才和他们在克里特岛打了一仗。

船长答道："我们带来了七位少男和七位少女，他们是送来供奉米诺陶诺斯的祭品！"

黄铜巨人大声吼道："放行！"

这两个字铿锵洪亮、响彻云霄，巨人的胸腔里再次发出低沉的回响。船从港口两边的岬角间驶过，巨人开始继续巡逻。转眼间，这个神奇的哨兵就行至远处，在阳光的照耀下闪闪发亮。它迈着巨大的步伐环绕克里特岛，好像这就是它永无止境的任务。

他们一进入海港，米诺斯王的一队卫兵就抵达岸边，接管了十四位少男少女。忒修斯王子和同伴被全副武装的卫兵围住，押往王宫，面见了国王。

米诺斯是个严酷无情的国王。如果那个守卫克里特岛的巨人是用黄铜做的话，那这位掌控巨人的君主胸口或许长着一颗比黄铜还要坚硬的心，兴许应该说他是个铁石心肠的人。他皱起浓密杂乱的眉毛，看向这群可怜的雅典献祭者。其他人若是看到这群青春活力、风姿绰约、纯洁天真的年轻人，都会下令释放他们，还他们夏日熏风般的自由，让人人欢心。可是，严酷的米诺斯只顾查验这群年轻人长得是否圆润健壮，合不合米诺陶诺斯的胃口。就我而言，我倒希望米诺斯王自己成为唯一的祭品，而米诺陶诺斯也正好觉得他相当美味！

米诺斯一个接一个点着脚凳前年轻人的名字，吓得少年脸色惨白，少女应声抽泣。他用权杖挨个戳了戳每个人的肋骨（想试试他们是不是长得膘肥肉厚），然后向卫兵点头示意，遣散了他们。可当米诺斯王的眼睛落在忒修斯身上时，他格外多看了两眼，因为忒修斯的表情显得冷静而勇敢。

米诺斯严厉地问道："年轻人，你难道不怕被凶恶的米诺陶诺斯吃掉吗？"

忒修斯答道："我为崇高的事业而献身，所以我心甘情愿。倒是你，米诺斯王，年复一年，你拿七位少男和七位少女供妖怪吞食，犯下如此可怕的罪行，难道不害怕吗？邪恶的国王啊，当你审视自己的内心时，难道不会战栗吗？虽然你高坐于黄金宝座之上，身披王袍，可我要当面告诉你，米诺斯王啊，你是一只比米诺陶诺斯还可怕的怪物！"

米诺斯王发出残酷的笑声，大声问道："啊哈，你是这么看我的？明天，就在早餐时间，你就有机会作一番比较，看到底哪一个才是更加可怕的怪物，是米诺陶诺斯，还是我这个国王！卫兵，带他们下去。就让这个敢言的少年成为米诺陶诺斯的第一口食物吧！"

在国王的宝座边，站着国王的女儿阿里阿德涅（刚才我没机会告诉你们）。她是一位美丽善良的姑娘。她怀着别样的心情看着这帮命运悲惨的俘虏，那心情与铁石心肠的米诺斯王截然不同。一想到这么多年轻人要在含苞初开的花季被怪物吃掉，不知有多少幸福就这样被无端葬送，她就忍不住哭泣，发自内心地哭泣。那只怪物肯定更喜欢吃一头肥牛，甚至一头大肥猪，最膘肥肉厚的那种。而当她看到忒修斯王子勇敢坚强、临危不乱的身影时，她的同情心比之前强烈百倍。正当卫兵准备把忒修斯带下去的那一刻，阿里阿德涅扑倒在国王脚下，恳求他放这些俘虏自由，尤其是这个年轻人。

米诺斯王怒吼道："住口，傻姑娘！这跟你有什么关系？这是国事，可不是你能明白的。浇你的花去，别再惦记这群卑劣的雅典人了。他们肯定会被米诺陶诺斯当早餐吃掉，就像那只将成为我晚餐的松鸡一样！"

话语间，国王面色冷峻至极，像是要亲自吞掉忒修斯一干人等，省得米诺

下编：唐格尔伍德山庄故事集：又一本神奇故事书（1853）

陶洛斯代劳。他不愿再多听一句为这帮人求情的话，便令人把这群囚犯带了下去，关进地牢。地牢里的狱卒劝他们尽早入睡，因为米诺陶诺斯很早就要吃早餐。七位少女和六位少年很快就抽泣着睡去了。可忒修斯并没有和他们一样入睡。他明白，他比其他同伴要更加聪明、更加勇敢、更加强壮，因此他肩负保护大家的责任，哪怕身陷绝境，他也必须思考如何才能拯救大家。所以他让自己保持清醒，在黑暗的地牢里来回踱步。

临近午夜，地牢的门被轻轻打开，温柔善良的阿里阿德涅公主拿着火把，出现在门口。

她悄声问："你还没睡吗，忒修斯王子？"

忒修斯答道："还没呢！生命所剩无几，我不想把时间浪费在睡觉上。"

阿里阿德涅说："那就跟我来吧，放轻脚步。"

忒修斯不知为何一路都没看到狱卒和卫兵。不过，管他们呢，阿里阿德涅打开了所有的门栏，带他从黑暗的地牢来到了朦胧的月光下。

少女说："忒修斯，你现在就登船，回雅典去。"

少年答道："不！我绝不离开克里特岛，除非我能手刃米诺陶诺斯，拯救我一帮可怜的同伴，将雅典人从残忍的献祭中解救出来！"

阿里阿德涅轻叹道："我早就猜到你有此意。那就跟我来吧，勇敢的忒修斯！这是卫兵从你手中缴获的剑。想必你需要它，老天保佑你能善用这柄剑！"

然后，她牵起忒修斯的手，带他一路来到一片幽暗漆黑的树林。月光只能洒在树林的梢头，难以透过层层交叠的枝叶照亮前路。在阴暗的小路上前行了好一阵，他们来到一堵大理岩修成的高墙前，上面长满了爬墙植物，墨绿的藤蔓让墙壁看上去粗糙杂乱。这堵墙好像没有门，也没有窗户，就这样耸立在此，显得厚重而神秘。在忒修斯看来，这堵墙既不能翻越，也无法打穿。然而，阿里阿德涅只是举起一根纤细的手指，按在一块特别的岩石上。虽然这块岩石看起来和墙体上其他部分的岩石一样坚硬，可它一按就缩了进去，一个入口显现出来，正好能容他俩进去。他们蹑手蹑脚地走进入口，身后的岩石又回归原处。

阿里阿德涅说:"现在,我们在代达罗斯建造的迷宫里。他建好这座著名的迷宫后就生出双翼,像鸟儿一样飞离了我们这座岛。代达罗斯是个非常狡黠的工匠,不过在他所有设计高超的建筑中,属这座迷宫最为奇妙。我们只要离开入口,向里头走几步,就可能迷失方向,穷其一生都找不到回路。但米诺陶诺斯就在这座迷宫中心,所以,忒修斯,你必须进去找它!"

忒修斯问:"可是,如你所言,这座迷宫会让我迷失方向,那我怎么才能找到它呢?"

话音未落,他们就听到一声令人毛骨悚然的粗野吼叫声,那声音与一头暴怒的公牛所发出的低吼十分相似,又有点像人类发出的嘶叫。忒修斯甚至觉得在吼叫声中有一套原始的发音体系,就好像这只怪物想把嘶哑的喘息声变成一句句话语。可是,忒修斯离这只怪物还有些距离,他没办法真正断定那声音到底更像公牛的低吼还是人类嘶叫。

阿里阿德涅悄声说道:"那就是米诺陶诺斯的叫声。"她一只手紧紧握住忒修斯的手,一只手捂住跳得厉害的心口,接着对忒修斯说:"你必须循着声音的方向,绕过蜿蜒的迷宫找到它。等等!把这根丝线的一头拽在手里。我会拽住另外一头。等你成功杀掉米诺陶诺斯之后,你就可以沿着丝线回到这里。祝你好运,勇敢的忒修斯!"

于是,忒修斯左手拽住丝线的一端,右手握住金柄宝剑,随时准备拔剑出鞘,勇敢地走进了神秘的迷宫。我也说不清这座迷宫是如何建造的。可设计如此巧妙的迷宫在世间绝无仅有,可谓空前绝后。除了像迷宫建造者代达罗斯那样的大脑和世间的人心之外,没有什么能如此复杂。可以肯定的是,人心要比克里特岛的迷宫复杂十倍。忒修斯还没走出五步,回头就看不见阿里阿德涅了,再走五步,头就开始发晕。可他坚持继续前进,时而钻过一道低矮的拱门,时而登上一段阶梯,时而拐过一条弯道,时而又拐过另一条弯道,眼前的一扇门打开,身后的一扇门就会"砰"的一声关上。之后,周围的墙壁似乎带着他一起旋转起来。就在他穿行于空荡的迷宫之际,耳边一直回响着米诺陶诺斯的吼叫声,时而近,时而远。那声音十分狂怒、十分凄厉、十分刺耳,既

下编：唐格尔伍德山庄故事集：又一本神奇故事书（1853）

像公牛的低吼，又像人类的嘶叫，但与两者又都不尽相同。每走一步，忒修斯的勇敢之心都变得越发坚定、越发愤怒。因为他觉得，米诺陶诺斯的存在无论对月亮和天空，还是对我们深爱的、庄重的大地母亲而言，都是一种侮辱，这种怪物应该为自己的存在感到羞愧。

他继续前进，几片云团聚在一起，遮蔽了月亮，迷宫变得十分灰暗。忒修斯已经难以辨清他走过的迷魂道路。若不是每隔一会儿他都能感到一股力量在温柔地扯动丝线，他早就迷失方向，再也没机会找到正确的道路。他知道，善良的阿里阿德涅依然在另一端牵着丝线，为他担心，为他祈祷，给他贴身般的慰藉。噢，是的，我敢保证，有一大股人性的慰藉从纤细的丝线上传递而来。而忒修斯依然循着米诺陶诺斯那可怕的吼叫声前进，声音变得越来越响、越来越亮，直到最后震耳欲聋。在通道的每个折转和蜿蜒处，忒修斯都满心以为自己会遇见米诺陶诺斯。最终，在一片开阔的场地，就在迷宫的正中央，他果真发现了这只凶恶的怪物！

不出所料，怪物长得奇丑无比！怪物虽然只长了一对牛角，可不知怎的，它整个看上去都像一头公牛，后腿迈着怪异蹒跚的步子。如果你们恰好从另个角度看去，他看上去又完全像是个人。正因如此，怪物更显可怕。这个卑劣的东西独自在此，没有社交、没有朋友、没有伴侣，活着只是为了造孽，无法理解什么是爱！忒修斯恨它，恨得发抖，可又不由对它产生一丝同情，怪物越丑、越恶心，忒修斯的同情感就越强。怪物心怀孤独的愤怒来回踱步，不停地发出嘶哑的低吼，那声音奇妙地融入了零散破碎的语句。听了一会儿之后，忒修斯明白了米诺陶诺斯的意思，它在自怨自艾，在喊饿，在讲它有多么讨厌他人，在说它有多么想把人类都活活吃掉！

啊，这只牛头恶怪！还有，哦，乖巧的孩子们，或许有一天，你们会像我一样明白一个道理，一个人若屈从邪恶或心存恶念，从某种意义上讲，他就是米诺陶诺斯，是其他族人的宿敌，会自绝于所有美好的情感关系，就像这只可怜的怪物一样！

忒修斯害怕吗？亲爱的听众，当然不。怎么可能！像忒修斯这样的英雄怎么会害怕！米诺陶诺斯只有一颗牛头，又没有二十颗牛头。不过，忒修斯虽然勇敢，但我总认为，在危急时刻，是那条丝线上传来的拉扯感坚定了他勇敢的心，他的左手一直拽着丝线。这就好比阿里阿德涅把自己所有的勇气和力量全都传给了他。尽管阿里阿德涅的勇气与力量和忒修斯的相比微乎其微，但却似乎能让忒修斯的勇气倍增。老实说，他也需要集合所有的勇气和力量，因为此刻，米诺陶诺斯突然转过身来，望见忒修斯，立马放低了恐怖尖锐的利角，就像一头准备冲击敌人的疯牛。与此同时，它朝忒修斯发出一声巨大的咆哮，声音听上去混杂着人类的语言，但所有的语言从一只恼羞成怒的野兽喉咙里发出来，被打乱、拆解得支离破碎。

忒修斯只能猜这只怪物想说什么，靠的是怪物的姿态，而非话语。因为米诺陶诺斯的尖角比它的智慧要锐利，用处也远比他的舌头要多。但它有可能想说：

"啊，卑鄙的人类！我会用尖角将你顶穿，抛到五十英尺高空，在你掉落之时，一口把你吃掉！"

忒修斯则欠身答道："那就来吧，试试看！"他心胸十分宽广，不屑于用粗俗的语言辱骂敌人。

两边都没多说一句话，忒修斯和米诺陶诺斯展开了一场普天下最激烈的战斗。要不是这只怪物第一次向忒修斯发起冲击时偏差毫厘，一头撞在石墙上，折了一只角的话，我可真不知道结局会是如何。经此一撞，米诺陶诺斯发出歇斯底里的惨叫声，一部分迷宫被震塌，克里特岛所有的居民都把这声音错当成超乎寻常的惊雷暴雨。由于剧烈的疼痛，米诺陶诺斯用一种非常古怪的姿势围着开阔的空地狂奔。很久以后，每当忒修斯回想起米诺陶诺斯那副模样，就觉得非常好笑。但在当时，他可笑不出来。接着，两位宿敌勇猛对垒，刀光剑影，打了好久。最后，米诺陶诺斯向忒修斯扑了过去，用尖角顶伤了忒修斯的左侧，把他掀翻在地。米诺陶诺斯以为它戳中了忒修斯的心脏，便纵身一跳，张大牛嘴，准备一口咬下忒修斯的头。可就在这一刻，忒修斯一跃而起，乘其不备，用尽全身力气，一剑挥向米诺陶诺斯，正好砍在它的脖子上，牛头飞出

下编：唐格尔伍德山庄故事集：又一本神奇故事书（1853）

它那人形身躯的六尺开外，滚落到地上。

战斗就此结束！月亮随即钻出云层，照亮大地，就好像人世间所有的麻烦和所有的丑恶都被一扫而去，永不复返。忒修斯倚剑喘吁，感受着丝线的又一次拉扯。在整场鏖战中，忒修斯的左手一直紧紧地拽着丝线。他迫不及待地想把胜利的结果告诉阿里阿德涅，于是沿着丝线原路返回，很快就回到了迷宫的入口。

阿里阿德涅拍着巴掌，难以置信地感叹："你真的杀掉了那只怪物！"

忒修斯则说："这还要谢谢你，亲爱的阿里阿德涅，幸亏有你，我才能凯旋。"

阿里阿德涅说："接下来，我们得立即召集你的朋友，你们必须赶在天亮前乘船离开。如果等天亮以后你们还没离开，我父亲一定会为米诺陶诺斯报仇。"

长话短说。那些可怜的俘虏被唤醒，他们听完忒修斯所做的一切，得知自己要在黎明前逃回雅典，简直不知道这是不是一场美梦。所有人都赶忙奔向帆船，登上甲板，除了忒修斯王子。他落在众人之后，逗留在岸边，紧紧地握住阿里阿德涅的手。

忒修斯说："亲爱的姑娘，你一定要跟我们走！你实在是一个温柔可爱的姑娘，而你的父亲米诺斯王却是个铁石心肠。他对你的关爱还不如一块巨石对长在缝隙中的小花来得多！可我的父亲埃勾斯王，我的母亲埃特拉，雅典所有的父母，还有所有的子女，他们都会把你视作救命恩人，爱你，敬你。所以，跟我们走吧，要是米诺斯王知道了你的所作所为，肯定会对你大发雷霆的！"

至此，一些思想龌龊的人在妄自讲述忒修斯和阿里阿德涅的故事时，厚颜无耻地说这位高贵的皇家少女在夜色的掩护下，真的与被她救下的陌生少年私奔了，他们还说，忒修斯王子忘恩负义（他宁愿死也不愿亏待世间哪怕最弱小的生命），在乘船返回雅典的途中，把阿里阿德涅抛弃在一座孤岛上。而如果高尚的忒修斯听到这些胡言乱语，他一定会像对付米诺陶诺斯那样，对付那帮诽谤中伤的作者。勇敢的忒修斯王子请求阿里阿德涅随他离去时，阿里阿德

阿里阿德涅拍着巴掌,难以置信地感叹:"你真的杀掉了那只怪物!"

下编：唐格尔伍德山庄故事集：又一本神奇故事书（1853）

涅是这样回答的。

"不，忒修斯！"她依恋地捏了捏忒修斯的手，然后后退了一两步，继续说道，"我不能跟你走。父亲老了，除了我，没人会去爱他。虽然他如你所说，是个铁石心肠，但若失去了我，他也会心碎的。一开始，米诺斯王肯定会发火，可过不了多久，他就会原谅自己唯一的孩子。我相信，不久之后，他就会庆幸，雅典不用再送少男少女来供米诺陶诺斯吞食。我救下你，是为了你，也是为了我的父亲。再见了！老天保佑你！"

这番话如此真诚、如此温柔，说话的神情如此亲切、如此高贵。忒修斯不好意思再劝说。因此，他只能作罢，与阿里阿德涅深情告别后，就登船返航了。

不一会儿工夫，忒修斯王子与同伴便驶出海港，船头激起层层白浪，身后吹来轻轻海风。黄铜巨人塔罗斯依旧在永不停歇地执行哨兵的巡逻任务，刚好在向这片海域走来。此刻，塔罗斯离他们还很远，大家之所以能看到它，是靠它光滑的外表反射的月光。不过，它的行动就像上了发条的钟表，巨大的步伐既不能加快，又不能放慢。等塔罗斯到达港口时，他们的船刚好驶出塔罗斯的大棒能够触及的范围。不过，塔罗斯依旧跨立在两边的岬角上，想要用大棒击打帆船，可他向前够得太远，失了重心，整个身子直挺挺地跌进海里，溅起的水花高过它的身躯，就像一座倒扣的冰山。至今它还躺在那里，若是有谁想做黄铜生意发家致富的话，最好带上潜水钟，去那里把塔罗斯给打捞上来！

在返航的路上，十四位少男少女个个精神极佳，这个很好理解。他们大部分时间都在跳舞，除非侧风把甲板吹得东倒西歪。他们在预料的时间看到了阿提卡的海岸线，那就是他们的祖国。不过，我要悲伤地告诉你们，此时发生了一场不幸的悲剧。

你们一定还记得（可惜忒修斯忘了），忒修斯的父亲埃勾斯王曾叮嘱过他，万一他能战胜米诺陶诺斯，凯旋时要扯下黑色的帆布，升起颜色鲜艳的风帆。可是，他们沉浸在胜利的喜悦中，归航的路上一直在游戏、跳舞，找乐子打发时间，压根儿没想到他们的风帆是黑色、白色还是彩虹色的。事实上，他们把掌控风帆的事情全都交给了水手，全然不顾用的是什么颜色的帆。所以，

米诺陶诺斯

他以为他的宝贝儿子被米诺陶诺斯吃掉了

帆船归来,就像一只大乌鸦,和之前启航时一样,伸着黑色的翅膀。可怜的埃勾斯虽然身体虚弱,但他坚持日复一日爬上悬崖顶端,坐在崖上眺望海面,守望忒修斯王子归来。他一看到那代表毁灭的黑色风帆,就以为他亲爱的儿子,他视如拱璧、为之骄傲的儿子被米诺陶诺斯吃掉了。他无法背负这个思想包袱苟活于世,于是,埃勾斯王甘愿把王冠和权杖扔进海里(现在,这些对他来说都是无用的东西了!),然后仅仅向前踏了一步,就从悬崖上一头栽下去,可怜的老国王就这样在崖下的浪涛中溺亡了!

忒修斯一上岸就收到了父亲去世的噩耗,并得知自己成了整个国家的国王,无论他自己是否愿意。这令忒修斯感到非常悲伤。命运的转折足以让任何年轻人变得郁郁寡欢。不过,他派人把亲爱的母亲接来雅典,在如何处理国家大事方面听取了母亲的意见,逐渐成长为一位明君,深受子民爱戴。

侏儒族

很久很久以前,这个世界充满了奇人异事,大地生育了一个巨人,名叫安泰俄斯,又生育了上百万个稀奇古怪的小矮人,世人称他们为侏儒族。巨人和侏儒人是一母所生(也就是我们的大地祖母),他们是同胞兄弟,相亲相爱,共同住在遥远炎热的非洲中部。侏儒人长得实在太矮小了,他们与其他人类之间又隔着大片沙漠和群山峻岭,所以百年来,难得有人见过他们。至于那个巨人,十分高大,倒是很容易瞧见,不过为了安全起见,还是远离他的视线为好。

我猜,在侏儒族中,要是哪个能长到六至八英寸高,那他肯定算得上是族里的大个子。他们的城市看上去甚是精巧,街道宽约两三英尺,用很小的鹅卵石铺成,道路两边的住房就像松鼠笼子一般大小。国王的宫殿面积惊人,有玉黍螺的娃娃家那么大,坐落在一座宽敞的广场中央,广场差不多能用我们壁炉前的地毯铺满。他们的中央寺庙或是教堂,有那边的书桌一般高,在侏儒人的眼里,那可是一幢庄严宏伟的建筑。所有建筑的结构都非石非木,而是由侏儒族中的工匠用稻草、羽毛、蛋壳和其他一些小东西,用硬黏土代替砂浆,整整齐齐地粘起来的,就像一只只鸟窝。等太阳把建筑晒干以后,温暖舒适的程度刚好满足侏儒人的要求。

侏儒人在国土的周围因地制宜,开垦了大片田地,其中最大的一块差不多有香蕨木用来种花的一个花圃那么大。侏儒人总是在田里种上小麦和其他一些谷类作物。等到作物长高，就能为这些小矮人遮阴，如同我们走进自己世界的密林，松树、橡树、胡桃树和栗子树也能为我们遮阴一样。到了收获的季节，他们会拿起小斧头，把麦子割倒，就如同我们自己世界的伐木工人在森林中伐倒一片木林一样，以防哪根麦秆支撑不住头顶麦穗的重量而伏倒，不幸砸到某个恰巧路过的族人，导致悲剧事故的发生。哪怕麦秆不会把人砸得粉身碎骨，我敢肯定，至少也会把那个小倒霉蛋的脑袋砸得生疼。哦，还有，孩子们！侏儒人的父母都如此之小，他们的孩子和婴儿该有多小啊？他们全家或许都能钻进一只鞋子里睡觉，或是爬进一只旧手套中，在手套的拇指和其他手指的空间里玩捉迷藏！你还可以把一个一岁大的婴儿藏在顶针下面！

我刚才讲过，这些有趣的侏儒人和一个巨人是邻居、是兄弟。巨人的大比侏儒人的小还要令人不可思议。巨人实在太高了，他能抓起一根直径八英尺半的松树当拐杖。我敢向你保证，若是没有望远镜，只有患远视眼的侏儒人才能看到他的头。有时，在雾天里，侏儒人望不到巨人的上半身，只能看见他的双腿，那双腿就好像自己在来回跨步。但到了正午，等雾散云开，艳丽的阳光照在巨人安泰俄斯身上，那场面简直壮观至极。他习惯站着，俨然一座人山，总是带着满脸微笑低头看向他的小兄弟们，那只巨大的眼睛（和马车车轮一般大小，正好长在巨人的前额中央）还常常对全体侏儒人亲切地眨眼，以示问候。

侏儒人喜欢和安泰俄斯聊天。时不时会有一两个小人儿把双手合成喇叭状，透过喇叭口抬头向巨人喊道："喂，安泰俄斯兄，你好吗，我的好兄弟？"等他们细小、遥远的吱吱声传到安泰俄斯的耳朵里，巨人会回答说："相当好，侏儒老弟，谢谢啊！"那吼声如震天雷鸣，要不是从遥远的高空传来，估计能把他们最坚固的庙墙给震垮。这样的对话每天不下五十次。

还好安泰俄斯对侏儒人十分友好。要知道，安泰俄斯一根小拇指的力量就比百万个侏儒人加起来的还大。假如安泰俄斯对侏儒人的脾气就像对其他人一样坏，他可能一脚就能踢毁他们最大的城市，还不知道自己做了什么。他那龙卷风般的呼吸能掀翻上百幢房屋的屋顶，能把上千位居民卷上天去。他迈出一

下编：唐格尔伍德山庄故事集：又一本神奇故事书（1853）

巨人和侏儒人是亲兄弟

只巨脚，就可能压倒一大片人，等他再抬起脚来时，脚下肯定会是一幅惨绝人寰的景象。巨人是大地之母的孩子，侏儒人也是。巨人给予侏儒人兄长的关爱，在他们能接受的最大程度上爱护他们。侏儒人也以他们的小心脏能够承载的最大情感珍视安泰俄斯。安泰俄斯随时准备尽己所能，为侏儒人做任何与之有益的事情。比如，当侏儒人需要微风带动风车旋转时，巨人就会用他肺部自然呼吸的力道吹动所有的风车叶。当太阳太过毒辣时，他便时常就地坐下，让自己的影子从一边投向另一边，荫庇整座王国。至于一些日常之事，他会明智地放手，让侏儒人自己去处理。终究，这大概是那些大人物能为小人物做的最好之事。

简而言之，就像我刚才说的，安泰俄斯爱护侏儒人，侏儒人珍视安泰俄斯。巨人不仅身形巨大，生命也更长久，而侏儒人寿命不长，这种金兰之交已经延续了不知多少世代。侏儒族的历史记载了这份交情，在他们的古老传统中也时常提起这份厚谊。侏儒族中最德高望重的白须老者从未听闻巨人何时与他们交过恶，哪怕在他最早的先祖时代也没有过。的确，有一次，安泰俄斯一屁股坐在了五千多个参加集会的侏儒人身上（这场悲剧被记录在一块方碑上，方碑高三英尺，矗立在灾祸发生的地方）。可是一场不幸的意外，怪不得任何人。所以，侏儒人也从没把此事放在心上，只是请巨人今后小心，要仔细看看他就座的区域内有没有人。

想象一下安泰俄斯站在侏儒人中间的画面。这画面想想都觉得美好：安泰俄斯就像一座教堂的塔尖，这教堂是有史以来建得最高的，而侏儒人则像蚂蚁一样在他的脚下跑来跑去。想想看，虽然安泰俄斯和侏儒人的体格相差巨大，可他们之间却精诚团结，互助互爱！没错，我一向认为，巨人需要侏儒人胜过侏儒人需要巨人。要不是侏儒人是安泰俄斯的邻居兼崇拜者，或者说是他的玩伴，安泰俄斯或许在世界上一个朋友也没有。此前从未诞生过和他一样的人，也没有和他体格相当的人用雷鸣般的洪亮声音与他面对面聊过天。每当他站起身子，整个头没入云霄，他都觉得十分孤单，几百年来都是如此，今后也会永远如此！即便假如他能遇见另一个巨人，安泰俄斯也会想，这个世界不够大，容不下两个巨人，或许那个巨人不但不会与他做朋友，还会和他打架，拼个你死我活。但和侏儒人在一起，他就是一个最爱闹、最幽默、最快乐、最温和、总在雨云中洗面的老巨人！

就和其他所有的小矮人一样，他的小个子朋友自命不凡，总是对巨人摆出一副高人一等的姿态。

他们彼此谈论道："这家伙真可怜！他只身一人，日子过得真是无聊。虽然我们时间宝贵，但不该吝啬那点逗他开心的时间。可以肯定，他赶不上我们一半快乐，所以他需要我们去宽慰他，让他高兴。我们要善待这位老伙计！呃，要不是大地母亲非常善待我们，我们可能也是一堆巨人！"

一到过节，侏儒人便会和安泰俄斯一起玩个痛快。安泰俄斯总是全身舒展，平直地躺在地上，看上去就像一座延绵的山脉。很显然，对于腿短的侏儒

巨人给予侏儒人兄长的关爱

侏儒族

人来说，要在巨人身上从头走到脚，少说也要一个小时。他还会把手平放在草地上，让侏儒族中个子最高的一些族人来攀爬挑战，跨立在两指之间。他们一点儿也不害怕，大大方方地钻进巨人衣服的褶皱里嬉戏。每当巨人侧过头来，用脸贴着地面，他们就会大胆地走上前，向巨型山洞般的嘴巴里探望。安泰俄斯有时会突然咬紧牙关，就像要一口吞掉他们五十个人似的，而他们权当玩笑（这也的确是个玩笑）。你们若是看到这群小家伙在他的头发间钻进钻出，看到他们在巨人的胡子上荡秋千，一定会哈哈大笑。他们和巨人一起玩出了许多有趣的花样，我连一半都说不上来。不过，我知道一个最稀奇的玩法，一组男孩在他的额头上赛跑，看谁能第一个绕巨人的一只大眼睛跑完一圈。他们还有另一个有趣的玩法，就是走上巨人的鼻梁，然后从鼻尖一跃而下，落到巨人的上嘴唇上。

老实说，他们有时也像一群蚂蚁或一群蚊子，弄得巨人有些烦躁。特别是他们喜欢做一种恶作剧，用小剑和小矛去戳他的皮肤，想看看他的皮肤有多厚、有多硬。不过安泰俄斯对此一般都很宽容。虽然在睡着的时候，他偶尔也会嘟囔两句发发牢骚，那牢骚声就像一场低吼的风暴，叫他们不要胡闹。不过，更多时候，巨人只是看着他们嬉戏打闹，直到他们触发安泰俄斯巨大、沉重、笨拙的幽默感，然后他会发出一阵惊天动地的大笑，全国的侏儒人都不得不用双手捂住耳朵，否则，笑声肯定会震聋他们的耳朵。

巨人捧腹大笑："嚯！嚯！嚯！"他说："当个小家伙多有意思呀！若我不是安泰俄斯，我就想当侏儒人，就为了这句笑话！"

世界上，只有一件事情令侏儒人感到烦心。他们和鹤群之间经常爆发战争，自从长寿的巨人记事起，战争就一直在延续。战斗总是非常激烈，双方各有胜负。有些史学家说，侏儒人喜欢骑在羊背上作战。不过这些动物对侏儒人来说都太过巨大，他们根本骑不了。所以，我猜他们骑的多半是松鼠、兔子、老鼠或是刺猬，刺猬满身的尖刺对敌人来说是极大的威胁。无论如何，不管侏儒人骑的是什么，我都不怀疑他们在战场上表现出的强大气场。只见他们手握长矛利剑，挎上弓弩箭矢，吹起袖珍号角，喊出细小的杀声。他们总能相互激

★ 下编：唐格尔伍德山庄故事集：又一本神奇故事书（1853）

他们和鹤群之间经常爆发战争

励，奋勇杀敌，总会提醒自己世界在关注他们。虽然，事实上，只有安泰俄斯一人睁着额头中间那只巨大呆滞的眼睛观战。

两军交锋之际，鹤群会冲上前去，拍打翅膀，伸展脖子，有时还会用喙叼起几个侏儒人。每当遇到这种情况，大家都会看到一幅令人惊奇的场景：那些被叼起的小人儿会在半空中拼命地踢腿挣扎，最终消失在鹤鸟曲长的喉咙里，被活活吞掉！你们要知道，一个英雄必须时刻准备面对任何命运。英勇牺牲的荣耀对他们来说是一种慰藉，哪怕是死在鹤鸟的砂囊里。如果安泰俄斯发现战斗对他的小同伴不利，他一般会停止嬉笑，跨着一步一英里的大步跑去增援。他会高高地挥舞大棒，朝着鹤群大吼，鹤群见状，会嘎嘎乱叫一通，然后立马撤退。然后，侏儒族的军队会得意扬扬地凯旋，把整场胜利都归功于他们自己的骁勇，归功于随便哪个时任统领的战术战略。在接下来的一段无聊时光里，听说他们会举办盛大游行、公共聚餐、璀璨灯会和杰出军士的蜡像展出，蜡像和真人一样矮小。此外，就别无他事了。

在刚刚讲到的战事中，如果一个侏儒人凑巧拔下一只鹤鸟尾巴上的羽毛，他一定会把这根大羽毛插在帽子上，向族人炫耀。说出来恐怕你们不信，有那么一两次，一个族人被选为国家元首，不是因为有什么其他功绩，而是由于他带回了一根这样的羽毛。

不过，到现在为止，我已经讲得够多了，你们也都了解了这群小家伙有多英勇，他们和他们的先祖与巨大无比的安泰俄斯生活在一起有多惬意。话说，没人知道他们已经延续了多少代。在接下来的故事中，我要跟你们讲一场战斗，这场战斗比侏儒族与鸟群之间的战斗要惊心动魄得多。

有一天，强壮的安泰俄斯正舒展全身，懒洋洋地躺在他的小个子朋友当中。他把松树手杖平放在地上，紧靠身边。他的头枕在王国的一头，脚却伸出了王国另一头的边界。他怎么舒服就怎么躺着，侏儒人则爬上他的身体，窥探他巨洞般的嘴巴，在他的头发间玩耍。有时候，有那么一两分钟，巨人会打个盹，鼾息就如猛烈的飓风。有一次，就在他打瞌睡的时候，一个侏儒人刚好爬到他肩上，就像是爬上了一座山巅，好眺望四周的风景。远处，他似乎瞧见了什么东西，于是揉了揉眼睛，仔细看去。一开始，他以为那是一座大山，寻思着地上怎么会突然冒出一座大山。可下一刻，他发现那座山在移动。等它越靠越近，结果发现竟然是个人。对侏儒人来说，这身形巨大，虽然没有安泰俄斯那么大，但要比当今我们见过的所有人都要高大得多！

最终，这个侏儒人发现他没看走眼，便以最快的速度跑到巨人的耳边，弯腰对着耳洞，使尽全力向里头大喊道：

"醒醒，安泰俄斯大哥！起来，赶快，操起你的松树手杖。有个巨人来找你决斗了！"

安泰俄斯半睡半醒地嘟囔道："哎呀，哎呀！别瞎说，小老弟！没看见我在睡觉吗？这世上没有哪个巨人值得我起身！"

可侏儒人又看了一眼，发现此刻，陌生人正径直朝平躺的安泰俄斯走来。

下编：唐格尔伍德山庄故事集：又一本神奇故事书（1853）

每走近一步，身形都越发清晰，越不像一座青山，而是一个非常高大的巨人。侏儒人瞬间慌了，一个庞然大物就在眼前，他不可能搞错。只见这个巨人头戴黄金头盔，身穿光面胸甲，在阳光的照耀下闪闪发亮。他的腰间挂着一柄佩剑，背上披着一张狮皮，右肩上扛着一根棒子，那棒子看起来比安泰俄斯的松树手杖更粗、更重。

这时，整个侏儒族都看见了那个从未见过的奇人，他们上百万人一同喊了起来，发出清晰可闻的惊叫声。

"快起来，安泰俄斯！赶快清醒清醒，你这个懒巨人！眼下又来了一个巨人，和你一样强壮，是来找你打斗的！"

睡眼蒙眬的巨人低声吼道："胡说，胡说！我还要睡一会儿，管他谁来了！"

陌生人还在一步步逼近。此时，侏儒人能清晰地拿他和巨人作对比。虽然他没有巨人高大，可他的肩膀比巨人的还宽。说真的，这可真是一对了不起的肩膀！我在另一篇故事里跟你们讲过，很久以前，这对肩膀曾擎过天！侏儒人比他们那个笨蛋大兄弟活跃十倍，他们无法忍受巨人迟缓的行动，打算帮他站起来。所以他们不断对着巨人叫喊，甚至拿剑去戳他。

他们大声叫道："快起来，快起来，快起来！站起来，你这懒骨头！那个陌生巨人的棒子比你的还要大，他的肩膀是我们见过最宽的，我们觉得你俩之间，他更强壮！"

安泰俄斯无法忍受有人说哪个凡人和他一样强壮，一半都不行。侏儒人的后半句话比利剑更加刺痛了安泰俄斯。他坐起身来，心情郁闷，打了个大大的哈欠，揉了揉眼睛，这才转动他那愚蠢的脑袋，向小同伴们急切指给他的方向看去。

他一望见那个陌生人，就立马跳着站起身来，捡起手杖，大步流星地走出两三千米，向陌生人迎去，手中坚韧的松树在空中挥得呼呼作响。

巨人发出雷鸣般的声响问道："你是谁？为何闯入我的领地？"

安泰俄斯身上有一种神奇的力量，我还没来得及告诉你们。我怕你们一下子听到那么多奇闻逸事，会连一半都不信。下面，我要告诉你们，这个令人生畏的巨人只要接触到大地，不管是他的手、他的脚，还是身体的其他任何地方，都会变得比之前更强。你们肯定还记得，大地是他的母亲，在大地母亲的一众儿女中，他的个头几乎是最高大的，因此母亲非常疼爱他，于是想出了这个方法，让他始终充满活力。有人称，他每次接触到大地，都会变强十倍；又有人说，只能变强两倍。不管如何，大家想想看！安泰俄斯只要出来散步，假设只走十英里，又假设他的步幅为一百码，你们可以试着算算，等他坐下来时，他比开始散步之前要强壮多少倍。只要他躺在地上休息，哪怕下一秒就马上起来，他都会比原来的自己强壮十倍。对世界来说，好在安泰俄斯性情懒惰，喜静不喜动。如果他像侏儒人那般欢腾，和他们一样频繁地接触地面，他早就强大到能把天扯下来，扯到大家的耳边。可像他这样笨手笨脚的家伙全都像大山一样，不仅是因为他们个头大，而且还因为他们都懒得动。

除了安泰俄斯现在遇见的这个人外，其他任何凡人见了他，都会被他凶恶的外表和可怕的声音吓个半死。可眼前的陌生人看起来似乎一点儿也不紧张。他漫不经心地举起大棒，握在手中戏耍掂量，眼睛从头到脚打量着安泰俄斯，对他高大的身躯似乎并不感到惊讶，就好像他曾经见过许多巨人，而眼前的这个巨人并不是他见过最大的。实际上，哪怕这个巨人长得跟侏儒人一样大小，陌生人也不会少害怕一点。侏儒人此刻全都站起身来，竖起耳朵，想知道接下来会如何。

安泰俄斯再次咆哮着问道："我问，你是谁？你叫什么名字？为何而来？快说，你这个无赖。不然，就用我这根手杖，试试你的脑袋有多硬！"

陌生人平静地回答说："你这巨人可真是粗鲁，或许，在我走之前，会教你一些基本礼貌。至于我的名字，我叫赫耳枯勒斯。我来这里，是因为这是通往金苹果园最近的一条路。我要去那里摘三个金苹果，献给欧律斯透斯王。"

安泰俄斯的脸色比刚才越发冷峻，他吼道："你这个卑鄙的胆小鬼，你的路走到头了！既然来了，就别想回去！"他听说过强大的赫耳枯勒斯，并对他怀恨在心，因为大家都说他强壮无比。

下编：唐格尔伍德山庄故事集：又一本神奇故事书（1853）

赫耳枯勒斯问："我想去哪儿就去哪儿，你又如何能阻止我呢？"

安泰俄斯紧锁眉头，把自己扮成非洲大陆上最丑陋的怪物，然后大声叫道："就用这棵松树揍你一顿！我比你强壮五十倍。现在我又脚踏大地，就要比你强上五百倍！我不屑于杀看起来像你这样的小矮子。我要把你变成奴隶，你同时还得做我兄弟的奴隶，供这帮侏儒人驱使。丢掉你的大棒和其他武器。至于那张狮皮，我打算用它来做一副手套！"

赫耳枯勒斯举起大棒说："有本事你就过来，把我扳倒！"

于是，巨人露出了狰狞的笑容，像一座塔山一样，朝陌生人大步走去（每走一步都比原来强壮十倍），他抡起松树，朝赫耳枯勒斯一记猛击，赫耳枯勒斯用自己的棒子挡下他的攻击。赫耳枯勒斯比安泰俄斯更加善战，他对准巨人的头顶就是一记反打，一棒就把高大笨重、像山一样的巨人直挺挺地打倒在地。矮小可怜的侏儒人看到这番场景，惊慌失措。他们做梦都没有想过，有谁会如他们兄弟安泰俄斯强壮，哪怕有他一半强壮。可巨人刚一倒地，便立刻跳着站了起来，力量比刚才又大十倍，盛怒的神情看上去非常可怕。他对准赫耳枯勒斯又是一击，可是，由于被愤怒冲昏了头脑，这一击打偏了，砸在了可怜无辜的大地母亲身上。一棒下来，大地母亲不禁痛苦呻吟，浑身颤抖。他的松树深深插进了地里，被牢牢卡住，还没等他拔出来，赫耳枯勒斯朝着他的肩膀又是一记重击，巨人忍不住痛苦哀嚎，就好像各种不堪忍受的声音都从他巨大的肺里呼啸而出，就是那种哀嚎声！声音传播开来，越过高山，穿过峡谷，似乎连非洲沙漠的另一边都能听见安泰俄斯的惨叫声。

另一边，侏儒人的都城在空气的冲击震荡中化为废墟。三百万侏儒人扯起小嗓子，发出惊声尖叫。即便没有他们的助威呐喊，现场也是一片喧嚣。他们认为，他们显然把巨人的吼叫声扩大了至少十倍。与此同时，安泰俄斯再次爬了起来，一把拔出插在地里的松树。他怒火中烧，比刚才更加强壮，简直强壮得离谱，他冲向赫耳枯勒斯，再次挥下一记重击。

安泰俄斯愤怒地嚷道："你这个无赖，这次，你逃不掉的！"

可是，赫耳枯勒斯再次用棒子挡下了这一击，巨人的松树被拦腰折断，崩裂成上千片碎屑。绝大多数碎屑飞向侏儒人，对他们造成的伤害比我想象的还要大。安泰俄斯还来不及拉开距离，赫耳枯勒斯再次发动攻击，又一次把安泰俄斯打了个倒栽葱，但结果却是安泰俄斯原本就势不可挡的力量变得更加强大。此刻，很难说他内心的怒火已经达到了什么程度。那只独眼冒着一圈通红的火焰。现在，他没了武器，只剩双拳，于是他握起拳头（每个拳头比猪头都大），双手对拳，愤怒地跳脚，完全陷入了癫狂，巨大的手臂四面挥舞，样子看上去不仅想要杀掉赫耳枯勒斯，还想要入侵全世界，要把整个世界都砸得支离破碎！

巨人发出雷鸣般的声音吼道："再来！只要我一拳打在你脸颊上，你就再也不会头痛了！"

赫耳枯勒斯很强壮，你们知道的，他能把天都撑起来。但此时，他开始意识到，继续这样把安泰俄斯打倒在地是没有办法赢他的。因为，如果赫耳枯勒斯不断对安泰俄斯挥出重拳，在大地母亲的帮助下，毫无疑问，安泰俄斯迟早会变得比强大的赫耳枯勒斯更有力量。因此，赫耳枯勒斯扔掉了手中的大棒，他用这根大棒打过很多场恶仗。这位英雄准备徒手与对手搏斗。

赫耳枯勒斯大声叫道："来呀！你的松树手杖已经被我折断，下面我们来比试比试，看看摔跤谁更厉害！"

巨人喊道："哈哈，好吧，我就满足你！你这个混蛋，我会把你扳倒在地，让你再也爬不起来！"要说有什么东西让巨人最得意，那就是他的摔跤技能。

只见安泰俄斯冲上前去，带着满腔怒火一跃而起。他每跨一步都能获得新的力量来发泄心中的盛怒。但你们要知道，赫耳枯勒斯比这个呆笨的巨人可要聪明多了，他不仅想出了战斗之法，还想出了制胜之策，哪怕敌人是大地所生的巨怪，哪怕大地之母会为敌人提供各种帮助。就在发疯的巨人冲向赫耳枯勒斯之际，赫耳枯勒斯看准时机，双手一把钳住巨人的腰身，高高地举到半空，举过头顶。

想想看，亲爱的孩子们！一个庞然大物悬在半空，面朝地上，双脚一阵乱

★ 下编：唐格尔伍德山庄故事集：又一本神奇故事书（1853）

蹬，巨大的身子扭来扭去，这是怎样的一幅场景啊！那样子，就像一个小婴儿，被父亲双手举起，对着天花板举高高。

可是，最神奇的是，一旦安泰俄斯离开了地面，他之前靠接触大地获得的力量就会开始流失。不一会儿，赫耳枯勒斯就发现，这个棘手的敌人变得越来越虚弱，因为他挣扎和蹬脚的力量不再凶猛，雷鸣般的吼叫也逐渐变弱，衰减成阵阵嘟囔。实际上，巨人至少每五分钟就要接触一次地面，否则，不仅会失去超乎寻常的力量，就连维持生命的呼吸也会离他而去。赫耳枯勒斯已经猜到了这个秘密。我们最好都要记住这个秘密，万一以后我们要跟安泰俄斯这样的家伙打斗呢。因为，那些大地所生的物种很难在地上被制服，可如果我们能想办法把他们举到更高的地方，或许就能将它们制服。可怜的巨人证明了这一点，我真为他感到难过，尽管他对待陌生来访者的态度不甚礼貌。

等巨人的力气和呼吸都完全消失，赫耳枯勒斯把他庞大的身体一扔，扔出一英里远。巨人重重地摔在地上，一动不动，就像一座沙丘。大地母亲此刻就是想帮，也为时已晚。如果巨人笨重的遗骸还躺在原地的话，若是有谁把它当成一堆大得出奇的大象骸骨，我一点儿也不感到惊讶。

不过，哎！侏儒人看到他们巨大的兄弟就这样被残忍地打死，可怜的小家伙发出痛苦的悲嚎。可是，即便赫耳枯勒斯听得到他们的哭喊声，他也没有在意，或许他以为那只是一群小鸟尖细的悲啼声，他们只是在鸟巢中被他和安泰俄斯战斗的骚乱吓到而已。的确，他把所有的注意力都放在了巨人身上，根本一眼都没瞧过侏儒人，更不知道世界上竟然还有这样一个有趣的袖珍族群。由于之前已经赶了很长一段路，后来又经过一番打斗，此时，赫耳枯勒斯感觉十分疲惫，于是把身上的虎皮铺在地上，躺在上面，很快就睡着了。

眼见赫耳枯勒斯准备睡觉，侏儒人就彼此点了点小脑袋，眨了眨小眼睛。悠长、均匀的鼻息声表明赫耳枯勒斯已经睡去，他们便团聚在一起，大批的人群占据了差不多二十七平方英尺的面积。他们之中最能言善辩的一位演说家（除此之外，他也是一位非常英勇的战士，虽然相比使用武器，他更擅长言辞）爬到一株菌菇的顶上，站在高处，向人群喊话。他的感想大致如下，或

侏儒族

者说，不管怎样，下面这些内容大概就是他讲话的主旨：

"伟大的侏儒族同胞们，勇猛的小矮人们！刚刚，在光天化日之下，我们眼睁睁地看到一场灾祸发生在我们眼前，对我们神圣威严的族群来说，这简直就是耻辱。我们的伙伴、我们的兄弟安泰俄斯就躺在那里，在我们的领土上，被一个罪大恶极的人给杀了，那个人抓住了安泰俄斯的弱点，用一种前所未见的方式同他打斗（如果那种方式能被称为打斗的话），不管是普通人，还是巨人，抑或是侏儒人，在此之前，大家做梦也想不到那样的打斗方式。那个大恶棍不但对我们犯下了滔天罪行，还强烈地羞辱我们。此时，他已经沉沉睡去，似乎对我们的愤慨不以为意！亲爱的同胞们，大家必须仔细想想，如果我们忍气吞声，不施加报复，我们将如何在世界立足，历史又将对我们作何评判？

"安泰俄斯是我们的骨肉兄弟，我们一奶同胞，亲爱的母亲赐予了我们血肉，也赋予了我们勇敢的内心。安泰俄斯为我们的血亲关系感到骄傲，他是我们忠实的伙伴，时常为我们而战，只为维护我族权益不受侵犯，就如同维护他自己的一般。我们和我们的先祖一直都与他睦邻相处，友好往来，像这样真诚坦率的交往，已经记不清经历了多少代人。大家一定还记得，我们全族人时常躲在他广阔的影子里休息，也一定还记得，我们的族人如何在他纠缠打结的头发间玩捉迷藏，他强有力的脚步是如何在我们之中娴熟地走来走去，却连我们的脚趾头都没踩到过。这个亲爱的兄弟就躺在那里——这个温柔和善的朋友——这个勇敢忠诚的伙伴——这个善良的巨人——这个无可挑剔、至诚高节的安泰俄斯——他死了！他死了！无声无息！无力回天！只剩一座土堆！抱歉，我忍不住流泪！不仅如此，我也看到了你们在流泪！如果我们用泪水淹没世界，世界会责怪我们吗？

"不过，我还要说！同胞们，我们能够放任这个用奸诈的手段取得胜利的邪恶之徒毫发无伤地离开，带着胜利回到那个离我们遥远的国度吗？我们难道不应该把他杀掉，让他的骸骨留在我们这片土地上，摆在我们兄弟的骸骨旁边吗？这样，其中一副骸骨会如一座永恒的纪念碑，寄托我们的哀思，而另一副则可被当作警示，永久留存，让所有族群都知道惹怒侏儒族的下场！这个问题

★ 下编：唐格尔伍德山庄故事集：又一本神奇故事书（1853）

很重要！我满怀信心地提出这个问题，希望得到一个无愧于我们族群志气的答案。我们的先祖把这份荣耀传承给我们，在与鹤鸟的战斗中，我们自豪地维护了这份荣耀，这份荣耀只能增添，容不得半点减损。"

说到这里，人群中爆发出一阵难以抑制的热烈欢呼，打断了演说家的演讲。每一个侏儒人都在呼喊，要不惜一切代价维护族群荣誉。演说家欠身致谢，然后抬手示意，请大家安静，以接下来令人称赞的话语结束了他的高论。

"接下来，我们唯一要做的，就是决定我们是否要举全民之力继续战斗，以一个团结的族群来对抗一个公敌——或者选一位在过往战斗中战功赫赫的勇士，以一对一决斗的方式，挑战杀死我们兄弟安泰俄斯的凶手。如果选择后者，我要在此自告奋勇，主动担下这份令人羡慕的责任，即便我清楚地知道你们其中有些人比我高大。可是，请大家相信我，亲爱的同胞们，无论我是生是死，这片伟大土地的荣耀，我们从英勇的先辈那里薪火相传的声誉，都不会在我的手中有半点减损。我会拔出利剑，丢掉剑鞘，只要我还能挥舞这柄利剑，就绝不会辱没名声！绝不，绝不，绝不，哪怕我像安泰俄斯那般，被那双杀死安泰俄斯的手，被那双沾满鲜血的手打倒在地，我也要用生命来捍卫这片土地的荣耀！"

说罢，这位勇敢的侏儒人掏出武器（武器看上去很糟糕，大概有铅笔刀的刀片那么长），挥手把刀鞘从众人的头顶甩了出去。他的演说得到了全场听众的热烈掌声，毫无疑问，他的爱国与自我牺牲的精神值得大家为之鼓掌。要不是沉睡的赫耳枯勒斯发出一声沉重的鼻息声，就是我们通常所说的鼾声，他们可能不会安静下来，掌声和欢呼声可能还会持续很久。

最终，侏儒人决定，他们要全员出动，消灭赫耳枯勒斯。要知道，这样做的目的并非因为他们觉得单个勇士不能把赫耳枯勒斯置于刀剑之下，而是因为赫耳枯勒斯是全族公敌，所有人都想分享把他打倒的荣耀。接着，族人之间又开始争论，为了维护侏儒族的名誉，需不需要派一名使者，带上喇叭，爬到赫耳枯勒斯的耳边，朝他的耳朵里吹响号角，向他正式宣战。可有两三个年长睿智、擅长处理族内事务的老者认为，战争已经开始，对敌人发动突然袭击是他们的正当权利。况且，如果赫耳枯勒斯醒来，让他站起身来，在将他再次打倒之前，他或许会给全族人带来灾难。因为，就像这些德高望重的参事所言，赫耳枯勒斯的棒子实在太大了，打在安泰俄斯的头顶上时，还会发出雷电霹雳般的响声。所以，侏儒人决定不拘小节，立刻对敌人发动攻击。

于是，全族所有将士纷纷拿出武器，勇敢地向赫耳枯勒斯进军。而此时，赫耳枯勒斯还在倒地熟睡，做梦都想不到会有一群侏儒人想要谋害他。两万名弓箭手走在最前面，个个都搭箭拉弓，准备就绪。另有两万名勇士依照命令爬到了赫耳枯勒斯身上，一些人拿铲子去挖出他的眼睛，另一些人则抱起一捆捆草垛和各种各样的垃圾，堵住他的口鼻，想令他窒息而亡。可最终，这些方式都没能达到预期效果。因为敌人的气息从鼻腔里冲出，形成一阵狂放的飓风和漩涡，侏儒人一靠近，就会立刻被这股气息给吹跑。因此，大家觉得，想要打赢这场仗，还得想其他办法。

各部将领经过一番商讨之后，命令各自队伍搜集树枝、秸秆、干草等所有能找到的易燃物，然后围着赫耳枯勒斯的头，高高地堆成一个圈。成千上万的族人参与了这场行动，不一会儿工夫，他们就搬来了十多千克易燃物，把东西堆得老高，然后爬到顶部，差不多和赫耳枯勒斯的脸一样高。同时，弓箭手在射程范围内列队站好，等待指令，随时准备对赫耳枯勒斯发动攻击。一切准备就绪，一根火把点燃了干草堆，干草堆迅速燃起烈焰，不一会，火势蔓延开来，只要赫耳枯勒斯躺着不动，就会被大火烧死。别看侏儒人生得十分矮小，要知道，任何一个侏儒人都能点燃全世界，在这一点上，他们和巨人没什么区别。所以，只要他们能限制住赫耳枯勒斯的行动，然后一直用火烧他，这便是最好的克敌之法。

可没烧多久，赫耳枯勒斯就弹了起来，头发上还燃着火苗。

刚从睡梦中惊醒的他迷迷糊糊地大声叫道："这是怎么啦？"他瞪大眼睛环视四周，仿佛期望再遇见一个巨人。

就在这时，两万名弓箭手拉满弓弦，箭声如雨，铺天盖地，就像成千上万只疾飞的蚊子，朝赫耳枯勒斯扑面而来。可是，赫耳枯勒斯的皮肤又硬又厚，

下编：唐格尔伍德山庄故事集：又一本神奇故事书（1853）

你们懂的，英雄的皮肤都这样，我怀疑只有六七支箭扎破了他的皮肤。

整个侏儒族立刻大叫起来："恶棍！你杀害了巨人安泰俄斯，他是我们伟大的兄长，我们族群的伙伴。我们要与你决一死战，让你血债血偿！"

听到这么多尖声细语，赫耳枯勒斯感到十分诧异。他拍灭了头上的火苗，四下凝望，可什么也没看到。最终，他定睛往地面上一看，才发现脚边聚集的无数侏儒人。赫耳枯勒斯弯下身子，用大拇指和食指拎起离他最近的一个，放在左手手心上，举到眼前端详着。被拎起的恰好是那个站在菌菇顶上发表演说，要自告奋勇代表全族与赫耳枯勒斯单挑的斗士。

赫耳枯勒斯惊奇地问道："小家伙，你到底是谁？"

那个勇敢的侏儒人扯着嗓子叫道："我是你的敌人！你杀害了巨人安泰俄斯，他是我们的同胞兄弟，也是我们伟大民族世代交好的忠实盟友。我们要让你血债血偿。我还要以个人的名义向你发起挑战，即刻来一场公平的对决！"

赫耳枯勒斯被眼前这个侏儒人的豪言壮语和决斗的姿势逗乐了。他忍不住放声大笑，笑得忘乎所以，前仰后翻，差一点把可怜的小东西从手掌心甩出去。

赫耳枯勒斯大声说道："老实说，我想，在此之前，我见过许多神奇的物种，有九头蛇、金角鹿、三头犬、长着六条腿的人、肚子里有火炉的巨人，还有一些没人认得的东西！但此刻，和站在我手掌心的神奇小矮人相比，全都不足为奇！这位袖珍朋友，你的身子只有一个正常人的手指大小。你的胆识又有多大呢？"

侏儒人不甘示弱地说："和你的一样大！"

赫耳枯勒斯被这个小矮人的英勇无畏所触动，英雄之间那种惺惺相惜之感油然而生。

赫耳枯勒斯向庞大的族群鞠躬致敬，他说："英勇的小家伙，无论如何，伤害像你们这样勇敢的族群绝非我本意！在我看来，你们胆识非凡，我以个人名誉保证，我很惊讶，你们小小的身躯里如何装得下这般胆识。我向你们求和，为表诚意，我会后撤五步，第六步就退出你们的领地。再见！我会留心脚下，以免一脚下去，踩到你们五六十个同胞而不自知。哈哈哈！嚯嚯嚯！这可是赫耳枯勒斯头一回认输呢。"

有些作家写道，赫耳枯勒斯用他的狮皮把整个侏儒人族群打包，带回了希腊，供欧律斯透斯国王的孩子玩乐。可这是不对的。据我所知，赫耳枯勒斯把所有侏儒人都留在了他们自己的领地。他们的子孙一直在那里生活到现在，在那里修建他们的小房子，耕种他们的小田地，管教他们的小孩童，跟鹤群发生他们的小冲突，做点他们的小活路，无论是什么活路，还会读一读他们古代历史的小册子。在那些历史中，或许还有这么一段记录，许多个世纪以前，英勇的侏儒人为了给死去的巨人安泰俄斯报仇，吓跑了力大无穷的赫耳枯勒斯。

龙　牙

腓尼基国王阿革诺耳有三个儿子，分别是卡德摩斯、福尼克斯和喀利克斯。他们还有一个如花似玉的妹妹，名叫欧罗巴。三兄弟正与妹妹在父亲的城堡内玩耍，离城堡不远处有一片海滩。他们一直向前漫步，远离了父母居住的王宫，来到一片青翠的草场。草场的一边是大海，海水在阳光的照耀下波光粼粼。轻浪柔和地拍打着海滩，传来阵阵舒缓的涛声。三兄弟高兴地采集鲜花，编织花环，用来打扮小欧罗巴。欧罗巴则坐在草地上，整个身子几乎都藏进了成片的鲜花之中，只探出一张红润愉悦的小脸蛋，就像卡德摩斯说的，这是所有鲜花中最娇艳的一朵。

就在这时，远处飞来一只光彩鲜艳的蝴蝶。蝴蝶沿着草场飞舞，卡德摩斯、福尼克斯和喀利克斯跑上前去想要抓住蝴蝶。他们大声高呼，说它是一朵会飞的鲜花。一天下来，欧罗巴已经玩得有些疲惫，所以她没有和三位哥哥一起去追蝴蝶，而是安静地坐在原地，闭目养神。好一会儿，她都在聆听大海舒缓的浪涛声。那声音就好像阵阵"嘘"声，催她入眠。可是，这位可爱的小姑娘半梦半醒，睡眼蒙眬间，她听见不远处有东西踏上了草地，便从花丛中探出头来，瞧见一头雪白的公牛。

这头公牛从何而来？欧罗巴和三位哥哥常到这片草场玩耍，无论在草场上，还是在邻近的山丘上，从没见过牛群和其他任何牲畜。

欧罗巴起身从长满玫瑰和百合的花丛中走了出来，大声叫道："卡德摩斯哥哥！福尼克斯！喀利克斯！你们在哪儿？救命！救救我！快来赶跑这头公牛！"

可惜，三位哥哥都离她太远，没能听到她的呼喊。更糟糕的是，欧罗巴因为惊吓而失声，没法大声叫唤。所以她呆呆地站在原地，可爱的小嘴巴张得老大，脸色苍白，就像编在花环上各色鲜花中的百合。

然而，欧罗巴之所以惊慌失色，倒不是由于公牛的外表看起来有什么可怕，只是因为它出现得相当突然。等欧罗巴仔细看去，才发现这是一头灵秀的公牛，甚至觉得它的脸上带有一种特别亲切的表情。牛的气息，你们懂的，总是很难闻，可这头公牛的气息却很是香甜，就好像它从不吃其他东西，只吃玫瑰花蕾，或者，至少只吃最嫩的苜蓿。从未见过有哪头公牛像这头一般，有如此温柔明亮的眼睛，有这样平滑乳白的牛角。公牛围着女孩儿欢喜雀跃地小跑，温柔嬉戏的行为令女孩儿全然忘记了它的高大威猛，转眼间觉得，它温顺得像一头小绵羊。

所以，你会瞧见，刚才还被吓得不轻的欧罗巴，下一刻便用白嫩的小手抚摸着公牛的额头。她从头上摘下花环，戴在公牛的脖子和乳白的牛角上。然后欧罗巴又拔起一把嫩草去喂公牛，公牛便吃起她手中的青草。公牛其实并不饿，但它想跟这个孩子交朋友，所以高兴地咀嚼她触碰过的东西。天哪！还有什么动物能比这头公牛更加温顺，更加灵秀，更适合做小女孩的亲密玩伴呢？

等公牛发现（这头公牛实在聪慧，想想就觉得不可思议）欧罗巴不再惧怕，它感到欣喜万分，内心的喜悦难以抑制。它在草地上四处欢跃，活泼地蹦来跳去，毫不费力，就像一只小鸟从一根枝头跳到另一根枝头那样灵巧。它的动作实在轻盈，像是在空中飞翔，蹄子似乎从未在踩踏的草地上留下过足迹。它全身洁白无瑕，就像一团雪堆，随风滚过。有一回，公牛跑出很远一段距离，欧罗巴怕再也见不到它，于是扯起稚嫩的嗓音，叫公牛回来。

欧罗巴尖声叫道："回来，俊俏的公牛！这里有鲜嫩的苜蓿！"

之后，看到公牛一副感激的模样，真是可爱。内心的欢喜与感恩令公牛跳得更高！公牛跑到欧罗巴面前，低下头来，就好像知道她是国王的女儿似的，

下编：唐格尔伍德山庄故事集：又一本神奇故事书（1853）

它懂得一个重要的道理，每个小女孩都把自己当作所有人的女王。公牛不但弯下脖子，还完全跪俯在欧罗巴脚前，饱含深意地向她点头，并做出一些表示邀请的动作。欧罗巴完全明白了它的意思，这意思就好像是公牛在用丰富的语言表达：

"上来吧，亲爱的孩子！"——这就是公牛想说的——"骑上我的背，让我载你一程！"

一开始，欧罗巴内心是拒绝的，可是她聪明的小脑瓜又想了想，在这样一头温顺友善的公牛背上骑一小会儿应该没什么危险，公牛肯定会放她下来。想到这里，她便满心期待地骑上牛背。要是她的三个哥哥看见她骑着一头公牛在葱茏的草场上驰骋，会有多吃惊呀！如果他们四兄妹聚在一起，不管是轮替骑牛驰骋，还是一起跨上牛背，让这头温顺的公牛带他们在草场上猛冲直撞，那该有多欢乐呀！他们的欢叫声甚至会一直传到阿革诺耳国王的宫殿！

欧罗巴自言自语道："我想要骑上牛背！"

是呀，为什么不呢？她环视周围，望见了卡德摩斯、福尼克斯和喀利克斯。他们还在追赶蝴蝶，几乎跑到了草场的另一头。骑上这头雪白的公牛是与他们会合的最快方式。所以，她向公牛更靠近了一步。话说，这也真是一头善于交际的公牛！它对女孩坚定的表现欢喜不已，女孩的内心里再也找不到一丝犹豫。小公主灵活得像一只松鼠，她一跃就骑上了灵秀的公牛，双手抓住一对乳白的牛角，以防滑落。

公牛的奔跑速度令她胆战心惊，欧罗巴惊呼道："慢点，俊俏的公牛，慢点！别跑太快啦！"

女孩一骑上牛背，公牛就纵身一跃，蹿到半空，接着像一根羽毛般飘落，欧罗巴根本不知道牛蹄是何时着地的。然后，公牛开始向三兄弟所在的方向飞奔，奔向那片花团锦簇的区域。三兄弟在那里刚好抓住了一只色彩鲜艳的蝴蝶。欧罗巴兴奋得大声尖叫，福尼克斯、喀利克斯和卡德摩斯起身便瞧见妹妹骑在一头雪白的公牛上。见此场景，他们目瞪口呆，也不知是在为妹妹担惊受怕，还是希望自己也能像她一样，骑牛飞奔。温顺纯洁的公牛（谁会怀疑它不是呢?)就像一只顽皮的小猫,在三兄弟间迂回着昂首阔步。欧罗巴一直低头看向三位哥哥,一边点头一边大笑,但红扑扑的小脸蛋上却带有某种肃穆之情。公牛突然转身,准备再次穿越草场,再来一场飞奔。欧罗巴挥挥手,开玩笑地对哥哥们说:"再见!"就好像自己马上要踏上一段遥远的旅程,以后再也见不到三位哥哥了,因为没人知道这段旅程有多长。

卡德摩斯、福尼克斯和喀利克斯也异口同声地叫道:"再见!"

不过,虽然欧罗巴很享受骑着公牛在草场上驰骋的欢乐,可内心里仍存有一丝害怕,所以当她最后一眼看向三位哥哥时,眼中流露出不安的神情。这让三位哥哥觉得他们亲爱的妹妹好像真的要永远离开。你们猜猜这头雪白的公牛接下来做了什么?哎呀,公牛跑了起来,像一阵疾风,直奔海岸而去,踏过沙滩,一跃而起,一头扎进水沫翻滚的海浪中,高高地溅起一簇晶莹的浪花,把自己和小欧罗巴淋了个透,然后凌乱地落回海面。

即刻,可怜的欧罗巴发出惊惧的尖叫!三位哥哥见状,也都错愕地大吼起来。卡德摩斯一马当先,和另外两个兄弟一起向海边飞奔而去。可一切都太迟了!等他们跑到沙滩边,那头狡诈的公牛已经远离海岸,身处广袤蔚蓝的大海之中,远远只能看到雪白的牛头和牛尾,可怜的小欧罗巴骑在公牛的背上,一只手紧紧抓住乳白的牛角,另一只手努力伸向三位亲爱的哥哥。卡德摩斯、福尼克斯和喀利克斯只能呆站在岸边,泪眼蒙眬地盯着。公牛周身的条条白浪犹如煮开的沸水,从海底深处翻涌而出,到最后,三兄弟终于分不清白牛和白浪。公牛雪白的身影完全消失不见,漂亮的欧罗巴也随之无影无踪。

正如你们所想,三位哥哥把这个悲伤的消息带了回去,带给了父母。他们的父亲阿革诺耳是一国之君,可他爱小女儿欧罗巴胜过爱他的江山,胜过爱其他的孩子,胜过爱世间的任何东西。因此,当卡德摩斯和另外两个兄弟哭着回家,把一切都告诉父亲,告诉他一头雪白的公牛如何拐走了他们的妹妹,又如何带着妹妹掠过大海,阿革诺耳王的内心悲愤交加。虽然已经时至黄昏,天很快就黑了下来,但他依旧命令三兄弟即刻出发,搜寻妹妹。

阿革诺耳王大声吼道:"想让我高兴,就去把小欧罗巴给我找回来,必须

下编：唐格尔伍德山庄故事集：又一本神奇故事书（1853）

把她笑脸盈盈、毫发无伤地找回来，否则就再也别来见我。现在就去，要么牵着她的手来见我，要么就别回来见我！"

说到这里，阿革诺耳王眼中冒火（因为他是一位非常容易动怒的国王），看上去雷嗔电怒，可怜的三兄弟都没敢吃一口晚饭，便灰溜溜地离开宫殿，在宫殿的台阶上驻足了片刻，寻思着应该先去哪儿找。刚才他们告诉国王事情经过的时候，母亲忒勒法萨王后恰好不在，此刻，正当他们沮丧地站在台阶上时，忒勒法萨王后也匆忙赶来，说她自己也要和他们一起去寻找女儿。

三兄弟大声叫道："噢不，母后！夜晚一片漆黑，而且一路上也不知会不会遇上什么麻烦和危险！"

可怜的忒勒法萨王后悲痛地抹着眼泪说："哎呀，我的儿呀，这只是我要和你们一起去的另外一个原因！主要原因是，我已经失去了小欧罗巴，万一再失去你们，那我可怎么活呀！"

三兄弟的玩伴也跑过来说："我也跟你们一起去！"

塔索斯是附近一个渔民的儿子，和三位年轻的王子一同长大，是他们最要好的朋友，他也非常喜欢欧罗巴。因此，三兄弟一致同意他加入。一行人就这样出发了。卡德摩斯、福尼克斯、喀利克斯还有塔索斯簇拥在忒勒法萨王后周围，帮她提着裙子，只要王后累了，他们便恭请王后靠在他们肩膀上休息。就这样，他们走下宫殿的阶梯，开始了一段旅程，一段比他们所想象的要漫长得多的旅程。他们最后回头望见了阿革诺耳王。阿革诺耳王走到宫殿门口，身边的仆人为他举着火把，他在众人身后对着浓重的夜幕大声喊道：

"记住！找不回欧罗巴，休想再踏上这台阶半步！"

忒勒法萨王后抽泣着答道："绝不！"三兄弟和塔索斯也应道："绝不！绝不！绝不！绝不！"

他们果真信守诺言！年复一年，阿革诺耳王孤寂地坐在富丽的宫殿里，一直在徒劳地窥听他们的脚步声，想要听到王后熟悉的声音，想要听到三个儿子和他们的玩伴塔索斯一起走进殿门时欢乐的谈笑声，想要在他们之中听到小欧罗巴甜美、稚嫩的嗓音。可是阿革诺耳王实在等了太久太久，以至于即便他们

龙牙

可怜的忒勒法萨王后说:"哎呀,我的儿呀……"

真的回来,他也可能已经不记得王后的声音,已经忘记了那群年轻人在宫殿中四处玩耍时回荡的欢笑声。现在,我们必须把阿革诺耳王丢在一边,就让他坐在宝座之上,我们要转头去讲忒勒法萨王后和那四个年轻人的冒险旅程。

王后一行五人走呀,走呀,走了很长的路。他们翻过高山,蹚过河流,越过大海,不断地四处打听,想看有没有人知道欧罗巴的踪迹。被他们问到的山野村夫都停下手中的农活,表情看上去非常惊讶。看到一位身穿王后装束的女人(慌忙之中,忒勒法萨出来时忘记取下皇冠,脱下礼服),身边围了四个小伙子,游荡在乡野之间,像是在办什么差事,这令他们感到十分奇怪。可是,没人知道欧罗巴的任何行踪,也没人见过一个公主打扮的小女孩骑着一头跑起来像一阵疾风的雪白公牛。

忒勒法萨王后和她的三个儿子卡德摩斯、福尼克斯、喀利克斯,以及三兄

下编：唐格尔伍德山庄故事集：又一本神奇故事书（1853）

弟的玩伴塔索斯就这样一直前行，他们沿着大街小巷，穿过荒郊野岭，我都不知道他们像这样游荡了多久。但可以确定的是，在他们找到栖身之所前，身上名贵的衣服全都穿烂了。他们看上去全都风尘仆仆，要不是淌过溪流时，溪水把鞋子都冲刷干净，他们的鞋子上还会沾满许多国家的尘土。自他们出发一年以后，忒勒法萨扔掉了皇冠，因为皇冠磨破了她的额头。

可怜的王后说："这东西不但治不了我的心病，还弄得我头疼！"

把王公贵族的礼服穿破之后，他们又换上普通人穿的布衣。再后来，他们变成了一副蓬头垢面、无家可归的模样；所以，大家很容易把他们当作一家子浪客，而不是住在宫殿里头、有一大堆人服侍的王后、王子和年轻贵族。四个男孩长成了身材高大的青年，脸膛被太阳晒得黝黑。为了防身，他们每个人腰间都挂着佩剑。他们时常借宿在农户家中，若是遇上哪家丰收，需要帮手，他们总会乐意效劳；忒勒法萨王后（她在宫中时，除了把金丝捻成线外，什么都没做过）则在他们身后捆麦穗。如果农户家要支付给他们酬劳，他们总是摆摆手，只打听欧罗巴的踪迹。

老农民答道："我的牧场上有很多公牛，可我从没见过有哪一头像你描述的那样！一头雪白的公牛，背上骑了一位小公主！呵！呵！很抱歉，好伙计；可我从未在附近见到过这样的事情！"

终于，福尼克斯的上嘴唇上长出了绒毛，他厌倦了四处游荡，漫无目的。所以，有一天，当他们经过一片舒适恬静、地势开阔的乡野时，福尼克斯一屁股坐在了一堆苔藓上。

福尼克斯说："我不想再走了，我们一直在四处徘徊，到了晚上无家可归，我们这样只是在浪费生命，消磨时间，十分愚蠢。我们的妹妹丢了，再也找不回来了。她兴许在海里淹死了；也可能被那头白牛带到某片礁岛、某块陆地上去了，过了这么多年，她和我们之间或许已经没有感情，也互不相识了。父亲不让我们返回他的宫殿；那我就用树枝搭一间小屋，在此住下吧！"

忒勒法萨伤心地说："哎，福尼克斯，我的儿呀，你已经长大成人，只要你自己觉得好，就按自己的想法来吧。可是，至于我这边，我还要继续去找可怜的欧罗巴!"

卡德摩斯、喀利克斯和他们忠实的朋友塔索斯坚定地说:"那我们三个跟您一起吧!"

但在出发之前,大家一起帮福尼克斯搭建住所。他们搭建了一间温馨的小屋。小屋用一根根刚从树上砍下的弓形枝干做顶,里头有两间舒适的房间,其中一间房里有一堆柔软的苔藓,可当作床铺;另一间房里放有一两张简易的凳子,凳子形状奇特,用螺旋弯曲的树根做成。小屋看起来很舒适、很温馨,忒勒法萨和其他三位同伴想到自己还要去各地游荡,不能留在他们为福尼克斯建造的安逸小屋里度过余生,都忍不住叹息。可是,当他们与福尼克斯告别时,福尼克斯湿了眼眶,或许是因为他不能继续陪大家前行而感到惋惜。

不过,他已经决定在这片美丽的地方住下。再后来,其他一些无家可归的人也陆续来到这里。他们眼见此地如此惬意,就挨着福尼克斯的房子建起了自己的小屋。因此,没过多少年,那里便发展出了城市。城市中央有一座用大理石建造的宫殿,气势雄伟,福尼克斯就住在其中。他身穿一件紫色长袍,头戴一顶金色皇冠。这座新城的居民得知他有皇室血统,就推选他做大家的王。福尼克斯王颁布的第一条正式法令便是,如果有一位骑着雪白公牛、自称欧罗巴的少女来到他们领地,所有子民都要对她报以最大的善意和尊重,并立刻把她带来宫殿。从这一点,你们可以看出,福尼克斯一直在为自己没有跟母亲与同伴一起继续寻找亲爱的妹妹,而是留在此处贪图安逸感到良心不安。

不过,忒勒法萨和卡德摩斯、喀利克斯,还有塔索斯常常在一天疲惫的旅程结束之时,想起那个怡人的地方,那个和福尼克斯分别的地方。尽管这群浪客前路渺茫,但第二天,他们必须再次出发,哪怕再过许多个昼夜,他们或许也不会比现在更接近漫漫前路的终点。这些思绪时不时令他们感到忧愁,尤其对喀利克斯的折磨比对其他人都要深。最终,在一天早晨,等他们提起行装,准备出发时,喀利克斯对大家说了下面这番话:

"亲爱的母后,还有你们,卡德摩斯、塔索斯,我的兄弟和挚友,我感觉我们就像在做梦一样!前路漫无目的。从白牛把妹妹欧罗巴掳走那一刻算起,

下编：唐格尔伍德山庄故事集：又一本神奇故事书（1853）

已经过了很长时间，我已经快忘记她的模样，记不起她的声音，老实说，我甚至怀疑她有没有在这世上真实存在过！不管有没有，我都觉得她不在人世了，所以漫无目的地四处寻找只不过是在愚蠢地浪费我们的生命和幸福。即便我们找到她，她现在也已经成年，长成大姑娘了，见到我们也和见到陌生人一样，根本认不出我们。所以，老实跟大家说，我决定在这里安家。我恳请您，母后，还有卡德摩斯和塔索斯，大家都别找了，和我一起在此定居吧！"

可怜的王后虽然已经累得几乎站不起身来，却言辞坚决地说："不，我不能！不，我不能！在我的内心深处，小欧罗巴仍是许多年前那个活泼可爱、喜欢跑去采花的孩子。她还没长大成年，也不会把我忘掉。无论是白天还是黑夜，不管是在赶路还是休憩，她那奶声奶气的声音一直回荡在我耳边，叫着'妈妈！妈妈！'谁都可以放弃找她，留在这里，但我不能！"

卡德摩斯附和道："我也不能，只要亲爱的母后还想继续找！"

忠诚的塔索斯也决定陪王后和卡德摩斯一起继续寻找欧罗巴。不过，上路之前，他们和喀利克斯一起逗留了几日，顺便帮他搭建了一间小屋，和他们之前一起为福尼克斯搭建的那间小屋很像。

在与大家道别之际，喀利克斯落下了泪水。他告诉母后，留在这个荒僻之地与继续前行一样，都犹如一场幻梦，充满忧伤。如果母后真的坚信他们能找到欧罗巴，现在，他也仍愿意和他们一起继续搜寻。可忒勒法萨却劝他留下，并祝他幸福，让他听从自己的内心。就这样，忒勒法萨一行人离开了喀利克斯。还没等他们完全走出喀利克斯的视野，便又来了另一群流浪者，他们发现了喀利克斯的住所，很喜欢这个地方。这里有大片空地，流浪者便在喀利克斯的住所旁边建起了小屋，不久，又有一大批人来此定居，很快就形成了城市。城市中央是一座用彩色大理石铸成的宫殿，每天中午，喀利克斯都会身穿紫色长袍，头戴珠宝皇冠出现在宫殿的阳台上。这里的居民认出他是国王的儿子，都认为由他来做此地的国王最为合适。

喀利克斯当上国王后的第一件事便是派出一支使节团，使节团由一位庄重的大使和一支英勇坚毅的护卫队组成。他们受命出访世界上的主要国家，询问是否曾有一位骑着白色公牛、迅驰飞奔的少女途经他们的领地。所以，我心里清楚，知道喀利克斯在为放弃寻找欧罗巴的事情暗暗自责，如果他不能先人一步找到欧罗巴，就会一直自责下去。

再说忒勒法萨、卡德摩斯和塔索斯这边，他们仍在艰苦前行，想到这里，我就替他们难过！一路上，两位年轻人尽心竭力照顾可怜的王后，扶她走过坎坷崎岖的荒野，还时常支起强有力的臂膀背她过河。夜里，哪怕他们自己在野外席地而眠，也要给王后找个能遮风挡雨的地方。真可怜啊，自从白牛掳走欧罗巴之后，已经过了很长时间，只要听见他们询问身边路过的每个人，问他们是否见过欧罗巴，就惹人怜惜！可是，虽然他们这些年日子过得灰暗惨淡，对欧罗巴的印象也越来越模糊，但是心诚意笃的三人从未想过要放弃寻找欧罗巴的下落。

然而，一天早晨，可怜的塔索斯扭伤了脚踝，无法再行进一步。

塔索斯忧郁地说："我想，过些天，我或许可以拄根棍子，一瘸一拐地勉强行走。可是那样会拖累你们，甚至会耽误你们找寻亲爱的小欧罗巴，毕竟你们已经遭遇了那么多痛苦，克服了那么多困难！所以呀，我亲爱的好伙伴，你们继续前行吧，不用管我，等我伤好了，会尽快追上你们。"

忒勒法萨王后亲了亲他的额头说："你一直都是一位忠实的朋友，亲爱的塔索斯！你既不是我儿子，又非欧罗巴的兄长，连福尼克斯与喀利克斯都已经抛下了我和欧罗巴，而你比他们对我和欧罗巴都还要真诚。没有你和我儿子卡德摩斯的热忱帮助，单凭我一人，是没办法走这么远的，或许连一半都走不到。现在，好好休息，安心静养！其实，我也开始怀疑，到底还能不能从这世上寻回我亲爱的女儿——我的心中第一次产生了动摇。"

说到这里，可怜的王后泪流满面，因为要让一个母亲承认找回女儿的希望越来越渺茫，她的内心会有多么痛苦、多么煎熬啊。从那天以后，卡德摩斯发现，之前一直在旅途中支撑着忒勒法萨的那股轻盈的精神状态不复存在。卡德摩斯搀扶忒勒法萨时，他的臂膀感到忒勒法萨身子相比过去越发沉重。

出发之前，卡德摩斯帮塔索斯建了一间小屋。忒勒法萨的身子太过虚弱，

★ 下编：唐格尔伍德山庄故事集：又一本神奇故事书（1853）

给不了什么实际帮助，但她在一旁出谋划策，建议他们如何搭建，怎么装饰，好让用树干枝叶搭建起来的小屋尽可能舒适。然而，塔索斯并没有把整日的时间花在这间绿油油的小屋上。就像福尼克斯与喀利克斯一样，也刚好有一帮无家可归的人流浪至此，喜欢上了这地方，在塔索斯的小屋旁边搭建了他们自己的住所。所以，经过几年发展，这里形成了又一座发达的城市。城市中央有一座用朱红色的毛石垒成的宫殿。塔索斯高坐在王位之上，肩披紫色长袍，手握权杖，头戴王冠，待人公正。当地居民选他做王，不是因为他有皇室血统（他的身体里没有一丝皇族血脉），而是因为塔索斯正直、真诚而又胆识过人，因而适合当首领。

不过，等他把王国的一切事务安排妥当，塔索斯王便脱去紫色的长袍，摘下王冠，把权杖放置一边，嘱托他最值得信任的大臣替他为民众伸张正义。然后，他一把抓起在寻找欧罗巴的漫长旅途中一直使用的手杖，再次出发了。他依然希望能找到那头白牛留下的蹄印，能发现欧罗巴的些许踪迹。很久以后，塔索斯才回到他的王国，疲惫地坐在王位上。即使在弥留之际，塔索斯王依旧流露出对欧罗巴真挚的眷恋。他下令在宫中长期点起炉火，时刻备好一缸热气腾腾的洗澡水，还有食物和一床雪白干净的被褥，万一欧罗巴来了，好让她即刻梳洗。虽然没有等来欧罗巴，但这些原本为国王童年的小玩伴准备的食宿却帮助了许多穷困的旅者，因而大家都对博施济众的塔索斯赞美有加。

另一边，忒勒法萨和卡德摩斯还在漫漫前路上疲惫求索，没有其他同伴，只剩他俩。王后重重地依靠在儿子的臂膀上，一天只能走几英里远。然后，无论多么虚弱，多么疲惫，她都不愿意听从劝说，放弃寻找欧罗巴。听到她用悲伤的语调向每位路人打探，问大家是否见过她丢失的孩子，即便是成年男子也会眼眶噙泪。

"请问大家见过一个小女孩吗？不，不，我是说一位成年少女！——从此经过，骑着一头雪白的公牛，那白牛跑起来像一阵疾风？"

众人常常这样回答："我们从没见过这样神奇的一幕！"大家还时常把卡德摩斯拉到一边，悄声问他："这位仪态庄重、满面愁容的女士是您的母亲？

她肯定脑子有问题。您应该带她回家,为她营造宽松舒适的生活环境,尽可能帮她打消那些不切实际的幻想!"

卡德摩斯反驳道:"那不是幻想!什么都可能是幻想,但那一定不是!"

可是,有一天,忒勒法萨比以往显得更加虚弱,整个身子的重量都几乎压在卡德摩斯的手臂上,比之前走得更加缓慢。最后,她来到一处寥无人烟的地方,告诉卡德摩斯她必须躺下,要好好休息休息。

忒勒法萨温柔地看向卡德摩斯,嘴里重复念叨着:"要好好休息休息,要好好休息休息,我最最亲爱的孩子!"

卡德摩斯回应道:"您想休息多久就休息多久,亲爱的母后。"

忒勒法萨让他在旁边的草地上坐下,缓缓牵起他的手,暗淡的双眼温柔地盯着卡德摩斯。

她缓缓道:"我的儿呀,我说要好好休息,真的是要休息很长时间!你不必等我醒来。亲爱的卡德摩斯,你没明白我的意思!你要在此挖一块墓地,把你母后疲惫的身躯放进去。我的旅程结束了!"

卡德摩斯顿时泪如泉涌,他始终难以相信亲爱的母后就要离他而去。但忒勒法萨反复宽慰他,亲吻他,最后,他终于明白,自从欧罗巴失踪以后,辛劳、疲倦、忧伤和失望全都一直压在她身上,死对她来说是一种解脱。因此,卡德摩斯强压悲痛,聆听她的遗言。

她说:"最最亲爱的卡德摩斯,在母后的所有孩子里,属你最有恒心,直到最后,你都还在坚守尽责!还有谁能像你这样一直护佑我虚弱的身体呢?多亏了你的照顾,我最最温柔的孩子,不然几年前,我就不知被埋在哪片峡谷中,哪座山间了,根本走不了这么远。到此为止吧!不要再前行,不要做这种了无希望的搜寻了。不过,等你把母后下葬以后,我的儿呀,你就到德尔斐去,去祈求神示,看接下来你该做些什么。"

卡德摩斯哭喊道:"哦,母后,母后,您要挺住,您还没见到我的妹妹呢!"

忒勒法萨面带微笑地说:"现在不重要了!现在,我即将去到一个更加美

下编：唐格尔伍德山庄故事集：又一本神奇故事书（1853）

好的世界，在那个世界里，迟早有一天，我会找到我的女儿！"

亲爱的孩子们，我不想让你们难过，不想向你们描述她临终的样子，也不想告诉你们她被埋葬的过程，我只想说，最后那一刻，忒勒法萨脸上的笑容非但没消逝，反而更加灿烂。看到这一幕，卡德摩斯心中确信，母后刚一踏进那个更加美好的世界，就已经把欧罗巴拥入了怀中。他在母后的墓地上种下了鲜花，希望等他走后，此处鲜花盛开，代他常伴母后。

怀着悲痛之情，尽完最后一份孝心之后，卡德摩斯便按照忒勒法萨的遗愿，独自一人踏上了征途，前往著名的德尔斐神示所。一路上，他依旧向绝大多数遇见的路人打听消息，问他们是否见过欧罗巴。说真的，向人打听欧罗巴的踪迹已经变成了卡德摩斯的一种本能，他时刻把问题挂在嘴边，见人就问，就像大家平日见面聊天气时脱口而出的那些话一样。路人的回答各式各样，有人说东，有人说西。其中有个水手信誓旦旦地说，很多年以前，他在一个遥远的国家听到过一个传言，说有一头白色的公牛驮着一个孩子游过海洋，女孩身上装扮的鲜花在海水的浸泡拍打下残败凋敝。他说不出那孩子和公牛后来的下落。卡德摩斯见这水手神色古怪，便怀疑他根本就没听说过此事，只是寻自己开心罢了。

可怜的卡德摩斯发现，有母亲同行时，虽然要搀扶亲爱的母亲，手臂要承受她全身的重量，很是疲惫，但一个人旅行更加疲惫。以后你们就会明白，此刻卡德摩斯的内心有多沉重，有时候，这份沉重感会压得人迈不开脚步。不过卡德摩斯腿脚强健有力，又勤于锻炼。他一路上都脚步轻快，边走边忆起阿革诺耳王，忆起忒勒法萨王后，忆起另外两位兄弟，还忆起友善的塔索斯，这些人现在一个个都散落在了这场寻亲之旅的半道上，被他留在了身后，他也不奢望能够与大家再次重逢。

带着满心回忆，卡德摩斯来到一座高耸的大山跟前，那一带的住户告诉他，此山名叫帕耳那索斯山。山麓之上便是卡德摩斯的目的地，著名的德尔斐神示所。

据说，德尔斐是全世界的正中心。神示所就在山麓上的一处洞穴之中，卡

龙牙

德摩斯到达洞口，发现洞口前有一间由枝条简单搭成的凉亭。这令卡德摩斯想起他先后帮福尼克斯、喀利克斯和塔索斯搭建的小屋。后来，每个时代都有大批信徒不远万里来到神示所求取神示，于是一座恢宏的大理石神庙在这里拔地而起。不过，我刚才讲到，在卡德摩斯的时代，那里只有一间乡野凉亭，棚顶盖满绿叶，周围灌木丛生，遮蔽了山麓上神秘的洞口。

起初，卡德摩斯挤进杂乱无章的灌木丛进到凉亭时，他没有立刻发现被草木半掩的洞口。不过，即刻，他感觉一阵凉风从洞口刮出，风力强劲，脸颊边的卷发都吹了起来。他拨开挡在洞口的灌木丛，弯下身子，以一种特殊而又虔诚的口吻询问，就好像在和洞内某个看不见的人在说话。

卡德摩斯问："神圣的德尔斐神谕，接下来我应该去哪儿找我亲爱的妹妹欧罗巴？"

起初，洞中一片寂静，之后传来一阵急促的呼呼声，又好像是从山洞深处

"神圣的德尔斐神谕，接下来我应该去哪儿？"

下编：唐格尔伍德山庄故事集：又一本神奇故事书（1853）

传来的叹息声。你们肯定知道，大家把这个山洞视为真理的源泉，有时会传出清晰可闻的话语，虽然绝大多数时候，那些话语的内容都含糊其词，像谜题一样，还不如压在洞底不说。不过，卡德摩斯比起很多来德尔斐寻求真理的朝圣者要幸运得多。没过多久，那呼呼作响的风声变得清晰了起来，听上去有如人言，一遍又一遍地重复着下面这句话，虽然那声音听起来就像空中传来的一阵模糊的汽笛声，卡德摩斯也不敢完全肯定，那声音是否在说：

"别找了！别找了！别找了！"

卡德摩斯又问："那接下来，我该怎么办？"

你们都知道，从小时候起，卡德摩斯的重大人生目标就是把妹妹找回来。从他在草场上，在父王的宫殿附近抛下妹妹去追蝴蝶的那一刻起，他一直都在翻山跨海，拼尽全力打听欧罗巴的下落。而现在，若是叫他放弃寻找，在这个世界上，他似乎就无事可做了。

可是，那叹息声再次响起，听上去似乎变成了一副沙哑的嗓音。

那声音说："跟着奶牛！跟着奶牛！跟着奶牛！"

之后，那声音不断地重复这几个字，直到卡德摩斯听得有些厌烦之时（特别是他不知道是一头什么样的奶牛，又为什么要跟着那头母牛），刮着一阵阵劲风的洞里又传出另一句话。

"迷途的奶牛在哪里卧倒，哪里就是你的家！"

这句话只说了一遍，还没等卡德摩斯完全明白其中的意思，声音就慢慢消散，化作一阵低吟。他又问了其他问题，却没有得到任何回应，只剩下一阵劲风，不断从洞穴中刮出，一路卷起洞口前地上的枯叶，发出飒飒声响。

卡德摩斯心想："刚才真的有什么话从洞里传出来吗？还是说刚才我一直在做梦？"

他转身离开了神示所，感觉自己和来之前一样迷惘。他毫不在意今后会发生什么，踏上了一条最先出现在脚下的道路，沿着道路慢步前行。他心中没有方向，也没有任何理由说要走这条路，不走那条路，所以没什么好着急的。每次遇到人，他总会随口问出那个老问题：

"你见过一位美丽的少女吗?她穿得像一位公主,骑在一头雪白的公牛背上,那头公牛跑起来像一阵疾风。"

不过,他刚问一半,就想起了那段神示之言,剩下一半便含含糊糊地嘟囔过去了。他内心明白,大家一定觉得这位英俊的青年脑子坏掉了。

就这样走呀,走呀,终于有一天,卡德摩斯发现在前面离他不远的地方,有一头花斑奶牛。而此时,我不知道他已经走了多远,也不知道他自己能否说得清楚。奶牛正趴在路边,嘴里安静地咀嚼从胃里反刍出来的食物,直到卡德摩斯走近,才发现这个年轻人。奶牛不慌不忙地站起身来,不紧不慢地摆了摆头,然后悠然自得地向前踱步,还不时停下脚步,慢条斯理地吃上一口青草。卡德摩斯则漫无目的地跟在奶牛身后,懒洋洋地吹着口哨,对眼前的奶牛视而不见。过了一会儿,一个念头突然闪过脑海,他想,这是否就是神示的回应中提到的那头会为他引路的奶牛。可一转念,他又为自己的这种想法感到好笑!因为这头牛走起路来非常平缓,和其他奶牛相比没什么两样,所以很难相信眼前就是神示中会给他引路的那头奶牛。很明显,奶牛既不认识卡德摩斯,也对卡德摩斯没有兴趣,在它眼里,卡德摩斯还不如一捆草料有吸引力。它只想着如何填饱肚子,吃到路边鲜嫩的青草。或许,她正准备回家挤奶。

卡德摩斯大声喊道:"奶牛,奶牛,奶牛!嘿,奶牛,嘿!停下,乖乖!"

卡德摩斯想追上奶牛,好仔细瞧瞧,想看看它是否认得自己,看看它与其他成百上千头奶牛相比有什么特别之处,普通奶牛只会产奶,有时还会打翻挤奶桶。可这头花斑奶牛依旧不紧不慢地向前踱步,甩起尾巴驱赶蚊蝇,丝毫不搭理卡德摩斯。如果卡德摩斯慢下来,奶牛也同时慢下来,抓住机会吃两口青草。如果卡德摩斯加快脚步,奶牛也同时加快脚步。有一次,卡德摩斯想要跑步赶上奶牛,只见奶牛甩开四蹄,翘起尾巴,飞奔而出,那样子看上去和其他奶牛奔跑起来一样奇怪。

卡德摩斯发现自己根本就追不上奶牛,便和之前一样,不疾不徐地跟在奶牛身后。奶牛也就不紧不慢地向前踱步,头也不回。一路上遇到特别鲜嫩的青草,奶牛便会细细嚼上两口。经过横穿小路、波光粼粼的小溪,它便会喝上一

下编：唐格尔伍德山庄故事集：又一本神奇故事书（1853）

口，然后长舒一口气，再喝上一口，之后继续前进，步调恰好和卡德摩斯保持一致。

卡德摩斯心想："我现在真的相信，这或许就是神示中向我预言的那头奶牛！如果真是，我猜它会在这附近某处趴下。"

不管这头奶牛是不是神示中预言的那头，它都没理由走很远。所以，他们每走到一个环境特别宜人的地方，不管是微风拂煦的山麓，还是花草盖地的河谷，不管是清幽静谧的湖畔，还是水清粼粼的溪边，卡德摩斯都会热切地环顾四周，看看那地方适不适合安家。可不管卡德摩斯喜不喜欢那些地方，花斑奶牛都没有要卧倒的意思。它继续向前走着，步态平稳，就像一头奶牛平日走回家中农场一样。每时每刻，卡德摩斯都希望看到有一位挤奶女工提着奶桶走向奶牛，或者一位牧民跑向这头迷途的牲口，把它牵回牧场。可挤奶女工没有来，牧民也没有来。卡德摩斯只好跟着这头迷途的花斑奶牛，直到几乎要累趴下。

卡德摩斯绝望地大声叫道："哦，花斑奶牛，你是完全不打算停下吗！"

此时，卡德摩斯一门心思想要紧跟奶牛，不愿跟丢，无论前路有多长，不管他有多疲惫。的确，这头牛身上好像有什么东西，会令人着迷。有几个人碰巧看到了这头花斑奶牛和跟在后面的卡德摩斯，也都像他一样，不疾不徐地跟在奶牛身后。卡德摩斯很高兴有人陪他说话，便和这帮好人天南地北地聊了起来。他和大家讲起自己所有的经历，讲他从阿革诺耳的王宫离开的原委，讲他先后在三个地方离开福尼克斯、喀利克斯和塔索斯的经过，讲他把亲爱的母后忒勒法萨葬在开满鲜花的墓地中的情形。所以，他现在孑然一身，孤苦伶仃，无家可归。同时，他还讲到神示叫他跟着一头奶牛，问大家觉得这头奶牛是否就是神示中预言的那头。

其中一个新同伴说："哎呀，这件事太神奇了！我对牛的行为习性了如指掌，我从未见过有哪头牛会自己走这么远，连停都不停一下。如果我腿脚允许，我一定要跟上这头奶牛，直到它卧倒为止。"

第二个人说："我也是！"

第三个人叫道："我也是！就算它还要再走一百五十千米，我也要坚持到底，看个究竟。"

你们要知道，这件事的秘密在于，那是一头有魔力的奶牛，大家都没有意识到，它会释放魔法，施加到跟在它身后走过六七步的人身上。大家会情不自禁地跟在它身后，虽然，大家一致以为这是出自他们的本意。奶牛从不择路，所以，他们时而要爬上山崖，时而要踏过泥沼，不但搞得所有人都满身泥污，还累得要死，饿得发慌。这可真是件苦差事！

可是大家仍然跟着奶牛坚定地向前走，他们边走边聊。这群路人越来越喜欢卡德摩斯，他们决心帮助他建立王城，永不离弃，无论这头奶牛在何处卧倒。城市的中央应该有一座雄伟宫殿，卡德摩斯将入住其中，成为他们的王。他会端坐王位，头戴王冠，手握权杖，身穿紫袍，佩戴一位君王应该佩戴的一切。因为，他拥有皇室血脉和君王之心，以及善于治理的头脑。

正当他们展望未来，拟定新王城的建设方案，以此打发无聊的时间之时，一位同伴不经意看了一眼奶牛。

突然，他大声拍手叫道："啊哈！啊哈！那头花斑奶牛看样子是准备趴下了！"

大家全都望过去。果真，奶牛停下脚步，和其他所有奶牛一样，它在准备卧倒的地方，也悠闲地环顾四周。慢慢地，慢慢地，它卧倒在柔软的草地上，先是弯曲前腿，然后蹲伏后腿。等卡德摩斯和众人靠近，花斑奶牛神情自若，嘴里嚼着反刍的食物，安静地看着他们，好似在告诉他们这里就是它一直在寻找的地方，又好似在说这一切都理所当然！

卡德摩斯凝望四周，之后缓缓道："那么，这里就是我的家了！"

这是一片美丽富饶的平原，林木参天，群峦环抱。阳光透过枝叶在地上投下点点光斑，严寒酷暑都被山川阻隔在外。不远处，他们望见一条大河，河水在阳光的照耀下波光粼粼。一种回家的感觉在可怜的卡德摩斯心间悄然而生。一想到每天清晨在这里醒来，再也不用穿起满是尘土的凉鞋去往更远的地方继续寻觅，卡德摩斯就满心欢喜。时光从他身边流过，日复一日，年复一年，他

下编：唐格尔伍德山庄故事集：又一本神奇故事书（1853）

会一直待在这个环境宜人的地方。经历了一场又一场生离死别之后，卡德摩斯想，如果他的兄弟和挚友依旧在他身边，如果还能在自家的廊檐下见到亲爱的母亲，那该有多幸福呀。他还希望能有一天，妹妹欧罗巴也能悄悄出现在他家门口，冲着一张张熟悉的面孔露出微笑！不过，说实在的，想与兄弟重聚，想再见一眼妹妹变得遥不可期，所以卡德摩斯决心和新的同伴好好生活，这些同伴跟着奶牛一路走下来，越来越喜欢他。

卡德摩斯对大家说："是的，朋友们！这里将会是我们的家。我们会在这里建房子。这头带领我们来此的花斑奶牛将会为我们产奶。我们会耕种附近的土地，过上自在逍遥的生活。"

大伙儿们愉快地赞同这个计划。由于又饿又渴，他们首先四下搜寻，想办法先美美地吃上一顿。就在不远处，他们发现了一丛灌木，灌木下方似乎有一口水井。其他人都前去打水，留卡德摩斯与花斑奶牛躺在地上歇息。因为，卡德摩斯终于找到了一个休息的地方，自他离开阿革诺耳王的宫殿，踏上寻亲之旅以来，一路上所有的疲惫都好像立马从身上消退了。可那些新朋友还没走出多远，卡德摩斯便被一阵阵呼喊声、嘶吼声、尖叫声和可怕的打斗声惊醒。在这些声音之间夹杂着最可怕的嘶鸣声，那声音像是用一把锯齿锯过他的耳朵一般！

卡德摩斯向灌木丛跑去，看到了一条巨蟒的脑袋和赤红的眼睛，也或许是一条龙。那条怪兽的嘴巴比所有龙的嘴巴都要宽，嘴里长着一排排巨大可怕的尖牙。还没等卡德摩斯赶到，这条冷血的爬虫已经杀掉了那些可怜的同伴，正在吞食，一口一个。

那口井似乎被施了魔法，而那条龙是被派来守护井水的，保证没人能喝到井里的水来解渴。由于周边的住户都小心地避开这个地方，怪兽自上一次开斋已经过了很长时间了（一百年不止，或是差不多一百年），所以它的胃口自然变得巨大，刚才被吃掉的那些可怜家伙满足不了它的胃口，一半都满足不了。一看见卡德摩斯，怪兽就再次发出令人毛骨悚然的嘶鸣声。它张开血盆大嘴，直到嘴巴张得像一个巨大的血红山洞，嘴巴里还看得见前一个被害人的两条

这条冷血的爬虫已经杀掉了那些可怜的同伴

下编：唐格尔伍德山庄故事集：又一本神奇故事书（1853）

腿，它还没来得及吞下去。

可是眼见同伴命丧龙口，卡德摩斯怒火中烧，他既顾不上恶龙巨大的嘴巴，也顾不上嘴里上百颗尖牙，拔剑便冲向怪物，正好冲进恶龙那山洞般的大嘴巴里。这种大胆的攻击方式令恶龙为之一惊。确切地说，由于卡德摩斯纵身一跃跳出很远，直接跳进了恶龙的喉咙，所以那一排排可怕的牙齿既咬不到他，也无法伤害他分毫。因此，尽管这场争斗凶险异常，尽管恶龙甩动尾巴，把灌木丛抽得粉碎，但卡德摩斯却在恶龙的咽喉处持剑挥舞，又是劈，又是刺，攻击恶龙的要害，没过多久，恶龙便做出了逃跑的打算。不过，还没等他逃走，勇敢的卡德摩斯便一剑刺下，了结了这场战斗。卡德摩斯从恶龙的嘴巴里爬了出来，眼见恶龙仍在扭动庞大的身躯，不过已是奄奄一息，连伤害一个小孩子的气力都没有了。

那群可怜的受害人个个都友善随和，他们追随卡德摩斯，跟着奶牛来到这里，结果却遭此厄运，大家说卡德摩斯能不伤心吗？他似乎注定要失去所有他爱的人，目睹他们以这样或那样的方式暴毙。他披荆斩棘，栉风沐雨，来到这片世外之地，此时，竟没有一人来帮他搭一间小屋。

卡德摩斯仰天大叫："我该怎么办！还不如被恶龙给吃掉，就像我那些可怜的同伴一样！"

这时，一个声音响起："卡德摩斯！卡德摩斯，拔出龙牙，把它们种到地上！"可卡德摩斯辨不出这声音是来自天上还是来自地下，抑或来自他自己的胸口。

种龙牙这种事听起来很神奇。而且我想，从死掉的恶龙口中把一颗颗根深蒂固的尖牙给拔出来也不是一件容易的事。可是，卡德摩斯还是费尽九牛二虎之力，用石头把巨大的龙头几乎砸了个粉碎，最终拔出了百十斤龙牙。接下来就是把这些龙牙种到地里。这也是一项乏味的工作，尤其是现在，卡德摩斯杀死恶龙、敲碎龙头之后，已经累得筋疲力尽，而且据我所知，他手里除了一柄剑，没有其他任何能用来翻地的工具。不过，卡德摩斯最后还是翻好了一大片地，然后种上了这种新品种。只不过他一次只种了一半，剩下一半打算留到日后再种。

卡德摩斯累得几乎要断气，他倚着剑站起身来，想看看接下来会发生什么。没等多久，他便瞧见了一幅景象，那景象神奇无比，不亚于我给你们讲过的任何一件奇谈怪事。

斜阳照耀在大地之上，把每一片湿润的黑土地照得像新翻种的一样。突然，卡德摩斯觉得他看见了一些闪闪发亮的东西，先是一处，再是另一处，接着是成百上千处连成一片。很快，他发现那些东西是钢头长枪，长枪从地上冒出来，到处都是，越长越高，就像满地的秸秆。接着，地里又冒出一大堆明晃晃的刀剑，一柄柄插在地上，就和长矛一样。没过多久，大批锃光瓦亮的黄铜头盔破土而出，数量繁多，长得就像巨大的大豆！田里长得实在很快，此时，卡德摩斯发现一顶顶头盔底下是一张张凶猛的人脸。简单来说，卡德摩斯还没想明白这神奇的一幕是怎么一回事，就见证了大丰收，长出了一大批看起来像人一样的东西，他们头戴钢盔，身披腹甲，一手举盾，一手持刃，还没等完全从地里长出来，就挥舞利刃，兵戎相见。尽管他们刚刚才被种出来不久，但他们似乎觉得，或者就应该不断战斗，这样才不会浪费生命。每一颗龙牙都生出了一个充满仇恨的灾祸之子。

同时，地里还长出了一大批号兵。他们刚吸进第一口气，就把铜号贴上嘴唇，吹响高亢嘹亮、震耳欲聋的号角。刚才还是一片静谧悠远之地，此刻却刀剑铿锵，战鼓隆隆，杀声震天。那些将士一个个看上去满脸怨戾，卡德摩斯深信，他们会在全世界点燃战火。如果有哪个伟大的征服者能得到百十斤龙牙，种在地里，那该有多幸运呀！

刚才的那个声音再次响起："卡德摩斯！向那群全副武装的将士中间扔一块石头！"

于是卡德摩斯捡起一块大石头，扔到了从泥土里长出的军队中间。只见石头砸中了一个将士的腹甲，那将士体格高大，面相凶狠。感觉自己被打的那一刻，他理所当然地觉得有人袭击他，于是举起武器，狠狠地砍向旁边的将士，一击便把旁边的将士砍倒在地，连头盔都被砍裂了。只见那将士刚一倒地，周

下编：唐格尔伍德山庄故事集：又一本神奇故事书（1853）

围的其他将士便开始舞刀弄枪，相互攻击。一场混战迅速蔓延开来，规模越扩越大。一个个将士刚把眼前的兄弟放倒，还没来得及享受胜利的喜悦，就被身后的其他将士打倒在地。一时间，吹角连营，杀声震天，许多将士倒地之时嘴里还在大声喊杀。这种不问缘由的愤怒和不顾后果的厮杀着实是一副见所未见、怪诞至极的场景。不过，其实历史上发生过的上千场战争也同样愚蠢，同样邪恶。战场上，许多人也都无缘无故杀死自己的兄弟，就和这群龙牙之子一样。我们还应该懂得，这些用龙牙种出来的将士只为战斗而生，而人类是为相互关爱，互相帮助而生的。

话说，战斗一直持续，惨烈的场景触目惊心，战场上尸积如山，血流成河。战斗之初数以千计的将士打到最后，只剩下五人。他们随即从战场的不同方位冲向中央，短兵相接，刺向对方的心脏，凶狠之色，与之前无异。

那个声音再次响起："卡德摩斯！命令这五位将士收起刀剑。他们会帮助你建造城市。"

卡德摩斯毫不犹豫地走上前去，站在他们中间，摆出一副王者气度。他拔出腰间的佩剑，用一种威严、命令的口吻对五位将士下令。

卡德摩斯说："收起你们的武器！"

这五个龙牙之子觉得自己应该服从眼前此人，随即举起手中的刀剑向卡德摩斯行军礼，然后把刀剑插回鞘中，在卡德摩斯面前列队站好，看他的神情就如同看他们的长官，等待长官的军令。

这五人可能是由最大的几颗龙牙长出来的，是全军最勇敢、最强壮的几人。他们个个高大威猛，近乎巨人，老实说，他们也必定如此，否则绝不可能在如此可怕的战斗中活下来。他们依然面露凶相，卡德摩斯一把将视线从他们身上挪开，他们就会两眼冒火，怒目相对。还有一件事看起来很奇怪，他们都是刚刚从地里长出来的，光亮的腹甲上到处沾满泥土，甚至连脸上都是，就像从地里新鲜拔出来的甜菜根和胡萝卜一样，满身都是泥。卡德摩斯不知道是该把他们当作人，还是当作一些品种古怪的"蔬菜"。尽管总体来说，卡德摩斯认为他们的体内有人性的存在，因为他们喜欢号角，喜欢刀剑，也时刻准备流血牺牲。

他们热切地盯着卡德摩斯的脸,等待他的下一条命令,明显不愿改换门庭,只愿意跟随卡德摩斯满世界去打仗。不过,卡德摩斯比这些从地里长出来、体内蕴藏着恶龙凶残之气的将士要聪明多了,他知道该如何发挥他们的力量与果敢。

卡德摩斯说:"来吧!你们都是彪悍的将士。发挥你们的作用!用你们的巨剑采些石材,助我修建一座城池!"

五个将士稍有微词,他们喃喃自语,说他们要做的是摧毁城池,而非建造城池。可是卡德摩斯狠狠瞪了他们一眼,用严厉的口吻呵斥他们,令他们意识到卡德摩斯是他们的主人,再也不敢违抗他的命令。他们认认真真地开始工作,十分卖力,没过多时,一座城池便初见规模。刚开始,他们总是相互争吵,这很自然。他们的内心潜藏着凶猛恶毒的性情,要不是卡德摩斯盯着他们,强压住那股从他们怒目圆睁的双眼中流露出来的性情,他们就会像凶猛的野兽一样,相互争斗。可是,慢慢地,他们学会了踏实工作,并且真切地感受到,和打打杀杀的日子相比,和平安宁、与邻为善的生活更加快乐。或许不久之后,其他所有人都能渐渐像这五个以龙牙为种、从地里长出的将士那样,获取智慧、维护和平,这也并非奢望!

城池终于建成,每个工匠在城里都有自己的家。可卡德摩斯的宫殿还没有建好。他们之所以把修建宫殿留到最后,是想要引入所有新改良的建筑工艺,好让宫殿修得既雄伟壮丽,又宽敞大气。由于他们准备第二天天一亮就起床,想赶在天黑之前打好宫殿的地基,所以完成了手头剩余的所有工作之后,他们早早儿地就上床睡觉了。可是,等卡德摩斯醒来,带着五位身强体壮、列队行进的工匠来到宫殿的建筑选址时——你们猜他看到了什么?

眼前竟出现了一座恢宏壮丽的宫殿,那气魄世所罕见。宫殿由大理石和其他各种漂亮的石材建成,高耸入云。殿前建有雄伟气派的穹顶和门廊,有雕刻精美的石柱,只要是君王宫殿该有的东西,一应俱全。宫殿突然就从地里冒了出来,就像龙牙突然种出一大批全副武装的将士一样。而比龙牙将士更神奇的

★ 下编：唐格尔伍德山庄故事集：又一本神奇故事书（1853）

是，他们从未种下过一粒能长出这座宏伟宫殿的种子！

五位工匠抬头看向穹顶之时，一道晨光射下，穹顶看上去金碧辉煌。引得他们大声叫喊。

他们叫道："卡德摩斯王万岁，愿陛下在这座美丽的宫殿中万寿无疆！"

新国王登上宫殿的台阶，脚后跟着五位忠诚的追随者，五人把镐扛在肩上，列队行进（他们仍旧保持着将士的行为举止，好像天生如此）。他们在宫殿的入口停下脚步，望向一长排高耸的石柱，石柱从宫门一直延伸排列到一座宏伟的大厅，在大厅尽头，卡德摩斯望见一位女性的身影缓缓向他靠近，她美艳动人，身披皇家礼袍，卷曲的金色长发上戴着一顶宝石皇冠，脖子上佩了一条贵重无比的项链，那项链是一位王后曾经戴过的。卡德摩斯顿时欣喜若狂，他以为那位女士是他失散已久的妹妹欧罗巴，此刻妹妹已经长大成人，来和他共享重聚之喜，用甜蜜的兄妹之情给予补偿，补偿他自从离开阿革诺耳王的宫殿后一路游荡的艰险与疲惫！——补偿他与福尼克斯、喀利克斯和塔索斯分别时所流的眼泪——补偿他在母后墓地前的心碎难过和万念俱灰！

可是，等卡德摩斯走上前去，看清那个美丽的女子后，发现自己根本不认识她。不过，就在他穿过大厅的那一瞬间，他已经感受到他俩之间情投意合。

这时，一个声音响起，就是那个在将士全副武装的战场上对他讲话的声音，那声音说："是的，卡德摩斯！她不是你的妹妹，不是那个你踏遍全世界，百折不挠地找寻多年的欧罗巴。她叫哈耳摩尼亚，是上天的女儿。上天将她赐予你，让她代替你的妹妹、兄弟、朋友和母亲陪伴你。你在她一人身上，将感受到所有你的挚爱之人对你的陪伴。"

于是，卡德摩斯王与他的新朋友哈耳摩尼亚一起住进了宫殿。有了哈耳摩尼亚的陪伴，他觉得住在雄伟的宫殿里非常愉快，哪怕是住在路边简陋的小屋里，不说更加愉快，也与住在宫殿里无异。没过几年，宫殿里就多出一群白净粉嫩的小孩子（我也不知道他们从哪里来，对我来说，这一直是个谜），他们在大厅中、在大理石铺成的台阶上嬉戏。等卡德摩斯王忙完国事，孩子们便会高兴地跑上前去，叫他陪大家一起玩耍。孩子们称卡德摩斯为父王，称王后哈耳摩尼亚为母后。那五位由龙牙生长出来的老将士很喜欢这些小淘气鬼，不厌其烦地教他们如何耍棍棒，如何挥木剑，如何走军步，如何吹军号，如何把小战鼓擂出令人讨厌的咚咚声。

可是，由于害怕总是和五位龙牙将士在一起舞剑弄枪会深刻影响孩子们的性情，所以卡德摩斯王总是忙里偷闲，教孩子们识字，这些字都是他为方便教孩子而创造的。可是，恐怕孩子们并不怎么感谢他，对他的感谢程度还不及应有的一半呢！

喀耳刻的宫殿

你们当中,肯定有人听说过足智多谋的俄底修斯王,肯定听说过他围攻特洛伊城的事迹,还肯定听说过他在特洛伊城被攻陷烧毁之后,历经十年辗转,竭力回到自己的弹丸岛国伊塔刻的冒险故事。在这场令人厌倦的旅程中,俄底修斯曾登上过一座海岛,整座岛屿一眼望去绿意盎然,但他却不知道那座岛的名字。就在他登岛前不久,岛上刚经历了一场可怕的飓风,也许,更应该说是一次性经历了好多场飓风。飓风把他的船队吹到了一处陌生的海域,他和船上的水手从未驶入那片海域。都怪那些水手愚蠢的好奇心,才让他们遭遇这番劫难。他们趁俄底修斯睡觉之际,解开了几只巨大的皮革口袋。大家以为口袋里藏了一大堆值钱的宝贝。可实际上,在那一个个鼓鼓囊囊的袋子里装的全是风暴。风之主宰埃俄罗斯王把风暴灌满口袋,然后交给俄底修斯保管,希望俄底修斯返回家乡伊塔刻的旅程能够一帆风顺。绑口袋的绳子一被解开,猛烈的飓风便冲破口袋,呼啸而出,就像从吹胀的气囊中迸出的空气。飓风卷起滔天白浪,把船队吹得七零八散,找不着方向。

俄底修斯刚逃过一劫,一场更大的灾祸便接踵而至。他乘着大船在飓风的推动下急速前行,来到一处陌生之地。后来他才得知,此地名叫莱斯特律戈涅斯。在这里,他的许多同伴都成为了一群可怕的巨人的盘中餐,从海滩沿岸的峭壁上向他的船队投下大量岩石,击沉了所有的船只,唯有俄底修斯自己所乘的那只幸免于难。历经一系列劫难,你们一定无法想象,在狂风骤雨的侵袭后,能把船只停泊在一座绿岛的宁静海湾里,就是我在故事开头提到的那座岛,俄底修斯王会是多么舒畅。不过,由于俄底修斯历经了重重危机,遭遇过巨人族、独眼巨人库克罗普斯以及海中和陆地上的巨怪,所以即便身处这座风景宜人、看似僻静的岛上,他依旧心神戒备。连续两日,这群饱经风雨的可怜水手全都静默少语,他们大多安静地待在船上,最多沿着海滩边的崖脚小心谨慎地走走。为了充饥,他们在沙滩上挖贝类海鲜,为了解渴,他们寻找每一条由海浪冲蚀而成、可能流向大海的小水沟,搜集其中的淡水。

这样的日子还没过两天,大家就变得非常不耐烦。有一点很重要,大家一定要记住,俄底修斯王的这群追随者都是些饕餮之徒,不管是正食还是餐点,只要没吃好,他们铁定要抱怨。储存的物资已经被他们吃了个精光,沙滩上的贝类海鲜也被他们挖得差不多了。现在,他们必须面临选择,是待在原地饿死,还是冒险进入岛屿深处,岛内也许藏有三头巨龙或是其他怪兽的巢穴。那时候,像这种丑恶狰狞的生物很常见,只要出门旅行,多少都要冒些被怪兽吃掉的风险。

不过,俄底修斯是个既勇敢又谨慎的家伙。第三天一早,他决定深入岛内探索一番,看看这究竟是一座什么岛,岛上能否获得食物补给,好填饱同伴饥肠辘辘的肚子。于是,他手握长矛,爬上崖顶,仔细地环顾四周。在远处,朝岛中央的方向,他望见几座肃穆的高塔,似乎是一座由雪白的大理石建造的宫殿,矗立在一片参天密林之中。茂密的枝干层层交叠,挡在宫殿前,遮蔽了大半个宫殿。不过,从建筑的局部来看,俄底修斯断定这座宫殿不但占地广阔,而且精美绝伦,可能是某位王公贵族的宅邸。一阵青烟从烟囱里袅袅升起,此刻,没有什么比看到这幅场景更令俄底修斯感到欣慰的了。因为,从这源源不断腾起的青烟来看,俄底修斯料想,厨房里的火一定烧得很旺,等到正餐时间,宫殿里应该会准备好一顿盛宴,供住在里面的人和过路的宾客享用。

怀着这份憧憬,俄底修斯觉得应该径直去往宫殿门前,告诉里面的主人,在不远处的海岸边有一群遭遇海难的水手,除了一点蛤蜊和牡蛎之外,他们已经一两天没吃过任何东西了。若能给他们一点吃的,他们会感恩戴德。假如,

★ 下编：唐格尔伍德山庄故事集：又一本神奇故事书（1853）

宫殿里的那位王官贵族吃饱喝足之后都不肯招呼他们上桌，给他们吃点残羹剩饭的话，那他一定是个抠门到家了的小气鬼。

想到这里，俄底修斯内心一阵欢喜，不由得向宫殿的方向走了几步。突然，身旁大树的枝头上传来一阵叽叽喳喳的鸟叫。紧接着，一只鸟儿朝他飞来，在周身盘旋，翅膀差点扫过他的面颊。这只小鸟生得相当漂亮，拥有紫色的身躯和翅膀，脚爪嫩黄，脖子上有一圈金色的羽毛，头上还长着一簇金色的羽冠，看上去就像一顶微缩的王冠。俄底修斯伸手想要抓住小鸟，可小鸟灵巧地飞来飞去，躲过他的抓捕，依旧叽叽喳喳地叫个不停，声音哀怨，好似能口吐人言，述说着悲伤的故事。俄底修斯想要把它赶跑，可鸟儿最远也就飞到旁边大树的枝头上。只要俄底修斯有前进的意思，鸟儿便会折返回来，在他的头顶盘旋，发出声声悲啼。

俄底修斯问："小鸟啊小鸟，你是有什么事情想告诉我吗？"

他打算认真倾听，想看看小鸟到底要向他传递什么信息。在围攻特洛伊城和其他一些地方时，他听说过这类稀奇的事情。如果有一只小鸟能像他一样口吐人言，与人清晰地交谈，他并不会觉得特别出奇。

鸟儿叫道："叽叽！叽，叽，叽——唧！"

它没说别的，只是用一种忧郁的音调一遍又一遍反复地叫着"叽，叽，叽——唧！"可是，只要俄底修斯向前移步，鸟儿就会焦急地扇动紫色的翅膀，发出最强烈的警告，努力把俄底修斯赶回去。最终，俄底修斯通过鸟儿怪异的行为断定，小鸟知道前方有某种危险在等着他，毫无疑问，那是某种极其可怕的危险，就连一只小鸟都会为他这个人感到哀怜。于是，他决定立刻返回舰船，告诉同伴他看到的一切。

俄底修斯的举动令鸟儿十分高兴。等他调转回头，鸟儿便跳上树干，用又长又尖的喙在树皮里找虫子吃。你们要知道，这只鸟儿是啄木鸟的一个品种，和所有啄木鸟一样，它要靠这种方式活下去。可是，在它啄树皮的过程中，每隔一会，这只紫色的鸟儿都会想起自己不为人知的伤心事，重复着悲伤的啼叫"叽，叽，叽——唧！"

喀耳刻的宫殿 ★

在远处，他望见几座肃穆的高塔

在返回海滩的路上，俄底修斯幸运地猎杀到一只牡鹿，他刺出长矛，刺中了牡鹿的背部。俄底修斯把牡鹿扛在肩上（他身强力壮），一路背回去，扔在饥饿的同伴面前。我在前面已经提醒过你们，俄底修斯王的手下有一些特别能吃。从种种迹象来看，我猜测，他们最喜欢吃猪肉，他们以此为食，把自己吃得一脸横肉，满肚肥膘，连脾气和性情都很像一头猪。不过，对他们而言，一餐鹿肉也不是不可接受，尤其在吃了这么长时间牡蛎和蛤蜊之后。于是，他们盯着死去的牡鹿，熟练地摸了摸牡鹿的肋骨，然后即刻点燃浮木，准备烹烤。在那天剩余的时间里，他们一直在大口吃肉。直到日落时分，这群饕餮之徒才起身离开餐桌。可怜的牡鹿被吃了个精光，骨头上连一口肉都剔不下来了。

第二天早晨，这帮水手又和往常一样，想要大口朵颐。他们看向俄底修斯，似乎盼望他能再登崖顶，能再扛回一头膘肥体壮的牡鹿。可是，俄底修斯

下编：唐格尔伍德山庄故事集：又一本神奇故事书（1853）

没有独自出发。他把所有船员召集起来，跟大家说，不能每天都指望他去猎杀一头牡鹿当作大家的餐食，这不现实，需要想想其他办法来填饱大家的肚子。

俄底修斯喊道："大家听我说，昨天在崖顶，我发现这座岛是有人家的。岛内有一座用大理石建成的宫殿，离海滩有一段距离，宫殿看上去很宽敞，其中一根烟囱里还冒着一大股浓烟。"

几个同伴吧唧着嘴巴，喃喃自语道："哈哈！那一定是厨房炉火中的炊烟。宫殿是在准备美味的大餐。今天，宫殿里也肯定会有大餐！"

睿智的俄底修斯继续说道："不过各位好兄弟，大家一定要记住在独眼巨人波吕斐摩斯的洞穴里遭遇的惨痛教训，还有巨人库克罗普斯！你们难道忘了吗？巨人丢开平日喝的牛奶，我们的两位同伴就这样成了他的盘中餐，第二天的早餐和晚餐亦是如此！我至今都忘不了那个可怕的怪物，瞪着额头中央那只血红的独眼扫视我们，想挑选出我们中最壮实的那一个。还有，你们难道忘了吗？就在几天前，我们落入了莱斯特律戈涅斯王和他的臣子手中，那些可怕的巨人，我们中间被他们吃掉的同伴比现在剩下的还多！说实话，如果我们前往那边的宫殿，肯定会去到餐桌边，可至于是被当作宾客邀请入席，还是被当作食物呈上餐桌，我们得谨慎筹划。"

几位饥饿至极的水手嘟囔道："管他的，好歹比饿死强；就算是要吃我们，也一定会先把我们养得胖胖的，之后再精致地烹煮一番！"

俄底修斯王说："那只是口味问题，要我说，无论是被多么精心地喂养，还是被多么精致地烹煮，我始终都不情愿变成盘中的食物。因此我提议，我们平均分成两队，抽签决定哪一队前往宫殿探查，求取食物和帮助。若能成功，那当然最好不过。如果不能，如果住在宫殿里的家伙也像独目巨人波吕斐摩斯和食人部落莱斯特律戈涅斯人那样，会将外人残忍杀害，我们也不至于全军覆没，剩下一半人可以乘船逃走。"

众人对此均无异议，俄底修斯开始清点人数。所有船员加他自己，一共四十六人。于是，他分出二十二人，又任命欧律罗科斯为队长。欧律罗科斯是他的大副，其智慧在全员之中仅次于俄底修斯。然后，俄底修斯摘下头盔，把两片贝壳放进头盔,其中一片贝壳上写着"去",另一片上写着"留"。再由一人托住头盔,俄底修斯和欧律罗科斯分别从中抓取一片贝壳。写着"去"字的贝壳被欧律罗科斯抽中。这就意味着俄底修斯与他麾下的二十二人会留在海边,等待另一组队友传回消息,看他们在神秘的宫殿里会受到怎样的待遇。既已决定,欧律罗科斯便带着手下二十二人立即出发了,他们带着满心忧虑离去,留下的队友心中也不比他们好受。

不一会儿,欧律罗科斯一行人就爬上崖顶,望见宫殿的大理石高塔,塔身洁白如雪,林木环绕,从葱翠秀丽的绿荫中耸立而出。宫殿背后的烟囱里冒出袅袅青烟。青烟高高地飘到半空,随微风飘向大海,从饥饿的水手头顶飘过。人若是在饥肠辘辘之时,对风中的一丝鲜香都会非常敏锐。

一个水手把鼻子扬得老高,使劲儿地嗅着空气里的味道,大声说:"那股烟是从厨房飘出来的!饿得半死的我敢肯定,空气中弥散着烤肉的味道!"

另一个水手说:"是猪!是烤猪!哈,是美味的炭烤小香猪!我的口水都流出来了!"

另外几个人大声叫道:"大伙儿加快脚步,否则我们就赶不上这美味大餐啦!"

可是,他们刚从崖边走出几步,一只小鸟就扑腾着翅膀,向他们飞来。这只小鸟就是上次挡住俄底修斯去路,令俄底修斯疑惑不解的那只。它拥有紫色的翅膀和身躯,脚爪嫩黄,脖子上有一圈金色的羽毛,头上还长着一簇金色的羽冠。它围着欧律罗科斯周身盘旋,翅膀几乎要扫到他的脸颊。

鸟儿尖声叫道:"叽,叽,叽——唧!"

那叫声充满哀怨的灵性,仿佛这小家伙的心都要碎了。它似乎有什么特别的事情想要告诉众人,却只能用这种不起眼的方式来表达。

欧律罗科斯处事谨慎,不会放过任何危险信号。他对小鸟说:"漂亮的鸟儿,是谁把你留在这里?你想对我们传达什么信息?"

鸟儿哀怨地回应着:"叽,叽,叽——唧!"

然后,它飞向崖边,环视众人,好似急切希望他们从哪里来就回哪里去。

下编：唐格尔伍德山庄故事集：又一本神奇故事书（1853）

欧律罗科斯和另外几个水手萌生退意。他们隐约怀疑，紫色的小鸟一定是知道些什么，知道他们在宫殿会遭遇不测，所以原本欢快活泼的紫鸟才充满了对人类的悲悯哀怜之情。可其余水手嗅到从宫殿厨房里飘来的炊烟，对就地折返的想法一顿奚落。其中一个水手比其他人都要蛮横，在整支队伍里也是出了名的能吃。他说了一句混账话，我真想知道他这种残忍邪恶的想法怎么没把他变成一头畜生，他虽披着人皮，内心却已经是一头畜生了。

他说："可以把这只讨厌放肆的小家伙做成一道美味可口的开胃菜！一口塞进嘴里，慢慢咀嚼！要是它飞到我跟前，我一定要抓住它，把它交给宫殿里的厨子，串在扦子上烤来吃！"

他刚一说完，紫鸟便飞走了，嘴里还叫着："叽，叽，叽——唧！"声音比之前更加悲凉。

欧律罗科斯说："那只鸟应该比我们更清楚宫殿里等待我们的是什么！"

众位同伴大声说道："那就出发吧。一会儿，我们就跟这只鸟一样清楚了！"

于是，一行人穿过郁郁葱葱、生机勃勃的密林，向宫殿进发。他们每走一段，便能多瞥见一部分宫殿的轮廓，越是靠近，这座用大理石建成的宫殿看上去就越有气派。不久，他们踏上一条宽阔的道路，道路干净整洁，蜿蜒曲折，一道道阳光洒满路面，点点光斑在茂林修竹投下的深影间轻轻摇曳。道路两边还长满了鲜花，品种繁多，香气宜人，许多都是这帮水手从未见过的。百花争奇斗艳，娇艳动人。若眼前的是一片野花，原本就生长于此，那该岛无疑是一座世界花园；若这片花田是从别处移栽而来，那一定来自朝向金色落日的极乐净土。

让我来告诉大家他们的所言所想，大家就能明白他们是怎样一群饕餮之徒。一位同伴说："费那么大气力种花真不值得。要我说，如果我是这座宫殿的主人，我会命令园丁只种香草食蔬，当作烤肉佐料，或是炖肉的配菜。"

其他同伴大声附和道："说得好！不过，我敢保证，宫殿的背后肯定有一片果菜园子。"

众人继续前进，在不远处发现一潭清泉，于是停下脚步，饮水休憩，以泉

喀耳刻的宫殿

代酒。可相比甘泉，这群家伙更加喜欢美酒。他们望向泉池，水里倒映出一张张模糊的脸庞，可流淌的泉水从泉眼中不断涌出，极度扭曲了水中的倒影，那模样好似在嘲笑岸上的自己和身边的伙伴。这些倒影简直不可思议，他们真的在放声大笑，即便想严肃也很难立马严肃起来。待众人畅饮之后，大家感觉比之前更加愉悦。

一个水手咂着嘴巴说："泉水中有一股葡萄酒桶的味道！"

众人大叫道："赶紧的！我们肯定能在宫殿里找到葡萄酒桶，那可比上百潭清泉还强！"

于是，众人加快脚步，欢腾雀跃，幻想宫殿主人用珍馐美味招待他们的场景。可欧律罗科斯告诉大家，他感觉自己就像在梦中前行。

欧律罗科斯继续说道："如果我不是在做梦，那我觉得，我们一定是遇到了什么怪事，这感觉比走在波吕斐摩斯的洞穴里，立于巨大的食人族莱斯特律戈涅斯人中间，身处埃俄罗斯王的风之宫殿还要奇怪，就是那座建在铜墙岛屿上的宫殿。每当有什么奇异之事将要发生，我就总会有这种梦幻感。如果你们愿意听我的忠告，那我们就回去吧。"

此刻，众人嗅了嗅空气中的味道，大家已经能清楚地闻到从宫殿后厨飘出的鲜香，于是大叫道："不，不要！我们不回去，哪怕明知道桌头坐着身形如山的莱斯特律戈涅斯人之王，桌尾还有高大魁梧的波吕斐摩斯和独眼巨人库克罗普斯，我们也不回去！"

终于，他们靠近了宫殿，望见宫殿全貌。整座宫殿高大雄伟，恢宏壮丽，房顶上有许多通风的小尖塔。此刻虽值正午，灿烂的阳光照耀在大理石建成的外墙上，但奇异的建造风格，雪一般洁白的外立面，看上去令人感到很不真切，就好像月光下窗格玻璃上的霜花，又好像有人透过云雾看到的城堡掠影。不过，就在此时，一阵清风把厨房烟囱里冒出的炊烟吹到他们周围，每个人都能闻到一股食物的鲜香，都是他们各自最爱吃的东西。至此，对他们来说，任何说辞都是空谈，任何东西不再重要，他们满眼只有这座宫殿，满心只想着宫殿里备好的盛宴。

下编：唐格尔伍德山庄故事集：又一本神奇故事书（1853）

于是众人加紧脚步，踏上殿前开阔的草坪，朝殿门走去。可就在他们快走到草坪中央的位置时，眼前突然跳出一群狮子、老虎和狼。所有水手都惊惧不已，开始后退，料想难逃被撕碎、啃食的命运。然而，令众人既吃惊又庆幸的是，这群猛兽非但没有袭击他们，反而踏着雀跃的步伐，绕着他们摇尾巴，甚至主动低下头、伸长脖子，让大家抚摸、拍打。那样子简直就像一群被驯化的家犬，想在主人和主人的朋友面前表现它们的喜悦之情。最大的一头狮子舔了舔欧律罗科斯的双脚，其他狮子、老虎和狼也都从欧律罗科斯的二十二名随从中挑选了一人，走近前去又舔又蹭，好像这些猛兽喜欢水手，胜过喜欢牛骨头。

可尽管如此，欧律罗科斯依旧隐约从这群猛兽的眼中看到了凶狠狰狞之色。若猛兽突然向他们发难，狮子挥出可怕的利爪，老虎把大家扑倒在地，恶狼跃起咬住众人的脖子，欧律罗科斯一点儿也不会吃惊。猛兽的温顺之举反而令他有种深深的虚假怪异之感；而他们的尖牙利爪又实实在在地表明他们凶狠的天性。

不过，他们总算是有惊无险地穿过了草坪。猛兽一直在他们身边徘徊游荡，没有伤人。虽然，众人登上了宫殿的台阶，但依旧隐约能听到一阵低吼，尤其是狼嚎。那吼声好像充满惋惜，感觉让一群陌生人通过，没有好好品尝他们的血肉，终究是一种遗憾。

欧律罗科斯和众人从一道高耸宏伟的大门下穿过，沿着门廊向宫殿深处望去。首先映入他们眼帘的是一间开阔的门厅和门厅中央的喷泉。泉水从大理石砌成的水池中喷向天花板，然后落回水池，循环往复。喷泉喷出的样式总在不断变化，虽然图案不是特别清晰，但一个头脑灵活、想象力丰富的人却很容易辨认。一会儿，它喷出一个穿着睡袍的人形模样，睡袍上雪白的绒毛是喷泉喷出的水花；一会儿，它又喷出一头狮子、一只老虎、一匹狼、一头驴，或是一头在大理石喷泉池里打滚的猪，就好像这池子是它的猪圈。喷射的水柱能形成如此丰富的图案，不是被施了魔法，就是有些奇技淫巧。不过，不等众人有空细细观赏这番神奇的景象，他们的注意力就被一道甚是甜美、和蔼的声音吸引过去。只听宫殿的另一个房间里传出一位女子的歌唱，声音悦耳动听，中间还掺杂有织布机的声响。想必，她正坐在织布机前，编织着纹理绵密的布料。高低起伏的甜美声音交相辉映，交织成一段质感细腻、和谐美妙的歌声。

不久之后，一曲歌毕，旋即传来几位少女的谈笑声，她们聊得愉悦欢畅，还时不时发出一阵开怀大笑。大家敢肯定，那种谈笑声就是三四个年轻女孩坐在一起做女红时常有的欢声笑语。

一位水手感叹说："那歌声可真甜美！"

欧律罗科斯摇摇头答道："的确相当甜。不过，不如女妖塞壬的甜，就是那些人面鸟身的海妖。她们试图用歌声把我们引向礁石，撞毁我们的船只，令我们暴尸滩头。"

另一位水手说："但听听这群少女动听的嗓音，还有织布机的梭子来回发出的唧唧声，多美妙呀！这就是家的声音！哈哈，在投身那场持久疲劳的特洛伊围城战之前，我总是听到家中楼下织布机的唧唧声和少女的欢笑与歌声！我还能再听到那样的声音吗？还能再吃到最最亲爱的妻子为我准备的精致美味的小食吗？"

旁边一位水手不以为然地说："咳！这里岂不更好？这些少女多清纯呀！她们聚在一起聊些闺房蜜语，绝没料到会被我们偷听去！你们听，那个最柔和的声音，那样亲切，那样随和，但在所有的声音中，又似乎带有一种女主人的威严！我们赶紧进去吧。一座宫殿里的女主人和她的仆人，还能伤到我们这些久经沙场的水手不成？"

欧律罗科斯提醒道："可别忘了，之前，正是一位少女迷惑了我们的三位同伴，把他们骗进了食人族之王莱斯特律戈涅斯的宫殿，眨眼间，其中一人就成了莱斯特律戈涅斯的腹中之物。"

可是，这群水手听不进欧律罗科斯的警告和劝说。他们穿过门厅，来到门厅尽头的一对折叠门前，猛地拉开大门，走入下一个房间。与此同时，欧律罗科斯躲到了一根柱子后面。在折叠门一开一关之间，他瞥见一个美艳的女人从织布机前起身，走向这群被风暴刮来的迷航者。她面露微笑，热情地伸手相

下编：唐格尔伍德山庄故事集：又一本神奇故事书（1853）

迎。房间里还有四位少女，她们手拉手，迈着轻快的舞步，对这群闯进的陌生人行屈膝礼。她们也很漂亮，只比之前那个女人略微逊色。那个女人看起来是这些少女的主人。然而，欧律罗科斯总觉得，其中一位女仆有一头海绿色的头发；另一位穿着像是树皮制成的束身连衣裙；还有两位的外表有些怪异，但他一眼看去，也看不出到底哪里奇怪。

折叠门很快就自动回弹，重新合上，把站在柱子后的欧律罗科斯独自一人关在了门厅外。他等啊等啊，一直等到失去耐心。他仔细地听辨每个声响，但没有任何声音能帮他推测同伴的情况。他能清楚地听到，宫殿其他地方有来来去去的脚步声。接着，是一阵金盘子或是银盘子撞击发出的叮当声，听起来像是有人正在豪华的宴会厅中准备一顿丰盛的大餐。之后，突然传来一阵蹦跶声，就像那种细小而坚硬的马蹄踩在大理石板上的声音，随即还有女主人和四位仆人的尖叫声，叫声中充满愤怒与嘲笑。欧律罗科斯不知道里面发生了什么，除非有一群猪循着大餐的味道，冲破大门，闯进殿内。他无意间瞥了一眼喷泉，发现喷泉不再像之前那样，喷出各式各样的图案，看起来也不像是穿着睡袍的人，或是狮子、老虎、狼、驴子之类的。此刻，喷泉只喷出一种图案，一头把大理石喷泉占得满满当当，躺在里头打滚的猪。

但此刻，我们必须先把谨慎的欧律罗科斯放在一边，继续让他在门厅外等着，转向他同伴的视野，窥探一番宫殿里头的秘密。话说，那位美丽的女主人一见到这群水手，就立刻从织布机边站了起来，就像我刚才讲的，她面带笑容地走上前去，伸出手来，牵起最前面一位水手的手，欢迎他和他的同伴。

女主人开口道："各位亲爱的朋友，我们已经恭候多时！虽然你们似乎不认识我们，但我和我的仆人却对你们知之甚深。来，看看这幅织锦，你们就会知道，我们对你们的样貌有多熟悉！"

于是，众人上前来到织布机边，仔细察看美丽的女主人刚在编织的织锦。众人皆是大吃一惊，他们赫然发现，自己的模样被绣在了织锦上，彩色的丝线把他们的形象展现得活灵活现。这幅织锦记录了他们近期的冒险经历，看上去栩栩如生。织锦的一部分图案呈现了他们身处独眼巨人波吕斐摩斯洞穴的情况，以及他们刺瞎巨人那只巨大、犹如圆月般眼睛的过程；而在另一部分图案中，他们正在解开一个皮革大口袋，大风从口袋里呼啸而出，推着他们的船只往相反的方向前行；他们还看到有部分图案呈现的是他们从食人族之王莱斯特律戈涅斯手中逃跑的场景，其中一个水手还被莱斯特律戈涅斯抓住了腿。最后，还有一部分图案展现的是他们坐在一片荒凉的海滩上，正是他们目前身处的岛屿，个个都显得又饿又沮丧，可怜地盯着昨天吃剩的鹿骨，骨头上的肉已经被吃得干干净净。织锦还没有完工，但如果那个美丽的女主人再次坐回织布机前，她接着要织绘的很可能是这群水手刚刚遭遇的事情，以及马上要发生的事情。

女主人开口道："瞧，我知道你们的遭遇；别害怕，在我这里，你们就是尊贵的客人，我定会让你们高兴。为此，我特意准备了一桌宴席。鸡鸭鱼肉都已备好，蒸烤炖煮，风味纷呈。我敢保证，一定能满足大家不同的口味。如果大家饿了，想此刻开餐，我这就带大家去宴会厅。"

女主人的盛情邀请令这帮饥肠辘辘的水手喜出望外。其中一位水手主动充当起大伙的话事人，向好客的女主人表示，只要碗里有肉，有火烹制，他们不分时间，随时都能开吃！于是，美丽的女主人在前面带路，四位女仆跟在众人身后，一路簇拥大家走进一间富丽堂皇的宴会厅。四位女仆中，一个有一头海绿色头发，另一个穿着一身像树皮做成的束身连衣裙，第三个的手指间滴下一连串雨滴般的水，第四个也有古怪，不过我忘了是什么古怪。宴会厅呈典型的椭圆形，水晶穹顶照亮整座大厅。围墙一圈，摆着二十二张御座。每张御座上方都悬挂着红金相间的华盖。椅凳上放着最柔软的坐垫，坐垫周围挂着金线流苏，用金丝镶边。女主人和仆人们安排水手一个个坐下。这群遭遇风暴袭击的水手正好二十二人，他们衣衫褴褛，坐在二十二张悬挂华盖的软垫御座上，场面极尽奢华，即便再傲娇的君王，在最富丽的殿堂里，也不过如此。

接下来，大家定能料到，这群座上宾不住连连点头，相互使眼色，啧啧低语中满是欣喜。

众人察看织锦

一个水手低语道:"这位美丽又好客的女主人简直是在把我们当国王招待。哈哈!你们闻到了酒肉香吗?我敢肯定,那一定是一顿够得上二十二位国王享用的大餐!"

另一位水手接着说:"我希望待会儿多些品类丰富、鲜美块大的肉食,里脊呀、排骨呀、蹄膀呀,少些量小精细的菜品!如果女主人准备的餐宴如我所愿,一开餐,我要先来一份膘肥肉厚的烤培根!"

哼,都是帮胡吃海塞、饮食无度之徒!瞧,他们就是这副德性。坐在至尊至贵的皇家御座上,他们满脑子依旧只有贪婪的食欲,这是他们本性的一部分,与恶狼和贪吃的猪无异。因此,他们更像那些低贱的畜生,丝毫没有国王该有的思想和举止。

但此刻,貌美的女主人拍了拍手,即刻,二十二名服务生从宴会厅大门鱼贯而入,端上丰盛无比的菜品。每道菜都是刚出炉的,还冒着热气,汇聚在水晶穹顶下,就像挂在半空的一片云。服务生为水手们提供一对一服务,他们端来了大壶美酒,品类众多。有些酒从壶中倒出时还会闪闪发光,喝进喉咙还会冒泡泡;还有些酒呈紫红色,十分透亮,你甚至可以一眼看到杯底的花纹图案。在二十二位服务生给二十二位客人提供食物和酒水之际,女主人和四个仆人上前挨个劝吃劝喝,叫他们敞开肚皮,吃饱喝足,饿了好几天肚子,这一顿,全都要吃回来。可每次,只要水手没注意(水手时常只顾吃喝,就盯着眼前的碗盆),美丽的女主人和她的仆人就会转过身去发笑。就连那些屈膝上菜的服务生,在水手们接过菜品狼吞虎咽之际,都会露出狡黠的笑容。

偶尔,水手们也会吃到一些他们不太喜欢的食物。

一个水手说:"这盘菜的味道真奇怪!不太合我胃口。不过,我还是咽了下去!"

邻座的另一位水手应声道:"喝一大口酒!配着酒吃,味道就好多了。但我要说,这酒的味道也怪怪的!不过,这味道,我越喝越喜欢。"

尽管水手们对不少菜品的味道有些诟病,但他们依旧坐在餐桌前,吃了好久。眼见他们鲸吸牛饮、狼吞虎咽的吃相,你都会为他们感到害臊。没错,他

下编：唐格尔伍德山庄故事集：又一本神奇故事书（1853）

们坐在黄金宝座上，可他们的举止就像一群在猪圈里拱食的猪。他们如果还有点自知之明，就会猜到，这就是美丽的女主人和她的仆人对他们的印象。二十二个大酒鬼、贪吃货，吃了大量的肉和布丁，喝了海量的酒，照我估算，那分量我都脸红得不好意思说。他们全然忘了自己的家，忘了家中的妻儿，也忘了俄底修斯和其他一切。他们满脑子只剩下这场盛宴，想要一直吃下去！直到最后，连一口都塞不进去，才停了下来。

一个水手说："最后那块肥肉，我实在吃不下了！"

旁边一个水手也说："我也一口都吃不了！"他重重叹了口气，接着说道，"太可惜了。我的胃口只有那么大！"

总而言之，他们都停止了进食，靠在御座椅背上，一副饱餐之后呆傻、懒怠的模样，看起来愚蠢可笑。女主人见状，放声大笑。她的四位仆人以及二十二位传菜的服务生，还有二十二位斟酒的酒侍都大笑起来。他们笑声越大，这些胡吃海喝的水手看起来就越是呆傻、懒怠。不久，漂亮的女主人走到宴会厅中央，伸手举起一根细长的魔杖（她一直握着魔杖，只是，直到此刻，水手们才注意到），把水手挨个指了个遍。虽然，她美丽的脸蛋上一直挂着笑容，但看起来阴险狡诈，不怀好意，就像一条丑陋至极的蛇。而这帮愚蠢的水手直到此时才开始怀疑，他们可能陷入了一个邪恶女巫的圈套。

女主人大声说道："真是一群可怜人，你们糟蹋了一位女士的殷勤款待。在如此华丽的厅堂里，你们的举止就像猪圈里的一群猪！你们哪方面都与猪无异，没有一处像个人样。你们不配为人，与我之间没有任何作为人的共同点。和你们再多待一刻，我都嫌恶心。但还得花点时间，施个小小的魔法，让你们的外形与猪一般的秉性相统一。你们这帮饮食无度之徒，我要把你们个个都变成猪，赶进猪圈！"

话音刚落，她就挥舞魔杖。只听她重重地跺了跺脚，水手们随即惊恐地发现，坐在二十二张御座上的二十二个伙伴，一个个都从人变成了猪！每个人（他们以为自己还是人）都不禁想要惊呼，但发现自己只能发出噜噜的猪叫声。总之，每个人都和其他同伴一样，全都变成了山猪。眼见一群山猪坐在御座的软垫上,那场景具有十足的违和感。他们匆匆翻身,从宝座上滚下来,四脚着地,与一般的猪别无二致。他们竭力嚎叫,乞求宽恕,可随即发出的是一阵令人讨厌至极的噜噜声和嗷嗷声,就是那种从猪喉咙里发出的声音。绝望之中,他们想要双手合十拜求放过,可此举令他们感到更加绝望,因为他们发现自己蹲坐在地上,变成前蹄的双手在胸前刨着空气。天哪,他们竟然长出大垂耳,又小又红的眼睛周围堆满了肥肉,坚挺的鼻子变得又拱又长!

不过,他们虽然原本就粗野,但身体中残存的人性仍旧被自己狰狞的模样吓得不轻。他们依旧想要惊呼,却发出比刚才还要恶心的噜噜声和嗷嗷声。那声音非常尖厉刺耳,你们大可想象,就像有个屠夫把杀猪刀刺进了他们的喉咙,最起码,也像是有人拽住了他们滑稽卷曲的小尾巴!

女巫迅猛地向他们挥了挥魔杖,大声呵斥道:"都到猪圈去!"然后转身对服务生说:"把这些猪赶出去,给他们喂些橡果吃!"

宴会厅的大门一打开,猪群就四散而逃,却都没找对路,个个都贪婪蠢笨,本性使然,最终,都被赶进了宫殿的后院。眼见这群可怜的家伙把鼻子贴在地上拱了一路,拱到什么吃什么,这里叼起一片卷心菜叶,那里舔起一片萝卜叶,样子真令人泪目(我希望你们个个都心地善良,不要去笑话他们)。更有甚者,在猪圈里,他们的行动比那些生而为猪的猪更像猪。他们相互啃咬,向对方发出愤怒的哼哼声,把蹄子踏在食槽里疯狂抢食,速度之快,模样之贪婪,简直匪夷所思。很快,他们就把饲料吃了个精光,然后横七竖八地挤在一起,躺在脏兮兮的稻草堆上,很快就睡着了。若他们还有一丝理性尚存,就足以促使他们思考,自己何时会被屠宰,又该被做成何种品质的培根!

而在另一边,接着我之前讲的,欧律罗科斯一直在宫殿的门厅里等啊,等啊,等啊,完全不知道他朋友那边的情况。最后,待他听到宫殿里回荡的猪嚎声,等他在大理石喷泉池中看到了一头山猪的模样,他觉得最好赶快折返,回到船上,把一切不同寻常的见闻都告诉机智的俄底修斯。于是,他以最快的速度跑下台阶,一口气跑到了岸边。

俄底修斯王一见到欧律罗科斯就问:"怎么就你一个人回来了?其他二十

★ 下编：唐格尔伍德山庄故事集：又一本神奇故事书（1853）

二人呢？"

一问之下，欧律罗科斯突然哭了起来。

他大喊道："哎呀！恐怕我们再也见不到他们了！"

随即，欧律罗科斯把他所知道的一切一五一十地讲给俄底修斯听。末了，他还补充道，他怀疑那个漂亮的女人其实是个邪恶的女巫，那幢看起来宏伟壮丽的大理石宫殿实际上只是一个幽暗的洞穴。至于他的伙伴，除了被丢去喂猪，被生吞活剥之外，他都无法想象还会有怎样的下场。

听完这些，在场的所有人都被吓得够呛。可俄底修斯没有丝毫犹豫，立马系上佩剑，挎上弓箭和箭囊，右手持矛。眼见机智的首领作出这番准备，底下的追随者问他要去哪儿，真诚地恳求他不要离开大家。

众人大喊道："您是我们的王。而且，您是世界上最聪慧的人。只有您的智慧和勇气能带我们走出危险。如果您抛弃我们，前往那幢被施了魔法的宫殿，您可能会和那些可怜的同伴一样，遭受相同的厄运。那样的话，我们所有人都不可能再回到亲爱的伊萨卡岛了！"

俄底修斯则回答说："正因为我是你们的王，也比你们所有人都睿智，所以才更有义务去调查我们的伙伴到底出了什么事，甚至有没有解救的可能。你们就在这里等我，等到明天。如果明天我没有回来，你们必须扬帆离开这里，努力寻找重回故土的方向。至于我，我要对这帮可怜同伴的不幸负责，他们曾与我并肩作战，他们无数次和我一起在惊涛骇浪中栉风沐雨，出生入死。我要么把他们带回来，要么与他们共死！"

众人本想用蛮力把他留下。可俄底修斯紧锁眉头，怒目圆睁。他挥舞手中的长矛，示意大家谁敢再阻拦，就要杀了谁。众人见俄底修斯如此坚决，便只能放他离去。大家坐在沙滩上，和所有郁郁不乐的人一样，在祈祷中等待他归来。

可出人意料的是，俄底修斯还没沿崖边走出几步，之前那只紫色的鸟儿再次出现。它慌乱地朝他飞来，发出"叽，叽，叽——唧！"的尖叫，用尽各种方式，竭尽所能劝阻俄底修斯。

俄底修斯大声问道："小鸟呀小鸟，你到底想说什么？你的模样就像一个王者，身穿紫金色皇袍，头戴金色皇冠。是不是因为我也是王，所以你才迫切地想跟我说话？如果你能口吐人言，就告诉我你想叫我干什么吧！"

小鸟依旧发出同样的叫唤作为回应："叽，叽，叽——唧！"叫声中满是忧伤。

显然，小鸟内心充满悲痛。令俄底修斯感到为难的是，他猜不出小鸟的意图。可他也没工夫猜谜了。于是，俄底修斯加快脚步，沿着绿意盎然的林间小道向密林深处走了好一会儿。走着走着，俄底修斯遇见了一位少年。少年看上去活泼机灵，身着怪异。他身披一件短斗篷，戴着一顶特别的帽子，帽子上似乎装了一对小翅膀；他脚步很轻，不禁令人怀疑，在他脚上，也有一对小翅膀。他总是人在旅途，不是来这儿，就是去那儿，为了更方便走路，他还随身带着一根带翅膀的手杖，手杖上盘着两条相互缠绕的蛇。总之，我已经说得够多了，你们肯定能猜到，他就是快银。俄底修斯一眼就认出了他。他们早就相识，俄底修斯从他那儿学到了很多智慧。

快银开口问道："俄底修斯，机智如你，却如此匆忙，这是要去哪儿？你不知道这座小岛被下了诅咒？一个邪恶的女巫就住在那座大理石城堡中，就在那边，那片丛林中。女巫叫喀耳刻，是埃厄忒斯的妹妹。她能施魔法，把人变成凶残的野兽和家禽，就看这人长得像什么。"

俄底修斯吃惊地问道："那只小鸟，就是我在崖边见到的那只，难道他曾经是个人？"

快银答道："是的！他曾是一位国王，名叫庇库斯，他称得上是一位相当不错的国王，就是特别爱炫耀他的皇袍、皇冠和脖子上挂着的金链子。所以他才被变成了一只羽毛华丽的小鸟。接下来，在宫殿前，你还会遇到狮子、老虎、豺狼。那些扑向你的野兽曾经都是些凶残暴戾之徒，性情上与这些野兽十分相似，与他们现在的模样非常相衬。"

俄底修斯忧心忡忡道："我那些可怜的同伴！他们是不是已经被邪恶的喀耳刻施了魔法，也变成了这副模样？"

下编：唐格尔伍德山庄故事集：又一本神奇故事书（1853）

"你肯定知道他们有多贪吃，多能吃。"快银是个十足的淘气鬼，他憋不住坏笑，继续说道，"所以，你一定不会惊讶，他们全都变成了猪！只要喀耳刻没对他们做什么更加过分的事，我还真觉得没必要指责她。"

俄底修斯焦急地询问："可我怎么才能解救我的同伴呢？"

快银答道："这就需要你发挥所有的才智，外加上一点我的帮助，才能保证尊贵、睿智的你不被变成一只狐狸！但你要按我说的做，结果才会转危为安。"

快银边说，似乎边在找什么东西。他俯下身子，伸手从地上摘了一株开着小白花的植物，放在鼻子前闻了闻。俄底修斯一直盯着刚刚那一幕。他似乎发现，快银用手触碰植物的那一瞬间，植物才生出花来。

快银说道："带上这朵花，俄底修斯王！保护好它，要像保护你的眼睛那样。我向你保证，它极其稀有，万般珍贵，哪怕你把整片大地翻个遍，也再难找到这样的一朵花。你把花拿在手里，等进入宫殿后，与那女巫交涉时，要记得时常闻一闻花香。尤其是她设宴款待你，从她的壶中给你斟酒时，你一定要小心，一定要去深吸花香，让花香充满你的鼻腔！按我说的做，你就能摆脱她的魔法，不会被她变成狐狸。"

接下来，快银还给了俄底修斯更多行动建议，鼓励他要胆大心细，并向俄底修斯再三保证，虽然喀耳刻很强大，但他一定能从喀耳刻施了魔法的宫殿中平安归来。俄底修斯认真听完快银的话后，连连感谢这位好朋友，开始继续前进。可还没走几步，俄底修斯又想到了其他问题。等他回头准备询问快银时，突然发现快银消失在了原地。那顶带翅膀的帽子，那双带翅膀的鞋子，那些会飞的东西带着快银迅速离去，不一会儿工夫就消失在俄底修斯的视野中。

来到宫殿前的大草坪，不出意外，俄底修斯也遇见了一群狮子和其他野兽。兽群摆出一副讨好的姿态，看起来像是要上前舔俄底修斯的脚。可聪明的俄底修斯手持长矛，刺向兽群，严厉呵斥它们全都散开。因为他料定，这些野兽是一帮嗜血成性的家伙变的，若让它们靠近，只会把他撕成碎片，而不会真的对他巴结讨好，它们完全屈从本性行事。直到他登上宫殿的阶梯，野兽都一直在不远处徘徊，死死地盯着他，朝他咆哮。

一进入门厅，俄底修斯就看见门厅中央有一口魔法喷泉。喷出的水花再次形成一个人的模样，穿着一身白色的长筒棉绒礼袍，看上去像是在欢迎客人。俄底修斯也听到织布机上梭子穿梭的声音，听到一位妇人甜美动听的歌声，还听到她和另外四个仆人的莺声燕语，其中夹杂着阵阵清脆爽朗的笑声。但俄底修斯没工夫驻足聆听那欢笑与歌声。他把长矛靠在门厅的一根柱子旁，从剑鞘中拔出佩剑，鼓起勇气向前走去，一把拉开这扇门。只见门内坐着一位体态端庄、相貌美艳的女人。见到俄底修斯，她立即从织布机前起身迎接，脸上挂着热情洋溢的笑容，摊开双手表示欢迎。

女人大声说道："欢迎您，英勇的贵客！我们已经恭候多时！"

话音间，女人身旁的绿发少女行了个深深的屈膝礼，也对俄底修斯的到来表示欢迎，还有她的姐妹，一位穿着橡树皮一样的束身连衣裙，一位的指尖上滴着露水，第四位也看起来有些怪异，但我记不清她的模样了。那位美艳的女巫就是喀耳刻，她曾迷惑过很多人，因而笃信，自己定能迷惑俄底修斯。她完全没料到俄底修斯有多睿智。喀耳刻接着对俄底修斯讲话。

她说："你的伙伴也在我的宫殿里，他们对我的盛情款待十分中意，在我这里，他们能够随心所欲，本心得到了彻底解放。要是您愿意的话，不妨先吃些茶点，然后我再带您过去，和您的朋友会合，他们都在一间精致的雅室里。瞧，我和我的仆人刚才一直在忙着把他们的模样绣在这张大壁毯上。"

说罢，喀耳刻指了指织布机里织出的精美织物。看起来，自水手来到宫殿后，喀耳刻和她的四位仆人就在非常努力地编织。因为，那帮水手到来之时，我曾讲到过壁毯上编织的图案。现在，除了之前提过的，她们又织出了相当一部分壁毯。在新织出的这部分中，俄底修斯看到他的二十二位朋友坐在垫着柔软坐垫、带华盖的王座上，大快朵颐，畅怀痛饮。至于之后发生的事，还并没有编织成图案。哦，是的，没有！女巫实在太狡猾了，她不会让俄底修斯看到，她在水手身上施了魔法，把那帮饕餮之徒变成猪的场景。

喀耳刻继续说："至于您，英勇的先生，从您庄重高贵的体貌与神情来

下编：唐格尔伍德山庄故事集：又一本神奇故事书（1853）

看，我敢断定，您就是一位国王。请您屈驾，我们将以国君之礼相待。"

于是，俄底修斯随喀耳刻来到一个椭圆形宴会厅，他的二十二名伙伴就是在这里狼吞虎咽地吃过一顿大餐，最后落了个悲惨的下场。不过，自从与快银分开之后，俄底修斯的手中就一直握着那朵雪白的小花，喀耳刻讲话期间，他会时不时闻闻小白花。一跨进宴会厅的大门，俄底修斯更是下意识地深吸了几口花香。之前水手来的时候，宴会厅里沿着墙壁一圈，摆了二十二把御座。可眼下，只有一把御座，设在大厅中央。不过，这绝对是一把最奢华、最能彰显地位的御座，任何一位君王或皇帝都会想坐在上面。整个御座完全由黄金打造，雕刻精致，嵌满宝石。座位上有一张垫子，看上去像是用一堆新鲜、柔软的玫瑰花瓣铺成。御座上方悬挂着阳光织成的华盖，只有喀耳刻知道如何将阳光织成帷帐。女巫执起俄底修斯的手，拉他坐上耀眼的御座，然后拍了拍手，唤来大管家。

她吩咐道："去把那只专供国王饮酒的高脚杯取来！倒上那款甘醇芬芳的美酒。上回，我的王兄埃厄忒斯和他漂亮的女儿美狄亚来拜访我时，就对这款酒赞不绝口。那孩子真是讨人喜欢！如果她在这里，知道我要用这款酒来招待尊贵的客人，一定会欢呼雀跃。"

然而，趁管家前去拿酒的间隙，俄底修斯把雪白的小花凑近鼻子。

俄底修斯问："这酒对身体有益吗？"

闻声，四位仆人皆是窃笑。女巫立马瞪了她们一眼，神色冷峻，然后回过头来对俄底修斯说：

"这酒对身体最是有益，是用葡萄压榨酿制的。它不像其他的酒那样伤身，只会保护饮酒者的真我，引导出自己原本的模样！"

大管家最享受的，莫过于看着眼前之人变成猪，或是变成与这人本性相似的野兽。所以他着急忙慌地取来那只国王用的高脚杯，倒入了一种金子般明亮的酒水。只见酒花顺着杯壁向上翻涌，泛着阳光的泡沫从杯沿溢出，看上去实在是太诱人了。但酒中还混入了最强力的魔药，只有喀耳刻知道怎样去调制这种酒。她把每一滴纯葡萄汁与两滴代表作恶的魔药原液混合。要命的是，作恶的药水让酒的味道变得更好。仅仅闻一闻杯沿上溢出的泡沫就足以把一个又一个成年男人的络腮胡子变成猪的鬃毛，或是让他的手指变成狮子的爪子，抑或在身后长出狐狸尾巴！

喀耳刻微笑着把高脚杯递给俄底修斯，说道："请，我尊贵的客人！这杯酒会消除你所有的困扰！"

俄底修斯王右手接过高脚杯，与此同时，把左手中紧握的雪白小花放在鼻子边，深吸了一大口气，让肺里充满花香。然后，他一饮而尽，便镇定自若地看着女巫。

眼见俄底修斯喝完酒后毫无反应，喀耳刻对准他猛地挥舞魔杖，怒吼道："混蛋，你怎么可能还能维持人形？还不快快现出你本性中的原形！如果你贪婪，就变成一头猪，和你的猪友待到猪圈去；如果你凶残，就变成一头狮子、一匹狼、一只老虎，与草坪上的野兽一同嚎叫；如果你狡诈，就变成一只狐狸，去偷食家禽！你已经喝了我的酒，不可能再维持人形了！"

但是，在雪白色小花的作用下，俄底修斯非但没有滚落御座，变成一头猪，或是任何其他野兽，反而看上去比过去更有气势，更像君王。他抡起魔法高脚杯扔向宴会厅最远处的墙角，高脚杯被狠狠地砸在大理石地板上。然后，他拔出佩剑，一把抓住女巫漂亮的卷发，摆出架势，像是要一剑砍下女巫的脑袋。

俄底修斯厉声吼道："邪恶的喀耳刻，这把剑会终结你的妖术！去死吧，老巫婆，你再也不能满世界作恶，引诱世人堕落，再按他们的恶习，把他们变成相应的畜生了！"

俄底修斯的语气和表情十分骇人。佩剑的剑身寒光逼人，剑刃无比锋利。还没等俄底修斯动手，光是这场面，就差点儿没把喀耳刻吓死。大管家匆忙溜出大厅，出去之前，还不忘拾起金色的高脚杯。女巫和四位仆人跪在俄底修斯面前，揪着手，尖叫着求饶。

喀耳刻叫道："饶命啊！饶命！尊贵睿智的俄底修斯！快银曾警告过我，说我会遇到一个最谨慎、最精明的人类，任何魔法都对他无效。我想，他说的

下编：唐格尔伍德山庄故事集：又一本神奇故事书（1853）

喀耳刻怒吼道："混蛋！"

那个人一定就是您。只有您才能征服喀耳刻！饶了我吧，您是最聪明睿智的！我要真心诚意地款待您，甚至甘愿做您的奴仆。从今以后，这座恢宏的宫殿就是您的家！"

与此同时，四位女仆也一脸可怜兮兮、不知所措的样子。尤其是那位海绿色头发的海女仆，哭成了泪人儿。还有那位泉水女仆，指尖上也在不停地渗出水滴，整个人都像是淹没在泪水中。可俄底修斯并没有作罢，直到喀耳刻郑重发誓，会把他的同伴变回来，还有他一路上遇到的其他人，会把他们也从如今的鸟兽状，统统变回人形。

俄底修斯说："既然这样，我就饶你这次。否则，定叫你身首异处，横尸当场！"

由于出鞘的利剑还悬在头顶，喀耳刻立马答应，过去作了多少恶，如今就要行多少善,从而弥补她之前的过失,无论她有多不情愿。因此,喀耳刻领着俄底修斯从宴会厅的后门出来,带他去看猪圈里的猪。猪圈里共有大约五十头猪,浑身脏兮兮的。虽然大部分猪是在猪圈里出生圈养的,但其中有些存在异乎寻常的差异,它们的一些新同伴,前不久还是人形。事实上,严格来说,那些由人变成的猪,比天生的猪更像猪,它们似乎特意选择在猪圈里最脏的地方打滚,在某些习性上甚至超过了那些天生的猪。人一旦变成了畜生,残留在他们身上的那点小聪明会把他们的兽性放大十倍。

不过,俄底修斯的同伴还没有完全丧失原来身为直立人的记忆。看见俄底修斯靠近猪圈,二十二头体型肥壮的猪从猪群中挤了出来,迅速朝俄底修斯靠过来。它们一齐发出可怕的嚎叫声,惊得俄底修斯"啪"的一声赶紧用双手捂住耳朵。然而,它们似乎并不知道自己想要什么,也不知道自己是否只是饿了,或是因为什么原因难受。令人奇怪的是,它们痛苦的时候,总会把鼻子拱进泥坑里找东西吃。身穿橡树皮连衣裙的女仆(她是橡树精灵)向猪圈里撒了一把橡子,那二十二头猪赶忙去争抢这份奖励,就好像它们一年来连一口酸奶都没吃过似的。

俄底修斯说:"这些一定是我的同伴了。我能辨认他们的性情。其实都用不着讨这个麻烦,把他们再变回人。但我还是要让他们变回来,免得他们的作为带坏了其他的猪!所以,恢复他们的人形吧,喀耳刻女士,如果你办得到的话。我觉得,这和把他们变成猪相比,需要施展更强大的魔法!"

于是,喀耳刻再次挥动魔杖,反复念了几句咒语。听到咒语,二十二头猪耷拉着的耳朵全都竖了起来。神奇的一幕发生了,只见他们的猪鼻子一点点缩了回去,嘴巴也越变越小(他们或许会为此感到遗憾,因为他们不能再像猪拱槽一般大快朵颐了),一个接一个直立起身子,还能用前蹄挠鼻子了。一开始,旁人很难断定他们到底是猪还是人,可渐渐地,基本能确定,他们越来越像人。最终,二十二个伙伴站在俄底修斯面前,看起来毫发无伤,和他们离开舰船时别无二致。

不过,你们不要以为他们身上猪的性情就此消失了。一旦某种性情融入个

下编：唐格尔伍德山庄故事集：又一本神奇故事书（1853）

人的品格之中，就很难戒除。橡树精灵就是个例子，由于她习惯了作恶，又向刚刚恢复人形的二十二人扔了一把橡子；而随即，那二十二个人便蹲下身子，捡起橡子一口吞了下去，样子着实丢人。过了一阵，他们才回过神来，挣扎着站起身来，显得格外愚蠢。

他们大呼道："太感谢了，高贵的俄底修斯！是您把我们从野蛮的畜生重新变回了人！"

睿智的俄底修斯王答道："用不着费工夫谢我。我什么也没做！"

说实话，这些水手的声音里有一种可疑的咕噜声。在之后很长一段时间里，他们的说话声都很粗哑，还时不时发出一阵长啸。

俄底修斯继续说："今后，你们还会不会重新变回猪，全凭你们的言行举止！"

就在这时，一阵鸟叫从身旁大树的树枝上传来：

"叽，叽，叽——唧！"

是那只紫色的小鸟。它一直站在枝头，注视着这一切。小鸟希望俄底修斯能记起，它是如何尽可能让俄底修斯和他的同伴远离伤害的。俄底修斯见状，立马命令喀耳刻把这只善良的小鸟变回国王，完好无损地变回喀耳刻刚发现他时的样子。话还没说完，还没等小鸟发出最后一声"叽——叽"，庇库斯王就从树枝上跳了下来。庇库斯王是世上最华贵的国王，他身上披着一件紫色长袍，脚下穿着一双金色长筒袜，脖上围着一件做工繁复精致的拉夫领，头上戴着一顶纯金皇冠。他和俄底修斯王相互行礼，那是国王之间的礼节。不过，从那时起，庇库斯王不再为他的皇冠和华服而骄傲，也不再为自己的国王身份而自豪。他开始觉得自己只是人民的高级公仆，他必须穷尽一生，造福人民，努力让他们过上更幸福的好日子。

至于那些狮子、老虎和狼（虽然俄底修斯只需一句话，喀耳刻就会施法，把他们变回人形），俄底修斯觉得，还是维持现在的样子，不把他们变回来得好，这对他们的残忍习性是个警告，而不是让他们披着人皮，假装有同情心，实际上却如野兽般嗜血成性。于是，俄底修斯放任他们嚎叫，但不必为他们操心。等所有事都按俄底修斯的意愿办妥之后,他便差人去召集其他留在海边的伙伴。等大伙儿到齐后,便由稳妥细致的欧律罗科斯统一指挥,把所有人都安顿在喀耳刻的魔法宫殿里休息。大家享受着难得的舒适,直到长期航行的疲惫身心得到充分缓解。他们重新调整好状态,准备再次扬帆起航。

石 榴 籽

身为母亲,得墨忒耳非常爱护女儿珀耳塞福涅。为了安全,她几乎不让女儿独自外出。可是,这位好母亲非常忙碌,她要去培育小麦、黑麦、大麦、玉米等。总之,世间所有的谷物都归她照管。由于天气原因,今年秋收的时节比以往晚了许多,所以收割的速度,必须比以往更快。于是,得墨忒耳戴上用罂粟花制成的头巾(她经常穿戴些用罂粟花制成的衣帽服饰),钻进车里,由两条飞龙拉着准备出发。我们的故事就从这里开始。

珀耳塞福涅说:"亲爱的妈妈,你走了,我会很孤单的。我可以到海边去,把海仙女从浪涛里叫出来,陪我一起玩吗?"

得墨忒耳答道:"当然,孩子,海仙女很温和,她们绝不会带你涉险。但你要注意,不要和她们走散了,也不要独自在野外闲荡。妈妈一不在身边,小丫头就喜欢调皮。"

珀耳塞福涅答应妈妈,一定会像大姑娘一样懂事。还没等得墨忒耳的座驾盘旋着飞出多远,珀耳塞福涅就来到海边,呼唤海仙女,叫海仙女出来陪她玩耍。海仙女就住在离岸边不远的海底。她们识得珀耳塞福涅的声音,一听到呼唤,没过一会儿就浮出海面,露出亮晶晶的脸和海绿色的头发。她们身上挂满了漂亮的贝壳,坐在湿软的沙滩上,任由海浪拍打。她们忙着把贝壳编成项链,给珀耳塞福涅戴上。为了表达感谢,珀耳塞福涅邀请她们一起去离海岸不远的田野,那里开满鲜花,她想摘下足够多的花朵,给每一位陪她玩耍的海仙

她们身上挂满了漂亮的贝壳

下编：唐格尔伍德山庄故事集：又一本神奇故事书（1853）

女都编一顶花环。

海仙女却喊道："那可不行，亲爱的珀耳塞福涅。我们不能陪你到干燥的陆地上去。我们需要呼吸咸腥的海风，只要一口不吸，我们就会头晕。你看，我们很小心，每时每刻都让海水拍打在身上，保持皮肤湿润舒适。不然，我们看起来就会像一把连根拔起的海草，在太阳下被晒干！"

珀耳塞福涅说："那真是太可惜了！不过，你们能不能在这里等我一下？我去摘一围裙鲜花回来。很快，海浪拍打你们十下之前，我一定能回来！我很想给你们编一些花环，和五颜六色的贝壳项链一样漂亮的花环。"

海仙女答道："那我们就等你吧。不过，你离开期间，我们会回到水下，躺在柔软的海绵动物聚集的海床上。今天的空气对我们来说有点太过干燥，很不舒服。不过，每隔几分钟，我们都会探出水面，看看你有没有回来。"

于是，年轻的珀耳塞福涅飞快地跑向田野，就在前天，她看见遍野的鲜花开得正盛。然而，此时的花朵刚过花期，已经不如前两天那般繁花似锦，姹紫嫣红。为了给她的朋友编织出最鲜艳、最可爱的花环，珀耳塞福涅深入田野，欣喜地发现了一片花田，美丽得令她忍不住惊呼。她从没见过如此娇艳的花朵——紫罗兰花大如盘，香气扑鼻——玫瑰花红艳似火，精致优雅——风信子鲜艳夺目，石竹花馥郁芬芳——还有许多其他品种，有些似乎还是形态、颜色都未见过的新品种。有那么两三次，珀耳塞福涅不由得怀疑，就在她目力所及之处，总有一丛鲜花突然从地里冒出来，花团锦簇，万紫千红，就好像故意在引诱她向前多走几步。没过多久，珀耳塞福涅的围裙就兜满了令人赏心悦目的花朵。于是，她准备折返，去寻海仙女，和她们一同坐在湿软的沙滩上，一起编花环。可是你们猜一猜，就在不远处，她看到了什么？那是一大片荒野，荒野上开满了世间最绚丽、最美艳的鲜花！

珀耳塞福涅惊呼道："太美了！"可转念，她就喃喃自语道："刚刚我还一眼扫过那块地方。奇怪，怎么刚才没看见？"

她越靠近那片花丛，眼前的景象就越吸引人，终于，她来到了花丛边。然而，虽然眼前的一切美不胜收，难以言表，但她却说不上到底是喜欢还是不喜欢。上百朵花竞相开放，争奇斗艳，每一朵都不尽相同，但又大同小异，说明它们品种相近，是花中姊妹。不过，这种花的叶子和花瓣色泽深暗、质地光滑，令珀耳塞福涅不禁怀疑，这花是不是有毒。说实话，尽管这听上去很蠢，珀耳塞福涅起了转身逃跑的心思。

不过，她还是鼓起勇气，心中暗道："我可真傻！这可是我见过的最美的花丛。我要把这里的鲜花连根拔起，带回家去，种到妈妈的花园里。"

只见珀耳塞福涅左手高高拎起先前摘的一围裙花朵，右手抓住一大把花茎，拔呀，拔呀，但花的根茎就像是被周身的泥土咬住似的，怎么也拔不出来。她感叹，这片花田里的花根扎得可真深呀！珀耳塞福涅使出全身气力，又尝试了一次，眼见茎秆周围的泥土有了松动的迹象。于是她再尝试了一把，可松开手后，她似乎听到脚下传来一阵隆隆声。难道这些花的根系一直延伸到了某个神秘的地底洞穴？可转念，她又嘲笑自己想法幼稚，紧接着再用力一拔，终于把一大把花连根拔了起来！在缓冲力的作用下，珀耳塞福涅踉跄着后退了两步，兴奋地拽紧手中的花茎，双眼紧盯着地上的洞，那是花被连根拔起后留下的。

令她吃惊的是，洞一直在扩大，越扩越宽，越延越深，直到真的一眼望不到底。就在此刻，又一阵隆隆声从洞中传出，那声音越来越大，越靠越近，听起来既像英雄战马沉重的铁蹄声，又像车辆跑起来发出的咔嗒声。珀耳塞福涅害怕极了，害怕到连逃跑都忘了。她站在洞口，神色紧张，鼓起勇气望向这个神奇地洞的深处。没过多久，她就看见一辆由四匹黑马拉着的马车。驷马哼哧哼哧地喘着粗气，鼻子里冒出阵阵白烟，突然一路狂奔。金灿灿的马车在奔跑的马腿后疾驰而来。驷马拉车从无底洞中一跃而出，停立在珀耳塞福涅面前。刚一站定，便抖了抖颈背上漆黑的鬃毛，甩了甩墨色的马尾，健壮的蹄子不时地在地面上来回刨土。马车里坐着一个男人，衣着华贵，头戴王冠，王冠上镶满钻石，闪闪发光。他仪表高贵，颇为英俊，但脸露愠色，看上去怏怏不悦。他一直在揉眼睛，并把手挡在眼前，似乎他不常在阳光下活动，不喜欢明亮的光线。

★ 下编：唐格尔伍德山庄故事集：又一本神奇故事书（1853）

等男人适应了光线，望向车窗外时，发现不远处惊慌失措的珀耳塞福涅，便招手示意她走近些。

男人挂起笑脸，他知道此时此刻该摆出怎样的笑容。他对珀耳塞福涅说："别害怕！来，到这儿来！你想坐上这辆豪华马车，与我同行一段吗？"

可珀耳塞福涅很警觉，她什么也不想，只想跑得远远儿的，甩掉男人。眼前这个陌生人虽然面带笑容，但一点儿也不觉得和蔼；还有他的声音，深沉肃穆，听起来就像地震的隆隆声，或是地底下其他什么东西发出的声音。和天底下所有的孩子一样，一遇到麻烦，珀耳塞福涅首先想到的就是喊妈妈。

她浑身紧张，大声喊道："母亲！母亲！快来呀！救命！"

可她的声音太微弱了，她的母亲根本听不见。此刻，得墨忒耳很可能在千里之外，在某个遥远的农场里种玉米。别说她没听到女儿的呼喊，就算听到了，她也鞭长莫及，赶不及救下可怜的女儿。珀耳塞福涅刚要哭出声来，男人便闪身跳下马车，一把抓起孩子夹在臂下，又迅速钻回车上，立马甩动缰绳，对着四匹黑马大呼一声，准备迅速逃离。只见那四匹黑马立即迈开步子，飞奔起来，速度如雷电般，竟不像在地上跑，而是在空中飞。不一会儿，她生活的恩纳山谷就消失在了眼前。又过了一小会儿，就连埃特纳山的峰顶，由于离得太远，也变得十分模糊，她几乎分辨不出山顶和山顶的火山口冒出的浓烟。尽管如此，可怜的珀耳塞福涅依旧一路哭喊，把一围裙的花撒了一路，马车所过之处，背后留下一长串尖利的呼救声。一路上，许多听到呼救声的妈妈急忙跑出来，唯恐自家孩子遭遇什么不幸。可是得墨忒耳实在相距太远，没能听到珀耳塞福涅的求救。

一路上，陌生男人搜肠刮肚，对珀耳塞福涅讲尽各种甜言蜜语。

他用沙哑的声音尽可能轻柔地对珀耳塞福涅说："你不必这样害怕，我的小可人儿，我保证，绝不会伤害你。你刚才是一直在采花吗？你猜怎样？等到了我的宫殿，我会送你一座花园，满园子的花，都是珍珠、钻石、宝石做成的，可比你围裙里的这些鲜花漂亮多了。你猜得出我是谁吗？大家叫我哈得斯。我是钻石珠宝之王。所有埋在地下的金银也都是我的，还有铜矿、铁矿、煤矿，更不在话下，为我提供了大量燃料。看见我头上的王冠了吗？精巧绝伦！你也可以拿去戴着玩！哦，我们会成为很好的朋友，你会发现，等我们甩开了令人讨厌的阳光，我比你想的要随和得多！"

可珀耳塞福涅只是反复哭喊着："放我回家！放我回家！"

冥王哈得斯安抚道："我的家比你妈妈的家豪华得多。那是一座宫殿，全由黄金铸造，还有水晶窗户；由于那里终日不见阳光，每个区域都有钻石吊灯。你绝对没见过比我的宝座更加气派的东西。你若喜欢，也可以坐。只要你做我的小王后，我就坐在脚凳上。"

珀耳塞福涅抽泣着说："我不在乎什么黄金宫殿和宝座。哦，妈妈，我要妈妈！把我送到我妈妈身边去吧！"

可是冥王哈得斯——他这样自称——只是大吼着催促他的战马再跑快些。

他带着一丝怒意道："别不知好歹，珀耳塞福涅，我与你分享我的宫殿、我的王冠，还有所有埋在地下的财富，而你对我的态度，好像我在害你似的！只不过，我的宫殿需要一位活泼开朗的小女主，每天跑上跑下，让每个房间都充满欢笑。这是你必须为冥王哈得斯做的！"

珀耳塞福涅可怜巴巴地回应说："不要！我再也不会笑了，除非你把我送回妈妈身边。"

可是，她就好像在跟呼啸而过的风讲话一般，没有得到任何回应。哈得斯只顾策马扬鞭，跑得比刚才还快。珀耳塞福涅继续呼喊，长时间大声地呼喊，把可怜的小嗓子都喊哑了。就在她几乎失声，只能沙哑地念叨时，她无意间把目光投向广袤的大地，望见一片田间的麦浪——你猜她在田间看到了谁？不是别人，正是她的母亲得墨忒耳。可是，得墨忒耳正忙着培育麦子，没有注意到头顶上飞驰而过的金色马车！珀耳塞福涅使出浑身气力，又发出一声尖叫。可还没等得墨忒耳扭头，珀耳塞福涅就随马车消失在了视野中。

冥王哈得斯驾车踏上了一条路，这条路越来越幽暗。路两边是石块和悬崖。车轮发出的隆隆声在石块与悬崖的夹道上回响，那声音就像滚滚雷鸣。石缝中生出一些灌木，连树上的叶子都显得阴沉。没过多久，虽然还未到正午，

下编：唐格尔伍德山庄故事集：又一本神奇故事书（1853）

但天空却已被灰暗的暮色遮蔽。四匹黑马一路飞奔，轻车熟路，已经拉着马车越过了阳光所及的边界，奔向了幽冥。周围越是黯淡，哈得斯的神情就越是惬意。毕竟，他长得并不难看，此刻也不需要再挤出一副不属于他的笑脸。穿行在幽暗中，珀耳塞福涅悄悄瞥了一眼哈得斯的面庞，她幻想哈得斯或许不像她一开始想的那般邪恶。

冥王哈得斯开口道："啊哈，这暮色可真叫人神清气爽，刚才那阳光刺得人眼睛难受死了！灯光和火把光就舒服多了，尤其再经过钻石的折射，就更适宜了！等到了我的宫殿，那场景看了才叫一个壮观。"

珀耳塞福涅怯声问道："还有很远吗？等我看过之后，你会送我回去吗？"

哈得斯答道："这个我们待会儿再说吧。马上就要到我的领地了。你看到前面那扇高高的大门了吗？那就是冥界之门。穿过那扇门，我们就到家了。门口趴着的是我的忠犬。刻耳柏洛斯！刻耳柏洛斯！过来，我的好狗狗！"

说着，哈得斯收紧缰绳，马车正好停在高大、结实的门柱间。哈得斯刚才叫唤的那条狗从门槛上直起身来，后退蹲立，两只前爪搭在马车的车轮上。可是，我的老天，这条狗真是太不寻常了！这简直是一头巨大、凶悍、相貌丑陋的怪兽。关键是，这怪兽长了三颗脑袋，每颗脑袋都凶猛无比！尽管如此，冥王哈得斯把每颗脑袋都拍了个遍。他似乎很喜欢这条三头犬，好像这只是一条长着柔软的大耳朵和一身卷毛，温顺乖巧的西班牙小猎犬。而刻耳柏洛斯显然也很高兴见到主人。和其他狗一样，它也使劲儿摇尾巴，表达对主人的依恋。刻耳柏洛斯活泼的表现吸引了珀耳塞福涅的目光，她注意到，这条尾巴的长短粗细刚好和一条活生生的龙相仿，它眼眸血红，满嘴的尖牙看似有毒。三头犬刻耳柏洛斯对冥王哈得斯摇尾乞怜的样子，与那条恶龙般的尾巴和凶残的模样显得格格不入！

珀耳塞福涅不禁蜷缩起身子靠近哈得斯，她害怕地问："这狗会咬人吗？它太可怕了！"

哈得斯答道："别怕！它从不伤人，除非有人未经允许擅闯我的领地，或是我想留下的人要擅自离开。坐下，刻耳柏洛斯！美丽的珀耳塞福涅，我们往前走吧。"

马车继续向前。回到自己的国度，冥王哈得斯心情大好。他一会儿指着路边岩石中的金子，向珀耳塞福涅介绍丰富的矿藏，一会儿指向其他地方，告诉珀耳塞福涅一镐下去，能掘出二三十公斤钻石。的确，一路上，到处是闪闪发光的宝石，若是在地面上，这些宝石可都是无价之宝，可在此处，却一文不值，连乞丐都不会弯腰乞讨。

穿过大门没多远，他们便来到了一座铁桥边。哈得斯停下马车，叫珀耳塞福涅看向铁桥下缓慢流淌的河水。她从未见过如此漆黑、流得如此缓慢、如此像泥浆的河水；河水倒映不出河边的任何东西。河流如此缓慢，好像是忘记了该往哪儿流，宁可淤积也不愿向任何一个方向流动。

冥王哈得斯解释道："这是勒忒河，也叫忘川河。这水流叫人不太舒服，是吗？"

珀耳塞福涅答道："我觉得这条河看起来很阴沉。"

哈得斯答道："但这符合我的品位。"只要有人和他意见不合，他就容易动怒。他继续说道："不管怎么说，这河水有一种神奇的功效。喝下一大口，就能叫人忘却所有的痛苦和忧愁。亲爱的珀耳塞福涅，你只要抿上一小口，就能立刻停止对母亲的思念，你的脑海中将不会有任何东西阻碍你在我的宫殿里享受这完美的幸福。等到了住处，我就用金杯盛上一些，给你送来喝。"

一听这话，珀耳塞福涅再次哭喊起来："不，不，不要，不要！我宁愿记住母亲，去忍受千百万次的思念之苦，也不愿意忘记她，享受那所谓的幸福。我最最亲爱的母亲！我绝不会忘了她，绝不会！"

哈得斯回应道："别急着下结论，往前走。你还不知道在我的宫殿中，我们可以度过怎样幸福的时光。我们才刚进门口。我向你保证，这些柱子全都是用纯金打造的！"

哈得斯从马车上跃下，一把搂起珀耳塞福涅，抱着她走上高高的台阶，进入宫殿的大厅。大厅被各式各样五彩斑斓的巨大宝石映得灿烂辉煌。那些巨石就好像许多盏点燃的灯火，发出百倍的光辉照亮了整间宽敞的大厅。然而，在

下编：唐格尔伍德山庄故事集：又一本神奇故事书（1853）

这梦幻般的光亮中，有一种莫名的忧郁。整座大厅没有任何一件东西真的令人赏心悦目，除了乖巧可爱的珀耳塞福涅她自己，还有她手中紧握的一朵从大地上带来的鲜花。在我看来，即便是冥王哈得斯，在他自己的宫殿里也没有享受过真正快乐，这就是他要拐来珀耳塞福涅的真正原因，他想找一些值得去爱的东西，而不是继续守在这看上去宏伟壮观、实际上令人生厌的宫殿里自欺欺人。而且，虽然他装作不喜欢地上世界的阳光，但珀耳塞福涅的出现，哪怕已经哭得失去了光彩，仍旧如一缕淡淡的微光，以某种方式，照进了这座梦幻的大厅。

哈得斯叫来家仆，命令他们即刻准备一桌最豪华的盛宴，尤其嘱咐仆人去拿金杯盛一杯忘川河的水来，摆在珀耳塞福涅的餐盘边。

珀耳塞福涅嚷道："我坚决不喝，什么也不喝，什么东西都不吃，就算你永远把我困在这宫殿里，我也不会吃，不会喝！"

哈得斯轻轻地拍了拍她的脸颊说道："若是那样，我深表遗憾。"他努力想表现得亲切，却不知该怎么做。他继续说道："我发现你被宠坏了，我的小珀耳塞福涅。但等你瞧见我的厨师为你准备的美食后，你会立马胃口大开的！"

说罢，哈得斯叫来主厨，命令主厨把各色美食，尤其是年轻人喜欢的美食，给珀耳塞福涅全都呈上来。这样的安排暗藏玄机。你们应该明白，有这样一条法则，若有人被带到地底世界，只要他们品尝过这里的任何食物，就再也回不到朋友身边了。此时，如果冥王哈得斯要诈，给珀耳塞福涅送上一些水果、牛奶和面包（一些小孩子常吃的简餐），珀耳塞福涅很有可能由于禁不住诱惑，张口吃下。可他把一切都甩给了厨师。和其他厨师一样，这位厨师也觉得，除了丰富的糕点、重口味的肉食、添加香料的甜点之外，没什么适合去满足孩子的胃口。但珀耳塞福涅的妈妈从不给她吃这些东西。这些东西的味道不仅不会让珀耳塞福涅食欲大增，反而会在很大程度上败坏她的胃口。

不过，眼下我必须把冥王哈得斯这边的事情先放一放，来讲讲得墨忒耳那边的情况。因为她的孩子丢了。你们应该还记得，我们刚才瞥见过她。当哈得斯的四匹黑色骏马拉着马车疾驰而过时，她正半掩在田间的麦浪中劳作，而她心爱的女儿珀耳塞福涅正在车里，被人强行掳走。你也肯定还记得，在马车消失在视野中的那一刻，珀耳塞福涅还发出过一声尖叫。

珀耳塞福涅一遍遍呼喊，唯有这最后一声呼喊传入了得墨忒耳的耳朵。她把车轮滚动发出的隆隆声，错当成一阵雷鸣，还以为要下雨了，便加快手脚，更加麻利地干起手里的活儿来。直到听到珀耳塞福涅的喊叫声，她才突然一惊，四下张望，不知道声音从哪里传来，但几乎敢肯定，那就是她女儿的声音。可是，这似乎又不太现实，女儿现在应该在千山万水之外的家附近玩耍，没有她的飞龙马车，女儿独自一人，不可能来这么远的地方。单纯善良的得墨忒耳自我宽慰，猜想这一定是其他孩子的声音，在呼喊他们自己的父母。那声尖叫应该不是她亲爱的女儿珀耳塞福涅喊出来的。然而，得墨忒耳仍旧为此感到惴惴不安。这种感觉每位母亲都会有。每当她们不得不离开自己的孩子，又没有可信之人代为照料时，她们心中总是充满无限的惦念和担忧，得墨忒耳也一样。于是，她赶忙离开了辛勤耕作的田地。由于她的工作还未过半，等到第二天，田里的麦子看上去好像既缺阳光又缺雨水，像是要烂在地里，麦根也好像出了问题。

那对飞龙一定翅膀扇得飞快，不到一小时，得墨忒耳就落到了家门口，发现家里没人！不过，知道这孩子喜欢在海边玩耍，于是她一刻不停，赶忙来到海边，却只看到一众满脸是水的海仙女在浪涛中窥探空空如也的岸边。自从珀耳塞福涅离开后，这群温柔善良的仙女一直都在软体动物富集的海床上等待，大概每隔半分钟，就有四个海仙女从水中冒出头，看看她们的玩伴是否归来。当看到得墨忒耳时，她们就坐上浪尖，借着海浪，冲上岸头，来到得墨忒耳身边。

得墨忒耳焦急地大声问道："珀耳塞福涅在哪儿？我的孩子呢？快告诉我，你们这些顽皮的海仙女，你们把她骗到水里头去了吗？"

海仙女把海绿色的卷发甩到脑后，满脸无辜，她们望着得墨忒耳，委屈地说："噢，我们没有，珀耳塞福涅妈妈！这样的事我们想都没想过。珀耳塞福涅的确来找我们玩过，可是她离开好一阵子了，说是要去海边不远处的陆地上

下编：唐格尔伍德山庄故事集：又一本神奇故事书（1853）

摘些鲜花来做花环。那还是一大早的事，之后，我们就再也没见过她了！"

　　一听完海仙女的讲述，得墨忒耳赶忙又跑去邻居那儿，挨家挨户打听珀耳塞福涅的下落。可没人知道珀耳塞福涅身在何处，可怜的母亲没有找到任何关于女儿去向的有用线索。也的确有人见过珀耳塞福涅。一位提着一篮子鱼的渔民在回家路上，经过海滩时，在沙滩上瞧见过珀耳塞福涅留下的小脚印；一位村夫看到过一个孩子俯身采花；有人听到过马车跑过时，车轮发出的咯吱声；也有人听到过远处雷鸣般的隆隆声；一位老妪在摘马鞭草和猫薄荷时，听到过一声尖叫，却只以为是孩子的胡闹，也就懒得去管。真是一帮抓不住重点的糊涂蛋！他们花了很长时间，却只讲了些无关紧要的事情。等得墨忒耳意识到，她必须去别处寻找女儿时，夜幕已经降临。于是，她点燃一根火把，即刻动身，决计不找到珀耳塞福涅决不回来。

　　她急中生乱，竟忘了自己的座驾和飞龙；也或许是她觉得步行搜寻会更加彻底。无论如何，她坚定地踏上了艰难的寻女之路。她探出火把，一路上仔细搜寻眼前的一切。没走出多远，便恰好发现了一朵长在灌木丛中的美艳鲜花，就是珀耳塞福涅之前拔过的那种花。

　　得墨忒耳凑近火把，经过一番仔细察看，心中暗道："啊！有问题！这花既不是我培育的，也不是自然生长的，是用法术变出来的，还有毒。可怜的孩子，她可能中毒了！"

　　虽然这花有毒，可是她还是小心地收在怀里，因为她不知道是否还能找到其他有关珀耳塞福涅的线索。

　　整个晚上，经过每间村舍、每户农家，得墨忒耳都要一一上前叩门，叫起因劳作了一整天而困顿疲乏的家主，询问女儿的下落。他们站在门口，睡眼蒙眬，边打哈欠边回答得墨忒耳的询问。大家都同情她的遭遇，纷纷请她进屋歇脚。经过宫殿门口也不例外，她大声叫门，引得仆人匆忙应门，还以为是国王、王后驾到，要准备晚宴款待，安排上房休息。可当他们看到，门口站的只是一个手持火把、头戴花环、悲伤焦急的女人时，便恶语相加，有些人还扬言，若不赶快离开，就要放狗咬她。可一路下来，没有人见过珀耳塞福涅，也没有人能给得墨忒耳哪怕一点点线索，告诉她该往哪个方向去寻找自己的女儿。一夜就这样过去了。她仍在继续寻找，一刻不停，粒米未进，甚至忘记熄灭火把，尽管从破晓到日出，粉红的晨曦与柔和的阳光把火把上的红焰映照得暗淡无色。不过，我很想知道，这火把是用什么做的，因为在白天，它火光灰暗，到了晚上，又和从前般明亮，甚至，在得墨忒耳身心俱疲地寻找珀耳塞福涅的日日夜夜里，火把既不怕风刮，也不惧雨下，从未熄灭过。

她不仅仅向人类打听女儿的下落。在森林里，在溪水边，她也向鸟兽鱼虫打听女儿的下落。在古代，这些动物总会去占些偏僻舒适的地方筑窝。它们很喜欢跟那些懂得它们语言、尊重它们习性的人类交往，得墨忒耳就是其中一个。比如，遇到高大的橡树，她有时会用手指轻轻拍打树干上的树瘤。粗糙的树皮立马会从中裂开，走出一位美丽的少女。这少女就是橡树仙女，住在橡树之中，与橡树共享长久的生命。看到绿油油的橡树叶随着微风摇摆，得墨忒耳也十分高兴。可是没有一位仙女见过珀耳塞福涅。再往前走，得墨忒耳来到一处泉眼，泉水从地下一处满布砾石的洞口奔涌而出。她把双手浸在水中。你们瞧，从堆满沙石的泉底，随着喷出的泉水，出现了一个头发滴水的年轻仙女。她立在泉水中，只露出半个身子，凝视着得墨忒耳，随着喷涌的泉水上下浮沉！可当得墨忒耳问起，她那可怜的、丢失的孩子是否来过泉边饮水，水仙女擦了擦湿润的眼睛（这些水仙女会为每个人的不幸而流泪），喃喃答道："没见过！"那声音就像潺潺的流水声。

一路上，得墨忒耳还遇上好几个半人半羊的农牧之神。他们皮肤黝黑，就像长期被烈日暴晒的山野村夫。与众不同的是，他们前额上有一对小羊角，羊角两边是一对毛茸茸的尖耳朵，下半身长着两条山羊的后腿。他们就靠这双羊腿在原野和丛林中愉快地跳跃嬉戏。他们是些爱打打闹闹的生物，可当得墨忒耳向他们打听女儿的下落时，他们显得很难过，那是他们这群乐天派最悲伤的模样。他们对珀耳塞福涅的走失也一无所知。不过，得墨忒耳偶尔会遇见一帮粗鲁的半兽人。他们样貌如猴，长着马尾，总是活蹦乱跳，手舞足蹈，大喊大叫，爆笑连连。得墨忒耳停下脚步，想向他们打听打听，他们却把这位独行母

下编：唐格尔伍德山庄故事集：又一本神奇故事书（1853）

亲的悲伤当作新的笑料，笑得更大声了。这帮丑陋的半兽人可真没同情心！有一次，珀耳塞福涅穿过一处偏僻的牧羊场，途中遇到了潘。潘是众位农牧之神中名声显赫的一位。他坐在一块高大的岩石脚下，正在吹奏牧羊人的长笛。他也有羊角、毛茸茸的耳朵和山羊腿。不过，他彬彬有礼地回答得墨忒耳的提问，还从木盆中倒出牛奶和蜂蜜，请得墨忒耳品尝。可与那些幸灾乐祸的家伙一样，潘也不知道珀耳塞福涅的下落。

于是，得墨忒耳继续四处游荡，寻找女儿的踪迹，一找又是九天九夜，除了偶尔发现一朵残花之外，依旧没有任何消息。她捡起一朵朵枯萎的花，把他们放在怀中，因为她感觉，这些残花都是从她可怜的女儿珀耳塞福涅手中掉落的。整个白天，她都在烈日下觅迹寻踪；到了晚上，就点燃火把，借着燃烧的红光照亮前行的道路，一直寻觅着，寻觅着，一刻也不愿停歇。

第十天，得墨忒耳无意间发现一个洞口，虽然正值中午，到处阳光明媚，可洞里却昏暗无比。好巧不巧，她在洞中发现一把正在燃烧的火把。火焰闪烁，与黑暗抗争，可山洞幽暗，那团孤绝的火光只能照亮不到一半的地方。为寻得女儿，得墨忒耳决计不放过任何一片地方，所以她伸手探出自己手中的火把，想把洞里照得更亮些，好看个清楚。就这样，她瞥见一个身影，似乎是个女人，坐在去年秋天掉落的枯黄树叶上。满洞的枯叶都是被大风刮进来的。同为女人，这个女人（如果它是个女人的话）长得并不算漂亮。据说，她的头型长得很像一只狗，她把有蛇缠绕的花环当作饰品。可是，瞧见她的那一刻，得墨忒耳就发现这人有些古怪。她以悲为喜，从不与人说话，除非别人如她所喜，与她同样悲伤痛苦。

可怜的得墨忒耳心想："我现在实在太伤心了，哪怕这位以忧郁闻名的赫卡忒比过去悲痛十倍，我也能与她交谈！"

于是，她走进山洞，坐在狗头女人旁边的枯叶之上。自从她女儿失踪后，在这世上，她就再也无人陪伴。

得墨忒耳开口道："噢，赫卡忒，如果你丢过女儿，你就会知道什么才是真正的伤心！看在我如此可怜的分上，请告诉我，你有没有看到我那可怜的孩

石榴籽

她走进山洞

子珀耳塞福涅经过你的洞口?"

赫卡忒答道:"没有。"她嗓音嘶哑,刚说一两个词就叹了口气。她继续说道:"没有,得墨忒耳,我没见过你女儿。但你肯定知道,我的耳朵能听到所有悲伤恐惧的尖叫,无论那声音来自世界何处,我都能准确地辨别它们的方位。九天前,当我坐在洞里独自神伤时,我听到了一个小女孩的尖叫声,她声音惊惧万分。我敢保证,那孩子身上肯定发生了什么可怕的事情。我猜,她是被一条龙或者其他什么凶兽抓走了。"

一听这话,得墨忒耳差点没晕过去,她惊呼道:"这不是要我的命吗!尖

下编：唐格尔伍德山庄故事集：又一本神奇故事书（1853）

叫声是从哪儿传来的，又往哪个方向去了？"

赫卡忒说："尖叫声转瞬即逝，伴着沉闷的隆隆声向东去了，那是车轮转动发出的声音。我就只知道这些，全都告诉你了。依我所见，你再也见不到你的女儿了。要不你就陪我在洞里住下吧。今后，我俩就是这世界上最悲伤的女人。这是我能给你的最好建议。"

得墨忒耳答道："还不是悲观的时候，赫卡忒！你先拿起火把，帮我一起寻找女儿。若找到最后，实在没了希望（若黑暗的一天注定要到来），到那时，你若愿意留间屋子让我住下，不管是睡在枯枝烂叶上，还是躺在光秃秃的石板上，我会让你知道，什么才是痛不欲生！不过，除非我确认她已经离开了这个世界，否则我不允许自己悲伤！"

忧郁的赫卡忒不太想走出洞穴，前往外面阳光普照的世界。不过，她很快就意识到，得墨忒耳的悲伤和忧郁会像一片阴暗的暮光，笼罩在她们周身，纵使阳光再明媚也无妨，如此，她就能分享得墨忒耳的坏情绪，与得墨忒耳留在洞里无异。于是，她最终同意前往。虽然外面是大白天，艳阳高照，但两人依旧举起火把，一同出发。火把的光亮映照在她们身上，就像一层昏暗的隔膜，把她们裹在其中。所以，一路上，那些遇见她们的人都没法看清她们的样貌；实际上，如果大家能够看清赫卡忒，还有她前额上那顶有蛇缠绕的花环，大部分人都会想要离她远点儿，不会去看第二眼。

正当她们带着满脸忧愁，四处寻觅之际，得墨忒耳突然想到一件事。

她叫道："我想到一个人，他一定看见过我那可怜的孩子，他一定知道我的孩子遭遇了什么！之前我怎么就没想到呢？那人就是太阳神阿波罗呀。"

赫卡忒惊讶地说："什么？就是那个每天坐在阳光里的年轻人？咳，拜托，别想着去找他！他是个艳丽浮夸、举止轻佻的小伙子，整天都笑呵呵的，没个正经。再说，他身边还有光芒万丈的太阳，我每天以泪洗面，本来眼睛就快被我抹瞎了，再被那刺眼的强光一照，这双可怜的眼睛肯定就全完了。"

得墨忒耳回应道："你答应过要陪我找女儿的。走吧，赶快，天色若是晚了，阿波罗也会跟随阳光一同消失的。"

石榴籽

　　说罢，唉声叹气的两人动身去寻求阿波罗的帮助。说实话，赫卡忒的嗟叹比得墨忒耳的多得多，也悲伤得多。你们懂的，她把所有的欢乐都化为悲伤，自然也就会发出最多叹息。后来，又经过了一段长途跋涉，她们终于来到了世界上日落的地方。在这里，她们见到了一位俊俏少年。少年留着一头长长的卷发，根根发丝都如同用金色的阳光织成；他的衣服就像夏天的云朵，轻盈飘逸；他脸上的表情极其丰富，赫卡忒不忍直视，只能用双手挡住眼睛，嘴里还念叨着，说阿波罗应该披一张黑色面纱。阿波罗（这就是她们要找的人）手中抱着七弦竖琴，琴弦拨动，奏出一曲动人的乐章；伴着音乐，他放开歌喉，唱出一段最美妙的歌曲，这首歌是他最近刚刚创作的。阿波罗在很多方面成就斐然，但最令人称道的还是他的诗作。

她们来到世间最明亮的地方

下编：唐格尔伍德山庄故事集：又一本神奇故事书（1853）

得墨忒耳与赫卡忒走上前去，阿波罗对她们露出灿烂的笑容。面对这样的笑容，缠绕在赫卡忒花环上的蛇都忍不住吐出信子，充满敌意；赫卡忒也打心里想要回到自己的山洞里去。至于得墨忒耳，她太过悲伤，根本顾不上阿波罗是微笑还是皱眉。

她对阿波罗疾呼道："阿波罗！我遇到大麻烦了，所以来找你，寻求你的帮助。你能告诉我，我亲爱的女儿珀耳塞福涅在哪儿吗？"

阿波罗反问道："珀耳塞福涅！你是说珀耳塞福涅吗？"他一边问，一边努力回想。由于他脑子里会不断涌现出令人兴奋的奇思妙想，所以他总不记得昨天发生的事。他想了一会儿，继续说道，"啊，是的，我想起来了！她可真是个可爱的孩子！我很高兴地告诉您，亲爱的夫人，我的确看见过小珀耳塞福涅，就在前些天。你大可放心。她很安全，得到了悉心照料！"

得墨忒耳激动地紧握双手，扑倒在阿波罗脚下，赶忙问道："哦，我亲爱的女儿，她现在在哪儿？"

阿波罗回答说："哎呀，是这样的……"他一边说，一边继续弹奏七弦竖琴，那琴音就如一条丝线，在他的话语间来回游走。"当时，小姑娘正在采花（她赏花的品位非常别致），突然就被冥王哈得斯一把抓住，带到冥府去了。我从没去过那个地方。但有人跟我说，那里的宫殿气势恢宏，用的全是最优质、最昂贵的建筑材料。黄金、钻石、珍珠，以及各种各样的珍贵宝石都会是你女儿的日常玩物。亲爱的夫人，我建议您放宽心。那里定能满足珀耳塞福涅的审美追求，她会过上令人羡慕的生活。"

得墨忒耳气愤地答道："你给我闭嘴！不要说了！那里有什么能满足她的内心！你口中气势恢宏的宫殿，还有那些金银财宝，都是些无情之物，有什么好的！我必须带她回来！阿波罗，你愿意跟我一起去吗？去把我的女儿从缺德的哈得斯那里要回来！"

阿波罗却优雅地欠了欠身，拒绝道："实在抱歉。我真心希望您能成功。但很遗憾，我手头的事情件件紧急，真的爱莫能助。况且，我和冥王哈得斯的关系也不怎么好。他的三头犬绝不会让我通过那扇门。因为，我周身自带阳光,而在哈得斯的冥界,你懂的,是不允许有阳光照耀的。"

听罢,得墨忒耳愤愤不平地说:"啊,阿波罗,你虽有琴,但却无情。告辞。"

阿波罗追问道:"你能再等等吗?珀耳塞福涅的故事可真是美丽动人,你不听我把它编成一首即兴诗吗?"

可得墨忒耳摇摇头,随赫卡忒匆匆离去。如我刚才所言,阿波罗是一个才华横溢的诗人。得墨忒耳前脚刚走,阿波罗就着手创作,用华美的诗篇歌颂可怜母亲的悲伤。如果我们用这诗句来评价阿波罗的性情,他一定天生就是个心地柔软,情感细腻之人。而当一位诗人又习惯用心弦奏响乐章的旋律,他便能随心所欲地弹奏,不会为负面情绪所累。因此,虽然阿波罗在唱一首伤感至深的悲歌,但从头到尾,他都如周身的阳光般灿烂快乐。

而另一边,可怜的得墨忒耳终于得知女儿的下落,可她一点儿也高兴不起来。相反,她比之前看上去还要绝望。若珀耳塞福涅身在地上,她还有机会把女儿找回来。可现在,可怜的珀耳塞福涅被拥有无尽矿产的地下之王哈得斯关在道道铁门之内,门口还有三头犬刻耳柏洛斯蹲守,她实在想不出任何可以救出女儿的办法。忧郁的赫卡忒就喜欢把事情往最悲观的方面想,她劝得墨忒耳和她一起回山洞,在悲伤中了却余生。得墨忒耳却仍不愿放弃,她告诉赫卡忒,想回就自己回,至于她自己,就算寻遍全世界,也要找到哈得斯的冥界入口。赫卡忒听了她的话,便匆匆离开,返回自己心爱的山洞去了。一路上,赫卡忒遇到了许多孩子,她那张狗脸把孩子们都吓坏了。

可怜的得墨忒耳!前路漫漫,道阻且长。她形只影单,举起永不熄灭的火把艰难前行。火把上忽明忽暗、摇曳不定的火焰既是悲伤的象征,也是她内心燃烧的希望,任凭谁见了都心生怜悯。自女儿失踪以来,她没日没夜地忍受着身心上的双重煎熬,那张原本相当青春娇嫩的面庞,此时看起来却犹如老妪。她既不关心自己的穿着,也未想起扔掉枯萎的罂粟花环,那花环还是她在珀耳塞福涅丢失前的那天早上戴上的。她披头散发,像发了疯似的四处寻找,见过她的人都以为她精神错乱,做梦也想不到她是得墨忒耳,那位指导农夫耕种、

下编：唐格尔伍德山庄故事集：又一本神奇故事书（1853）

看护地里每颗种子的农业与丰收女神。然而，如今的她已对何时播种、何时收获不闻不问，任凭农家自己去照管自己的农田，丰收也好，歉收也罢，全靠天收。现在，她对什么都提不起兴趣，唯有看到孩子们在路边玩耍、采花，她的眼中才会闪过一丝亮光。没错，只要见到孩子，她总会眼含泪水，驻足凝望。孩子们见她如此可怜，也都十分同情，大伙儿会围上来，好奇地看着她。而得墨忒耳会把孩子挨个儿亲吻一遍，然后护送他们回家，告诫父母不要让孩子独自出门玩耍。

得墨忒耳说："如果让孩子独自出门玩耍，我的不幸遭遇就也可能发生在你们身上，那个铁石心肠的冥王哈得斯会盯上你们的宝贝，把孩子抓上他的马车，然后掳走！"

一天，在探寻冥界入口的途中，得墨忒耳来到了厄琉西斯国王刻勒俄斯的宫殿。登上高高的阶梯后，她来到恢宏的大门前，瞧见国王一家正在照料王后的孩子，他们显得手忙脚乱，焦头烂额。那孩子看起来似乎病了（我猜可能是牙疼），什么也不愿吃，一直发出痛苦的呻吟。王后名叫墨塔涅拉，她寻思着为孩子找一个保姆。正巧，她看见一位外表持重的妇女登上了门前的阶梯，正向她走来。她一眼就认定，这就是她要找的人。于是墨塔涅拉王后跑到门口，怀里还抱着啼哭不止的婴儿。她希望得墨忒耳能接过照料孩子的工作，或者至少告诉她，该如何做才好。

得知情况后，得墨忒耳问："您放心把孩子交给我照看吗？"

王后回答说："当然，求之不得。只要您能把所有时间都花在孩子身上，我就愿意。因为我看得出，您也是一位母亲。"

得墨忒耳说："您说得对，我曾经也有一个孩子。哦，这孩子看着怪可怜的，好吧，我答应做这个生病孩子的保姆。不过，有言在先，我要提醒您，我会按照我认为最有效的救治方案来救治孩子，您不得插手。如果您插手，这可怜的孩子一定会因为他母亲的无知而备受煎熬。"

然后，得墨忒耳亲了亲孩子，孩子似乎非常受用，对得墨忒耳露出笑脸，紧紧依偎在她胸前。

于是，得墨忒耳把火把放在墙角（火把没有熄灭，一直在燃烧），在刻勒俄斯王的宫殿里住下，做起小王子得摩福翁的保姆。她对小王子视如己出，像是该用热水洗澡还是冷水洗澡，或是什么该吃什么不该吃，或是多久该出去呼吸一次新鲜空气，抑或是什么时候该上床睡觉，等等，这一切，得墨忒耳都不许国王和王后插手。说出来你们可能不信，在得墨忒耳的悉心照料下，小王子的病很快就痊愈了，还长得胖嘟嘟、红扑扑的；两排洁白的乳牙比其他任何孩子都出得早，简直是前无古人，后无来者。现在的小王子与之前判若两人。之前，他简直是世界上最苍白、最可怜、最孱弱的小鬼（得墨忒耳刚接管他时，他自己的母亲也承认如此），如今，他越长越健硕，闹呀，笑呀，高兴得上蹿下跳呀，还会在地上打滚，从房间的一头滚到另一头。所有好心的女邻居都聚在宫殿，探望亲爱的小王子。她们都高举双手，对小王子的可人与健康表达出难以置信的惊讶。

墨塔涅拉王后总是问："太不可思议了，得墨忒耳，你是怎么把孩子带得这么好的？"

而得墨忒耳总是答："我也曾是一位母亲，也照顾过自己的孩子，我知道孩子各方面的需求。"

不过，王后实在好奇，想知道得墨忒耳到底是怎么带孩子的，这也无可厚非。于是，一天夜里，她藏在得墨忒耳和小王子的卧室，想看个究竟。烟囱里的炉火渐渐熄灭，炉床上的炉渣和还微微闪着红光，尚未完全熄灭的余烬中还时不时蹿出几团火苗，散发出温暖柔和的火光，映照在房间的墙壁上。得墨忒耳在壁炉前坐下，把孩子放在腿上，在火光的映照下，她的影子随着火光的闪烁，在头顶的天花板上跳动。她脱下小王子的衣服，从一只花瓶里倒出某种芬芳的液体，给小王子全身浴洗。紧接着，她向四周耙了耙炉子里还烧得发红的余烬，在余烬中间耙出一块空位，就在刚才那些余烬被耙开的地方。最后，趁小王子欢叫、拍手、大笑的工夫（就和你们弟弟妹妹洗热水澡之前的举动一样），得墨忒耳突然把一丝不挂的小王子放下，就放在那个由发红的余烬围成的空位上。接着，她把周围的余烬耙满小王子全身，然后静静地转

⭐ 下编：唐格尔伍德山庄故事集：又一本神奇故事书（1853）

身离开。

大家可以想象，假如你们是墨塔涅拉王后，你们会怎样惊叫？会不会和她一样，认为她亲爱的孩子会被烧成灰？墨塔涅拉从暗处冲了出来，跑到壁炉边，耙开还在燃烧的炉火，一把抓住可怜的小王子得摩福翁，把躺在炉火中的孩子拉了出来。一通粗暴的行动下来，小王子从美梦中惊醒，和所有这般大的孩子一样，他立马厌烦地哭了起来，哭得撕心裂肺。可令王后又惊又喜的是，她发现，从滚烫的炉火中救出的孩子竟然毫发无伤。她这才转向得墨忒耳，令她解释这一切。得墨忒耳没好气地答道："真是愚蠢啊！你不是答应过我，把体弱多病的孩子全权交给我照顾吗？你完全不知道你刚刚对孩子犯下了多大的错误。如果你放手让我来带，他长大后就会像天神的孩子那般，被赋予超人的力量和智慧，还能够永生。你想过没有，不在最炙热的烈焰中淬炼，一个凡人的孩子怎么可能永生？但你刚刚亲手毁了自己的孩子！就因为你的愚蠢（虽然，在将来，他会很强壮，会成为一位英雄），但和其他所有凡人女子生的孩子一样，他会变老，终究会死。身为孩子母亲，你对他无知的怜爱葬送了这可怜的孩子成就不朽的机会！就此别过！"

说完，得墨忒耳俯身亲了亲小王子得摩福翁，为他错失未来而叹息。得知真相的墨塔涅拉后悔不迭，她恳求得墨忒耳留下，以后想把孩子埋在炙热的余烬中多久就多久，她绝不会再干涉。可得墨忒耳不再搭理墨塔涅拉王后，转身便离开了。可怜的孩子！他再也不能睡个如此温暖的觉了。

住在王宫的这段日子里，得墨忒耳一直忙着照顾小王子，失去珀耳塞福涅的悲痛心情有所缓解。可如今，一闲下来，她又回到了从前，为女儿被拐伤心欲绝。终于，在绝望中，身为掌管农业与丰收的女神，得墨忒耳作出了一个可怕的决定——今后，不管是一束稻麦，还是一棵青草，不管是土豆还是萝卜，或是其他什么蔬菜，统统都不许再生长，管它们是否对人畜有益，是否为人畜所需，除非女儿能回到她身边。她甚至不允许鲜花绽放，免得有人的内心被鲜花的美丽怂恿鼓动。

如今，没有得墨忒耳的特许，地里连一颗笋尖儿都不会冒出来，你们就能明白，地上遭了多么可怕的灾！农夫还和往常一样犁地种田，可是精耕细作的土地变得如沙漠般贫瘠。六月的草场上原本应该草长莺飞，生机盎然，可眼下望去，却是一片枯黄，如同寒意萧索的十一月。无论是地主家的千亩良田，还是贫农家的三分薄地，全都颗粒无收。每个小女孩的花圈中，都只剩下枯萎的花柄。白发苍苍的老人摇着头说，大地也老了，和他们一样，脸上再也不会有夏日般热情的笑容了。饥饿的牛羊跟在得墨忒耳身后，哞哞咩咩地叫个不停，好像本能地知道要向得墨忒耳求助，那样子甚是可怜。每个了解她神力的凡人都恳求她发发慈悲，无论如何，请她允许草木生长。原本，得墨忒耳天性善良，心有戚戚，现今却是铁石心肠，无动于衷。

她大吼道："绝不！要想世界重新焕发生机，就先把我的女儿还回来，大地会沿着她回家的脚步草长花开。"

终于，等事情到了无法收拾的地步，我们的老朋友快银被火速派往冥王哈得斯那里，希望能够说服哈得斯放弃得墨忒耳，尽快消除他因掳走女孩而造成的影响。因此，快银以最快的速度来到了冥界之门，一个飞身，从三头犬头顶越过，一瞬间就站在了哈得斯宫殿的门口，速度之快，简直不可思议。宫殿门前的仆人认得这张面孔和这身装束，因为他是这里的常客，总是披着一件短披风，头戴一顶会飞的帽子，脚穿一双会飞的鞋，手里还拿着一根蛇杖。他请求面见冥王。楼上的哈得斯听到是快银的声音，便直接喊他上楼。他喜欢和快银聊天，每次都聊得很愉快。趁他们谈正事的工夫，我们该回头说说珀耳塞福涅的近况了，看看自从那天被带来这里之后，这段日子里她都做了些什么。

或许你们还记得，这孩子曾宣称，只要她被强留在冥王哈得斯的宫殿里，就会绝食。她的确说到做到了。但我没法解释，这么长时间不吃不喝，她为何没被饿得干瘦如柴，为何依旧气色红润。但就我的理解，有些少女有只靠空气就能过活的本事，看来珀耳塞福涅也有这种本事。不管怎样，从她被抓来地底那天算起，已经过了六个月。有她的贴身侍从为证，时至今日，她真的一口都没吃过。每天，哈得斯都会拿许许多多的美食去诱惑她，有各式各样的糖果、

下编：唐格尔伍德山庄故事集：又一本神奇故事书（1853）

重料腌制的果脯，以及五花八门的零食，都是些年轻人爱吃的。可她的母亲告诉过她，这些食物对身体不好。哪怕没有别的原因，就单单因为母亲的劝诫，珀耳塞福涅也会抵住诱惑，拒绝食用。在听母亲的话这一点上，珀耳塞福涅尤其值得表扬。

珀耳塞福涅的性格活泼开朗，所以在这段时间里，她并没有你们想象的那么伤心难过。这座巨大的宫殿有上千间房间，每间房里都有些精致漂亮的物件，房间外的厅堂和回廊里满是高大的柱子，在这数不清的柱子间，总是隐隐透着挥之不去的阴郁。每次珀耳塞福涅在柱子间穿行，总感觉有一股似有似无的阴郁气息从她面前滑过，暗暗跟在她回荡的脚步声后。许多珍贵的矿石自身散发出荧光，但无论这荧光多么闪亮，都不及一束自然的阳光；还有那些常被珀耳塞福涅拿来把玩的宝石，无论那些五颜六色的宝石多么鲜艳，也赶不上她在地上采集的鲜花美，那是一种简单、自然之美。尽管如此，无论珀耳塞福涅到哪儿，无论是在金碧辉煌的大厅，还是在贴金描银的卧室，她都显得生机勃勃，自带阳光，好似在给道路两旁撒下还带着露水的鲜花。原先的宫殿庄严却了无生气，辉煌却尽显阴郁，自从珀耳塞福涅到来以后，这一切都变了。宫殿里所有的人都察觉到了改变，冥王哈得斯的感受尤为深刻。

哈得斯总是说："我的小珀耳塞福涅，我希望你能多喜欢我一点！像我们这样天生阴郁之人，其实和那些热情洋溢的人一样，也有一颗温暖的心。如果你愿意与我相守，我会非常开心，比拥有一百座这样的宫殿还要开心。"

珀耳塞福涅不屑地说："哼，你把我抓来之前，应该先尝试让我喜欢上你！现在，你该做的事情是放我离开。那样的话，我或许会记住你，偶尔想起，还会觉得你没那么坏，知道该如何做个好人。说不定，哪一天，我还会回来看你。"

哈得斯露出阴郁的笑容，连连说："不要，不要，我才不信你的这些话！你太喜欢阳光下的生活，太喜欢采集鲜花了。那多无聊，多幼稚呀！我命人给你挖了那么多宝石，那些宝石比我王冠上的还珍贵，难道不比一朵紫罗兰漂亮？"

珀耳塞福涅反驳道:"没有,一半都没有!"她一把将宝石从哈得斯的手中抓过来,扔向大厅的另一边,叹道:"噢,美丽的紫罗兰,你是我的最爱,难道我再也看不到你了吗?"

说着说着,她便哭了起来。可年轻人的泪水不咸也不酸,更不像一些老成之人的泪水那样会辣眼睛。如果珀耳塞福涅转眼间就在大厅里嬉笑打闹,就如同她和四个海仙女在浪尖上玩耍时一般,也别觉得有什么奇怪。哈得斯盯着她嬉戏的背影,真希望自己也还是个孩子。小珀耳塞福涅突然转身,发现眼前这位冥界王者站在自己恢宏富丽的殿宇中,看起来那么高大,却又那么忧郁、那么孤单,顿时对他心生同情。她跑到哈得斯身边,生平第一次,把她软嫩的小手放在了哈得斯的手心上。

珀耳塞福涅抬头望向哈得斯那张黝黑的脸,喃喃地说道:"我有点喜欢你了!"

哈得斯又惊又喜,大声问道:"你说的是真的吗?亲爱的珀耳塞福涅!"说罢,便低头去亲吻珀耳塞福涅。可刚要亲上去,哈得斯却突然缩了回去,他虽然面容高贵,但却黝黑阴沉。他"嗯"了一声说:"我还不配亲你,把你像犯人一样关了好几个月,你一直也不吃不喝。你难道不饿吗?我这里的任何东西你都不想吃吗?"

哈得斯的这个问题很狡猾,关心之余又别有用意。你们应该还记得,如果珀耳塞福涅吃了他这里的东西,哪怕一口,她就永远无法离开这里,重获自由。

珀耳塞福涅回答道:"不,一点儿也不饿。你的主厨每天忙个不停,烘炖煎烤,换着花样一道接一道地做,以为这样就能试出我的喜好。可我还是劝他歇歇吧,他可真是个又矮又胖的可怜家伙!我对这个世界的任何东西都没胃口,我只爱吃我母亲亲自烘的面包,吃她亲自种的水果。"

哈得斯原本以为,只要做出珀耳塞福涅爱吃的东西就能引诱她吃下。听了珀耳塞福涅的这番话,他才意识到他错了。在乖巧的珀耳塞福涅眼里,无论厨师多么努力,做出多么丰盛、多么美味的大餐,也不及她母亲用简单的食材做的好吃,连一半都赶不上,她已经习惯了母亲做的味道。哈得斯暗叹,为何以

下编：唐格尔伍德山庄故事集：又一本神奇故事书（1853）

前就没想到呢。现在，意识到了问题所在，他立刻派出最信任的仆从，拿上一个大篮子，去弄些梨子、桃子和李子回来，要最新鲜、最多汁的，这些东西在地上世界随处可见。但遗憾的是，此时，得墨忒耳不许任何水果蔬菜生长。哈得斯的仆人找遍了整个地上世界，只找到了一颗石榴，还是干瘪的，肯定不好吃。可是，实在找不到更好的瓜果，仆人只好把这颗又干又皱的石榴带回地下世界的宫殿去，放在一个精美绝伦的金托盘上，准备拿去呈给珀耳塞福涅。说来也巧，巧得不能再巧，正当仆人把石榴从后门端进宫殿时，我们的朋友快银已经踏上楼梯去见哈得斯了，他准备去完成差事，把珀耳塞福涅从哈得斯这里接走。

一见到金盘子里的石榴，珀耳塞福涅就叫仆人赶快拿走。

她说："我绝对不吃。哪怕我饿极了，也不会吃这样皱巴巴的干石榴！"

仆人劝道："这是世上最后一颗石榴了。"

说罢，仆人便放下盛着干瘪石榴的金盘子，离开了房间。等仆人走后，珀耳塞福涅忍不住靠近桌子，盯着这颗已经干得像标本的石榴，眼中满是渴望。老实说，终于看到某些合自己胃口的东西，她觉得六个月积累下来的食欲立马把她淹没了。很显然，这是一颗非常干瘪的石榴，里头的汁液或许还不如一个牡蛎壳里的多。可在冥王哈得斯的宫殿里，这样的东西可没得选。这是她被抓到这里以来第一次看到水果，也可能是最后一次。时间拖得越久，石榴就会越干，直到最后变得完全不能吃，除非珀耳塞福涅现在立马把它吃掉。

珀耳塞福涅想："至少，我可以闻闻它吧。"

于是，她拿起石榴，凑到鼻子跟前，嘴唇贴着石榴皮磨来磨去，终于忍不住张开了嘴巴。我的老天，这下可悲剧了！还没等珀耳塞福涅真的意识到自己在干什么，她的牙齿已经实实在在地咬了下去，完全不受控制！就在她咬下这命中注定的一口时，房门突然被打开了。冥王哈得斯走了进来，身后跟着快银。快银一直在催哈得斯放珀耳塞福涅离开。就在他们推门进来之时，珀耳塞福涅立马把石榴从嘴边拿开。可是，快银目光如电，洞察秋毫，论眼疾心细，无人能及。他察觉到珀耳塞福涅的一丝丝窘迫，注意到了桌上的空盘子，他怀疑这孩子已经偷偷摸摸吃了点什么东西。至于哈得斯，他性情耿直，从来不曾

她说:"我绝对不吃……"

下编：唐格尔伍德山庄故事集：又一本神奇故事书（1853）

察觉过这些小细节。

哈得斯坐下来，温柔地把珀耳塞福涅拉到膝盖前，说："我的小珀耳塞福涅，这是快银，他跟我说，我把你强留在这里，导致大批无辜之人遭受无妄之灾。跟你说实话吧，我已经反省过了，我确实不该把你从你的好母亲身边抢走。但你要理解，这幢偌大的宫殿一直都很幽暗（虽然那些珍贵的石头流光溢彩），我的性格也不开朗，所以我自然想找个活泼开朗的人为伴。我希望你能戴上我的王冠，就当个玩物，也希望你能把我——啊哈，你笑了，真是调皮的珀耳塞福涅！——希望你能把我当作你的玩伴。这个愿望真傻。"

珀耳塞福涅喃喃地说："也不是那么傻。有时候，你真的逗得我很开心。"

冥王哈得斯拖着发干的嗓音说："谢谢你！可我知道，心里很清楚，你把我的宫殿当作昏暗的监狱，而我则是一个铁石心肠的看守。如果我把你留在这，我就真是个铁石心肠了，可怜的孩子，你已经六个月没吃东西了。我要还你自由！跟快银去吧！赶快回到你母亲身边去！"

或许你们从未料到，如今的珀耳塞福涅发现，离开可怜的冥王哈得斯竟会令她有些遗憾，没有告诉哈得斯关于石榴的事也令她感到十分愧疚。她想，等她走后，把哈得斯独自丢在这座占地偌大、闪耀着人造光线的丑陋宫殿中，他该有多么孤单、多么寂寞呀。她是哈得斯心中一缕自然的阳光，虽然她的确是被哈得斯拐来的，那只是因为哈得斯非常喜欢她。要不是快银催珀耳塞福涅赶紧离开，我都不知道她要说多少柔情细语去宽慰这位郁郁寡欢的矿石之王。

快银凑近珀耳塞福涅耳边小声说："快走吧，否则小心陛下改变圣意。尤其注意，千万别提你从金盘中拿了什么！"

没过多久，珀耳塞福涅和快银便穿过了冥界大门，身后传来三头犬刻耳柏洛斯的愤怒的狂吠，三颗头的犬吠声混合叠加，此起彼伏。下一刻工夫，他们就回到了大地之上。珀耳塞福涅归心似箭，一路上大步流星，所经之处，重获生机。这一幕着实让人欣喜万分。无论她那双得到神明祝福的双脚在哪里停歇，哪里便会立马长出满身露水的鲜花。紫罗兰在路边争相开放，青草和谷物开始生长，长势喜人，远胜从前十倍，也算是对过去数月中田地荒废、多种无收的补偿。长期没有进食的牛群饿得饥肠辘辘，此刻，它们开始疯狂进食，吃了整整一个白天，晚上醒来后又接着吃，吃得比白天还多。但是，我可以向你们保证，那是农民一年中最忙碌的时候，他们发现夏天已经逼近。差点儿忘说了，满世界的鸟儿都在枯木生花的树枝上蹦蹦跳跳，放声高歌，沉浸在巨大的喜悦之中。

得墨忒耳回到了空无一人的家中，满心悲伤地坐在门槛儿上，火炬依然在手中燃烧。她一直望着火焰发呆，可过了一会儿，火焰摇曳了一下，突然间熄灭了。

她非常诧异，心想："这是怎么回事儿？这是一把魔法火炬，应该会一直燃烧，直到我的女儿回来为止呀！"

她抬眼望向前方，惊讶地发现，一片青翠突然在枯黄的荒野上迅速铺开，就像太阳升起时，金色的阳光由远及近，飞快点亮广阔的大地一样。

得墨忒耳怒气冲冲地大喊道："难道大地违背了我的命令吗？我明明令它片叶不绿，寸草不生，直到得墨忒耳重回我的怀抱。它怎敢自作主张，让世界枯木回春，草长莺飞？"

突然，一个熟悉的声音响起："那就张开双臂，把你的女儿拥入怀中吧，亲爱的母亲！"

只见珀耳塞福涅跑向得墨忒耳，一头扑进母亲的怀抱。重逢的喜悦不必多说。她们抱在一起，泪流满面，哭得比被迫分离的那段日子还要厉害。曾经流泪是由于分离的悲伤，而如今，却是因为失而复得以后难以言表的激动之情。

等她们心情稍稍平复，得墨忒耳担心地看着珀耳塞福涅。

她问："我的好孩子，在冥王哈得斯的宫殿里，你有吃过任何东西吗？"

珀耳塞福涅说："我最最亲爱的母亲，跟您说实话，直到今天早上，我都一口没吃。可是，就在今天，他们给我拿了一颗石榴。那颗石榴都已经放干了，皱巴巴的，干得只剩石榴籽和皮。我很长时间都没见过水果了，又饿得发晕，所以我就忍不住咬了一口。就在我刚咬下去那一刻，冥王哈得斯和快银闯了进来。我一口都没来得及吞下。不过——亲爱的妈妈——不过，恐怕，我吞

下编：唐格尔伍德山庄故事集：又一本神奇故事书（1853）

下了六颗石榴籽，我想应该没事儿吧！"

得墨忒耳顿时失声叫道："啊，我可怜的孩子呀，我的命怎么这么苦啊！每吃下一颗石榴籽，你一年中就要在冥王哈得斯的宫殿里待一个月。也就是说，我只要回了半个你。一年里，你只有六个月能陪在我身边，另外六个月，你不得不待在那个一无是处的黑暗之王那里！"

听罢，珀耳塞福涅亲了亲母亲，轻松地说："别说得这么难听，冥王哈得斯其实也挺可怜的。他在某些方面也还不错。只要他能让我每年陪您六个月，我觉得在他的宫殿里待六个月也不是不能忍受。当然，他把我拐跑肯定是不对的。可是，就像他说的，一个人住在一座那么大、那么幽暗的宫殿里，实在太压抑了。有个小姑娘跑上跑下，会对他的性情大有改观。他若高兴，我也会很欣慰。所以呢，总的来说，我最最亲爱的母亲，他没有把我整年都留在他身边，我们真应该感到庆幸！"

金 羊 毛

伊阿宋是伊俄尔科斯国王埃宋的儿子。埃宋被兄弟篡权，失了王位。为免遭迫害，家人把年幼的伊阿宋从父母身边带走，交给一位传奇导师抚养。你们应该都听说过这位导师。他学识渊博，是四足动物马人族中的一员。他住在一处洞穴，半人半马，下半身长着马身和马腿，毛色洁白，上半身则拥有人的面孔和臂膀。他的名字叫喀戎，他虽然长得奇特，却是一位相当厉害的导师。他教过好几位聪明勤奋的学生，后来个个建功立业，而这一切都离不开他的教导。在这群学生当中，有大名鼎鼎的赫耳枯勒斯、阿喀琉斯、菲罗克忒忒斯，以及阿斯克勒庇俄斯。像阿斯克勒庇俄斯就是一位赫赫有名的医者。喀戎教学生抚琴、治病、击剑、格斗，还有各种各样的技艺。那时候，小伙子都学这些，很少有学写字、算术的。

有时候，我都怀疑，导师喀戎同其他人并没什么不同，就是个心地善良、自得其乐的老叟。他总喜欢把自己完完全全扮成一匹骏马，让孩子骑到他背上，迈开四蹄，围着校舍奔跑。所以，等他的学生一个个长大、变老，跪在地上和他们的孙子玩骑马的游戏时，他们总会给孙儿们提起上学时候，骑着喀戎玩耍的情景。孩子们也就都知道，有个半人半马的马人曾经教过他们的爷爷。可你们懂的，大人的话，小孩子并不全都明白，他们的小脑瓜里时常只能留下一点模糊的印象。

可即便如此，大人依旧会一遍一遍地讲给孩子听，他们会一直讲下去，讲

下编：唐格尔伍德山庄故事集：又一本神奇故事书（1853）

到天荒地老。他们说，喀戎是一位半人半马的导师。想想看，有一位勇敢的老绅士迈着四蹄，踢踏踢踏地走进教室，马蹄或许还会踩到某个小家伙的脚趾头。他甩动马尾当作教鞭，有时候还会慢跑出大门，在教室门外的草地上吃一口青草！我很想知道，铁匠给他打一副马掌会收多少钱！

就这样，才几个月大小的伊阿宋就和半人半马的喀戎一起住在洞里，直到他长大成人。他成为了一名非常优秀的竖琴手，我猜他的武艺也十分了得，他还几乎认识所有药草，会使用所有医用器具，毕竟，他是被受人景仰的喀戎一手带大的。至于，在教人骑马这件事上，就找不到比喀戎更好的导师了。终于，又高又壮的伊阿宋决心去外面的世界闯荡一番。他没有征询喀戎的意见，甚至都没把这个决定告诉喀戎。显然，这很不明智。孩子们，我可不希望你们任何人在这方面去学伊阿宋。不过，这也不能怪他，因为他听说了自己的王子身份，还听说他的父亲，伊俄尔科斯的国王埃宋被自己的兄弟珀利阿斯夺了王位，甚至在他自己躲进喀戎的山洞之前，珀利阿斯还差点儿杀了他。如今，伊阿宋已长大成人，生得高大威猛。他决定要让一切重回正轨，惩罚邪恶的珀利阿斯对他亲爱的父亲所犯下的罪行，把珀利阿斯赶下台去，夺回本属于他自己的王位。

下定决心后，伊阿宋一手抓起一根标枪，披上一张豹皮来防雨，便轻装出发了，金黄卷曲的长发在风中飘动。从头到脚的行装中，最令伊阿宋骄傲的是父亲留给他的一双凉鞋。这双凉鞋镶着漂亮的金边，绑脚的鞋带也是用金线做的。但他的整体装束罕见，所以一路下来，总有妇孺跑到门窗边围观，好奇这位披着豹皮、穿着金带凉鞋的英俊少年要去往何处，想知道他双手各持一根标枪，是打算去完成怎样的英雄壮举！

也不知走了多久，伊阿宋来到一条湍急的河边，河水正好挡住了前进的道路。水下暗流涌动，大大小小的黑色漩涡相互碰撞，激起一片片白色水沫，一路滚滚向前，发出愤怒的咆哮。河面不是很宽，若是在枯水期，想要渡河并非难事。可此时，河道里汇集了大量雨水和奥林匹斯山上融化的雪水，多股洪流汇集一处，一泻千里，发出阵阵雷鸣般的怒吼，整条河面浩浩荡荡，看起来险象环生。即便是勇猛的伊阿宋也不敢贸然过河，不得不驻足岸边，慎思而后行。河床上布满了棱角锋利、高低不平的大石头，部分石块凸出水面。不久，眼见一棵断根残枝的大树被河水从上游直冲而下，卡在乱石之间。河面上还不时漂过溺亡的绵羊和母牛的尸体。

总而言之，水位高涨的河流带来了极大破坏。河水的水位又深，水流又急，伊阿宋蹚不过去，也游不过去。他沿着河道张望，既没发现能过河的桥，也没有发现能渡河的船，即便有船，也会立刻被河道中的乱石撞毁。

突然，耳边传来一个沙哑的声音："瞧瞧，这可怜的小伙子！他一定学过本领，但显然学艺不精，就这样一条河，他都不知道该怎样过去！还是说，难道他害怕打湿那双别致的金带凉鞋？真可惜，他的那位四足导师不在，不然就能把他安全地背到对岸了！"

伊阿宋环顾四周，十分震惊，因为他完全没发现有人靠近。可就在他身边，站着一位老妇人，头上戴着一条破烂不堪的头巾，拄着一根拐杖，杖头上雕着一只布谷鸟。她看起来年纪很大，满脸皱纹，体弱多病。然而，她的眼睛却呈褐色，就像牛的眼睛那般，很大，很迷人。当老妇人和伊阿宋四目相对时，伊阿宋的眼中除了这对美丽的大眼睛，什么也看不见了。老妇人手中拿着一颗石榴，虽然这个时节，不该有石榴。

老妇人开口问道："伊阿宋，你要去哪里？"

你们一定会问，老妇人怎么知道伊阿宋的名字？是呀，那双褐色的大眼睛好像能看穿一切，无论是过去还是未来。正当伊阿宋盯着老妇人之际，一只孔雀昂首阔步地从一边走出来，站在老妇人的身边。

伊阿宋回答说："我要前往伊俄尔科斯，把邪恶的珀利阿斯王从我父亲的王位上赶下来，我要夺回原本属于我的王位。"

老妇人依旧声音沙哑地说："啊，这样呀，这种事也不用急于一时！看你年轻力壮的，不如先帮忙把我背过河去吧！我和我的孔雀有事要去对岸，正好你也要过去。"

伊阿宋答道："老人家，您的事情不可能有推翻一位国王那样重要！再

下编：唐格尔伍德山庄故事集：又一本神奇故事书（1853）

说，您也看到了，河水非常湍急。如果我稍有什么闪失，我俩都会被冲走的。情况允许的话，我很乐意效劳，但我担心，我没有足够的力量把您安全背过河去。"

老妇人嘲笑道："那么，你也不会有足够的力量把珀利阿斯拉下王位！伊阿宋，如果连老婆子我的这点小忙你都帮不了，那你肯定当不了国王。若不能济贫扶弱，国王还有什么存在的意义呢？你自己选吧！要么你背我过河，要么我就靠自己这身残躯，尽我所能，奋力渡河。"

说完，老妇人就抬起拐杖，在水中戳来戳去，看样子是想在布满石块的河床上探寻一处坚实的地方，方便她下第一脚。而此时，伊阿宋为自己刚才的迟疑感到羞愧难当。如果这位赢弱可怜的老妇人在与激流抗争、奋力渡河的过程中有什么闪失的话，他绝不会原谅自己。善良的喀戎曾教过他，帮助弱小，是使用力量的最崇高的方式；喀戎还教过他，叫他必须把每位年轻的女子都当他的姊妹，把每位老妇人都当他的母亲。想起了这些教导，健壮英俊的伊阿宋俯下身来，请求这位充满智慧的老妇人趴到他的背上。

伊阿宋提醒说："眼下过河并不安全。不过，您有要事在身，我就试试，看能否把您背过去。只要我没被冲走，就一定不会让您被大水冲走！"

老妇人说："果真如此，吾心甚慰，你也能问心无愧。好啦，别害怕！我们一定能平安渡河。"

说罢，老妇人搂住伊阿宋的脖子，伊阿宋顺势把老妇人背起，然后一步步勇敢地踏进激流涌动、水沫飞溅的河水中，深一脚浅一脚，摇摇晃晃地向对岸跋涉。至于那只孔雀，它轻盈一跳，伫立在老妇人的肩膀上。伊阿宋双手中的两根标枪就像两根拐杖，既能防止他绊倒，又能帮他试探被埋在乱石下的河床。然而，好几次，他都感到摇摇欲坠，觉得老妇人和自己要连同漂浮在河水中枝残叶萎的树干和牛羊的尸体一起，被大水冲走。奥林匹斯山上冰雪消融，汇成的冰冷雪水带着隆隆的咆哮声奔流直下，就好像在有意刁难伊阿宋，无论如何，都要把老妇人从他背上冲下来。等他走到河中央，那棵断了根的大树（我刚才就跟你们提过）在水流的冲击下，突破了石块的阻挡，乘着湍流向他们袭来。树干上一条条断裂的枝杈向外叉出，就像百臂巨人布里阿瑞俄斯的上百条手臂。然而，大树擦肩而过，没有碰到他分毫。可下一刻，伊阿宋一脚踩进了两块大石头间的缝隙里，很快就被卡在里头，为了把脚拔出来，他猛地一抽，却把凉鞋上的金带子扯断了，脚虽抽了出来，凉鞋却卡在了石头缝里。

为此，伊阿宋忍不住恼怒地大吼一声。

老妇人问："伊阿宋，怎么了？"

伊阿宋说："麻烦了！我把一只凉鞋卡在石头缝里了。想想看，若我一只脚穿着金带凉鞋，另一只脚却光溜溜地站在珀利阿斯王的朝堂上，那会是一副怎样的形象？"

老妇人却轻快地说："别放在心上！没什么比丢掉那只凉鞋更幸运的事情了。你就是那棵预言橡树一直谈到的人，我太满意了！"

在当时的情形下，伊阿宋没工夫询问预言橡树说了些什么。可是老妇人轻快的语气鼓舞了他。不仅如此，自从把老妇人背在身上，他就感觉充满了力量，那是他从未感受过的。他不但没有筋疲力尽，反而越走越有力气。他扛住流水的巨大冲击，最终抵达对岸，登上河滩，把老妇人和孔雀安全地放在了草地上。然而，等忙完这一切，伊阿宋就忍不住沮丧地看向自己的一只赤脚，只剩一条金带子绑在脚踝上，就是原来凉鞋上的金带子。

老妇人看向伊阿宋，漂亮的褐色眼睛里满是温和，她对伊阿宋说："用不了多久，你就会得到一双更精美的鞋子。只要让珀利阿斯看一眼你的赤脚，他就会面如死灰，我向你保证！你就顺着这条路走。去吧，勇敢的伊阿宋，我的祝福将与你同在！等你登上宝座，请记住你在渡河之时帮助过的老妇人！"

说完，老妇人就步履蹒跚地离开了，走到远处，还回头冲着伊阿宋微微一笑。或许是那双美丽的褐色眼睛目光如炬，好似散发出一圈神圣的光环笼罩其身，也或许是其他什么原因，反正伊阿宋总觉得在老妇人的身上有某种非常高贵、非常威严的气质。而且，虽然她的步伐犹如一位风湿病人，走路一瘸一拐的，但她走起路来的体态优雅高贵，就像一位皇后。那只孔雀此刻已经从老婆婆的肩膀上跳落，昂首阔步地跟在老妇人身后，威风凛凛。它故意展开斑斓的

下编：唐格尔伍德山庄故事集：又一本神奇故事书（1853）

孔雀尾，好让伊阿宋赞美它的美丽。

等老妇人和孔雀离开视线，伊阿宋也启程了。又走了很远，他来到一座小镇。小镇坐落于山脚，离海边不远。小镇之外聚了一大群人，有大人，也有孩子，他们个个身着盛装，显然是在庆祝节日。去往海边方向的人最多。透过人群，朝人多的方向望去，伊阿宋看见一团烟圈盘旋腾起，飞向蓝天。他向巡游队伍中的一人打听，问旁边这座小镇的名字，问大家为何聚集于此。

路人回答说："这是伊俄尔科斯王国，我们是珀利阿斯王的子民。我们的君主召集大家共聚于此，共观祭祀礼，要把一头黑色的公牛献给海神波塞冬。据说，海神是我们陛下的父亲。陛下就在那里，在祭坛那边，就是刚刚烟雾腾起的地方。"

那人一边说，一边打量着伊阿宋，内心充满好奇。因为伊阿宋的打扮看起来不像伊俄尔科斯本地人，他肩上披着豹皮，一手紧握一根标枪，看起来非常奇怪。伊阿宋发现，那人还特别盯着他的脚看了好久，你们还记得吗，他的一只脚上穿着他父亲的金带凉鞋，而另一只脚是光着的。

那人扯着身边的同伴说："看他！快看他！看见了吗？他只穿了一只鞋！"

接着，一个传一个，身边的人都注意起伊阿宋来。虽然，似乎每个人都觉得他的打扮非常奇特，但大家尤为关注他的双脚，比关注其他方面的打扮多得多。不仅如此，伊阿宋还能听到人群中一个传一个地窃窃私语。

人群里一直有人在说："一只鞋！一只鞋！那人只穿了一只凉鞋！喏，就在那儿，看见了吧！他从哪儿来？他为什么只穿一只鞋？若是陛下看见这个只穿一只鞋的人，会说些什么？"

可怜的伊阿宋尴尬极了，他实在觉得伊俄尔科斯的人缺乏基本教养，他只是意外丢了一只凉鞋，这些人却抓住这点穿着上的小问题不放，大肆宣传，公之于众。同时，也不知伊阿宋是被众人推搡着一路向前，还是他自己主动在人群中挤出一条路，好巧不巧，他发现自己来到了冒烟的祭坛边，国王珀利阿斯正在献祭一头黑色公牛。越来越多人惊讶地看向光着一只脚的伊阿宋，人群中原本还只是窃窃私语，后来声音越变越大，大到搅扰了祭祀仪式。国王正拿着一把大刀,准备割破公牛的喉咙,却被台下的骚乱打断,于是愤怒地转过头来,狠狠地盯着伊阿宋。众人见状,赶忙从伊阿宋周身散开,在冒烟的祭坛旁,给伊阿宋腾出一小片空间,留下他与愤怒的国王面面相觑。

国王紧锁眉头,大声质问道:"你是谁?怎敢搅扰祭祀,打断我给我的父亲波塞冬献祭黑色公牛?"

伊阿宋回答说:"陛下,这不是我的错!要怪只能怪您那些无礼子民。我只是遇到了点意外,所以光着一只脚,他们却议论纷纷,引发了骚乱。"

伊阿宋说着,国王迅速而又惊讶地扫了一眼伊阿宋的双脚。

他嘟囔道:"哈!这家伙果真只穿了一只凉鞋!我该怎么处置他呢?"

眼看他手中的刀握得更紧,像是要一刀砍了伊阿宋,代替黑色公牛去献祭。周围的人听到了国王说话,却又听得不是很清楚。起初,人群里只是交头接耳,后来变成了一声惊呼。

"那个穿一只凉鞋的男人出现了!预言就要成真了!"

你们知道的,很多年以前,在古希腊圣地多多那,有一棵预言橡树。这棵橡树曾告诉国王珀利阿斯,一个穿一只凉鞋的男人会把他赶下王位。为此,他曾严令,觐见他的人,必须穿上一双完好的凉鞋,鞋带必须牢牢地在脚上绑好。他在殿前专门安排了一位官员,唯一的工作就是去检查前来觐见之人的凉鞋,一旦发现有人的鞋子快要穿坏,就给他们换双新的,买鞋的钱由国库承担。眼下,看到可怜的伊阿宋的赤脚,珀利阿斯感到惊恐不安,这种不安在他做国王的十多年间从未有过。不过,珀利阿斯天生就是个胆大心狠之人,不一会儿,他就重新振作起来,心里盘算着,怎样才能除掉眼前这个只穿一只凉鞋的可怕之人。

为了让伊阿宋放下戒心,珀利阿斯王用难以想象、温柔至极的声音说道:"这位英勇的年轻人,热烈欢迎你来到我的国家!看你的穿着,你肯定是远道而来。在我们国家可不流行穿豹子皮。你叫什么名字?还有,你在哪里学艺?"

眼前的年轻人答道:"我叫伊阿宋。从小,我就跟马人喀戎一起住在山洞里。他是我导师,教我音乐、马术、医术和格斗。"

下编：唐格尔伍德山庄故事集：又一本神奇故事书（1853）

　　珀利阿斯王答道："我听说过喀戎，那位导师。他虽然是个马人，可真的算是才高智深。能够在我的官廷中见到他的高足，真是荣幸之至。不过，为了检验一下你在这位名师座下到底学了多少本事，能允许我问你一个问题吗？"

　　伊阿宋说："我资质愚笨。不过，你尽管问吧，我一定知无不言。"

　　此刻，珀利阿斯王想要狡猾地诓骗伊阿宋，让他自己说出一些会给自己带来灾祸与毁灭的事情来。于是，带着一脸奸邪狡诈的笑容，珀利阿斯王如是问道：

　　"勇敢的伊阿宋，我问你，如果世界上有这样一个男人，假如你有理由相信，你注定会被这个男人摧毁并杀掉的话，你会怎么做？我是说，如果这个男人就站在你面前，而你又有能力掌握他的生死的话？"

　　珀利阿斯王嘴上问着话，眼中不由自主地流露出阴险恶毒的眼神，这一切都被伊阿宋看在眼里。他猜，国王可能已经察觉了他的来意，并打算让伊阿宋因自己所说话而陷入窘境。尽管如此，伊阿宋也不屑于说谎。身为一位正直而高贵的王子，他决心实话实说。既然国王选择问他这个问题，既然伊阿宋保证会知无不言，他就会明明白白地告诉珀利阿斯王，如果他掌握着死敌的生死，该怎么做才最为明智。除此之外，别无他法。

　　因此，经过短暂思考之后，伊阿宋说话了，话音铿锵有力。

　　他说："是我的话，我会派那人去取金羊毛！"

　　你们之后就会明白，在所有的任务中，这项任务是世界上最难办、最危险的。要完成这项任务，首先得经过一段长途跋涉，穿过多片未知的海域。没有一个接受这项任务的年轻人能成功，没有人有机会取得金羊毛，就连活着回来讲述自己死里逃生的机会都非常渺茫。所以，听到伊阿宋的回答，珀利阿斯王高兴得满眼放光。

　　他激动地大声说："说得好，真是个穿着一只凉鞋的聪明家伙！那就去吧，去历经危难，把金羊毛给我带回来！"

　　伊阿宋镇定地答道："我这就去！如果我失败了，你就再也不用担心我会回来对你产生威胁。可是，如果我带着战利品回到伊俄尔科斯，到那时，珀利阿斯王,你就必须立刻从高高的王位上滚下来,把王冠和权杖交还给我!"

国王讥讽道:"若你真成了,我会的!在这之前,我会帮你好好保管!"

结束与珀利阿斯王的会面后,伊阿宋首先想做的是去多多那,询问那棵预言橡树关于这段历险的最佳路径。这棵神奇的树位于一片古老的森林中央。粗壮的树干向天上伸出上百根枝干,投下的树荫既宽大又浓密,足足一英亩有余。站在树下,伊阿宋抬头望向纵横交错的枝干和绿叶,端详这棵老树的神秘树心,然后大声问话,就好像在和某位藏在枝叶深处的人对话。

他问:"我要怎么做才能赢得金羊毛?"

他问:"我要怎么做才能赢得金羊毛?"

下编：唐格尔伍德山庄故事集：又一本神奇故事书（1853）

  一开始，周围一片寂静，不只有橡树的树荫下很安静，整片森林都很安静。然而，没过多久，橡树的叶子开始抖动，沙沙作响，就好像有一股柔和的微风在枝叶间拂过，而森林里的其他树都全然未动。接着，那声音越来越大，就好像一阵呼啸而过的疾风。不久之后，伊阿宋觉得他能从那声音中分辨出话语，但十分模糊，因为树上的每片树叶都像一条舌头，所有的舌头在同一时刻含含糊糊地说着什么。不过那声音越来越宽广，越来越深沉，汇聚在一起，就像一道旋风扫过橡树，在成千上万的树叶间发出的沙沙细声中形成一道洪亮的声响。这时，虽然那声响依旧如强劲的疾风吹过枝头发出的声音，可它也像一阵低沉浑厚的说话声，是一棵树能讲出的最清晰的话语。那声音说：

  "去找阿耳戈斯，那个造船者，请他帮忙建造一艘能同时供五十人划桨的大船！"

  之后，那声音再次化为枝叶摇曳的沙沙声，如同难以明辨的低语，逐渐消散。待声音完全消失后，伊阿宋有些怀疑他是否真的听到了那些话，他恐怕那只是微风扫过浓密的枝叶发出的声音，怀疑那些话是不是他从那稀疏平常的声音中幻想出来的。

  不过，询问了伊俄尔科斯的居民后，伊阿宋得知，城里真的有一个叫阿耳戈斯的人，他真的是个造船高手。这证明橡树真的具有智慧，不然，它怎么会知道这个人的存在？在伊阿宋的一番请求下，阿耳戈斯欣然同意帮他造船，造一艘够让五十个强壮男人同时划桨的大船，这样的大船，无论是尺寸还是载重，在当时都是前所未见的。说干就干！阿耳戈斯，这位鼎鼎大名的木匠，和他手下所有的工匠、学徒开始造船。接下来的一段日子，他们伐木、加工，干得热火朝天，锯木、凿孔、锉角、捶打之声不绝于耳。终于，他们造出了一艘大船，取名为阿尔戈，准备下海远航。鉴于之前那棵预言橡树给了他很棒的建议，所以，伊阿宋觉得，在出发之前，再去问问橡树的意见准没错儿。于是，他又跑到橡树面前，站在巨大粗糙的树干边，询问橡树下一步该怎么做。

  这次，整棵树的树叶都没有像上次那样颤抖。不一会儿，伊阿宋发现一根粗壮的枝干伸向他的头顶，开始沙沙作响，就好像风只在摇动那一根枝干，而其他枝干全然未动。

那沙沙声渐渐清晰可辨，枝干说："砍我下来！砍我下来！把我雕刻，置于船首！"

因此，伊阿宋听从了枝干的话，把它从树上砍了下来。附近的一位雕刻师接下了雕刻船首雕像的工作。他是一名相当不错的工匠，已经做过好几尊船首雕像，他喜欢雕刻女性形象，和我们今天在船首斜桅下看到的雕塑差不多。雕像瞪着大大的眼睛，任凭浪涛冲刷，浪花飞溅，绝不眨眼。可奇怪的是，雕刻师发现他的手被一股看不见的力量控制，那精湛的技艺并不属于他本人，他用工具刻画出来的形象是他从未想象过的。待工作完成，那根枝干被雕成了一个美女身形，头戴铠甲，卷发齐肩。她左手持盾，盾牌中央刻着美杜莎的头，头上蛇发缠绕，栩栩如生。她右手前伸，好像在指引方向。雕塑精致的面孔既不愤怒，也不冷峻，而是充满果敢与威严，或许你们更愿意称之为庄严。她嘴唇微张，似要述说真理。

伊阿宋对这个用橡木枝做的雕像非常满意，他不给雕刻师一点休息时间，一直守到完工，然后立刻把东西安放在船首。从古至今，船首雕像都安放在那个地方。

当他起身盯着面色平和威严的雕像看时，他大声说道："现在，我必须再去问问那棵预言橡树，看看下一步该怎么走？"

一个声音突然响起，虽然低沉，但令伊阿宋想起了那棵大橡树浑厚的声音："没那必要，伊阿宋，若你想要指点，直接问我就行！"

话音落下，伊阿宋就盯着雕像的脸庞看了许久。可他不敢相信自己的耳朵和眼睛。然而，事实就是，那棵橡木雕塑的嘴巴真的动了，很显然，声音是从雕塑的嘴巴里传出来的。稍稍从震惊中回过神来，伊阿宋才想起来，这尊雕塑是用那棵橡树的枝干雕刻而成，所以，这也就不奇怪了。与那些世间的凡物不同，这尊雕像理应有说话的能力。要是没有这个能力，那才真叫奇怪呢！但话又说回来，在这段充满危机的旅程中，伊阿宋能随身带着这么一块能预言的木头，可真够幸运的。

下编：唐格尔伍德山庄故事集：又一本神奇故事书（1853）

伊阿宋大声问道："神奇的雕像，告诉我——既然你继承了多多那橡树的预言能力，身为它的女儿——告诉我，我要上哪儿去找五十位愿意帮我划桨的勇士？他们必须有结实的臂膀和勇敢的心去面对危险。否则，我们不可能赢得金羊毛！"

橡木雕像答道："去吧！去召集希腊所有的英雄！"

伊阿宋从船首雕像那里得到了建议。老实说，考虑到将行之事的艰险程度，的确没有比这更好的建议了。伊阿宋马不停蹄地奔向每座城池去传递消息，让希腊所有人都知道他的情况，知道他是伊阿宋王子，国王埃宋的儿子，知道他要去取金羊毛，知道他需要寻找当下全希腊四十九位最勇敢、最强壮的年轻人，帮他去划桨，与他一同冒险。伊阿宋自己就是那第五十位。

消息一出，全希腊勇于冒险的年轻人都开始躁动起来。有些人曾与巨人搏斗，屠杀过恶龙；而有些人还没遇到那样好的机会，没有骑过会飞的海蛇，没有刺过喀迈拉，也没有用右臂勒死过一头体型巨大的狮子。他们期待加入伊阿宋的队伍，能在寻找金羊毛的途中，遇上许多像那样的冒险。所以，他们擦亮头盔与盾牌，束上趁手的刀剑，向伊俄尔科斯迅速集结，迫不及待地登上了那艘新修的大船。众人与伊阿宋握手，他们向伊阿宋保证，他们不畏生死，一定会帮助伊阿宋，把这艘大船划到世界尽头，划到他想去的任何地方。

在这些英勇的伙伴中，有些也曾受教于喀戎，即那个四脚马人，因此，算是伊阿宋的老同学，他们知道伊阿宋是个朝气勇敢、充满活力的小伙子。力大无比的赫耳枯勒斯就是他们中的一员，他后来用肩膀撑起了天；还有卡斯托尔和波鲁克斯，他们是一对双胞胎，虽然他们是从一只蛋里孵出来的，但从来没有人觉得他们胆小如雏鸡；还有忒修斯，他因杀了牛首人身的怪物米诺陶诺斯而声名大噪；还有林叩斯，他那锐利的目光能够看透石头，看穿大地，寻找埋在地下的宝藏；还有俄耳甫斯，他是最棒的竖琴演奏家，他的弹唱无比甜美，能令野兽蹲坐，随着音乐欢快雀跃。是的，他还有些更加动人的曲调，能令长满苔藓的顽石移步，让森林里的一片林木自己将树根从地里拔出，相互点头致意，跳一场希腊的土风舞！

金羊毛

在众多英雄中，有一位年轻漂亮的姑娘，名叫阿塔兰塔，她在山野中被一头熊养大。她的步伐非常轻盈，能够踏浪而行，且不打湿鞋背。她在野外长大，总是谈论女性的权力，喜欢狩猎与战争，不善针线活儿。不过，在我看来，在这支豪华阵容中，最引人注目的是北风之神的两个儿子，性格豪迈，脾气暴躁。他们的肩膀上各有一对翅膀，若是遇上风平浪静的时候，他们能够鼓起腮帮，和他们父亲一样，吹起一阵清新的微风。我记得，这一船人中还有一些先知和巫师，他们能预言明天、后天，甚至百年之后的事，但对现行之事却无从论断。

伊阿宋任命提费斯当舵手，因为他是一名占星师，能用罗盘辨别方向。林叩斯拥有锐利的目光，所以伊阿宋请他在船首当瞭望员。站在船首，他能望见大船一整天要航行的路程，但他却容易忽略鼻子底下的东西。不过，无论海水有多深，林叩斯都能准确地告诉你海底沙石的样貌。他时常对同伴大喊，他们正从一堆沉船宝藏上方驶过。可惜，他并没有因为能看到宝藏而变得更加富有。老实说，很少有人相信他说的这些话。

话说，五十位勇敢的冒险者被称作"阿尔戈船英雄"。就在他们一切都准备就绪、蓄势待发之际，却遇到了一个始料未及的麻烦，若不能解决，整个旅程都会无疾而终。问题就出在这艘船上。你们要明白，这艘船太长、太宽、太重了，五十位英雄合力都没能把船推进水里。我想那时，赫耳枯勒斯还未达到他的巅峰状态，否则，他或许能把船推进水里，就如同一个小男孩把玩具船放进池塘里一样轻松。可是在场的五十位英雄连推带拉，脸都涨红了，也没能让"阿尔戈号"移动半英寸。最后，所有英雄耗尽力气，个个坐在海岸边上垂头丧气。他们觉得只能抛下大船，让它烂在岸上，要么游过大海，要么放弃金羊毛。

突然，伊阿宋想起了大船上神奇的船首雕像。

他立刻前去大声问道："预言橡树的女儿呀，我们如何才能把这艘大船弄到水里去？"

一开始，船首雕像就知道该怎么办，只等伊阿宋问她，她便答道："你们

下编：唐格尔伍德山庄故事集：又一本神奇故事书（1853）

都坐好，你们都坐好，握紧你们的桨，让俄耳甫斯演奏竖琴！"

立刻，五十位英雄登上大船。俄耳甫斯指尖划过琴弦，其他英雄则抓起船桨，举向天空。相比划桨，俄耳甫斯更喜欢这项差事。当琴弦发出第一个音符，众人便感到大船晃动起来。俄耳甫斯快速地拨动琴弦，大船便立刻滑向大海，船头猛地扎进海中，连船首雕像那张灵验的嘴巴都喝了一口浪涛，然后重新浮出水面，就像一只浮在水中的天鹅。五十位英雄努力划桨，大船破浪前行，船头激起阵阵雪白的浪花；船尾则划出一道长长的尾流，在他们身后留下一串哗哗作响的水泡。俄耳甫斯依旧在深情地弹奏乐曲，伴随音乐，大船就好像乘着浪头，随海浪的起伏与之共舞。"阿尔戈号"成功驶出港湾，所有人都为之喝彩，送上祝福，唯独狡猾的老珀利阿斯不高兴。他站在海岬之上，怒视着"阿尔戈号"，真希望能把心中的怒火从肺里吹出来，掀翻大船，让船上的所有人都葬身大海！等他们驶出五十多英里远，林叩斯锐利的眼睛无意间回望海岸时，他说海岸边有一位黑心的国王，依旧站在海岬之上，阴沉地怒视着他们。在地平线的那一角上，好似笼罩着一片黑色的雷云。

为了让旅途更加愉快，一路上，英雄们谈论着金羊毛。据说，金羊毛来自一头维奥蒂亚公羊。曾有两个孩子的生命受到威胁，这头公羊把他们驮在背上，穿越陆地和海洋，带他们逃跑，一直逃到科尔基斯。在逃跑的路上，姐姐赫勒不慎跌落海中溺亡。弟弟佛里克索斯被忠诚的公羊安全地带到了岸上。可惜，公羊耗尽了气力，一上岸便瘫倒在地，去世了。由于公羊的善举和忠心，可怜的公羊死后，身上的羊毛神奇般地变成了金色的，成为世界上最漂亮的东西。金羊毛被挂在一棵树上，那棵树在一片神圣的树林里，我也不知道它被挂在那里多少年了。再显赫的国王都对它眼馋，他们的宫殿里没有一件像金羊毛这样华贵的东西。

如果我把阿尔戈船英雄所有的冒险故事都讲给你们听，那一直要讲到太阳下山，有可能时间还更长。从你们已经听过的故事中，你们就应该估计得到，一路上有很多精彩的故事。有一天，他们登上一座海岛，岛上的国王赛西库斯热情地款待了他们，国王为众位英雄大办接风宴，待他们如兄弟一般。然而，众英雄发现这位好客的国王看起来十分沮丧，似有麻烦缠身。于是，赛西库斯国王告诉大家，他和他的子民时常被栖息在附近山上的一群怪物袭扰，那群怪物对他们发起攻击，杀了许多人，踩躏了这个国家。

伊阿宋应声道："我看见了一些非常高的东西，但距离太远了，我看不清他们到底是什么。老实说，陛下，他们看起来很奇特，我倾向于认为那些是云，只是恰好形成了类似人的形状。"

此时，林叩斯说话了，你们知道的，他的眼睛就像一台望远镜，可以看清很远的东西。他说："我看得很清楚。他们是一帮残暴的巨人，每个人都长着六条胳膊六只手，每只手上都握着一把武器！有棍子，有剑，还有其他一些武器。"

赛西库斯国王赞叹道："你的眼力真好！是的，他们是长着六条胳膊的巨人。他们就是我和我的子民不得不对付的敌人。"

第二天，正当阿尔戈船英雄准备启航时，那些可怕的巨人突然冲下山来。他们一步足足能跨出一百来码，一齐挥舞着六只胳膊，身形高大，看上去十分可怕。每只怪物单独都能打一场大仗。他们可以一只手投掷巨石，另一只手挥动棍棒，第三只手舞刀弄剑，第四只手向敌人刺出长枪，第五只手和第六只手拉弓射箭。不过，万幸的是，虽然巨人如此巨大，还有那么多胳膊，但他们每个只有一颗心脏，他们的心不比普通人的更大，也不比普通人的更勇敢。如果他们像百臂巨人布里阿瑞俄斯那般，骁勇的阿尔戈船英雄们就会与之苦战。伊阿宋和众位英雄勇敢地迎了上去，一口气杀死了许多巨人，剩下的巨人见此情景，溃散而逃。所以，如若巨人不是有六条胳膊，而是有六条腿，或许他们能逃得更快点，死伤人数就会更少些！

另一段神奇的历险发生在色雷斯。众人抵达色雷斯后，发现这里的国王菲纽斯是个可怜的盲人。他被子民抛弃，生活悲惨，饮食起居全靠自己。伊阿宋询问国王，看大家能否给予他一些帮助，国王告诉伊阿宋，他被三只长着翅膀的大妖怪折磨至此。那三只大妖怪叫哈耳庇厄，长着女性的面孔，秃鹫的翅膀、身体和爪子。这三只丑陋的妖怪作恶多端，总是抢走他的餐食，令他不得

下编：唐格尔伍德山庄故事集：又一本神奇故事书（1853）

安生。听到这里，阿尔戈船英雄便在海边摆了一大桌丰盛的大餐，既然已经从"瞎子"国王口中得知哈耳庇厄十分贪婪，那等它们嗅到食物的香气，一定会迅速飞来，夺走食物。不出所料，众人刚摆好桌子，三只可怕的人面秃鹫就拍打着翅膀从天而降，用爪子抓起食物就迅速飞走。可北风之神的两个儿子旋即拔出佩剑，伸展双翼，腾空飞起，誓要抓住这几只盗贼。终于，在追出数百英里后，在几座荒岛上空，它们抓住了哈耳庇厄。两个长着翅膀的年轻人对着哈耳庇厄一顿咆哮（他们遗传了北风之神的暴脾气），拿剑威胁它们，叫它们郑重起誓，今后再也不找国王菲纽斯的麻烦。

了结此事后，阿尔戈船英雄再次起航，在之后的行程中，遇到了许多其他不同寻常的事情。任何一件拿出来讲，都会是一段精彩的故事。有一回，众英雄登上一座小岛，坐在草地上休息，突然遭遇一阵钢头箭雨的伏击。有些人趴在地上躲避，另一些人则拿起盾牌抵御，还有几人被箭射伤。待箭雨过后，五十位英雄站起身来，四下搜寻隐藏的敌人，可他们一名敌人也没找到，甚至放眼整座小岛，连躲藏一个弓箭手的地方都没有。然后，没一会儿工夫，又一阵箭雨向他们嗖嗖袭来。终于，他们无意间抬头才发现有一大群鸟在空中盘旋，向阿尔戈船英雄射出它们的羽毛。这些像钢头箭矢般的羽毛让众位英雄吃了大亏。他们避无可避，狼狈不堪，若不是伊阿宋想起问问橡木雕像的建议，五十位阿尔戈船英雄恐怕连看一眼金羊毛的机会都没有，就在鸟群的攻击下，死的死，伤的伤。

于是，伊阿宋以最快速度跑上船去。

他上气不接下气地大声问道："噢，预言橡树的女儿，此刻，我们比任何时候都需要你的智慧！我们遇上了大麻烦。一群鸟正在不断射出羽毛攻击我们，那羽毛就如钢头箭矢！我们该怎么做才能赶走他们？"

雕像回答说："敲打你们的盾牌！"

得到绝佳的建议之后，伊阿宋赶忙回到同伴身边（此时，大家都非常沮丧，完全不像与六臂巨人搏斗时那样英勇），令大家用剑敲打黄铜盾牌。随即，五十位英雄听从指令，全力敲击盾牌，发出巨大的敲击声，很快就吓得鸟群四散而逃。它们虽然射出了身上一半的羽毛，但依旧飞得很快，没过多久，就从天边的云彩间掠过，犹如一群野鹅。为了庆祝胜利，俄耳甫斯端起竖琴，奏起了凯旋颂歌，伴着旋律放声歌唱。那歌声实在太悠扬动听，伊阿宋不得不叫他停下。因为那些羽毛如钢的鸟儿是被噪声驱走的，伊阿宋生怕这动听的弹唱再把它们吸引回来。

经此一劫后，阿尔戈船英雄继续留在岛上休整。这时，他们看见一艘小船驶抵小岛，船里坐着两位有着王子风度的年轻人，长得相当帅气，那时候，年轻王子普遍都长得帅气。现在，你们觉得这两位年轻人会是谁？哎呀，说出来怕你们不信，他俩正是佛里克索斯的儿子，就是那个小时候骑在金毛公羊的背上，被公羊带到科尔基斯的佛里克索斯！自那以后，佛里克索斯和国王的女儿结了婚。两位小王子在科尔基斯出生长大，从小就在那片树林的外围玩耍，金羊毛就挂在那片树林中央的一棵树上。此刻，他们要前往希腊，想要夺回从他们父亲手中被阴谋夺走的王国。

而当两位王子得知阿尔戈船英雄的目的地后，他们决定返航，带领大家去往科尔基斯。不过，与此同时，两位王子表示，伊阿宋能成功取得金羊毛的可能性很低。按照他们的说法，挂金羊毛的那棵树旁有一头可怕的恶龙守护，所有冒险走进它攻击范围的人都会被它一口吞掉，无一例外。

两位王子继续说道："一路上还有许多其他的艰难险阻，暂且不说了。就光这些，难道还不够艰险吗？听我们一句劝，英勇的伊阿宋，现在回头，还为时不晚！如果你和你的四十九位英勇的同伴被那头恶龙一口一口，一共五十口，统统吃掉的话，我们会伤心难过的！"

伊阿宋平静地回答说："好兄弟，你们觉得那条龙很可怕，这并不奇怪。你们从小就在这头野兽的恐惧下长大，所以你们仍然会对它感到畏惧，就像小孩子会对监护人给他们讲的妖魔鬼怪感到畏惧一样。可是，在我看来，那条龙只不过是一条身形大些的蛇罢了，它不太可能一口把我吞掉，因为，在它袭击我的瞬间，我会砍下它的脑袋，然后扒皮抽筋。无论如何，无论谁想回去，我都不回去。不取得金羊毛，我决不回希腊！"

下编：唐格尔伍德山庄故事集：又一本神奇故事书（1853）

其他四十九位英雄也大声附和道："我们也绝不回去！大家现在就上船吧。如果恶龙想把我们当早餐吞掉，那就祝它好运吧！"

随即，俄耳甫斯开始弹唱，任何事在他这里都能化为音乐。他的琴音和歌声中充满光荣的使命感，令在场所有勇士都觉得，世界上似乎没有什么事比与恶龙搏斗更加愉悦，就算万一被恶龙一口吞掉，也无上荣耀。

之后，在两位王子的带领下，大家很快就驶抵了科尔基斯，去往科尔基斯的航线，两位王子已烂熟于心。当科尔基斯的国王埃厄忒斯得知众人抵达的消息时，他立刻召见伊阿宋进宫。国王的面相严酷冷峻。虽然他极力表现出一副礼遇好客的模样，但伊阿宋不喜欢这副面孔，他对埃厄忒斯王的好感比对珀利阿斯王的强不了多少。要知道，珀利阿斯王可是一个夺了他父亲王位的奸恶之徒。

埃厄忒斯王说："欢迎啊，勇敢的伊阿宋！旅途可还愉快？能与你在科尔基斯相会，真是令人高兴。是什么风把你吹来的？此行，你是想探察一些新岛屿，还是另有原因？"

伊阿宋先向埃厄忒斯王鞠躬行礼，喀戎曾教过他，无论是面对国王还是面对乞丐，如何才算举止得体。然后他回答说："伟大的埃厄忒斯王，我怀着特别的目的来到您这里，希望得到陛下您的允许，好让我完成使命。珀利阿斯篡夺了我父亲的王位，他没有资格坐在王位上，不像陛下您这般名正言顺。他与我约定，只要我能把金羊毛给他带回去，他就会让出王位，把王冠和权杖交还于我。陛下您也知道，金羊毛此刻就挂在科尔基斯的一棵树上。我斗胆恳请您能慨然应允，让我把金羊毛带走！"

听罢伊阿宋的请求，国王虽然极力控制自己的情绪，但依旧忍不住眉头紧锁，怒形于色。因为，他把金羊毛看得比世间任何东西都贵重。甚至有人怀疑，他为了把金羊毛据为己有，使出过非常阴险狡诈的手段。因此，听说英勇的伊阿宋王子和四十九位全希腊最勇猛的年轻战士齐聚科尔基斯，只为带走他最珍视的宝藏，怎能不令他怒不可遏。

埃厄忒斯王冷冷地盯着伊阿宋问："你知不知道，得到金羊毛之前，你必须跨过怎样的凶险？"

伊阿宋答道："我听说了，有一条恶龙守护在挂着金羊毛的树下，无论谁想靠近，都要冒着一口被它吞掉的风险。"

国王带着不怀好意的笑容说："的确！非常正确，年轻人！不过，你还要完成其他考验，那些考验与在恶龙嘴下逃生一样困难，甚至更加困难。只有完成了那些任务，你才有被恶龙吞掉的殊荣。比如，首先，你必须驯服我的两头铜蹄铜肺的公牛，铜蹄和铜肺都是技艺高超的铁匠赫淮斯托斯为我打造的。每头牛的胃中都有一鼎熔炉，它们的嘴巴和鼻孔里能喷出烈火。迄今为止，但凡靠近过它们的人，个个都被烧成了一小堆黑乎乎的灰烬。勇敢的伊阿宋，你觉得如何？"

伊阿宋镇定地答道："如果它们挡住了我的去路，阻挠我去取金羊毛，我就必须直面危险。"

埃厄忒斯王暗下决心，要尽一切可能唬住伊阿宋，于是他继续说："驯服了脾气暴躁、口鼻喷火的公牛后，你还必须给它们套上犁具，在战神阿瑞斯庇佑的林地里开垦神圣的土地，种上一些龙牙，就是卡德摩斯种出过一批将士的龙牙。除非你好生对待他们，否则他们就会拿起手中的剑，将你砍杀！虽然你很勇敢，伊阿宋，可你和你的四十九位阿尔戈船英雄是打不过那么大一群种出来的将士的，无论在数量上还是力量上都很难取胜。"

伊阿宋答道："很早以前，我的导师喀戎曾给我讲过卡德摩斯的故事。也许我能掌控那些龙牙种出来的将士，就像卡德摩斯一样！那些将士总爱互相争斗。"

埃厄忒斯王喃喃自语道："真希望恶龙能把他和他的导师，那位四足师父一并吞掉！哎呀，他真是一个有勇无谋、自高自大、自以为是的家伙！咱们走着瞧，看我那两头口鼻喷火、脾气暴躁的公牛会怎么踩踏他！"然后，他又装出一副应允的样子，继续大声说道："好吧，伊阿宋王子，既然你如此坚持，那你今天就好好放松放松。明天一早，我就亲自带你去试试，看看你犁地的水平如何。"

下编：唐格尔伍德山庄故事集：又一本神奇故事书（1853）

　　就在国王和伊阿宋交谈期间，一位年轻貌美的姑娘一直站在御座背后。她满眼热切地盯着这位年轻的陌生人，仔细听他们讲出的每句话。等伊阿宋向国王告退，年轻的姑娘也尾随他出了大殿。

　　姑娘叫住伊阿宋，对他说："我是国王的女儿，我的名字叫美狄亚。我知道不少其他公主不知道的东西，能做许多其他公主想都不敢想的事情！如果你愿意相信我，我能教你如何去驯服脾气暴躁、口鼻喷火的公牛，如何种龙牙，甚至如何拿到金羊毛！"

　　伊阿宋热切地答道："真的吗，美丽的公主？如果你能帮助我通过重重考

"我是国王的女儿。"

验，最终拿到金羊毛，我发誓，一辈子都会对你感恩戴德！"

伊阿宋注视着美狄亚，他从美狄亚的脸上看出了非凡的聪慧。美狄亚有一双谜一般的眼睛。只要盯着这双眼睛，你们似乎就能看到很远的地方，就如同看向一口深井，可你们永远无法确定，是否看到了最深处，或者井底有没有隐藏其他东西。如果说有什么能让伊阿宋感到害怕的话，他害怕成为这位年轻公主的敌人。因为，此刻她还是一位美丽的公主，可下一刻，她或许就会变得非常可怕，可怕得就如那条看守金羊毛的恶龙。

伊阿宋惊叹道："公主，你看上去的确很聪明，也很有手段。可是，你如何才能帮助我去完成你说的那些事呢？你是女巫吗？"

美狄亚笑了笑，答道："是的，伊阿宋王子。你猜对了。我是一名女巫！喀耳刻是我父亲的妹妹，是她教我成为了一名女巫的。如果我愿意的话，我可以告诉你，那个身边带着孔雀，手中拿着石榴和布谷鸟手杖，被你背过河的老妇人是谁。我可以告诉你，是谁在通过那尊船首雕像的嘴巴指引你前进。我还知道一些你的秘密，你懂的！我倾慕于你，愿意帮助你，否则，你很难摆脱被恶龙一口吞掉的结局。"

她继续说："如果你像我想象中的一样勇敢，你也必须勇敢，那么，你果敢的内心就会告诉你，要对付发疯的公牛只有一种办法。至于这个办法是什么，就要留给你在危难中自己发现。至于那两头牛会喷火，我这里有一瓶魔法油膏，把油膏涂在身上，能防止你被烧成灰，即便不小心有点小灼伤，也能帮你治疗。"

说罢，美狄亚把一个金色锦盒交到伊阿宋手中，教他如何去使用锦盒里芳香的油膏，并叫伊阿宋午夜时分到约定的地方找她。

临走前，美狄亚还不忘加一句："记住，要勇敢。破晓时分，那两头铜牛就会被驯服！"

伊阿宋向美狄亚保证，他一定会不畏艰险，勇往直前。然后，他回到伙伴身边，告诉大家他和公主的约定，提醒大家以防万一，做好随时支援的准备。

按照约定的时间，伊阿宋在国王宫殿的大理石台阶上与漂亮的美狄亚碰

下编：唐格尔伍德山庄故事集：又一本神奇故事书（1853）

面。美狄亚给了他一个篮子，里头装着龙牙。这些龙牙好像就是很久以前，卡德摩斯从怪物口中拔出来的。然后，美狄亚带着伊阿宋沿阶而下，穿过城中静谧的街道，来到一处皇家草场。那两头铜脚公牛就被圈养在这里。这一夜繁星满天，东边的天际有一道明亮的白光，那是即将升起的月亮散发的光芒。进入草场，公主驻足而立，环视四周。

她说："它们在那儿，就在最那边的对角上。它们正在休息，嘴里咀嚼着从灼热的胃里反刍出来的食物。我敢保证，只要它们看到你的身影，就会上演一场精彩绝伦的好戏。我的父亲和所有朝臣最开心的事情，莫过于看那些想取得金羊毛的年轻人试图给两头牛套上犁具的场景。只要遇到这种事，科尔基斯就会放一天假，好让大家去围观。连我都非常享受。你很难想象，它们喷出的火焰如何在一眨眼工夫，就把一个年轻人烧成一堆黑色灰烬！"

伊阿宋问："你确定吗，美丽的公主？你真的确定金色锦盒里的油膏能抵御并治疗可怕的灼烧？"

借着昏暗的星光，公主盯着他的脸说道："你若怀疑，就不要靠近公牛一步，否则你会后悔被生下来！"

可是，伊阿宋已经下定决心，一定要拿到金羊毛。我敢肯定，哪怕他明知自己迈出一步，便会立马被烧成一堆滚烫的焦炭、一把白色的齑粉，他也不会放弃金羊毛，就此退却。因此，他放开美狄亚的手，勇敢地朝美狄亚手指的方向走去。就在前方，离伊阿宋一段距离，他察觉到四股火焰般的蒸汽。蒸汽规律地出现，朦胧地照亮昏暗的四周，然后消失不见。你们肯定能明白，这四股蒸汽就是铜牛的鼻息。两头公牛跪地咀嚼从胃里反刍的食物，蒸汽从四只鼻孔中静静呼出。

伊阿宋朝前走了两三步，牛鼻子里呼出的蒸汽似乎变得更粗、更多了。两只铜牛已经听到了他的脚步，抬起鼻子嗅了嗅空气。伊阿宋又朝前走出几步，根据暗红的蒸汽喷射的方向，伊阿宋断定，两头公牛已经站起身来。此刻，他能清楚地看到闪烁的火花，以及从鼻子里喷出的鲜红火焰。伊阿宋又向前走了一步，公牛开始怒声号叫，恐怖的叫声响彻整座牧场，鼻子里喷出的滚烫气息

按照约定的时候，伊阿宋与漂亮的美狄亚碰面

下编：唐格尔伍德山庄故事集：又一本神奇故事书（1853）

瞬间点亮整片草地。勇敢的伊阿宋又向前迈了一步，突然，脾气暴躁、口鼻喷火的公牛如闪电般冲了过来。它们咆哮如雷，从口鼻中喷出一片白色火焰，照亮了整块区域，伊阿宋能看清现场的每样东西，看得比白天还清楚。其中，最显眼的莫过于两头可怕的公牛。它们发疯似的向伊阿宋飞撞而来，铜蹄在地上噔噔作响，尾巴直直地翘向空中，所有愤怒的公牛都是这副架势。它们的呼吸烧焦了眼前的牧草。那呼吸的确灸热，竟然点燃了一棵干燥的大树，而伊阿宋就站在树下。不一会儿，明亮的火焰吞噬了整棵大树。至于伊阿宋，多亏了美狄亚的魔法油膏，白色的火焰在他周身环绕，他却没有丝毫损伤，就好像他的身体是用石棉做的一样！

伊阿宋发现自己毫发无伤，备受鼓舞。他作好准备，迎接公牛的攻击。就在两只黄铜畜生以为把伊阿宋顶上了半空之时，伊阿宋一只手抓住一头牛的尖角，另一只手抓住另一头牛卷曲的尾巴，两只手一手抓一只，就像铁钳，把它们牢牢擒住。话说，伊阿宋的臂膀肯定非常强壮，这个不假！但问题的根源在于，两头铜牛被施过魔法，才会变得火热狂暴。伊阿宋钳住它们的勇敢行动恰好破除了魔法。从那以后，每当勇敢之人遇到危险，他们最常用的应对之法就是所谓的"擒住牛角"——抓住牛尾也是差不多的意思——就是说，要抛弃恐惧，敢于攻坚克险，藐视困难。

现在，要给两头公牛带上牛轭，套上犁具就容易多了。那套犁具在地上躺了很多很多年，如今已是锈迹斑斑。此前，找不到有能力来犁这片地的人。我想，伊阿宋已经从全能的老喀戎那里学习过如何犁地。或许，喀戎自己就时常套上犁具，下田犁地。无论如何，我们的英雄圆满完成了翻耕草场的挑战。月亮才刚在天空走完四分之一的旅程，伊阿宋就已经把地犁好。原来的草场变成了一大片黑色的田地，准备用来播种龙牙。于是伊阿宋开始播撒龙牙，用耙子把龙牙耙进土里，然后站在田地边缘，紧张地观察接下来会发生什么。

美狄亚也站在伊阿宋旁边。伊阿宋问道："我们要等多久，龙牙才会成熟？"

美狄亚公主回答说："不论早晚，该来的迟早会来。只要种下龙牙，就一定会长出一大批将士。"

此时，皓月当空，在犁过的田地上洒下一片清辉。田地里光秃秃的，还什么都没有长出来。任何农民见此情景都会告诉伊阿宋，至少要等上几周才能等到绿芽破土，再等上几个月才能等到成熟丰收。可是，没过多久，田间就有东西在月光下闪烁，就像闪亮的露珠。这些亮晶晶的东西破土，长高，长出了长枪的钢头。然后，一大片锃光瓦亮的黄铜头盔映衬着月色，反射出耀眼光芒。头盔被越顶越高，下面长出一张张将士的面孔，皮肤黝黑，满脸胡须，他们就这样以肉眼可见的速度挣扎着向上生长，想要从束缚的土地里挣脱出来。他们刚从地里冒出头来，才第一次开眼张望地上的世界，眼神中就充满了愤怒与挑衅。接下来长出来的是他们闪亮的胸甲，每个人的右手上都握着一柄剑或一根枪，左臂上都佩了一面盾牌。当一大帮奇怪的将士半截身子长出土地时，他们受不了束缚，不断挣扎着，仿佛要将自己从根部扯出来似的。一颗龙牙掉落之处，就长出一位手持兵刃、准备战斗的将士。他们用右手的剑大力敲击左手的盾，发出哐啷哐啷的巨响，凶猛的眼神恶狠狠地盯着对方。他们虽然才来到这个美丽的世界，来到宁静的月光下，可个个充满狂暴肆虐的激愤，等不及要夺走每个人形兄弟的命，以此来报偿他们存在的意义。

世界上还有许多其他军队，他们也同样具有狂暴的本性，就和龙牙军的将士一样。但在月光照亮的田间，这些从地里长出来的将士有如此本性也算情有可原。因为他们没有母亲。对于那些志在天下，能像伊阿宋这般凝聚一帮勇士的伟大将领来说，母亲是他们温润性情的源泉，像亚历山大、拿破仑都是如此！

一时间，将士们站在原地，挥舞刀剑，敲击盾牌，对战斗的渴望令他们热血沸腾。然后，他们开始大叫："告诉我们敌人所在！""带领我们奔赴杀场！""要么战死，要么获胜！""来吧，英勇的同志们！""要么征服，要么毁灭！"这样的呼喊还有上百次。战场上，将士们总是喜欢大声疾呼，而那些豪言壮语似乎也被这帮龙牙长出来的人挂在嘴边。终于，前排的将士瞥见了伊阿宋。借着月色，伊阿宋看到这么多泛着寒光的武器，他觉得最好拔出宝剑，以防遭遇

下编：唐格尔伍德山庄故事集：又一本神奇故事书（1853）

不测。一时间，所有龙牙军的将士都把伊阿宋当成了敌人，嘴里异口同声地高喊："保卫金羊毛！"将士们举起刀剑，刺出长枪，冲向伊阿宋。伊阿宋知道，仅凭他单枪匹马不可能挡住一营嗜血的将士，可他又没有更好的办法，只能决心勇敢赴死，那份勇气，就和龙牙生出的将士一样。

就在这时，美狄亚叫他从地上拾起一块石头。

她大声说道："快把石头扔到他们中间去！这是唯一能救你的方法！"

全副武装的战士已经近在咫尺。伊阿宋能看到那一双双愤怒的眼睛里闪烁的火焰。伊阿宋扔出石头，砸中了一个高个儿将士的头盔，他正高举刀刃向伊阿宋杀来。石头从一名将士的头盔上弹到旁边最近一名将士的盾牌上，然后又正好飞到另外一名将士愤怒的脸上，不偏不倚地砸中眉心。被石头砸中的三个人都理所当然地以为，是旁边的将士给了自己一击。于是，他们停下冲向伊阿宋的脚步，转而开始相互拼杀。大军一下就乱了套。瞬间工夫，众将士便打成一团，他们挥动手中的武器，连劈带砍，连刺带捅，砍下身边人的胳膊、头颅和腿脚。惨烈的拼杀惊心骇目，将士的勇猛令伊阿宋敬佩不已。然而，与此同时，眼见自己的举动引得这帮强大的将士相互拼杀，伊阿宋又忍不住觉得好笑。没过一会儿，战斗就结束了，时间短得令人难以置信（实际上，几乎和他们从地里长出来的时间一样短），战到最后，只剩下一位战士，其他全都战死沙场。这位最后的幸存者，最勇敢、最强大的战士，拼尽最后一丝气力，把沾满鲜血的剑奋力举过头顶，大声欢呼："胜利！胜利！不朽的荣耀！"喊罢，也随即应声倒下，静静地躺在战死的兄弟中间。

这就是龙牙军的结局！勇猛精进、血拼到底的战斗是他们来到这美丽的世界上唯一体验过的快感！

美狄亚公主邪魅一笑，对伊阿宋说："就让他们在这片他们自认为荣耀的战场上长眠吧！世上到处都有像他们这样的傻子，为不明所以之事而战斗、灭亡，还幻想子孙后代会不怕麻烦地在他们生锈磨损的旧头盔上戴上象征胜利和荣耀的月桂花环！伊阿宋王子，眼见最后一个家伙倒下，你也忍不住笑了，是吗？"

伊阿宋鼓起勇气回答："他倒下的那一瞬间令我非常悲伤。老实说，公主，在我亲眼所见这一切之后，似乎觉得，为取得金羊毛做出如此大的牺牲并不值得。"

美狄亚说："等到天亮，你就会有不同的想法了。的确，或许金羊毛并不如你想的那样珍贵。可是，世界上没有比它更珍贵的东西。人总得有个目标，你懂的！走吧！你出色地完成了夜间任务。明天一早，你就可以告知埃厄忒斯王，你已经完成了他交给你的第一部分任务。"

伊阿宋听从美狄亚的建议，一大早就前往国王埃厄忒斯的宫殿。来到接见厅，他站在王座下方，深深鞠了一躬。

国王开口道："伊阿宋王子，你看上去很疲惫，似乎彻夜未眠。希望经过一夜的深思熟虑，你已经放弃了驯服我那两头铜肺公牛的想法，免得把自己烧成灰烬！"

伊阿宋却答道："陛下，请容我禀告，我已经完成了那项任务。我驯服了公牛，给它们套上了犁具；地也犁完了；龙牙也已经撒下，并耙进了土里；一批全副武装的将士从地里长了出来，他们相互拼杀，直到最后一人！现在，我请求陛下，请允许我去会会那条龙，好让我取下金羊毛，然后和我的四十九位伙伴一同离开！"

听罢，埃厄忒斯王紧锁眉头，非常生气，同时又极度焦虑。因为他知道，依照之前的承诺，只要伊阿宋有足够的勇气和实力完成约定任务，此刻，他就应该答应伊阿宋的请求。身为国王，他不能食言。可是，没想到这小子运气如此之好，竟真能驯服铜牛，解决龙牙军。国王担心，伊阿宋真的能成功杀掉恶龙。因此，虽然他很希望看到伊阿宋被恶龙一口吞掉，但为了不失去宝贵的金羊毛，他决心不能再冒一点风险（身为君主却不守承诺，这是大忌）。

埃厄忒斯王说："肯定是美狄亚，这个吃里爬外的东西！伊阿宋，若不是美狄亚施法助你，你绝不可能完成任务。若光靠你自己，现在，你早就变成一堆漆黑的焦炭、一把白色的斋粉了！所以，我不能答应你的请求，若你还敢对

下编：唐格尔伍德山庄故事集：又一本神奇故事书（1853）

金羊毛有所觊觎，定当以死论处！直截了当地说，你永远也见不到闪闪发光的金羊毛，一根也见不到！"

伊阿宋带着满心不甘与气愤向国王请退。此刻，他心中唯一所想，就是召集四十九名勇敢的阿尔戈船英雄，立刻向阿瑞斯庇佑的林地进发，杀掉恶龙，取走金羊毛，然后登上"阿尔戈号"，全速前进，驶向伊俄尔科斯。除此之外，别无他法。但整个计划能否成功，还存在一个疑点，五十名英雄会不会被恶龙一口一口全都吞掉。就在伊阿宋匆忙走下宫殿的阶梯时，美狄亚公主叫住了他，招手示意他回去。美狄亚望向伊阿宋，那双漆黑的眼眸中闪现出一道狡黠精明的眼神。伊阿宋感觉仿佛有一条蛇正在透过双眼，从中窥视。尽管就在昨晚，她为伊阿宋提供了巨大帮助，但谁也不敢保证，她会不会在日落之前，给伊阿宋带来同样巨大的伤害。你们要知道，这些女巫是绝对靠不住的。

美狄亚浅浅一笑，问道："我那高贵正直的父亲埃厄忒斯王都说了些什么？他愿意让你免受危难，不设障碍，无条件地把金羊毛给你吗？"

伊阿宋答道："恰恰相反，他对我驯服铜牛，种下龙牙的事相当生气。他不允许我继续挑战，也拒绝放弃金羊毛，无论我是否能杀掉那条龙！"

公主说："的确如此，伊阿宋，我还能告诉你更多消息。除非你在明天太阳升起之前，能启航离开科尔基斯，否则，国王打算烧掉你那艘五十桨大船，把你和那四十九位勇士统统杀掉！但你不要胆怯！你会得到金羊毛的，我会施法助你。午夜前一小时，在这里等我！"

在约定的时间，你们会再次看到伊阿宋王子和美狄亚公主。他们肩并肩，悄悄穿过科尔基斯的街道，前往神圣的树林，金羊毛就挂在那片林子中央的一棵树上。当他们穿过牧场时，铜牛朝伊阿宋走来。它们低声哼鸣，点头示好，探出鼻子。和其他所有的家牛一样，它们也喜欢有人亲切地来回轻抚它们的鼻子。它们狂躁的本性完全被驯服，胃里的两团炉火也随之被熄灭，因而吃草和反刍之时也更觉舒坦，比以往任何时候都要舒坦。实际上，对这两头可怜的公牛来说，过去的日子相当痛苦。以往，只要它们想吃草，还没吃到嘴边，鼻子里喷出的火焰就会把草烤焦。我甚至很难想象，它们是怎么活下来的。但如今，它们不再喷射火焰和硫黄蒸气，呼出的都是最自然的气息，是一头牛该有的气息！

轻轻抚慰公牛之后，伊阿宋跟随美狄亚进入了阿瑞斯庇佑的林地，林子里高大的橡树已经生长了好几个世纪，枝繁叶茂，交错层叠，几乎密不透光。月光透过零星几处缝隙洒在铺满落叶的地上。林中偶有微风吹过，趁着枝叶随风摇曳的间隙，伊阿宋才得以瞥见天空，不至于在浓重的黑暗中，忘记头顶上还有一个世界。他们深入林中，走了好久，终于来到黑暗的中心，美狄亚使劲儿捏了捏伊阿宋的手。

她悄声对伊阿宋说："看，在那儿！看见了吗？"

只见，在古老的橡树间闪耀着一抹光辉，这抹光辉不像月光一般冷冰冰的，更像夕阳那般金灿灿的。光源来自某个东西，那东西悬浮在半空，离地约一人高的位置，半隐在密林更深一点的地方。

"那是什么？"伊阿宋问道。

美狄亚难以置信地感叹道："你历经千辛万苦，千难万险，大老远前来寻找它，当它在你眼前闪耀，你却认不出这件属于你的奖赏吗？这就是金羊毛呀！"

伊阿宋向前走了几步，然后驻足凝望。哇，金羊毛可真漂亮呀，自身散发出令人惊叹的光芒，果真是无价之宝。多少英雄渴望得到它，却都死在了寻找它的途中，不是在航行中遭遇不测，就是被铜肺公牛喷出的炙热气息烧成灰烬！

伊阿宋激动地惊叹道："它可真是金光闪闪呀！它肯定蘸过夕阳最浓郁的金光！快来，我等不及把它收入囊中了！"

美狄亚却一把拽住他，警告说："站住！你忘记了什么在守护金羊毛吗？"

说实在的，见到梦寐以求的金羊毛，伊阿宋满心欢喜，早就把恶龙的事抛诸脑后。可不久后，他就感到有东西从身边闪过，这才回过神来，知道自己即将遭遇怎样的危险。一只羚羊迅速地跳出丛林，它可能把金羊毛的光辉当成日

伊阿宋问:"那是什么?"

出的金光，朝着金羊毛就一头冲了过去。突然间，悬挂金羊毛的树荫里传来一声可怕的嘶吼声，一个巨大的龙头和半个布满鳞甲的身躯突然显现，抓住了可怜的羚羊，一口吞下！原来恶龙就盘踞在挂着金羊毛的树干上。

吃完羚羊后，恶龙似乎察觉到还有其他生物藏在附近，它有意将其抓来，当作自己的加餐。只见它伸长脖子，探出丑陋的鼻子，以挂金羊毛的橡树为中心，在四周的林木间嗅来嗅去，一会儿这里，一会儿那里，就快要寻到伊阿宋和公主藏身的那棵橡树，他们就藏在橡树背后。说真的，当时，那颗龙头在半空中摇晃、摆动，几乎探到了离伊阿宋王子不到一臂距离的地方，那场景着实非常可怕！巨大的下颚张得几乎跟国王宫殿的大门一样宽大。

美狄亚悄声问："这个，伊阿宋，现在你觉得你有多大把握得到金羊毛？"和所有女巫一样，美狄亚性情偏僻乖张，捉摸不定，她想让勇敢的伊阿宋在关键时刻感到恐惧害怕。

伊阿宋没有回答，竟拔出剑来，向前迈了一步。

美狄亚赶紧抓住他的胳膊，急切地说："站住，别干傻事！你难道看不出来吗？没有我做你的守护天使，你赢不了。这个金色锦盒里有一瓶魔法药水，想要对付恶龙，这瓶药水比你的剑更管用！"

恶龙似乎听到了他们的说话声。因而它快如闪电，黑色的龙头瞬间在树林间探出了整整四十英尺，口吐信子，再次发出阵阵嘶鸣。待到恶龙靠近，美狄亚看准时机，一把将金色锦盒中的药水扔进了怪兽的血盆大嘴里。即刻，伴随一声可怕的吼叫和一阵剧烈的扭动，恶龙将尾巴甩向最高一棵橡树的树梢，然后重重地摔回地面，劈断了那棵橡树所有的树枝，然后全身一动不动地瘫倒在地。

美狄亚女巫对伊阿宋王子说："这只是一种催眠药水。迟早还有用得上这头凶兽的地方，所以我不想立刻把它杀掉。快！取下金羊毛，然后赶快离开！你已经得到金羊毛了！"

伊阿宋赶紧从树上取下羊毛，匆匆穿过树林。一路上，他手中的珍宝驱散了树荫下深沉的黑暗。在前方不远处，他见到了那个之前被他背过河的老妇

下编：唐格尔伍德山庄故事集：又一本神奇故事书（1853）

人，那只孔雀依旧站在她身旁。老妇人高兴地向他拍手庆贺，并示意他赶紧离开，然后就消失在树林的阴影中。再往前走，伊阿宋望见了两位北风之神的儿子（他们正沐浴月光，在百余英尺的高空中嬉戏），于是请他们尽快转告其他阿尔戈船英雄，赶快登船。而林叩斯已经凭借自己那双敏锐的双眼，洞悉伊阿宋正怀揣金羊毛，向大家急速赶来，尽管中间还隔着几堵石墙、一座小山和战神阿瑞斯庇佑的树林。在他的建议下，英雄们已经在船上各就各位，竖起船桨，随时准备划桨起航。

就在伊阿宋快赶到之时，他听到了那个预言雕像的声音。雕像用庄严、甜美，但比平时更加急切的声音呼唤着：

"快点，伊阿宋王子！为了活命，再快点！"

伊阿宋一跃而上，登上甲板。看到金光闪闪的金羊毛，四十九位英雄欢呼雀跃，巨大的欢呼声响彻天际。俄耳甫斯弹起竖琴，唱起凯旋之歌。伴着美妙的音乐，阿尔戈号在水面上乘风破浪，如同展翅飞翔一般，朝家的方向驶去！

（下编完）

译 后 絮 语

美国 19 世纪最伟大的浪漫主义作家纳撒尼尔·霍桑（Nathaniel Hawthorne）曾写过两本希腊神话故事集：《一本神奇故事书》（*A Wonder Book*，1852）和《唐格尔伍德山庄故事集：又一本神奇故事书》（*Tanglewood Tales: Being a Second Wonder Book*，1853）。两本故事集分别包含六则希腊神话故事。经过霍桑充满想象力的改编后，希腊神话中血腥、暴力、恐怖的元素得以净化，在正义与邪恶、光明与黑暗、勇敢与怯懦的对比中，符合时代情感态度和道德框架的价值观被精心建构起来，让古老的故事焕发新的生机。这样的故事不再是古典文学家蒙尘的书架上被束之高阁的典籍。无论是十来岁的孩子，还是普通成年人，都能轻松地品读并从中获益。

在霍桑的设定中，两本故事集都是由一位文学专业的大学生娓娓道来。第一本故事集的每篇故事都有开场白和结束语，描写了这位大学生讲故事前后的场景；第二本故事集则省去了那些开场白和结束语，只在集子的序言中描述了大学生的创作背景。大学生显然是霍桑本人的代言人，借他之口，霍桑表明了自己改编希腊神话的创作观。

我作为自由译者，以《希腊神话：神奇故事集》为题，将两本集子共计十二则故事集结全译后，委托出版社出版。译本之好坏本应留给读者评说，译者无须多言。但一来，这十二则故事在国内并非首译，所以复译的动机和原则

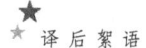

总该有所交代；二来，也是在付梓之际对这份愉快工作的一番回顾。故有此译后絮语。

我认为好的神话故事应该具备四个特征——明理、取乐、习语、赏文。任何国家的神话都具有传奇色彩，是满足读者好奇心的绝好素材。霍桑改写的这些故事想象力丰富，结构严谨，刻画细腻，价值观正面，因而广为流传，成为经典。虽然之前有过几个译本，都有可圈可点之处，但我对译文的语言有些特别追求。

中英两种语言及其背后的文化差异导致语言结构、表达和修辞上的巨大不同。翻译腔几乎是所有译者一生都在与之斗争的问题。或许是猎奇心驱使，大多数读者往往更关注情节内容，明知是翻译，所以对语言问题的包容度较高，这一点值得译者感恩。出于译者的职业伦理，如何使译本不仅仅是明理、取乐的故事，还是习语、赏文的素材，成为我翻译过程中的一大追求。换言之，除了那些拗口但避无可避的人名、地名外，理想的译文应该逻辑连贯、意理通达、自然流畅。

为此，我采取了"有声翻译"的方式，时而反复朗读译稿，体味其中的情感、语气和节奏；时而将译文转成音频，闭上眼睛边听边想象，看脑海中是否能浮现出细腻的画面；时而给家中的孩子读新出炉的译稿，听取他的反馈。我还进行了"表演式翻译"，叫上家人共演一出译稿中的情节，陪孩子玩英雄大战怪兽的游戏，去深入把握文字中的场景。因翻译而变得更加丰富有趣的亲子时光，也成为我译书过程中意料之外的收获。

纵然我心有余，奈何力不足，恐讹误甚多。恳请各位读者包容并指瑕。在视听文化流行的时代中，希望这样一本纸质的神奇故事书，能给大家带去阅读的乐趣。

吴术驰

2025 年 4 月 2 日于武昌沙湖畔